Auf Dauer einen Platz in New Yorks High Society zu behaupten, ist ein aufreibender Fulltimejob. Wer wüsste das besser als Pauline Manford? Diszipliniert unterwirft sie sich und ihr Leben dem Diktat der besseren Kreise: trainiert körperliche und mentale Fitness, pflegt die richtigen Kontakte und ein wohldosiertes soziales Engagement. Alles ist gut, solange der Terminkalender voll ist. An mehr als einen leichten Dämmerschlaf ist in diesem lärmenden Partygetöse nicht zu denken, denn wer schläft, sündigt nicht - und wer nicht im Gespräch bleibt, ist schnell so langweilig wie der Trend der vorletzten Saison …

EDITH WHARTON (1862-1937) wuchs als Kind der Upper Class von New York auf, deren gesellschaftliche Zwänge ihr literarisches Lebensthema wurden. Wharton veröffentlichte zahlreiche sehr erfolgreiche Romane. Als erste Frau wurde sie 1921 mit dem Pulitzerpreis ausgezeichnet und 1923 mit der Ehrendoktorwürde der Universität Yale.

EDITH WHARTON

DÄMMERSCHLAF

Roman

Aus dem amerikanischen Englisch
von Andrea Ott

Nachwort von Verena Lueken

btb

Die amerikanische Originalausgabe erschien 1927 unter dem
Titel *Twilight Sleep*.

Übersetzerin und Verlag danken dem Deutschen
Übersetzerfonds e.V. für die Förderung dieser Übersetzung.

Verlagsgruppe Random House FSC® N001967
Das für dieses Buch verwendete FSC®-zertifizierte
Papier *Lux Cream* liefert Stora Enso, Finnland.

1. Auflage
Genehmigte Taschenbuchausgabe Oktober 2015
btb Verlag in der Verlagsgruppe Random House GmbH, München
Copyright © 2013 by Manesse Verlag, Zürich, in der Verlagsgruppe
Random House GmbH, München
Umschlaggestaltung: semper smile, München
nach einem Umschlagentwurf von glanegger.com, München, unter
Verwendung einer Fotografie von Cecil Beaton © Condé Nast
Archive / Corbis
Druck und Einband: CPI books GmH, Leck
MP · Herstellung: sc
Printed in Germany
ISBN 978-3-442-74960-7

www.btb-verlag.de
www.facebook.com/btbverlag
Besuchen Sie auch unseren LiteraturBlog www.transatlantik.de

ERSTER TEIL

Miss Bruss, die perfekte Sekretärin, empfing Nona Manford an der Tür zum Boudoir ihrer Mutter (dem «Büro», wie es Mrs Manfords Kinder nannten) mit einer Geste liebenswürdigster Zurückweisung.

«Natürlich möchte sie, Liebes – Ihre Mutter *möchte* Sie immer sehen», erklärte Miss Bruss mit vom ständigen Telefonieren abgewetzter, schneidender Stimme. Miss Bruss, die kurz nach Mrs Manfords zweiter Eheschließung in deren Dienste getreten war, kannte Nona von Kind an und genoss das Recht, sie selbst jetzt, wo sie schon in die Gesellschaft eingeführt war, mit einer gewissen wohlwollenden Vertraulichkeit behandeln zu dürfen. Wohlwollen gehörte zum Stil des Manford'schen Hauses.

«Aber schauen Sie sich ihren Terminkalender an, allein den heutigen Vormittag!», fuhr die Sekretärin fort und reichte Nona ein großes, in Saffianleder gebundenes Notizbuch, in dem in schnörkelloser Sekretärinnenhandschrift eingetragen stand:

«7.30: Mentales Verjüngungstraining
7.45: Frühstück
8.00: Psychoanalyse
8.15: Besprechung Köchin
8.30: Stilles Meditieren
8.45: Gesichtsmassage
9.00: Mann mit persischen Miniaturen
9.15: Post
9.30: Maniküre
9.45: Eurythmische[1] Übungen
10.00: Ondulieren
10.15: Modellsitzen

10.30: Empfang der Muttertagsabordnung
11.00: Tanzunterricht
11.30: Geburtenregelungskomitee bei Mrs X»

«Jetzt ist gerade die Maniküre da, wie immer zu spät. Ihre Mutter leidet entsetzlich darunter, dass alle so unpünktlich sind. Dieser New Yorker Lebensstil bringt sie noch um.»

«Ich bin nicht unpünktlich», sagte Nona Manford, gegen den Türrahmen gelehnt.

«Nein, und das ist doppelt verwunderlich. Wo ihr jungen Mädchen die ganze Nacht durchtanzt! Sie und Lita – Sie haben wirklich Ihren Spaß!» Miss Bruss schlug einen geradezu mütterlichen Ton an. «Aber schauen Sie doch einmal diese Liste durch. Sie sehen ja, Ihre Mutter rechnet nicht vor dem Lunch mit Ihnen.»

Nona schüttelte den Kopf. «Nein. Aber vielleicht können Sie mich dazwischenquetschen.»

Sie sprach in freundlichem, sachlichem Ton; beide Seiten prüften die Angelegenheit, spürbar bemüht um Unvoreingenommenheit und Verständigungsbereitschaft. Nona war an die Termine ihrer Mutter gewöhnt; war daran gewöhnt, dass sie zwischen Gesundbeter, Kunsthändler, Sozialarbeiter und Maniküren gequetscht wurde. Sobald Mrs Manford ihre Kinder zu sich kommen ließ, war sie eine perfekte Mutter; aber hätte sie in diesem mörderischen New York mit seinen sich ständig mehrenden Verpflichtungen und Verbindlichkeiten ihrer Familie erlaubt, rund um die Uhr hereinzuplatzen und ihr die Zeit zu stehlen, hätten das ihre Nerven einfach nicht ausgehalten. Und wie viele Pflichten wären dann unerledigt geblieben!

Mrs Manfords Wahlspruch hatte immer gelautet: «Alles hat seine Zeit.» Dennoch gab es Augenblicke, da diese Zuversicht sie im Stich ließ und sie fast glaubte, dass dem nicht so war. Heute Vormittag zum Beispiel, führte Miss Bruss aus, habe sie dem neuen französischen Bildhauer, auf den seit einem Monat ganz New York versessen war, klarmachen müssen, dass sie ihm nicht länger als fünfzehn Minuten Modell sitzen könne, weil sich das Geburtenregelungskomitee um 11.30 Uhr bei Mrs X. treffe.

Nona fand sich zu diesen Treffen selten ein, denn ihre eigene Zeit war – eher durch die Macht der Gewohnheit als aufgrund echter Neigungen – gänzlich von Gymnastik, Sport und der pausenlosen Hetzerei von einem Nervenkitzel zum nächsten in Anspruch genommen, angeblich dem glücklichen Vorrecht der Jugend. Doch sie hatte oft genug einen flüchtigen Blick auf dieses Schauspiel werfen können: auf das Publikum, bestehend aus gescheiten älteren Damen mit schneeweißem Haar und fein zerknitterten, mürbmassierten Gesichtern, die sich eurythmisch bewegten und ihr Lächeln aus glasigem Wohlwollen aufsetzten wie ihr randloses Pincenez². Sie waren alle von unerbittlichem Ernst, absichtsloser Liebenswürdigkeit und unermesslicher Reinheit und kleideten sich, abgesehen von der jeweiligen «Berühmtheit», die meist schlampig angezogen auftrat, mit Nickelbrille und ungebändigten Haarsträhnen, beinahe zu sorgfältig. Um welches Thema es auch ging, die Damen schienen stets dieselben zu sein; sie vertraten mit stets dem gleichen Eifer die Geburtenregelung und die uneingeschränkte Mutterschaft, die freie Liebe oder die Rückkehr zu den Traditionen der amerikanischen Familie, und weder sie noch Mrs Manford schienen sich klarzumachen, dass diese Lehrmeinungen einander widersprachen. Sie wussten nur, dass sie entschlossen waren, bestimmte Menschen zu zwingen, etwas zu tun, was diese Menschen nicht tun wollten. Nona erinnerte sich beim Blick auf den eng beschriebenen Terminkalender an einen Ausspruch von Arthur Wyant, dem früheren Mann ihrer Mutter: «Deine Mutter und ihre Freundinnen würden gern der ganzen Welt vorschreiben, wie sie ihre Gebete verrichten und sich die Zähne putzen soll.»

Das Mädchen hatte gelacht, wie es immer über Wyants witzige Bemerkungen lachen musste, aber in Wirklichkeit bewunderte sie den Eifer ihrer Mutter, obwohl sie sich manchmal fragte, ob sie ihn nicht ein wenig zu wahllos einsetzte. Nona war die Tochter aus

Mrs Manfords zweiter Ehe, und ihr Vater Dexter Manford, der sich nach oben hatte durchboxen müssen, hatte sie gelehrt, schon die Rührigkeit an sich als Tugend zu verehren; wenn er über Paulines Eifer sprach, klang das ganz anders als bei Wyant. Er war dazu erzogen worden, in der Arbeit per se etwas Edles zu sehen, selbst wenn sie ebenso wenig ein sinnvolles Ziel verfolgte wie der Lauf eines Hamsters in seinem Rad. «Vielleicht nimmt sich deine Mutter ein wenig viel vor, aber das ist doch großartig von ihr – sie schont sich nie.»

«Uns auch nicht», fühlte sich Nona manchmal versucht hinzuzufügen, aber Manfords Bewunderung war ansteckend. Ja, Nona bewunderte die uneigennützige Tatkraft ihrer Mutter, doch sie wusste sehr wohl, dass weder sie selbst noch Lita, die Frau ihres Bruders, jemals diesem Beispiel folgen würden – sie genauso wenig wie Lita. Sie gehörten einer anderen Generation an, der verwirrten, desillusionierten Nachkriegsjugend, deren Energien sprunghafter und weniger zielgerichtet waren und die vor allem ein persönlicheres Betätigungsfeld dafür suchte. «Was kümmern mich Erdbeben in Bolivien!», hatte Lita einmal Nona zugeflüstert, als Mrs Manford die gescheiten alten Damen einberufen hatte, um sich mit einer seismischen Katastrophe am anderen Ende der Welt zu befassen, deren Wiederholung sich nach Meinung dieser Damen verhindern ließ, wenn umgehend eine Abordnung entsandt wurde, die den Bolivianern beibrachte, etwas zu tun, was diese nicht tun wollten, zum Beispiel einfach nicht an Erdbeben zu glauben.

Die jungen Leute empfanden jedenfalls kein vergleichbares Verlangen, anderer Leute Angelegenheiten zu ordnen. Warum sollte man den Bolivianern ihre Erdbeben nicht lassen, wenn sie unbedingt in Bolivien leben wollten? Und warum musste Pauline Manford deswegen in New York nachts wach liegen und, um die daraus resultierenden Falten wieder zu glätten, eine Reihe neuer Mahatma-Übungen lernen? «Wir empfinden vermutlich nur deshalb so, weil wir in Wirklichkeit viel zu bequem sind, uns darum zu kümmern», überlegte Nona in ihrer unverbesserlichen Aufrichtigkeit.

Sie wandte sich mit einem leichten Achselzucken von Miss Bruss ab. «Na gut», murmelte sie.

«Sie wissen ja, Liebchen», erlaubte sich Miss Bruss zu bemerken, «mit fortschreitender Saison wird es immer schlimmer, und die letzten beiden Februarwochen sind die schlimmsten, besonders wenn Ostern so früh liegt wie dieses Jahr. Ich begreife nicht, wie man ein dermaßen ungünstiges Datum für Ostern wählen konnte; vielleicht waren das diese Hoteliers in Florida. Heute Morgen hat Ihre arme Mutter noch nicht einmal Ihren Vater gesehen, bevor er in die Stadt fuhr, obwohl sie es für gänzlich verkehrt hält, ihn in die Kanzlei gehen zu lassen, ohne dass man Zeit für einen ruhigen kleinen Plausch gefunden hat … Wenigstens ein fröhliches Wort, um ihn in die richtige Stimmung für den Tag zu versetzen … Ach, übrigens, meine Liebe, haben Sie zufällig gehört, ob er heute Abend zu Hause essen will? Denn er vergisst ja stets, wegen seiner Pläne Bescheid zu geben, und wenn er nichts gesagt hat, rufe ich lieber in der Kanzlei an, um ihn daran zu erinnern, dass heute Abend das große Dinner für die Marchesa stattfindet …»

«Ich glaube nicht, dass Vater zu Hause isst», sagte das Mädchen gleichgültig.

«Nein? Nicht? Ach, du liebe Zeit!», gluckste Miss Bruss und hastete durchs Zimmer zu dem Telefon auf ihrem Schreibtisch.

Der Terminkalender war ihr aus der Hand gerutscht, und Nona Manford hob ihn auf und überflog ihn. Sie las:

«16.00: Besuch bei A
16.30: Musical, Torfried Lobb»

««16.00: Besuch bei A›.» Nona hatte schon befürchtet, dass heute der Tag war, an dem Mrs Manford ihren geschiedenen Ehemann Arthur Wyant besuchte, jenes von der Bildfläche verschwundene, geheimnisvolle Individuum, das in Mrs Manfords Kalender immer als «A» geführt und daher von ihren Kindern «Punkt A» genannt wurde. Das war ziemlich ärgerlich, denn auch Nona hatte vorgehabt, etwa um diese Zeit bei ihm vorbeizuschauen, und sie legte ihre Besuche immer so, dass sie nicht mit denen von Mrs Manford zusammenfielen; nicht weil diese Nonas Freundschaft mit Arthur Wyant missbilligte (sie fand es «wunderbar» von dem Mädchen, dass es ihm so viel Freundlichkeit entgegenbrachte), sondern weil Wyant und Nona der einhelligen Meinung waren, dass ihnen die Anwesenheit der früheren Mrs Wyant den Spaß verdarb. Aber daran ließ sich nun nichts ändern. Mrs Manfords Tagesplan war unumstößlich. Selbst Krankheit und Tod verursachten darin kaum einen leisen Wellenschlag. Man hätte genauso gut versuchen können, eine Pyramide mit einem Sonnenschirm zum Einsturz zu bringen, wie den Gedanken wagen, das eng gefügte Mosaik von Mrs Manfords Terminkalender durcheinanderzubringen. Nicht einmal Mrs Manford selbst hätte dies zuwege gebracht, beim besten Willen nicht, und wie Mrs Manfords Kinder und das ganze Haus wussten, *war* ihr Wille der beste.

Nona Manford entfernte sich mit einem letzten Achselzucken. Sie hatte mit ihrer Mutter etwas ziemlich Wichtiges besprechen wollen; etwas Erschreckendes, das ihr am Abend zuvor der kurze Einblick in die seltsame, begrenzte, unreife Gedankenwelt ihrer Schwägerin Lita, der Frau ihres Halbbruders Jim Wyant, offenbart hatte – ebenjener Lita, mit der sie, Nona, die Nächte durchtanzte, wie Miss Bruss festgestellt hatte. Niemanden auf Erden liebte Nona so wie diesen sechs oder sieben Jahre älteren Jim, der für sie Bruder, Kamerad, Vormund, ja fast Vater gewesen war – denn ihr eigener Vater, der kluge, tüchtige, freundliche Dexter Manford, hatte fast immer in der Kanzlei zu tun oder wurde, wenn er zu Hause war, zu sehr von Mrs Manford in Anspruch genommen, um seiner Tochter viel Zeit widmen zu können.

Jim, der Gute, hatte immer Zeit; genau darauf spielte seine Mutter zweifellos an, wenn sie ihn als Faulenzer bezeichnete – ein

Faulenzer wie sein Vater, hatte sie einmal in einem ihrer seltenen Anfälle von Ungeduld hinzugefügt. Nichts machte Mrs Manford ungeduldiger als der Gedanke, jemand könne auch nur die kleinste Spanne uneingeteilter Zeit haben und diese nicht sofort verplanen. Wenn sie sie wenigstens *ihr* hätten geben können! Und Jim, der sie liebte und bewunderte (wie die ganze Familie), versuchte stets gewissenhaft, seine Tage zu füllen oder deren gelegentliche Leere vor ihr zu verbergen. Aber irgendwie schien er nie in Eile zu sein, und das kam der kleinen Nona zugute, die immer mit ihm rechnen konnte, sei es, dass er mit ihr ausfuhr oder spazieren ging, sich mit ihr in ein Konzert oder ein «Kintopp» stahl oder, noch schöner, einfach nur *da war* – müßig in der großen, ungenutzten Bibliothek des Landsitzes Cedarledge saß oder in seinem unaufgeräumten Arbeitszimmer im zweiten Stock des Stadthauses, bereit, Fragen zu beantworten, schwierige Wörter mit ihr im Wörterbuch nachzuschlagen, Golfschläger zu reparieren oder einen Dorn aus der Pfote ihres Sealyham Terriers zu ziehen. Jim hatte wunderbar geschickte Hände: Er konnte Uhren reparieren, mechanisches Spielzeug zum Laufen bringen, bezaubernde Modelle von Häusern oder Gärten bauen, konnte einen Druckverband anbringen, Rühreier zubereiten, die Gäste ihrer Mutter nachahmen – vorzugsweise die «ernsten», die sich in den vergoldeten Salons über «Probleme» oder «Anliegen» verbreiteten – und herrliche bunte Karten von Fantasiekontinenten zeichnen, zu denen Nona endlose Geschichten schrieb. All diese Begabungen hatte er bisher leider nicht besonders genutzt, außer dass er seine kleine Halbschwester damit entzückt hatte.

Bei seinem Vater war es fast genauso gewesen, das wusste Nona. Der arme, unnütze «Punkt A»! Mrs Manford sagte, das liege am «alten New Yorker Blut» – sie sprach von den beiden mit einer Mischung aus Verachtung und Stolz, als handle es sich um die letzten Kapetinger[3], erschöpft von tausend Jahren Regentschaft. Ihre eigenen roten Blutkörperchen waren etwas plebejischer getönt. Ihre Vorfahren hatten in Pennsylvania Kohle abgebaut und in Exploit[4] Fahrräder hergestellt; heute trug eines der meistverkauften Automobile in den Vereinigten Staaten ihren Namen. Aber auch an anderen Komponenten fehlte es nicht in ihrer Familienfabel: Ihre Mutter, eine Pascal aus Tallahassee, hatte angeblich Südstaatenadel beigesteuert. In entsprechender Stimmung sprach Mrs Manford von den «Pascals aus Tallahassee», als verdanke sie diesen ihre edelsten Wesenszüge; doch wenn sie Jim zu mehr Emsigkeit anhielt, berief sie sich auf das Blut ihres Vaters. «Auch wenn wir von den Pascals abstammen – der Kaufmannsberuf ist schließlich nichts Ehrenrühriges. Der Vater meines Vaters kam mit nichts als zwei Sixpence in der Tasche aus Schottland herüber…» Und dann blickte Mrs Manford mit verzeihlichem Stolz auf den herrlichen Gainsborough[5] über dem Kaminsims im Esszimmer (den sie manchmal zu einem Ahnenporträt umzudeuten versucht war) und auf ihre gesunde, stattliche Familie, die um den mit georgianischem[6] Silber und Orchideen aus eigenen Treibhäusern geschmückten Tisch saß.

Von der Schwelle aus rief Nona Miss Bruss noch einmal zu: «Bitte sagen Sie meiner Mutter, ich werde zum Lunch wahrscheinlich bei Jim und Lita bleiben», doch da hatte sich Miss Bruss schon erregt einem unsichtbaren Gesprächspartner zugewandt: «Aber Mr Rigley, Sie müssen Mr Manford unbedingt begreiflich machen, dass Mrs Manford heute Abend zum Dinner mit ihm rechnet… Es handelt sich um die Abendgesellschaft mit Tanz für die Marchesa…»

Die Heirat ihres Halbbruders hatte Nona Manford ihren ersten echten Kummer bereitet. Nicht dass sie seine Wahl missbilligt hätte. Wie hätte jemand diese spaßige, verantwortungslose kleine Lita Cliffe ernst genug nehmen können, um sie zu missbilligen? Die Schwägerinnen waren bald die besten Freundinnen. Wenn Nona etwas an Lita auszusetzen hatte, so dies, dass sie den unvergleichlichen Jim nicht ebenso blindgläubig anbetete wie seine Schwester. Aber schließlich war Lita nicht dazu geschaffen, andere anzubeten, sondern dazu, selbst angebetet zu werden; das offenbarte der gleichmütige, reglose Blick aus ihren langgezogenen, schmalen, haselnussbraunen Augen, das hieratisch starre, liebliche Lächeln, ja schon die Form ihrer Hände, so schlank und dennoch mit Grübchen, Hände, die niemals erwachsen geworden waren, die schlaff an den Handgelenken hingen, als warteten sie teilnahmslos darauf, geküsst zu werden, oder wie seltene Muscheln oder sich rundende Magnolienblütenblätter auf den Kissen ruhten, die verschwenderisch Litas trägen Leib umgaben.

Jim und Lita Wyant waren nun seit fast zwei Jahren verheiratet, das Baby war sechs Monate alt. Die beiden zählten in ihrem Freundeskreis allmählich zu den «gesetzten Paaren», waren ein stabiler Orientierungspunkt im Heiratstreibsand von New York. Nonas Liebe zu ihrem Bruder war zu uneigennützig, als dass sie sich darüber nicht gefreut hätte; sie wünschte sich vor allem, dass ihr alter Jim glücklich war, und glücklich war er bestimmt – oder war es bis vor Kurzem gewesen. Schon Mrs Manfords eisernem Regiment entkommen zu sein bedeutete für ihn eine größere Erleichterung, als er selbst wahrhaben mochte. Und dann war er noch immer Litas glühendster Verehrer; noch immer bezauberten ihn ihre kindischen Launen, die Unpünktlichkeit und Verantwortungslosigkeit, die das Leben mit ihr nach der überpünktlichen Routine im perfekten Haushalt seiner Mutter so aufregend ungewiss machten.

Über all das freute sich Nona; nur manchmal spürte sie schmerzlich die Einsamkeit in diesem perfekten Haushalt, jetzt, wo Jim, das einzige widerständige Element, fort war. Bestimmt ahnte Jim, dass sie einsam war: Er förderte die wachsende Vertrautheit zwischen seiner Frau und seiner Halbschwester und versuchte Letzterer das Gefühl zu geben, dass seine Wohnung ein zweites Zuhause für sie war.

Lita war Nona immer freundlich gesinnt gewesen. Die beiden waren grundverschieden, aber fast gleich alt, und es verband sie hauptsächlich ihre Leidenschaft für jede Form von Sport. Lita war bei allem trägen Gerekel eine ebenso unermüdliche Tänzerin wie glänzende, wenn auch unzuverlässige Tennisspielerin und draufgängerische Reiterin bei der Fuchsjagd. Abgesehen von den Stunden, in denen sie müßig dalag und nach Amber duftende Zigaretten rauchte, war jeder Augenblick ihres Lebens ausgefüllt mit Tanzen, Reiten oder Sport.

In den zwei, drei Monaten vor der Geburt des Kindes, als Lita teilweise zum Nichtstun gezwungen war, hatte Nona befürchtet, ihre unablässige Gier nach neuem «Nervenkitzel» könnte sie wie viele junge Frauen in ihren Kreisen zu einem tückischen Zeitvertreib wie Alkohol oder Rauschgift greifen lassen; doch Lita war in eine Art lächelnde, animalische Langmut versunken, als habe das geheimnisvolle Werk, das in ihrem zarten jungen Leib vor sich ging, eine heilige Bedeutung für sie und als genüge es, still dazuliegen und es geschehen zu lassen. Ihre einzige Bedingung war, es solle ihr nicht «wehtun»; sie hatte panische Angst vor körperlichen Schmerzen, wie ebenfalls die meisten jungen Frauen in ihren Kreisen. Aber heutzutage ließ sich all das ja leicht regeln: Mrs Manford (die sich, da Lita Waise war, der Sache annahm) kannte natürlich die allerbeste «Dämmerschlaf»[7]-Klinik im Land, brachte Lita dort in der luxuriösesten Suite unter und überschwemmte ihre Zimmer mit Frühlingsblumen, Treibhausfrüchten, Romanneuerscheinungen und druckfrischen Zeitschriften, sodass Lita so leicht und empfindungslos in die Mutterschaft schwebte, als wäre das Wachspüppchen, das plötzlich in der Wiege neben ihrem Bett auftauchte, in einem der riesigen Rosensträuße hereingebracht worden, die sie allmorgendlich auf ihrem Kissen vorfand.

«Natürlich sollte da kein Schmerz sein … nur Schönheit … Es sollte einer der wunderbarsten, poetischsten Vorgänge auf Erden sein, ein Kind zu bekommen», erklärte Mrs Manford mit jener hellen, tragenden Stimme, die «Schönheit» und «Poesie» wie Errungenschaften einer fortgeschrittenen Industrialisierung klingen ließ und «Kinder» wie etwas, was man serienweise produziert wie

Fords. Und Jim hatte sich unbändig über seinen Sohn gefreut, und Lita hatte es wirklich überhaupt nicht wehgetan.

2

Die Marchesa war ein ebenso unregelmäßiges wie unvermeidliches Ereignis in Mrs Manfords Leben.

Die meisten Menschen hätten die Marchesa als Störung empfunden, manche als etwas entschieden Lästiges und die Pessimisten als Schicksalsschlag. Mrs Manford war durchaus stolz darauf, dass sie diese Voraussetzungen zwar erkannt, daraus aber etwas Glanzvolles, ja sogar Beneidenswertes zu schaffen gewusst hatte.

Wo der eigene Ehemann (oder auch nur Exehemann) eine Cousine ersten Grades namens Amalasuntha degli Duchi di Lucera besaß, welche den Marchese Venturino di San Fedele aus einer der großen neapolitanischen Familien geheiratet hatte, wäre es dumm und verschwenderisch gewesen, eine solche Fügung aus Namen und Umständen nicht zu nutzen und (wie die Wyants) lediglich daran zu denken, dass Amalasunthas Besuch in New York nur dazu diente, Geld aufzutreiben, ihren schrecklichen Sohn wieder einmal aus einer Klemme zu befreien oder die Familienanwälte nach neuen Tricks zu fragen, wie sie die Reste ihres Vermögens gegen Venturinos systematische Raubzüge schützen könne.

Mrs Manford wusste im Voraus, wie hoffnungslos diese Bestrebungen samt und sonders waren – abgesehen von dem Versuch, bei ihr selbst Geld zu borgen. Sie lieh Amalasuntha immer zwei- oder dreitausend Dollar und verbuchte sie als Erfolgsposten in ihrem sorgfältig geführten Rechnungsbuch; sie schenkte der Marchesa sogar ihre (geschickt abgeänderten) Kleider vom letzten Jahr, und im Gegenzug erwartete sie, dass Amalasuntha auf die Manford'schen Einladungen jenen exotischen Glanz warf, wie ihn die nahe Verwandte eines Herzogs, der obendrein spanischer Grande und hoher Würdenträger am päpstlichen Hof war, auch noch in den staubigsten Nebenstraßen ausstrahlte, selbst wenn ihre Mutter nur eine Mary Wyant aus Albany gewesen war.

Mrs Manford hatte damit Erfolg gehabt. Ohne lange zu überlegen, verfiel die Marchesa ganz selbstverständlich in die ihr zugedachte Rolle. Bei einem stürmischen, unsicheren Leben wie dem ihren bedeutete New York, wo ihre reichen Verwandten lebten und von wo sie immer mit ein paar tausend Dollars heimkehrte, mit Kleidern, die man noch für ein weiteres Jahr herrichten konnte, und mit guten Ratschlägen, wie Venturino unter Druck zu setzen sei, einen Vorgeschmack auf den Himmel. «Dort leben? *Carina*[8], *niemals!* Es ist zu ... zu ereignislos. Wie der Himmel wahrscheinlich auch. Aber alle sind himmlisch freundlich ... und Venturino hat gelernt, dass meine amerikanischen Verwandten bestimmte Dinge nicht hinnehmen ...» So klang es, wenn Amalasuntha in den Salons von Rom, Neapel oder St. Moritz von ihren Besuchen in New York erzählte; wohingegen sie in New York ganz unbekümmert und gedankenlos – denn es gab kein schlichteres Gemüt als Amalasuntha – Namen fallen ließ und Erinnerungen beschwor, die in diese kleine, im Süden von der Wallstreet und in den meisten anderen Himmelsrichtungen von Long Island begrenzte Welt ein romantisch glühendes, unwirkliches Licht sandten; und Pauline Manford sorgte eifrig dafür, dass sich ihre übrigen Gäste in diesem Licht sonnen konnten.

«Die Cousine meines Mannes» (seit der Scheidung von Wyant zur «Cousine meines Sohnes» geworden) war auch nach siebenundzwanzig Jahren noch eine nützliche Trumpfkarte in der Gesellschaft. Die Marchesa di San Fedele, jetzt eine Frau von fünfzig Jahren, war in Paulines Kreisen noch immer ein Vorwand für Dinner, ein Instrument, mit dem sich gesellschaftliche Schulden abzahlen ließen, ein kleiner, aber zuverlässiger Leuchtkörper am unruhigen Himmel von New York. Beim Anblick ihrer etwas hilflosen, schmächtigen Gestalt, die, auch wenn sie Mrs Manfords alte Kleider trug, stets in gleichmütiges, unauffälliges Schwarz gehüllt war, erschienen vor Paulines innerem Auge hallende römische

Treppenhäuser, fackelbeleuchtete Auftritte von Kardinälen in der Empfangshalle der Luceras und ein prächtiges Hintergrundfresko mit Päpsten, Fürsten, verfallenen Palästen, zypressenbewachten Villen, Skandalen, Tragödien und endlosen Erbstreitigkeiten.

«Es ist entsetzlich, welch lasterhaftes Leben diese berühmten römischen Familien führen. Schließlich fließt in den Adern der armen Amalasuntha gutes amerikanisches Blut – ihre Mutter war eine Wyant; ja, Mary Wyant heiratete den Fürsten Ottaviano di Lago Negro, den Sohn des Herzogs von Lucera, der lange zur italienischen Gesandtschaft in Washington gehörte. Aber was soll Amalasuntha machen, wo es doch in diesem Land keine Scheidung gibt und eine Frau sich mit wirklich *allem* abfinden muss? Der Papst war sehr freundlich, er steht durchaus auf Amalasunthas Seite. Doch auch Venturinos Angehörige sind sehr mächtig, eine große neapolitanische Familie, ja, Kardinal Ravello ist Venturinos Onkel … Das alles war ganz schrecklich für Amalasuntha … und sie fühlt sich hier bei ihrer Familie wie in einer Oase …»

Pauline Manford meinte es ehrlich; sie glaubte tatsächlich, dass es für Amalasuntha schrecklich war. Pauline selbst konnte sich nichts Entsetzlicheres vorstellen als ein soziales Gefüge, das keine Scheidung anerkannte und alle familiären Übel ungestört weiterschwären ließ, statt das Leben der Menschen in regelmäßigen Abständen zu desinfizieren und frisch zu tünchen wie einen Keller. Doch obwohl Mrs Manford so dachte – ja buchstäblich *während* sie dies dachte –, fiel ihr ein, dass Kardinal Ravello, Venturinos Onkel, als einer der möglichen Gesandten für den römisch-katholischen Kongress genannt worden war, der in diesem Winter in Baltimore stattfinden sollte, und sie fragte sich, ob man nicht mit Amalasunthas Hilfe eine Abendgesellschaft für Seine Eminenz veranstalten könnte. Sie ging sogar so weit, über die Wirkung von seidenbestrumpften Dienern nachzugrübeln, die als Fackelträger das – Gott sei Dank marmorne! – Manford'sche Treppenhaus säumen, und über Dexter Manford und Jim, die den Kirchenfürsten an der Schwelle empfangen und dann mit silbernen Kandelabern in der Hand rückwärts die Treppe hinaufgeleiten könnten. Allerdings war sich Pauline nicht sicher, ob die beiden sich dazu würden überreden lassen.

Für Pauline lag in diesem zweigleisigen Gedankengang nicht mehr Widerspruch, als wenn sie angesichts der Verbrechen der römischen Kirche erschauerte und sich gleichzeitig wünschte, einen ihrer Würdenträger mit dem geziemenden Zeremoniell zu empfangen. Sie war an solch schnellen Perspektivwechsel gewöhnt und stolz darauf, dass in ihrem Kopf ganze Gruppen widersprüchlicher Meinungen friedlich zusammenlebten wie die «Glücklichen Familien»[9], die von Wanderzirkussen zur Schau gestellt wurden. Und wenn der Kardinal tatsächlich in ihr Haus kam, würde sie natürlich ihre amerikanische Unabhängigkeit beweisen, indem sie auch den Bischof von New York einlud – ihren Bischof aus der Episkopalkirche –, möglicherweise noch den Oberrabbiner (auch ein Freund von ihr) und selbstverständlich den wunderbaren, viel geschmähten «Mahatma», an den sie immer noch fest glaubte …

Der Name ließ sie plötzlich innehalten. Ja, selbstverständlich glaubte sie an den Mahatma. Sie hatte allen Grund dazu. Während sie vor dem großen, dreiteiligen Spiegel in ihrem Ankleidezimmer stand, blickte sie in das riesige Badezimmer dahinter, das mit seinen weißen Fliesen, polierten Leitungen, Waagen und geheimnisvollen Apparaten zum Duschen, für Gymnastik und «Körperkultur» wie ein biologisches Labor aussah, und dachte voll Dankbarkeit daran, dass einzig die eurythmischen Übungen des Mahatma («heilige Ekstase» nannte er sie) ihren Hüftumfang reduziert hatten, nachdem alles andere fehlgeschlagen war. Und diese Dankbarkeit für die verschlankten Hüften ruhte in ihrem wohlsortierten Kopf auf einer Karteikarte in derselben Schublade wie der begeisterte Glaube an seine wunderbaren mystischen Lehren über Selbstaufgabe, ein früheres Leben und astrale Seelenverwandtschaften … Alles so unbegreiflich und rein … Ja, selbstverständlich würde sie den Mahatma einladen. Es würde dem Kardinal guttun, sich mit ihm zu unterhalten. Sie hörte schon förmlich, wie Seine Eminenz mit vor Ergriffenheit bebender Stimme sagte: «Mrs Manford, ich möchte Ihnen danken, dass Sie mich mit diesem wunderbaren Mann bekannt gemacht haben. Wenn Sie nicht gewesen wären …»

Ach, wie gern hörte sie, wenn Gäste zu ihr sagten: «Wenn Sie nicht gewesen wären …!»

Das Telefon auf ihrem Toilettentisch klingelte. Miss Bruss hatte vom Boudoir aus weiterverbunden. Als Mrs Manford den Hörer abhob, warf sie einen nervösen Blick auf die Uhr. Sie kam bereits sieben Minuten zu spät zum Ondulieren …

Ah, es war Dexters Stimme. Automatisch ordnete sie ihre Gesichtszüge zu einem ehefraulichen Lächeln und verlieh ihrer Stimme den dazugehörigen Tonfall. «Ja? … Pauline, Liebster … Oh – wegen des Dinners heute Abend? Na, du weißt doch, Amalasuntha … Du gehst mit Jim und Lita ins Theater? Aber Dexter, das geht nicht! Die essen auch hier, Jim und Lita … Aber natürlich … Ja, das muss ein Missverständnis sein; Lita ist so schusselig … Ich weiß …» Das Lächeln wirkte plötzlich ein wenig gequält und die Stimme ebenso. Dann, geduldig: «Ja, was noch? … Oh … oh … Dexter … was meinst du damit? Der Mahatma? Was? Ich verstehe nicht!»

Doch sie verstand sehr wohl. Sie merkte, wie sie unter ihrer dezenten Schminke erbleichte. Irgendwo tief in ihr hatte in den letzten Wochen eine unausgesprochene Angst vor genau diesem Ereignis gelauert, die Angst, dass die Menschen, die den Lehren des indischen Weisen – New Yorks großer «seelischer Auftriebskraft» der letzten beiden Jahre – ablehnend gegenüberstanden, an Macht gewinnen und zu einer Bedrohung werden würden. Und nun erzählte Dexter Manford tatsächlich, er sei gebeten worden, Nachforschungen über die Zustände an des Mahatmas «Schule des östlichen Denkens» anzustellen, was alle möglichen Unannehmlichkeiten nach sich ziehen konnte. Dexter sprach am Telefon verständlicherweise nie viel über berufliche Themen, und nach Ansicht seiner Frau auch nicht genug, wenn er nach Hause kam. Aber das wenige, was sie seinen Worten jetzt entnehmen konnte, verursachte ihr regelrecht Übelkeit.

«O Dexter, ich muss mit dir darüber reden! Sofort! Du kannst nicht vielleicht zum Lunch heimkommen? … Unmöglich? … Nein – heute Abend werden wir dazu keine Zeit haben … Na, das Dinner für Amalasuntha – bitte vergiss es nicht schon wieder!»

Eine Hand am Hörer, griff sie mit der anderen nach ihrem Terminkalender (einer Abschrift der Liste von Miss Bruss) und überflog ihn mit einem nervösen, leeren Blick. Ein Skandal – noch ein Skandal! Das durfte nicht sein. Sie hasste Skandale. Und außerdem glaubte sie an den Mahatma. Er hatte das Zweite Gesicht[10]. Von dem Augenblick an, als sie in einem Zeitschriftenartikel diesen Begriff gelesen hatte, fühlte sie in sich eine vollkommene Übereinstimmung mit ihm …

«Ich muss dich noch vor heute Abend treffen, Dexter. Warte! Ich sehe nur kurz meine Termine durch.» Sie kam zu «16.00: Besuch bei A. 16.30: Musical, Torfried Lobb.» Nein, Torfried Lobb konnte sie nicht streichen; sie gehörte zu den fünfzig oder sechzig Damen, die ihn im vergangenen Winter «entdeckt» hatten, und wusste, dass er mit ihrer Anwesenheit bei seinem Konzert rechnete. Gut, dann musste dieses eine Mal «A» geopfert werden.

«Hör zu, Dexter, wenn ich um vier Uhr in die Kanzlei komme? … Ja, Punkt vier. Ist das recht? … Und unternimm nichts, bevor ich bei dir bin, versprich mir das!»

Sie legte mit einem Seufzer der Erleichterung auf. Sie würde versuchen, die Dinge wieder zurechtzurücken, indem sie «A» am nächsten Tag besuchte, obwohl die Korrektur ihres Kalenders auf dem Höhepunkt der Saison ein ebenso mühsamer wie schwerer Eingriff war.

In ihrer gereizten Stimmung hätte sie am liebsten Arthur die Schuld daran gegeben, dass er auf dem heutigen Terminkalender stand und damit alle ihre Verabredungen durcheinanderwarf. Der arme Arthur – von Anfang an war er einer ihrer Missgriffe gewesen. Sie hatte einen kleinen Friedhof davon – einen sehr kleinen –, den sie mit Wucherpflanzen bestückt hatte, sodass man ihr ganzes Leben durchwandern konnte, ohne die Gräber zu bemerken. Für die unerfahrene, eben erst dem Fabrikqualm von Exploit entronnene Pauline von vor dreißig Jahren verkörperte Arthur Wyant den verführerischen Gegensatz zwischen einer Stadt, die einzig damit beschäftigt war, Geld zu verdienen, und einer Gesellschaft, die entschlossen war, es auszugeben. So eine glänzende Erscheinung – und nichts vorzuweisen! Sie wusste nicht genau, was sie erwartet hatte; ihr Ideal von männlichen Großtaten bestand damals einzig aus der Fähigkeit, schneller reich zu werden als die Nachbarn – was Arthur mit Sicherheit niemals schaffen würde. Sein Schwiegervater in Exploit hatte auf den ersten Blick erkannt, dass es zwecklos war, ihn ins Automobilgeschäft einzuführen, und mit philosophischer Gelassenheit zu Pauline gesagt: «Am besten betrachtest du ihn einfach als Schmuckstück; das werden wir uns schon leisten können.»

Aber Schmuck muss zumindest glänzen, und Arthur war irgendwie – verblasst. Früher einmal hatte sie gehofft, er werde eine Rolle in der Staatspolitik spielen – am Horizont lockten Washington und seine verführerischen diplomatischen Kreise –, aber er tat dies, ebenso wie das von ihm so genannte «Geschäft», mit einem verächtlichen Achselzucken ab. In Cedarledge trieb er ein wenig Landwirtschaft, fuhrwerkte in den Rechnungsbüchern herum und verplemperte ihr Geld, bis sie ihn durch einen professionellen Verwalter ersetzte; in der Stadt spielte er im Club stundenlang Bridge, interessierte sich zeitweilig für Pferderennen und hockte jeden Nachmittag bei seiner Mutter, der alten Mrs Wyant, in dem tristen Haus in der Nähe des Stuyvesant Square, das niemals renoviert worden war und auch jetzt noch mit Carcel-Lampen[II] beleuchtet wurde.

Immer hatte er sie nur behindert und enttäuscht. Dennoch hätte sie seine Unzulänglichkeit, sein erfolgloses Planen, sein Träumen und Trödeln, ja sogar seine zunehmende Neigung zum Trinken nachsichtig ertragen, wie man es den Ehefrauen ihrer Generation beigebracht hatte, hätte sie nicht zudem entdeckt, dass er «unmoralisch» war. Unmoral konnte eine hochgesinnte Frau nicht stillschweigend hinnehmen, und als sie bei der Rückkehr von einer Ruhekur[12] in Kalifornien feststellen musste, dass er sich auf eine heimliche Affäre mit einer bei seiner Mutter lebenden mittellosen Verwandten eingelassen hatte, forderten sämtliche Pauline bekannten Gesetze der Selbstachtung, ihn zu verstoßen. Entsetzt warf die alte Mrs Wyant die Cousine aus dem Haus und setzte sich für ihren Sohn ein, doch Pauline blieb eisern. Sie wandte sich an den aufstrebenden Scheidungsanwalt Dexter Manford, und unter seinen fähigen Händen wurde die Angelegenheit rasch und diskret, ohne Skandal, Streit oder gegenseitige Schuldzuweisungen erledigt. Wyant zog sich ins Haus seiner Mutter zurück, und Pauline reiste als freie Frau nach Europa.

Zu Beginn des neuen Jahrhunderts waren Scheidungen in der New Yorker Gesellschaft noch unüblich, und Wyant fühlte sich schlimmer in seinem Stolz verletzt, als Pauline erwartet hatte. Er lebte vollkommen zurückgezogen bei seiner Mutter, besuchte an den vom Gericht vorgeschriebenen Tagen seinen Sohn und versank in einer Art vorzeitigem Greisentum, das in einem sogar für Pauline selbst schmerzlichen Gegensatz zu ihrer eigenen wiedergewonnenen Jugend und Beweglichkeit stand. Dieser Gegensatz verursachte ihr noch lange danach Gewissensbisse, und im Lauf der Zeit, nach ihrer zweiten Heirat und dem Tod der alten Mrs Wyant, betrachtete sie den armen Arthur nicht mehr als Grund zur Klage, sondern als Verpflichtung. Sie hielt sich etwas darauf zugute, dass sie ihre Verpflichtungen nie vernachlässigte, und so stieg in ihr ein begreiflicher Groll gegen Arthur auf, weil er heute in ihrem Terminkalender vorkam und sie dadurch zwang, ihn zu verschieben.

Sie ging zurück zum Toilettentisch und betrachtete in dem großen, dreiteiligen Glas ihr Spiegelbild. Schon wieder diese feinen Falten um Lider und Lippen, diese senkrechten Furchen zwischen den Augen! Sie wollte sie nicht zulassen, nein, keine

Sekunde lang. Im heuchlerischen Ton einer Mutter, die ihr verletztes Kind beschwichtigt, befahl sie sich: «Hör auf, dir Sorgen zu machen, Pauline. Du weißt genau, so etwas wie Sorgen gibt es nicht; das sind nur Verdauungsstörungen oder Mangel an Bewegung, und alles ist in bester Ordnung …»

Sie schaute erneut in den Spiegel und bildete sich ein, die Falten seien wirklich weniger sichtbar, die senkrechten Furchen weniger tief. Jetzt erblickte sie wieder eine sich gerade haltende, sportliche Frau mit eigenem Haar, eigenen Zähnen und nur einem Hauch Rouge (weil «man das eben so macht»), das einen noch immer frischen Teint zum Strahlen brachte, musterte die feinen, symmetrischen Gesichtszüge, die schwarzen, dünn aufgemalten Brauen über den ausdrucksvollen, unverwandt blickenden grauen Augen, das üppige, ergrauende Haar, das sich unter dem Zauberstab des Friseurs noch immer willig kräuselte, und die sicher auf dem Boden stehenden Füße mit dem gewölbten Rist, der sich zu schlanken Fesseln verjüngte.

Wie unsinnig, sich über diese dumme Nachricht aufzuregen, das sah ihr gar nicht ähnlich! Sie würde bei Dexter vorbeischauen und die Mahatma-Geschichte in fünf Minuten regeln. Wenn es wirklich zu einem Skandal kommen sollte, wollte sie nicht, dass Dexter in ihn verwickelt war – nicht, wenn es gegen den Mahatma ging. Niemals würde sie vergessen, dass der Mahatma der Erste war, der ihr erklärt hatte, sie habe eine Begabung fürs Übersinnliche.

Das Mädchen öffnete einen Spalt breit die Innentür und sagte vorwurfsvoll: «Madam, der Friseur; und Miss Bruss hat mich gebeten, Sie zu erinnern …»

«Ja, ja, ja!», antwortete Mrs Manford hastig, und während sie sich in ihren Kimono warf und sich vor den Toilettentisch setzte, wiederholte sie im Flüsterton: «So, ich verbiete dir, dich gehetzt zu fühlen. Du weißt, so etwas wie Hetzerei gibt es nicht.»

Doch erneut wanderte ihr Blick ängstlich zu der kleinen Uhr zwischen den Parfümfläschchen, und sie fragte sich, ob sie nicht

Zeit sparen könnte, indem sie Maisie Bruss diktierte, während sie sich ondulieren und maniküren ließ. Sie beneidete Frauen, die kein Verantwortungsgefühl hatten, wie Jims kleine Lita. Sie selbst kannte nur eine einzige Welt, und die ruhte auf ihren Schultern.

3

Als Nona um Viertel nach eins das Haus ihres Halbbruders betrat, erhielt sie die Auskunft, Mrs Wyant sei noch nicht aufgetaucht.

«Und Mr Wyant auch nicht, nehme ich an? Aus seinem Büro, meine ich», fügte sie hinzu, als der junge Butler verwundert dreinblickte.

Pauline Manford war bei der Hochzeit ihres Sohnes sehr großzügig gewesen. Sie war erleichtert, dass er einen Hausstand gründete und begriffen zu haben schien, dass zu einer Ehe auch ein Beruf gehörte und das, was man eine geregelte Lebensweise nannte. Jim Unregelmäßigkeiten waren nicht etwa von der Art, an die man bei diesem Wort gemeinhin denkt. Vielmehr hatte er sich nicht entschließen können, was er mit seinem Leben anfangen sollte (genau wie sein armer Vater!), hatte immer vergessen, wie viel Uhr es war oder welche Verabredungen seine Mutter für ihn getroffen hatte; einmal hatte er sich in Cedarledge sogar ein Chemielabor gewünscht und dies dann, als es eingerichtet war, erst als Zwinger für seine Foxterrierzucht und später als ruhiges Plätzchen zum Geigenüben benutzt.

Nona wusste, wie sehr ihre Mutter unter dieser Unschlüssigkeit gelitten hatte und wie beruhigt Mrs Manford gewesen war, als der junge Mann im Rausch der Verliebtheit gelobt hatte, wenn Lita ihn nähme, würde er in ein Büro gehen und sich dort schinden wie alle anderen Ehemänner.

Wenn Lita ihn nähme! Lita Cliffe, eine Waise ohne Mitgift, der niemand zur Seite stand als eine verrückte und etwas anrüchige Tante, die «unmögliche» Mrs Percy Landish! Mrs Manford lächelte über die Bescheidenheit ihres Sohnes, während sie gleichzeitig seine guten Vorsätze lobte. «Diese Erfahrung hat aus dem lieben Jim einen Mann gemacht», sagte sie, voll sanften Triumphs über diese jüngste Bestätigung ihres Optimismus. «Wenn es nur anhält …!», fügte sie hinzu und verfiel wieder in allzu menschliches Zweifeln.

«Oh, bestimmt, Mutter, du wirst sehen – solange Lita seiner nicht überdrüssig wird», hatte Nona ihr versichert.

«Solange …? Aber liebes Kind, warum sollte Lita seiner je überdrüssig werden? Du vergisst anscheinend, welch ein Wunder es ist, dass ein Mädchen wie Lita, um das sich niemand kümmert als die arme Kitty Landish, überhaupt einen solchen Ehemann bekommen hat!»

Nona beharrte auf ihrem Standpunkt. «Mag sein, aber nimm nur dich selbst, Mutter! Haben nicht fast alle einander irgendwann satt? Und wenn es so weit ist: Hält sie irgendetwas davon ab, es noch einmal zu versuchen? Denk an deine großen Dinner! Muss Maisie nicht jedes Mal eine Liste verflossener Ehen anfertigen, so kompliziert wie ein Kreuzworträtsel, um zu verhindern, dass du die Gäste mit falschem Namen ansprichst?»

Mrs Manford tat den Angriff mit einer Handbewegung ab. «So sind Jim und Lita nicht; und ich mag es nicht, wie du über das Thema Scheidung sprichst, Nona» hatte sie in für ihre Verhältnisse ziemlich zahmem Tonfall hinzugefügt; schließlich – wie Nona ihr leicht hätte vorhalten können – variierten ihre eigenen Äußerungen zum Thema Scheidung in peinlicher Weise je nach Zeit, Ort und Scheidungsfall.

Das junge Mädchen hatte mehr als genügend Zeit, sich dieses Gespräch in Erinnerung zu rufen, während sie dasaß und auf ihren Bruder und seine Frau wartete. In dem neu eingerichteten, bewusst kahlen Haus schien es niemanden zu geben, der sie begrüßen wollte. Das Baby, nach dem sie gleich anfangs gefragt hatte, schlief, seine Mutter war wahrscheinlich noch gar nicht aufgewacht, und das Familienoberhaupt befand sich noch «im

Geschäft». Nona sah sich im Salon um, und Befremden erfasste sie – was in letzter Zeit immer öfter geschah.

Der Salon, so wurde ihr plötzlich bewusst, war das vollkommene Abbild einer modernen Ehe. Trotz seiner wohlgesetzten Effekte, der fast zwanghaften Berücksichtigung von Licht und Schatten, von Komplementärfarben und all dem Zeug, das einem modernen Innenarchitekten den Schlaf raubt, glich er mehr dem Wartesaal eines besseren Bahnhofs als dem Schauplatz eines gediegenen Lebens. Nichts darin wirkte heimelig oder behaglich – von dem frühen Kakemono[13] eines bärtigen Weisen auf blasser, lederfarbener Seidentapete bis zu den drei Iris Susiana, die auf dem Ödland eines ansonsten leeren Tischs einsam in einer weißen Song-Vase[14] standen. Lediglich die unruhigen Bewegungen der exotischen Goldfische in einem riesigen Kugelaquarium brachten etwas Leben in den Raum, und auch das nur vorübergehend, da Lita darauf bestand, das Aquarium Tag und Nacht mit elektrischem Licht zu beleuchten, und die Fische ohne Schlaf immer starben und durch neue ersetzt werden mussten.

Das Haus und die Einrichtung hatte Mrs Manford bezahlt. Es war nicht das, was sie sich für sich selbst ausgesucht hätte – sie war, was die neue Kargheit und wählerische Raffinesse betraf, noch nicht ganz auf der Höhe der Zeit. Aber sie hätte auch nicht gewollt, dass das junge Paar in der üppigen Kulisse aus Gobelins und «Stilmöbeln» lebte, die sie selbst bevorzugte. Vor allem wünschte sie, dass sie Schritt hielten, dass sie taten, was auch die anderen jungen Paare taten; sie hatte sogar – nach dem ersten Schrecken – Litas schwarzes Boudoir verdaut, mitsamt der Unzahl ebenholzschwarzer Samtkissen und der darauf herabblickenden Skulptur, deren Unanständigkeit Mrs Manford mit der Bemerkung zu verharmlosen suchte, ihres Wissens sei dies kubistisch. Nach allem, was sie getan hatte, fand sie es herzlos, dass Nona andeutete, Lita könnte Jims überdrüssig werden.

Der Gedanke hatte Nona eigentlich nie beunruhigt, zumindest nicht bis vor Kurzem. Auch jetzt hatte sie keinen konkreten Verdacht, es stellte sich ihr nur die unbestimmte Frage: Was würde eine Frau wie Lita tun, wenn sie das Leben, das sie führte, plötzlich sattbekäme? Aber diese Frage kehrte so oft wieder, dass sie heute Morgen mit ihrer Mutter darüber hatte reden wollen; denn wen sonst hätte sie um Rat fragen sollen? Arthur Wyant? Ach, der arme Arthur war nicht einmal fähig, seine eigenen armseligen kleinen Angelegenheiten einigermaßen vernünftig oder konsequent zu ordnen, und auf die Andeutung, jemand könne Jims überdrüssig werden, hätte er genauso empört reagiert wie Mrs Manford, allerdings ohne wie sie die eigenen Gefühle unter Kontrolle halten zu können.

Dexter Manford? Na ja … Dexter Manfords Tochter musste zugeben, dass es eigentlich nicht seine Sache war, wenn die Ehe seines Stiefsohns zu scheitern drohte, und außerdem wusste Nona, wie überlastet ihr Vater immer war, und sie schreckte davor zurück, ihm diese zusätzliche Last aufzubürden. Denn es wäre eine Last. Manford hatte Jim sehr gern (wie sie alle) und war außerordentlich nett zu ihm gewesen. Es war einzig Manfords Einfluss zu verdanken, dass Jim, der als zerstreut und unzuverlässig galt, bei der Amalgamated Trust Company eine so gute Stelle bekommen hatte; und Manford gefiel es, wie sich der Junge in seine Arbeit hineinkniete. So war er eben, dachte Nona zärtlich; wenn man Jim erst einmal zu etwas brachte, erledigte er es immer unglaublich geschickt und mit großer Ausdauer. Und dass es für Lita und den Jungen geschah, war Ansporn genug, um ihn lebenslänglich an diese Aufgabe zu binden.

Ein neuer Duft – unbekannt, aber köstlich. Umhüllt von ihm erschien Lita Wyant, halb tanzend, halb schwebend, eine Melodie summend, und während sie ihre Halskette zuhakte, drehte sich ihr kleiner, runder Kopf mit dem goldfischfarbenen Haar, dem perlmutternen Teint und den blinzelnden kastanienbraunen Augen auf dem langen Hals zur Seite wie der Kopf eines Vogels. Sie war überrascht, aber erfreut, Nona zu sehen, zeigte sich völlig ungerührt davon, dass Jim noch nicht zu Hause war, und hatte nicht die geringste Ahnung, dass der Lunch seit einer halben Stunde auf sie wartete.

«Ich habe nach meiner Gymnastik ein Sandwich gegessen und einen Cocktail getrunken. Da werde ich wohl noch keinen Hunger haben», vermutete sie. «Aber vielleicht du, armes Kind. Wartest du schon lang?»

«Nicht sehr lang! Ich kenne dich zu gut, um pünktlich zu sein», sagte Nona lachend.

Lita machte große Augen. «Willst du damit andeuten, dass ich unpünktlich bin? Was ist denn dann mit deinem vorbildlichen Bruder?»

«Er arbeitet in der Stadt, um für dich und deinen Sohn ein Dach über dem Kopf zu verdienen.»

Lita zuckte die Achseln. «Ein Dach … ich mache mir nichts aus Dächern, du etwa? Jedenfalls nicht aus diesem.» Sie packte Nona bei den Schultern, hielt sie auf Armeslänge von sich weg und fragte mit schiefgelegtem Kopf und bettelnd-beschwörender Miene: «Dieses Zimmer ist schrecklich, nicht wahr? Sag bitte, dass es schrecklich ist! Aber Jim will mir kein Geld geben, um es umzugestalten.»

«Umgestalten? Aber Lita, du hast es vor zwei Jahren genau so gestaltet, wie du es wolltest!»

«Vor zwei Jahren? Willst du damit sagen, dass dir etwas, was dir vor zwei Jahren gefiel, noch immer gefällt?»

«Ja, genau!», erwiderte Nona und fügte etwas hilflos hinzu: «Und außerdem finden alle dieses Zimmer wunderbar …» Sie hielt inne, denn sie merkte, dass sie klang wie ihre Mutter.

Lita ließ ihre kleinen Hände mit einer Geste der Verzweiflung herabsinken. «Das ist es ja gerade! *Alle* finden es wunderbar. Sogar Mrs Manford. Und wenn man bedenkt, was das für Dinge sind, die *alle* wunderbar finden! Warum so tun als ob, Nona? Es ist der typische Allerweltssalon. Jedes Paar, das im selben Jahr geheiratet hat wie wir, hat so einen. Als Tommy Ardwin – du weißt, der neue Innenarchitekt – ihn zum ersten Mal gesehen hat, sagte er

‹Meine Güte, wie gut ich das alles kenne!› und pfiff *Home, Sweet Home!*»

«Das ist doch klar, du Dummerchen! Schließlich hätte er gern den Auftrag, ihn neu einzurichten!»

Lita seufzte. «Wenn er das nur dürfte! Vielleicht könnte er mich mit diesem Haus versöhnen. Aber wahrscheinlich bringt das niemand fertig.» Sie blickte mit einer Miene unbeschreiblichen Ekels um sich. «Ich würde am liebsten alles, was hier drin steht, hinauswerfen. Ich langweile mich unsäglich.»

Nona lachte. «Du würdest dich überall langweilen. Ich wollte, es käme jemand wie Tommy Ardwin daher und würde dir erklären, wie klischeehaft es ist, sich zu langweilen.»

«Klischeehaft? Warum auch nicht? Wenn das Leben selbst so langweilig ist? Das Leben kann man nicht neu einrichten!»

«Wenn du es könntest, was würdest du als Erstes hinauswerfen? Das Kind?»

Litas Augen begannen Funken zu sprühen. «Sei nicht albern! Du weißt, dass ich mein Baby anbete.»

«Gut … dann Jim?»

«Du weißt, dass ich meinen Jim anbete!», echote die junge Ehefrau, sich selbst nachäffend.

«Nanu – das klingt ja bedrohlich!» Jim Wyant kam herein und sorgte mit seiner guten Laune für frische Luft. «Ich bekomme Angst vor meiner Frau, wenn sie sagt, dass sie mich anbetet», sagte er und umarmte Nona brüderlich.

Wie er so dastand, ein wenig untersetzt, stämmig und hellbraun, mit seinen strahlend blauen Augen und der kurzen Nase in dem kleinen Gesicht, in dem alles so hübsch modelliert war und dennoch so harmlos und bescheiden wirkte, überkam Nona wieder jenes alarmierende Befremden. Etwas war aus diesem Gesicht verschwunden – alles Wilde und Ungewisse, das Geigespielen, das Modellbauen, das Erfinden, Träumen und Schwanken, alles, was sie ganz besonders geliebt hatte – außer dem Zwinkern seiner nun nüchtern dreinblickenden Augen. Zurückgeblieben war nur offenkundig Nützliches. Nun ja, das war wohl auch besser so, wenn man sich Lita ansah! In einem Spiegel zwischen zwei Wandpaneelen erblickte sie das Gesicht ihrer Schwägerin und daneben ihr eigenes, und sie zuckte beim Vergleich ein wenig zusammen. Selbst bei günstigstem Licht betrachtet hatte ihr Gesicht nichts von dieser milchigen Durchsichtigkeit und auch nicht diese länglichen Züge, die Lita den Ausdruck von ständiger Bewegung verliehen, vergleichbar manchen Bäumen, in denen das Zittern einer immerwährenden Brise lebt. Obwohl Nona ebenso groß und fast ebenso schlank war, kam es ihr vor, als sei sie selbst aus festem Material geformt, während Lita aus Gischt und Sonnenlicht gesponnen war. Vielleicht kam das daher, dass alles an Nona so braun war. Sie hatte Dexter Manfords braune Locken, seine dichten schwarzen Wimpern umrahmten ihre eher gewöhnlichen grauen Augen, und ihre dunkle, gesunde Haut wirkte, verglichen mit der von Lita, rau und undurchsichtig. Der Vergleich verstärkte ihr unbestimmtes, dumpfes Gefühl der Mutlosigkeit noch. «Das ist nicht gerade einer meiner Glanztage», dachte sie.

Jim nahm ihren Arm. «Komm schon, mein Mädchen! Gibt es vielleicht einen Lunch?», fragte er und ging in Richtung Esszimmer.

«Ja, wahrscheinlich. In diesem Haus läuft doch täglich alles gleich ab», stellte Lita fest und verzog ein wenig das Gesicht.

«Also, beim Lunch freut mich das – zumindest an den Tagen, an denen ich mittags kurz heimsausen kann.»

«An den anderen isst Lita Goldfischfutter», sagte Nona lachend.

«Der Lunch ist angerichtet, Madam», verkündete der Butler.

Die Mahlzeit bestand, wie meistens unter Litas Dach, jeweils zur Hälfte aus Schleckereien und Schlendrian. Mrs Manford wäre über dieser unzuverlässigen Bedienung und wirren Speisenfolge wahnsinnig geworden; aber sie hätte zugeben müssen, dass niemand ein besseres Pilaw kochte als Litas Köchin. An Jim waren gastronomische Raffinessen verschwendet; seine Gleichgültigkeit gegenüber dem Wyant'schen Madeira war eine der härtesten Prüfungen für seinen Vater. («Es hätte mich nicht gewundert, wenn *du* dir nichts daraus machst, Nona, schließlich bist du eine Manford; aber dass ein Wyant keine Achtung vor altem Wein hat …!», beklagte sich Arthur Wyant oft bei ihr.) Was Lita anging, so knabberte sie entweder gelangweilt an einer neuen Reformkost oder fiel gierig über das unverdaulichste Gericht her, das auf den Tisch kam. Heute lehnte sie sich stumm und gleichgültig zurück, während Jim verschlang, was man ihm vorsetzte, als sei es ihm egal, ob es Büchsenfleisch war oder etwas anderes; Nona beobachtete die beiden aus halb geschlossenen Augen.

Das Telefon klingelte, und der Butler meldete: «Mr Manford, Madam.»

Nona Manford blickte auf. «Für mich?»

«Nein, Miss, für Mrs Wyant.»

Lita, plötzlich voll Leben, sprang auf. «Oh, schon gut … Wartet nicht auf mich», rief sie ihnen über die Schulter zu und stürzte zur Tür.

«Lass den Apparat hereinbringen», schlug Jim vor, doch sie fegte vorbei, ohne ihn zu beachten.

«Das ist neu – Lita saust zum Telefon!», rief Jim lachend.

«Und zwar um mit Vater zu sprechen!» Nicht um alles in der Welt hätte Nona erklären können, warum sie plötzlich mit einem vagen Gefühl der Verlegenheit innehielt. Dexter Manford war zu der Frau seines Stiefsohns immer sehr freundlich gewesen – aber schließlich war jedermann freundlich zu Lita.

Jim beugte sich über den Pilaw; er schlang ihn rasch und achtlos hinunter.

«Na, ich hoffe nur, er erzählt ihr etwas, was ihr Freude macht, denn in letzter Zeit scheint sie nichts mehr zu freuen.»

Nona lag die Antwort auf der Zunge: «O doch, es macht ihr Freude zu erzählen, dass ihr nichts mehr Freude macht.» Aber nach einem Blick in das Gesicht ihres Bruders, das unter oberflächlicher Heiterkeit leicht beunruhigt wirkte, ließ sie es sein.

Stattdessen pries sie die Schönheit der beiden gelben Aronstäbe in einem bronzenen Krug, die sich im Mahagoni des Esstischs spiegelten. «Lita hat ein Händchen für Blumen.»

«Und für alles andere auch – wenn sie will!»

Die Tür öffnete sich, Lita kam zurückgeschlendert und ließ sich auf ihren Stuhl fallen. Mit verächtlichem Kopfschütteln lehnte sie den angebotenen Pilaw ab. Es herrschte kurzes Schweigen.

«Und, was gibt's für Neuigkeiten?», fragte Jim.

Seine Frau hob die feinen Brauen. «Neuigkeiten? Ich dachte, dafür sorgst du. Ich bin gerade erst aufgewacht.»

«Ich meine …» Aber er brach ab und bedeutete dem Butler, seinen Teller abzuräumen. Wieder ergab sich eine Pause; dann drehte sich Litas kleiner Kopf auf dem langen Fragezeichenhals zu Nona. «Anscheinend speisen wir heute Abend im Palazzo Manford. Wusstest du das?»

«Ob ich das wusste? Aber Lita! Ich bekomme seit Wochen nichts anderes zu hören. Es ist das alljährliche Festessen für die Marchesa.»

«Mir hat niemand etwas gesagt», versetzte Lita gelassen. «Ich bin leider verabredet.»

Jim hob ruckartig den Kopf. «Du hast das vor vierzehn Tagen erfahren.»

«Ach, vor vierzehn Tagen! Das ist zu lang her, als dass man sich an etwas erinnern könnte. Das ist so, wie wenn Nona zu mir sagt, ich solle meinen Salon schön finden, nur weil ich ihn vor zwei Jahren schön fand.»

Ihr Mann errötete bis in die Wurzeln seiner hellbraunen Haare. «Findest du ihn denn nicht mehr schön?», fragte er mit einer Art knabenhaftem Entsetzen.

«So, jetzt ist Lita glücklich! Jetzt hat sie erreicht, was sie wollte!» Nona lachte ein wenig nervös.

Lita fiel in das Lachen ein. «Ist er nicht wie seine Mutter?», fragte sie mit einem Achselzucken.

Jim schwieg, und seine Schwester vermutete, dass er Angst

hatte, auf der Essenseinladung zu bestehen, um der Entschlossenheit seiner Frau, sie zu ignorieren, nicht noch Vorschub zu leisten. Aus demselben Grund hielt sich auch Nona zurück und sagte nichts mehr, und der Lunch endete in belanglosem Geplapper über andere Dinge. Aber es verblüffte Nona, dass es bei dem Anruf ihres Vaters darum gegangen sein sollte, dass Lita heute Abend bei ihm zu Hause speiste. Überhaupt von allein daran zu denken sah Dexter Manford nicht ähnlich (wie Miss Bruss' verzweifelter Anruf bezeugte), und noch weniger sah es ihm ähnlich, die Gäste seiner Frau daran zu erinnern, selbst wenn er wusste, wer zu ihnen zählte – was selten zutraf. Nona überlegte. «Sie wollten offenbar zusammen irgendwo hingehen – er sagte, er sei heute Abend verabredet –, und Lita ärgert sich, weil es nun nicht klappt. Aber schließlich ärgert sie sich heute über alles.» Nona versuchte, mit dieser Erklärung ihre Verlegenheit zu kaschieren. Sie fragte sich, ob sich auch Jim damit zufriedengab.

4

Es ließ sich wohl schwerlich ein größerer Gegensatz finden, dachte Nona Manford, als der zwischen Lita Wyants Haus und jenem, vor dem sie zwei Stunden später aus Lita Wyants schickem Brewster[15] ausstieg.

«Du willst bestimmt nicht mitkommen, Lita?» Die junge Frau blieb stehen, die Hand an der Autotür. «Er würde sich schrecklich freuen.»

Lita lehnte mit einem Kopfschütteln ab. «Ich bin nicht in Stimmung.»

«Aber er ist sehr amüsant – er kann äußerst unterhaltsam sein.»

«Oh, er ist ein Spleen von dir, aber für mich wäre das eine Verpflichtung, und mir ist gerade nicht nach Verpflichtungen.» Lita winkte mit ihrer Blumenhand und war fort.

Nona stieg die pockennarbigen braunen Stufen hinauf. Dies war das Haus der alten Mrs Wyant, eine verblichene, heruntergekommene Behausung in einer Straße, an der das elegante Geschäftsleben seit Langem vorbeifloss. Nach dem Tod seiner Mutter hatte Wyant das Haus aus wirtschaftlichen Gründen in kleine Wohnungen unterteilt. Eine behielt er für sich, und in der darüberliegenden wohnte die frühere Hausgenossin seiner Mutter, jene arme Cousine, die der Grund für seine Scheidung gewesen war. Wyant hatte sie nie geheiratet, aber auch nie verlassen; das sagte einiges über seinen Charakter aus, fand Nona. Wenn er krank war – er hatte ziemlich früh eine merkwürdige nervöse Hypochondrie entwickelt –, kam die Cousine herunter und pflegte ihn; wenn es ihm gut ging, zeigte sie sich nie vor seinen Besuchern. Aber es hieß, sie kümmere sich um die Flickwäsche, behalte einigermaßen den Überblick über seine Rechnungen und verhindere, dass er eine Beute gewissenloser Schurken wurde. Pauline Manford meinte, so sei es wahrscheinlich am besten. Sie selbst hätte es nur natürlich und anständig gefunden, wenn ihr früherer Mann seine Cousine geheiratet hätte; da er dies nicht getan hatte, zog sie die Schlussfolgerung vor, dass die beiden seit der Scheidung lediglich «gute Freunde» waren. Der Verhaltenskodex der Wyants war ihr immer ein Rätsel geblieben. Nie begegnete sie der Cousine, wenn sie ihren früheren Mann besuchte; einzig Jim ließ es sich angelegen sein, ein paarmal im Jahr an der Tür im oberen Stockwerk zu läuten, und zu Weihnachten schickte er der unsichtbaren Bewohnerin eine Azalee.

Nona lief die Stufen zu Wyants Wohnungstür hinauf. Auf der Schwelle erwartete sie eine dünne, grauhaarige Dame mit düsterer Miene.

«Kommen Sie bitte herein. Er hat einen Gichtanfall, kann nicht an die Tür kommen, und die Köchin musste ich auch erst zum Einkaufen schicken, damit er etwas Leckeres auf den Tisch bekommt.»

«Oh, danke, Cousine Eleanor.» Das Mädchen blickte der Frau

mitfühlend in die trüben, traurigen Augen. «Der arme Punkt A! Es tut mir leid, dass er wieder krank ist.»

«Er war … unvernünftig. Aber das Schlimmste ist schon vorüber. Es wird ihn aufmuntern, wenn er Sie sieht. Ihr Cousin Stanley ist auch da.»

«So?» Nona zuckte ein wenig zurück, spürte, dass sie leicht errötete.

«Er geht gleich wieder. Mr Wyant wird enttäuscht sein, wenn Sie nicht hereinkommen.»

«Aber natürlich komme ich herein.»

Die ältere Frau lächelte erschöpft und verschwand nach oben, während Nona aus ihrem Pelzmantel schlüpfte. Es war zwecklos, Cousine Eleanor zum Bleiben zu drängen. Wenn man sie sehen wollte, musste man an *ihrer* Tür läuten.

Arthur Wyants schäbiges Wohnzimmer war voll von Februarsonne, Illustrierten, Zeitungen und Zigarrenasche. In den Regalen standen ein paar Bücher, auch sie schäbig. Einst mochten sie Wyant etwas bedeutet haben, seine Sprache war noch immer durchsetzt mit Spuren früherer Bildung, besonders in Gegenwart von Besuchern wie Nona und Stan Heuston. Aber sein Anspielungsrepertoir legte den Schluss nahe, dass er schon seit Jahren nichts mehr gelesen hatte. Selbst Romane bedeuteten eine zu große Belastung für seine Konzentrationsfähigkeit. Seit Nona denken konnte, beschäftigte er sich nur mit Illustrierten, reich bebilderten Zeitungen und den Lieferungen der allwöchentlichen Skandale. Er interessierte sich außerordentlich für die Privatangelegenheiten der Gesellschaft, die er nicht mehr aufsuchte, machte sich aber in den Gesprächen mit Nona oder Heuston stets über dieses Interesse lustig.

Er saß mit hängenden Schultern, gesenktem Kopf und unbeholfen bandagiertem Fuß in seinem Sessel vergraben, doch auf Nona wirkte er, wie er immer auf sie wirkte: größer, schlanker, stattlicher und kräftiger als alle Männer, die sie kannte. Inzwischen sackte er auch in sich zusammen, wenn er stand, er war vorzeitig gealtert, und vielleicht verband man ihn daher so leicht mit verschwundenen Sitten und Gebräuchen, wie sie allenfalls in seiner frühesten Jugend üblich gewesen sein konnten.

Für Nona würde er jedenfalls immer der Arthur Wyant von der vergilbten Rennplatz-Fotografie auf dem Kaminsims bleiben. Im grauen Gehrock und Zylinder der frühen Achtzigerjahre stand er als größter in einer Reihe anderer großer, ähnlich gekleideter Männer hinter Damen mit Puffärmeln und kleinen Hüten, die schräg auf dem kunstvoll frisierten Haar saßen. Wie friedlich, heiter und gemütlich sie alle wirkten! Nie konnte Nona sie betrachten ohne ein schmerzhaftes Bedauern, dass sie nicht in jenen luxuriösen Zeiten der Dogcarts und Victorias[16], des gemächlichen Tennisspiels und der Nachmittagsbesuche geboren war.

Noch mehr als seine Gestalt verband sein Gesicht Wyant mit dieser Vergangenheit: der kleine, wohlgeformte Kopf, das krause Haar, das sich über einer schmalen, leicht fliehenden Stirn schon lichtete, die Augen, in denen sich noch ein Zwinkern hielt – Augen, die wahrscheinlich einst, als das Haar noch braun war, blau gewesen und jetzt wie alles andere ausgebleicht waren –, und der dünne, hübsche Schnurrbart über einem zweifelnden, ironisch verzogenen Mund.

Eine romantische Gestalt – oder vielmehr deren verblasste Fotografie. Ja, vielleicht war Arthur Wyant schon immer verblasst gewesen, wie ein reizvolles Spiegelbild in einem blinden Spiegel. Und die langen Gliedmaßen und die gute Haltung waren für einen anderen Mann gedacht, einen Mann, dem wirklich widerfuhr, wovon Wyant nur träumte.

Bei seinem Besucher, wiewohl aus derselben Familie, wäre niemand auf solche Gedanken gekommen. Stanley Heuston war viel jünger, Mitte dreißig, und fast alles an ihm war irgendwie durchschnittlich: seine Größe, seine Hautfarbe, seine Gesichtszüge. Aber er hatte eine markante Stirn, einen energischen, spöttischen Zug um den Mund, und nur die kleinen, flinken Augen verrieten etwas von der Unsicherheit und Unentschiedenheit, die er von seiner Wyant-Mutter geerbt hatte.

Als Nona näher trat, streckte Wyant ihr eine dürre, fieberheiße Hand entgegen. «Na, das nenne ich Glück! Stan hat sich gerade fertig gemacht, um beim Nahen deiner Mutter zu fliehen, und stattdessen tauchst du auf!»

Heuston erhob sich und begrüßte Nona mit einer gewissen Förmlichkeit. «Vielleicht sollte ich trotzdem fliehen», sagte er mit einer auffallend angenehmen Stimme. Eindringlich blickte er das Mädchen an.

Sie hob leicht die Hand, weniger um ihn zurückzuhalten oder zu verabschieden, als vielmehr um ihre vollkommene Gleichgültigkeit zu demonstrieren. «Kommt Mutter denn nicht auch gleich?», fragte sie, an Wyant gewandt.

«Nein; ich bin auf morgen verschoben worden. Es muss einen riesigen Erdrutsch gegeben haben, da sie ihre Pläne in letzter Minute geändert hat. Setz dich und erzähl uns alles.»

«Ich weiß von keinem Erdrutsch. Nur dass heute die Abendgesellschaft mit Tanz für Amalasuntha ist.»

«Aha, aber so etwas schafft deine Mutter doch spielend. Du unterschätzt ihre Fähigkeiten. Stan hat gerade Andeutungen von etwas weit Explosiverem gemacht.»

Nona verspürte ein inneres Zittern; würde jetzt Litas Name fallen? Sie warf Heuston einen fast feindseligen Blick zu.

«Oh, Stans Andeutungen…»

«Da siehst du, was Nona von meinen Äußerungen über Städte und Menschen hält.» Heuston zuckte die Achseln. Er war stehen geblieben, als wollte er sich gleich verabschieden, doch wieder fühlte das Mädchen seinen gespannten Blick flehentlich auf sich gerichtet.

«Wartest du, um mich nach Hause zu begleiten? Das brauchst du nicht. Ich habe vor, noch lange zu bleiben», sagte sie und lächelte über ihn hinweg Wyant an, während sie sich auf einem der chintzbezogenen Sessel niederließ.

«Bist du nicht ein bisschen streng mit ihm?», meinte Wyant, nachdem sich die Tür hinter dem Besucher geschlossen hatte.

«Es ist doch kein Verbrechen, dich nach Hause begleiten zu wollen.»

Nona machte eine ungeduldige Handbewegung. «Stan langweilt mich.»

«Na ja, er hat nicht gerade den Reiz des Neuen. Oder ist nicht mehr auf der Höhe der Zeit, *deiner* Zeit. Mir kommen seine Gedanken manchmal ziemlich umstürzlerisch vor, aber in deinen und Litas Kreisen gilt ein junger Mann, der nicht den ganzen Tag tanzt und die ganze Nacht trinkt – oder umgekehrt – vermutlich als unmodern.»

Das Mädchen ging nicht darauf ein, und nach einer kurzen Pause fuhr Wyant in seinem halb spöttischen, halb nörgelnden Ton fort: «Oder ist er vielleicht nicht ausreichend ‹übersinnlich begabt›? Das ist doch das Neueste, nicht wahr? Wenn ihr nicht die Beine hochschmeißt, hegt ihr hochfliegende Gedanken. Das erinnert mich wieder an Stans Neuigkeiten …»

«Ja?», brachte Nona zwischen ausgedörrten Lippen hervor. Ihr Blick wanderte von Wyant zu den glühenden Kohlen im Kamin. Sie wollte jetzt niemandem ins Gesicht sehen.

«Anscheinend bahnt sich ein riesiger Skandal an – einer der schlimmsten, die wir je hatten. Es geht um den Mahatma, du weißt schon, diesen Nigger[17], von dem deine Mutter immer redet. Im letzten ‹Looker-on› gibt es so eine Andeutung, hier … Wo steht es denn? Ist ja egal. Was da steht, ist ein Klacks gegen die wirklichen Tatsachen, sagt Stan. Anscheinend haben die Zustände in dieser ‹Schule des östlichen Denkens› – wie nennt er das Haus, Dawnside? – ein solches Ausmaß erreicht, dass die Grant Lindons, deren Tochter sich dorthin ‹zurückgezogen› hat oder wie man das nennt, jetzt eine eingehende Untersuchung fordern. Es heißt, die Polizei will keinen Finger rühren, weil so viele bekannte Leute darin verwickelt sind; aber Lindon hat die Wut gepackt, und er schwört, dass er nicht ruhen wird, bis er den Fall vor Gericht gebracht hat.»

Bei diesen Worten fiel Nona ein Stein vom Herzen. Was kümmerten sie der Mahatma oder die Grant Lindons! Langweilige, altmodische Leute – kein Wunder, dass Bee Lindon solchen Eltern davongelaufen war, obwohl sie bestimmt eine dumme Kuh war. Außerdem verdankten sie dem Mahatma zweifellos Mrs Manfords verringerten Hüftumfang und dass sie weniger nervös war – denn Mrs Manford *war* manchmal nervös, trotz ihres nimmermüden Strebens nach Gelassenheit. Natürlich nicht so mürrisch und unkontrolliert wie der arme Arthur Wyant, der nie etwas von innerem Gleichgewicht, mentalem Verjüngungstraining oder dem Einssein mit dem Unendlichen gehört hatte, vielmehr war sie gereizt von der unaufhörlichen Anstrengung, Ruhe zu bewahren. In dieser Hinsicht waren die rhythmischen Übungen des Mahatma gewiss hilfreich gewesen. Nein, ein Skandal um die «Schule des östlichen Denkens» ließ Nona völlig kalt. Und als sie merkte, dass Wyant das von ihr befürchtete Thema wahrscheinlich noch nie zu Ohren gekommen war, reagierte sie aus Erleichterung geradezu fröhlich.

Es gab Augenblicke, in denen Nona drückende Verantwortung und Ängste spürte, die ihrem Alter nicht entsprachen, böse Ahnungen hatte, die sie nicht abschütteln konnte und denen sie aus Mangel an Lebenserfahrung nicht zu begegnen wusste. Einige Freundinnen hatten ihr in den kurzen Pausen zwischen Sinnentaumel und Nervenkitzel gestanden, dass auch sie eine solche unbestimmte Besorgnis empfanden. Es war, als ob angesichts der strahlenden Entschlossenheit der gesamten älteren Generation, Sorgen und Leid zu ignorieren, sie als ausgediente Popanze «wegzudenken», als Überreste eines obsoleten europäischen Aberglaubens, unwürdig eines aufgeklärten Amerikaners, dem fließendes Wasser und Zahnheilkunde ein höheres Niveau und Bifokalgläser einen klareren Blick auf das Universum verliehen hatten – als ob diese von den Älteren ignorierten Dämonen, um ihre natürliche Beute gebracht, ihren hungrigen Schatten nun auf die Jungen geworfen hätten. Schließlich musste sich in jeder Familie ab und zu einer ins Gedächtnis rufen, dass so etwas wie

Bosheit, Leiden und Tod noch nicht ganz von dieser Erde verbannt waren, und da sich all diese glatthäutigen, weißhaarigen, mit Massagen und Optimismus gepanzerten Mütter aufführten, als hätten sie noch nie von etwas anderem als vom Guten und Schönen gehört, mussten vielleicht ihre Kinder als stellvertretende Opfer herhalten. Es gab Stunden, in denen Nona Manford, eine verwirrte kleine Iphigenie[18], beunruhigt in diese Richtung argumentierte, dann aber auch wieder andere, in denen Jugend und Unerfahrenheit in den Vordergrund traten, die Last von ihr abfiel und sie sich fragte, warum sie anders als die älteren Leute nicht glauben konnte, dass man nur lebhaft, menschenfreundlich und liebevoll sein müsse, um sich gegen die Mächte der Finsternis zu schützen.

Auch jetzt empfand sie diese Erleichterung, aber eine vage Ruhelosigkeit blieb, und um die zu dämpfen und sich zu beweisen, dass sie nicht nervös war, erzählte sie Wyant, dass sie soeben bei Jim und Lita zum Lunch gewesen sei.

Wyant strahlte, wie immer, wenn er den Namen seines Sohnes hörte. «Der arme alte Jim! Gestern kam er kurz vorbei, und ich fand, er sah überarbeitet aus. Ich frage mich manchmal, ob dein Vater ihm nicht mehr Strapazen aufgebürdet hat, als ein Wyant vertragen kann.» Wyant klang gut gelaunt; seine anfängliche Verbitterung gegen den Mann, der seinen Platz eingenommen hatte (eine Sicht, die Pauline als barbarisch und mittelalterlich einstufte), war im Lauf der Zeit von Dankbarkeit für Dexter Manfords Wohlwollen gegenüber Jim abgelöst worden. Das merkwürdige Trio aus Wyant, Pauline und ihrem neuen Mann war dank der wechselseitigen Zärtlichkeit für die Kinder aus beiden Ehen zu einer Art unausgesprochenem Einvernehmen gelangt, und Manford liebte Jim fast ebenso sehr, wie Wyant Nona liebte.

«Tja», antwortete das Mädchen, «Jim tut immer alles mit vollem Einsatz. Und jetzt, wo er es für Lita und das Kind tut, muss er durchhalten, ob er will oder nicht.»

«Wahrscheinlich. Aber warum sagst du ‹ob er will oder nicht›?», fragte Wyant aus einem seiner verstörenden Geistesblitze heraus. «Mag er nicht mehr?»

Nona ärgerte sich, dass sie sich verplappert hatte. «Natürlich mag er. Ich meinte nur, dass er früher in seinen Neigungen ziemlich wankelmütig war und dass die Ehe ihm nun einen Lebensinhalt gegeben hat.»

«Wie altmodisch! Aber du bist eben altmodisch, mein Kind, all diesem Jazz[19] zum Trotz. Das habe wohl ich bewirkt, zum Ausgleich dafür, dass Manford Jim den Zeitgeist nahebringt. Kein großartiger Ausgleich, fürchte ich. Aber was meinst du, wie lange wird Lita noch daran liegen, Jims Lebensinhalt zu sein?»

«Warum sollte ihr nicht daran liegen? Und an dem Kind läge ihr auch weiterhin, selbst wenn … nicht dass ich glaube …»

«Ich weiß schon. Es ist ein Prachtkind. Komisch, ich sehe bereits jetzt, dass es eine Wyant-Nase und eine Wyant-Stirn bekommt. Das ist ungefähr alles, was wir ihm noch vererben können. Aber hör mal: Weißt du wirklich nicht mehr über den Mahatma? Ich dachte, dieses Lindon-Mädchen war eine Freundin von dir. Pass auf …»

Als Nona Manford auf die Straße hinaustrat, wunderte sie sich nicht, dass Stanley Heuston über den Stuyvesant Square auf sie zuschlenderte. Sie wunderte sich nicht, und eigentlich ärgerte es sie auch nicht; sie konnte machen, was sie wollte, das wohlige Behagen, das sie in seiner Nähe empfand, ließ sich nie ganz unterdrücken. Und doch war sie regelmäßig die halbe Zeit, die sie zusammen verbrachten, böse auf ihn und wünschte ihn fort. Wenn ihre Beziehung nur so einfach gewesen wäre wie die zwischen ihr und Jim! Sie hätte es ja sein können – sein müssen! – in Anbetracht der Tatsache, dass Heuston Jims Cousin war, fast doppelt so alt wie sie und obendrein schon verheiratet, als sie noch zur Schule ging. Wirklich, ihr Ärger war gerechtfertigt. Dennoch verstand niemand sie so gut wie Stanley, nicht einmal Jim, den sie so viel lieber hatte und der viel liebenswerter war. Das Leben war verwirrend für Nona Manford.

«Das ist lächerlich! Ich habe dich gebeten, nicht zu warten. Du glaubst wohl, ich bin noch nicht alt genug, um im Dunkeln allein außer Haus zu sein.»

«Auf die Idee bin ich gar nicht gekommen, und ich warte auch nicht, um dich heimzubegleiten», erwiderte Heuston ein wenig schroff. «Ich möchte vielmehr ein, zwei Worte mit dir reden», fuhr er fort, und seine Stimme veränderte sich und wurde drängender.

Nona blieb stehen, die Absätze fest aufs Pflaster gedrückt. «Wieder die gleichen ein, zwei?»

«Nein. Außerdem sind das drei. Du hast noch nie zählen können.» Er zögerte. «Diesmal geht es nur um Arthur ...»

«So? Was ist los?» Wieder stieg eine böse Vorahnung in ihr auf. Was, wenn Wyant tatsächlich Verdacht geschöpft hatte, dass zwischen Jim und Lita etwas, ein unwägbares Etwas, nicht stimmte, und raffiniert genug gewesen war, Nona seinen Argwohn nicht spüren zu lassen?

«Hast du es nicht gemerkt? Er sieht entsetzlich aus. Er trinkt wieder. Eleanor hat mich darauf angesprochen.»

«Ach du liebe Zeit.» So war es eben, immer brachen Aufgaben und Sorgen über Nona herein. Aber diese Sorgen waren vergleichsweise erträglich. «Was kann ich da ausrichten, Stan? Ich verstehe nicht, warum du damit zu mir kommst!»

Er lächelte ein wenig auf seine seltsame, verächtliche Art. «Tun das nicht alle? Nun ja, ich wollte Jim nicht behelligen.»

Sie schwieg. Sie verstand, aber sie nahm ihm übel, dass er wusste, dass sie verstand.

«Man muss Jim aber behelligen. Er muss sich um seinen Vater kümmern.»

«Ja, aber ... Komm, Nona, willst du es denn nicht begreifen?»

«Was begreifen?»

«Na ja ... wenn Jim sich jetzt um seinen Vater Sorgen macht ... Jim ist ein seltsamer Vogel; er hat schon hundert Sachen ausprobiert und ist nie bei etwas geblieben, und wenn er jetzt Angst bekommt, zu allem anderen …»

Nona spürte, wie sie die Lippen zusammenpresste; all ihr Stolz und ihre Zärtlichkeit für den Bruder legten sich wie ein Eispanzer um ihr Herz.

«Ich weiß nicht, was du meinst. Jim ist erwachsen, er muss sich den Tatsachen stellen.»

«Ja, ich weiß. Mir hat man das Gleiche gesagt. Aber in dieser aalglatten, nicht zu greifenden modernen Welt gibt es Tatsachen, denen man sich nicht stellen kann, weil sie nicht ans Tageslicht kommen. Sie lauern nur und lugen und bewegen tonlos die Lippen. Genau wie in meinem Fall. Was bitte sehr hat Aggie an sich, dem sich ein Mensch stellen kann?»

Nona blieb mit einem Ruck stehen. «Reden wir jetzt etwa über dich und Aggie?», sagte sie.

«Schon gut. Ich habe mich nur als Beispiel angeführt. Es gibt noch jede Menge andere.»

Jetzt klang ihre Stimme wütend. «Du wirst doch nicht dein Eheleben mit dem von Jim vergleichen?»

«Lieber Himmel, nein, Gott behüte!» Er brach in ein trockenes Lachen aus. «Wenn ich an Aggies Leben denke und an das von Lita …!»

«Kümmere dich einmal nicht um Litas Leben. Was weißt du schon davon? Oh, Stan, warum streiten wir schon wieder?» Sie spürte einen Kloß im Hals. «Du wolltest nur über den armen Arthur reden. Und ich habe es schon geahnt – ich weiß, dass man etwas unternehmen müsste. Aber was? Wie um alles in der Welt soll ich das wissen? Immer fragen alle mich, was man tun soll … Und manchmal fühle ich mich zu jung, um immer zu urteilen und zu entscheiden …»

Heuston stand da und beobachtete sie schweigend. Plötzlich nahm er ihre Hand und zog sie durch seinen Arm. Sie sträubte sich nicht, und so verbunden gingen sie langsam und ohne weitere Worte durch die kalten, verlassenen Straßen. Als sie in eine belebtere Gegend kamen, entzog sie ihm ihren Arm und winkte einem Taxi.

«Darf ich mitkommen?»

«Nein. Ich treffe mich mit Lita im ‹Cubist Cabaret›. Ich habe versprochen, um vier Uhr dort zu sein.»

«Na gut.» Er sah sie unentschlossen an, als sich das Taxi näherte. «Wollte Gott, ich könnte immer da sein und dir helfen, wenn dich etwas quält!»

Sie schüttelte den Kopf.

«Niemals?»

«Nicht, solange Aggie …»

«Das bedeutet niemals.»

«Dann niemals.» Sie streckte ihm die Hand hin, aber er hatte sich schon abgewandt und entfernte sich mit großen Schritten in die entgegengesetzte Richtung. Sie rief dem Taxifahrer die Adresse zu und stieg ein.

«Ja, das heißt wohl niemals», sagte sie sich. Am Ende hatte ihr Stan, statt ihr bei dem Problem mit Wyant zu helfen, noch ein zweites aufgehalst, sein eigenes – und ihres. Solange Aggie Heuston, die als eine Art weltliche Nonne völlig in den Gottesdiensten der Hochkirche und der Ausübung einer freudlosen, aber tüchtigen Philantropie aufging, sich gegen eine Scheidung wehrte, gestand Nona Heuston nicht das Recht zu, ihr dieses Problem aufzuladen. «Sie liebt ihn eben auf diese Weise», sagte sich das Mädchen zum hundertsten Mal. «Sie möchte ihn für sich behalten, auch wenn sie das nicht weiß, aber sie möchte ihn vor allen Dingen retten. Und sie hält dies für den richtigen Weg. Ich bewundere sie fast dafür, dass sie glaubt, es gebe einen Weg, Menschen zu retten …» Sie schob das Problem wieder beiseite und wandte sich in Gedanken dem anderen, drängenderen zu, dem fortschreitenden Verfall des armen Arthur Wyant. Stanley hatte wahrscheinlich recht, wenn er gerade jetzt nicht mit Jim darüber reden wollte – doch woher wusste Stanley von Jims Schwierigkeiten, und was wusste er? –, und sie selbst war vielleicht die Einzige, die mit Arthur Wyant fertigwurde. Nach einem weiteren Moment bangen Nachdenkens kam sie zu dem Entschluss, dass sie wohl am besten ihren Vater um Rat fragte. Wenn sie jetzt eine Stunde tanzte, würde sie sich danach besser fühlen, lebendiger und leistungsfähiger, und dann blieb immer noch Zeit genug, zu Manford in die Kanzlei zu flitzen, dem erfahrungsgemäß einzigen Ort, wo Manford voraussichtlich Zeit für sie haben würde.

5

Die Tür zur Kanzlei fiel hinter einem scheidenden Klienten ins Schloss, Dexter Manford straffte die kräftigen Schultern, erhob sich vom Schreibtisch und blieb unentschlossen stehen.

«Ich muss am Samstag zum Golfen nach Cedarledge», dachte er. Er lebte unter Menschen, die Golf für ein Universalheilmittel hielten, und in einer Welt, die an Universalheilmittel glaubte.

Während er so dastand, fiel sein Blick in den Spiegel über dem Kaminsims. Unzufrieden musterte er sein Abbild. Schon merkwürdig, wenn sich ein Mann seines Alters im Spiegel angaffte wie ein schmieriger Tangolehrer! Er sah ein düsteres Gesicht mit einer geraden Nase, dunkles, sich ringelndes Haar mit einem Schuss Grau an den Schläfen und dunkle Augen, überwölbt von Brauen, die über einer tiefen, senkrechten Stirnfalte allmählich zusammenwuchsen. Rötliche bis blasse Hautfarbe, schläfrige Augen – würde er demnächst die Zunge herausstrecken müssen? Irgendetwas stimmte nicht mit ihm …

Er ließ sich wieder in seinen Schreibtischsessel fallen und nahm den Telefonhörer ab. «Mrs James Wyant? Ja … Oh … nicht da? Sind Sie sicher? Und Sie wissen nicht, wann sie zurückkommt? Wer? Ja, Mr Manford. Ich wollte Mrs Wyant etwas ausrichten. Macht nichts!»

Er legte auf, lehnte sich zurück, streckte die Beine unter den Tisch und starrte übellaunig auf den Stapel Briefe und Akten in den mit Saffianleder bezogenen Kästen. «Ich sehe zehn Jahre älter aus, als ich bin», dachte er. Dennoch benahm sich diese neue Schreibkraft, Miss Vollard oder wie sie hieß, als ob … Starrte ihn immer an, wenn sie glaubte, er schaue gerade nicht in ihre Richtung … «Ach, was für ein Quatsch!», rief er.

Der Tag war verlaufen, wie mittlerweile alle Tage verliefen: zu Beginn ein herrliches Gefühl von Dringlichkeit, Bedeutung und Autorität, und am Ende ein Absturz ins Schale und Sinnlose.

Gestern Abend hatte er seinen Arzt aufgesucht und von ihm zu hören bekommen, er arbeite zu viel und benötige dringend ein Stärkungsmittel sowie Luftveränderung. «Unternehmen Sie eine Kreuzfahrt zu den Karibischen Inseln oder so etwas. Können Sie nicht einmal für drei oder vier Wochen weg? Nein? Gut, dann jedenfalls mehr Golf.»

Weg von allem. Man müsse sich ständig allem entziehen – moralisch, geistig und körperlich –, so wurde es ringsum gepredigt und praktiziert, nur da nicht, wo es ums Geldverdienen ging! Er, Dexter Manford, der auf einer Farm in Minnesota aufgewachsen war, seinen Lebensunterhalt auf dem State College in Delos selbst bestritten und das anschließende Jurastudium in Harvard selbst finanziert hatte, der seither auf Hochtouren arbeitete und Überanstrengung oder den Wunsch, sich zu entziehen (er nannte es «sich drücken») nur in dem Maß verspürte, wie dies einem gesunden, körperlich leistungsfähigen Mann von fünfzig Jahren zustand! Wenn seine Aufgabe einzig im Geldverdienen bestanden hätte, hätte er Erschöpfung gekannt und anerkannt. Aber er hatte Freude an seinem Beruf, an den Mühen und Schwierigkeiten nicht weniger als an der Entlohnung; er befriedigte ihn intellektuell und schenkte ihm jenes gelassene Gefühl der Überlegenheit, der Herrschaft über sich selbst und andere, das nur die kennen, die etwas tun, wozu sie geschaffen sind.

Natürlich hatte er in jeder Phase seiner Karriere – und niemals mehr als jetzt, auf ihrem schwindelerregenden Gipfel – unter den tausend ärgerlichen Kleinigkeiten zu leiden gehabt, die untrennbar

mit einem Leben voll harter Arbeit verbunden sind: dem Klein-
kram, der einem die Zeit stiehlt, den Idioten, die einem so viel
Geduld abverlangen, dem verflixten Scheitern der sicher geglaub-
ten Pläne und der nicht enden wollenden Mühsal, die menschliche Dummheit den steilen Berg des Begreifens hinaufzurollen.
Aber bis vor Kurzem waren ihm diese Dinge eher ein Ansporn
gewesen; es hatte ihm Spaß gemacht, Lappalien abzuschütteln,
Langweiler zu übertölpeln, Fehlschläge zu vermeiden und seine
geistigen Muskeln spielen zu lassen, um dumme Menschen zu
klugem Handeln zu überreden. In seinen Adern floss das Blut von
Pionieren; er war es gewohnt, jeden Morgen aufzubrechen und
sich den Weg durch frisch keimende Vorurteile und Hindernisse
frei zu schlagen, und obwohl ihn seine hohen Anwaltsvorschüsse
freuten, bedeutete es ihm das eigentliche Vergnügen, die jeweilige
Sache vor Gericht durchzufechten.

Was seinen Beruf betraf, war er an intellektuelle Einsamkeit
gewöhnt; sie machte ihm nichts mehr aus. Was die Welt jenseits
des Berufs betraf, besaß er zwar einen überdurchschnittlichen
Verstand, aber keine entsprechende Allgemeinbildung. Das Miss-
verhältnis zwischen dem, woran er hätte Gefallen finden können,
wenn sein Verstand darauf vorbereitet gewesen wäre, und dem,
was ihm tatsächlich aufzunehmen gelang, machte ihn in den
Kreisen, die er für gebildet hielt, zu einem bescheidenen, fast
schüchternen Menschen. Er hatte seine Frau lange Zeit für gebildet gehalten, weil sie manchmal anfallartig Bücher kaufte und
in ihrem New Yorker Haus eine Bibliothek mit kostbar gebunde-
nen Büchern existierte. Als grüner Junge damals in Delos hatte er
sich eine kleine Bibliothek zusammengetragen, in der Robert In-
gersolls[20] Reden stellvertretend das Freidenkertum vertraten, die
Predigten von Reverend Frank Gunsaulus aus Chicago die Theo-
logie, John Borroughs die Naturwissenschaft und Jared Sparks
und Bancroft fast die gesamte Geschichte. Im Lauf der Zeit hatte
er erkannt, wie unzureichend diese Leitfäden waren, sich jedoch
nie bemüht, sie durch andere zu ersetzen. Hin und wieder, wenn

er nicht zu müde war und ihm das seltene Glück eines ruhigen Abends zuteilwurde, suchte er sich ein Buch von Paulines Tisch aus; aber sie kaufte alle möglichen Bücher von unterschiedlichster Qualität, und so fand er kaum je etwas Lesenswertes. Mrs Tallentyres[21] «Voltaire» war eine Offenbarung gewesen: Verwundert stellte er fest, dass er eigentlich nicht gewusst hatte, wer Voltaire war, in welcher Welt er gelebt und warum sein Name überdauert hatte. Daraufhin verordnete sich Manford einen Lehrgang in europäischer Geschichte und kam damit so weit, dass er den ersten Band Macaulay[22] mit ins Bett nahm. Doch abends war er müde, und Macaulays Sätze fand er zu lang (obwohl dessen Redekunst seinen forensischen Instinkt ansprach), und so war nie Zeit für diesen Geschichtskurs gewesen.

In den frühen Tagen seiner Ehe, als er die Welt seiner Frau noch kaum kannte, hatte er von ruhigen Abenden daheim geträumt, an denen Pauline lehrreiche Bücher vorlas, während er am Kamin saß und in einem stillen Gehirnwinkel Gerichtsunterlagen durchging. Aber Pauline hatte nie erlebt, dass irgendjemand – abgesehen von Kindern, denen man damit über ihren kindlichen Kummer hinweghalf – etwas vorgelesen haben wollte. Sie wertete diesen Wunsch als Krankheitssymptom und befand, dass Dexter «wachgerüttelt» werden und sie mehr tun müsse, um ihn zu unterhalten. Sobald sie nach Nonas Geburt dazu in der Lage war, rüstete sie sich zu dieser neuen Pflicht, und von jenem Tag an war Manfords Leben außerhalb der Bürostunden fast unaufhörlich von gesellschaftlichen Aktivitäten geprägt. Anfangs hatte ihn das ständige Ausgehen verwirrt, dann eine Weile amüsiert und ihm geschmeichelt, dann war es allmählich zu einer wohltuenden Routine geworden, einer Art harmlosen Droge nach der enormen Anspannung der Arbeitsstunden, aber in letzter Zeit empfand er es einfach als lästig, als Verpflichtung, an der man festhalten musste, weil Pauline – wie er endlich erkannt hatte – nicht ohne all das leben konnte. Nach zwanzig Ehejahren verwendete er seinen Scharfsinn zum ersten Mal auf seine Frau.

Der Gedanke an Pauline ließ ihn einen Blick auf die Uhr werfen. Sie würde jeden Augenblick kommen. Er hob erneut den Hörer ab und nannte ungeduldig dieselbe Nummer wie eben. «Nicht da, sagen Sie? Immer noch nicht?» (Dieselbe dumme Stimme gab dieselbe dumme Antwort!) «Ach, nein, macht nichts. Ich sage, *es macht nichts*», schrie er fast und legte den Hörer wieder auf. Diese idiotischen Dienstboten …!

Miss Vollard, die leicht zu beeindruckende Schreibkraft, streckte kurz ihren Bubikopf durch die Tür, sagte mit einem missgünstigen Seufzer zu jemandem draußen: «Geht in Ordnung», und verschwand rasch, als die Ehefrau ihres Chefs schwungvoll eintrat. Manford erhob sich.

«So, meine Liebe.» Er schob einen Sessel vor den Kamin, fürsorglich und wie stets ein wenig eingeschüchtert von ihrer Gegenwart – von der schönen Mrs Wyant, die ihn zu heiraten geruht hatte. Pauline warf ihren Pelzmantel ab und musterte den Raum mit einem raschen Hausfrauenblick. Ihr Parfüm erinnerte ihn immer an ein besseres Desinfektionsmittel; in wenigen Sekunden würde sie einen Vorwand finden, um sich mit einer behandschuhten Fingerspitze zu vergewissern, dass auf Schreibtisch oder Kaminsims kein Staub lag. Als er in sein neues Büro zog, hätte sie ihn beinahe gezwungen, konkave Fußbodenleisten anzubringen, wie in einem Krankenhaus oder einem hygienisch besonders einwandfreien Kinderzimmer. Begeistert hatte sie die Idee von den konkaven Fliesen aufgegriffen, maßgearbeitet für jede Krümmung und jeden Winkel, sodass es keine Ecken mehr gab, wo sich Staub ablagern konnte. So wünschte man sich das Leben der Menschen, ohne Ecken. Sie wollte das Leben entbakterisieren.

Aber als es um sein Büro ging, hatte sich Manford gesträubt, und inzwischen war diese Marotte wie so manche andere auf dem Müll gelandet.

«Nicht zu nah ans Feuer.» Pauline schob ihren Sessel zurück und blickte nach oben, um zu sehen, ob der Deckenventilator lief. «Du lüftest doch regelmäßig? Darauf kommt es vor allem an, und auf das Lenken der Gedanken. ‹Geistiges Atemholen› nennt es der Mahatma.» Sie lächelte beschwörend. «Du siehst müde aus, Dexter, müde und abgespannt.»

«Ach, Quatsch! Eine Zigarette?»

Sie schüttelte den kleinen, willensstarken Kopf. «Du vergisst, dass er mich auch *davon* geheilt hat, der Mahatma. Dexter», rief sie plötzlich, «bestimmt ist es diese dumme Geschichte mit den Grant Lindons, die dich quält. Ich möchte mit dir darüber reden, es mit dir klären. Es kommt nicht in Frage, dass du dich in die Sache verwickeln lässt.»

Manford war zu seinem Schreibtischstuhl zurückgegangen. Aus Gewohnheit fühlte er sich dort wohler, mehr Herr seiner selbst. Pauline, die auf dem Stuhl gegenüber im vollen Licht saß, schien ihm nun weiter nichts zu sein als eine Klientin, die um Rat fragte, oder ein Gegner, der überredet werden musste. Er wusste, dass auch sie den Unterschied spürte. Bisher war es ihm gelungen, seine berufliche Intimsphäre und berufliche Souveränität zu wahren. Was er in der Kanzlei tat, war für seine Familie von dem vagen Begriff «Geschäft» umnebelt, was gewöhnlich bedeutete, dass ein Mann nicht gestört werden will. Pauline hatte zwischen einer Tätigkeit als Rechtsanwalt und der Fabrikation von Automobilen nie wirklich unterschieden, und Manford hatte sie auch nicht dazu ermutigt. Aber heute hegte er den Verdacht, dass sie mit ihrer Einmischung an die äußerste Grenze ihres berühmten Taktgefühls zu gehen gedachte.

«Du darfst dich nicht in diese Untersuchung verwickeln lassen. Warum übergibst du sie nicht jemand anderem? Alfred Cosby oder diesem neuen, schlauen Juden[23]? Die Lindons würden jeden akzeptieren, den du ihnen empfiehlst – außer natürlich», fuhr sie fort, «du könntest sie überreden, das Ganze fallen zu lassen, was noch viel besser wäre. Das könntest du bestimmt, Dexter, du weißt immer das Richtige zu sagen, und deine Meinung hat so viel Gewicht. Worüber beklagen sie sich eigentlich? Sicher über irgendeinen Unsinn, den Bee verbrochen hat. Sie hat schon die Schule als Ruhekur verstanden. Wenn sie das Mädchen anständig erzogen hätten, gäbe es keine Probleme. Schau dir Nona an!»

«Oh, Nona!» Manford lachte stolz. Nona war der einzige warme, wohlige Winkel in seinem Leben, die Stelle, an der immer die Sonne schien. Was für eine Idee, diese verdorbene dumme Kuh von einer Bee Lindon mit seiner Nona zu vergleichen und sich einzubilden, der Unterschied komme von der Erziehung! Freilich, er musste zugeben, dass Pauline, in allem bewundernswert, als Mutter ganz besonders bewundernswert gewesen war. Dennoch war auch sie von diesem theosophischen[24] Virus befallen!

Er lehnte sich zurück, die Hände in den Taschen, ein Bein locker über das andere geschlagen; instinktiv suchte er eine bequemere Haltung, da sein inneres Behagen abnahm.

«Meine Liebe, es war doch ausgemacht, dass alles, was sich in diesem Büro abspielt, eine Sache zwischen mir und meinen Klienten ist, und nicht …»

«Ach Unsinn, Dexter!» Nur selten schlug sie diesen Ton an; er merkte, dass sie die Beherrschung verlor. «Schau, ich habe es mir zur Regel gemacht, mich nie einzumischen; du sagtest es soeben. Wenn ich mich jetzt dennoch einmische, so deshalb, weil ich ein Recht dazu habe, ja weil es meine Pflicht ist! Die Lindons sind mit meinem Sohn verwandt, Fanny Lindon ist eine geborene Wyant. Ist das nicht Grund genug?»

«Das war auch einer der Beweggründe der Lindons. Sie haben sich aus genau diesem Grund an mich gewandt.»

Pauline lachte zornig. «Das sieht Fanny ähnlich! Immer drängelt sie sich vor und stellt irgendwelche Forderungen. Mich wundert, dass du auf ein solches Argument hereinfällst. Denk einmal nach, Dexter. Ich bin keine Sekunde lang bereit zu glauben, bei dem Mahatma könnte etwas nicht in Ordnung sein, aber selbst angenommen, es wäre so …» Sie richtete sich auf und presste die Lippen aufeinander. «Ich weiß das Berufsgeheimnis zu respektieren und ich werde dich nicht bitten, ihre ekelhaften Andeutungen zu wiederholen; du weißt ja, ich gebe mir immer alle Mühe, mich von allem peinlichen oder boshaften Gerede fernzuhalten. Aber angenommen, es gäbe eine Grundlage für das, was sie behaupten – machen sie sich denn nicht klar, wie sehr die öffentliche Aufmerksamkeit Bees gutem Ruf schaden würde? Und wie wäre dir zumute, wenn du die Polizei losschicktest und dann feststellen müsstest, dass sie den Namen eines Mädchens in die Schlagzeilen bringt, das Jims Cousine und eine Freundin deiner Tochter ist?»

Manford rutschte unruhig in seinem Sessel hin und her, sah sich dabei wieder im Spiegel und merkte, dass der Zug um seinen Mund jede professionelle Strenge verloren hatte. Er versuchte ihn wiederherzustellen, doch ohne Erfolg.

«Aber all das ist Unsinn», fuhr Pauline sanfter fort. «Der Mahatma und seine Freunde haben nichts zu befürchten. Wessen Urteil würdest du eher trauen, meinem oder dem der armen Fanny? Im Grunde stört mich nur, dass du dich von den Lindons in eine Affäre hineinziehen lässt, die sie und nicht den Mahatma in Misskredit bringt.» Sie lächelte ihr strahlendes, eisiges Lächeln. «Du weißt, wie stolz ich auf dein berufliches Ansehen bin; es wäre mir zutiefst zuwider, wenn du mit einem Fehlschlag in Verbindung gebracht würdest.» Sie schwieg, und er merkte, dass sie auf ihrem Standpunkt zu beharren gedachte.

«Das ist eine ziemlich üble Geschichte. Die Lindons haben ihre Beweise schon beisammen», sagte er.

Pauline errötete, und die unerschrockene Heiterkeit verschwand aus ihrem Gesicht. «Wie kannst du solchen Unsinn glauben, Dexter? Wenn du Fanny Lindon mehr glaubst als mir…»

«Das ist keine Frage des Glaubens. Lindon hat zweifelsfreie Belege; erst als er die hatte, ist er zu mir gekommen. Es tut mir leid, Pauline, aber du bist getäuscht worden. Dieser Mann muss überführt werden, und die Lindons hatten nun einmal den Mut, zu tun, wovor alle anderen zurückgeschreckt sind.»

Paulines Zornesröte war verblasst. Sie erhob sich und blieb vor ihrem Mann stehen, beunruhigt und verunsichert. Dann zwang sie sich merklich zur Selbstbeherrschung, nahm wieder Platz und verschränkte die Hände über ihrer goldverzierten Handtasche. «Dir wäre es also lieber, wenn der Skandal, falls es zu einem kommt, in der Öffentlichkeit breitgetreten wird? Wer würde dabei gewinnen außer Zeitungsreportern und Leuten, die die gute Gesellschaft in den Dreck ziehen wollen? Und wie wäre dir zumute, wenn Nona als Zeugin aufgerufen würde – oder Lita?»

«Ach Unsinn.» Er verstummte jählings und stand ebenfalls auf. Das Gespräch dauerte bereits länger, als er beabsichtigt hatte, und er fand nicht das rechte Wort, es zu beenden. Sein Kopf fühlte sich plötzlich leer an, kein einziges Argument fiel ihm ein, keine einzige Floskel. «Ich weiß nicht, warum du unbedingt Nona ins Spiel bringen musst, oder Lita …»

«Nicht ich, sondern du. Du tust es – wenn du diesen Fall übernimmst. Bee und Nona sind seit frühester Kindheit befreundet, und Bee ist ständig bei Lita. Meinst du nicht, die Anwälte des Mahatma machen sich das zunutze, wenn du ihn zum Kampf zwingst? Du wirst vielleicht einwenden, dass du darauf gefasst bist, und ich bewundere deinen Mut, aber ich teile ihn nicht. Bei der Vorstellung, dass unsere Kinder in die Sache verwickelt werden könnten, wird mir ganz schlecht.»

«Soweit ich weiß, hatten weder Nona noch Lita jemals etwas mit diesem Scharlatan und seinem Humbug zu schaffen», erwiderte Manford gereizt.

«Nona hat bei uns im Haus seinen Eurythmie-Unterricht besucht und ist mit mir zu seinen Vorträgen gegangen. Eine Weile hat sie sich sehr dafür interessiert.» Pauline schwieg einen Augenblick. «Von Lita weiß ich es nicht. Ich weiß überhaupt sehr wenig über Litas Leben vor ihrer Ehe.»

«Sie führte vermutlich das gleiche Leben wie alle anderen Freundinnen von Nona.»

«Ja, vermutlich. Kitty Landish könnte uns darüber aufklären. Aber *wenn* es so war,» – er bemerkte ihre leicht skeptische Betonung – «schließt das keineswegs aus, dass Lita den Mahatma nicht doch gekannt oder an ihn geglaubt hat. Und vergiss nicht, Dexter, dass ich am meisten betroffen wäre! Ich möchte im März in Dawnside eine Ruhekur machen.» Sie gab jenes kleine, neckische Lachen von sich, mit dem sie früher die Unartigkeiten der Kinder bespöttelt hatte.

Manford trommelte mit den Fingern auf seine Schreibunterlage. «Hör zu, wie wär's, wenn wir das Thema jetzt fallen ließen ...»

Sie blickte auf ihre Armbanduhr. «Wenn du so viel Zeit hast ...»

«So viel Zeit?»

Sie antwortete ruhig: «Ich gehe erst, wenn du es mir versprochen hast.»

Manford konnte sich noch an die Zeit erinnern, als dieser bei aller Entschlossenheit so weibliche Ton die Macht besessen hätte, ihn ins Wanken zu bringen. Pauline spielte bei ihren ehelichen Verhandlungen so selten die Trumpfkarten ihrer Gunst, ihrer Tüchtigkeit und Überredungskunst aus, dass er ihr, wenn sie es denn tat, einst schwer hatte widerstehen können. Aber diese Tage waren vorbei. Abgesehen von seiner Bewunderung für ihren Verstand und seiner Wertschätzung ihres Charakters hatte er in letzter Zeit eine unterschwellige, schleichende Langeweile empfunden. Sie war gar zu klug, tüchtig, gleichbleibend scharfsinnig und gelassen. Vielleicht hatte das Wissen um seine beruflich und gesellschaftlich zunehmende Macht insgeheim seine Ehrfurcht vor ihr untergraben, ja ihm überhaupt erst das Gefühl gegeben, dass er ihr ebenbürtig, inzwischen sogar ein klein wenig überlegen war. Er meinte in dieser unerschütterlichen Tüchtigkeit einen gewissen Stumpfsinn zu erkennen. Und mit wachsender beruflicher Autorität verwehrte er sich immer misstrauischer gegen jegliche Einmischung. Zumindest das hätte seine Frau verstehen müssen! Wenn ihr berühmtes Taktgefühl sie im Stich ließ, was blieb dann noch übrig, fragte er sich.

«Hör zu, Pauline, du weißt, dass das sinnlos ist. In beruflichen

56

Fragen kann mir niemand die Entscheidung abnehmen. Ich habe heute Nachmittag zu tun, und du sicher auch …»

Sie schob sich tiefer in ihren Sessel. «Für dich habe ich immer Zeit, Dexter.»

«Vielen Dank, meine Liebe. Aber die Zeit, die ich mir von dir erbitte, liegt außerhalb der Bürostunden», versetzte er mit einem leichten Lächeln.

«Dann bin ich also entlassen?» Sie lächelte zurück. «Ich verstehe; du brauchst nicht zu läuten!» Sie erhob sich mit wiedergewonnener Gelassenheit und legte ihm leicht die Hand auf die Schulter. «Tut mir leid, dass ich dich belästigt habe. Das kommt ja nicht oft vor, nicht wahr? Ich bitte dich nur, die Sache noch einmal zu überdenken …»

Er führte ihre Hand an seine Lippen. «Natürlich, natürlich.» Jetzt, wo sie ging, konnte er das sagen.

«Du hast mir also verziehen?»

Er lächelte. «Ich habe dir verziehen.»

Und von der Tür aus rief sie ihm fast fröhlich zu: «Vergiss nicht heute Abend! Amalasuntha!»

Seine Stirn umwölkte sich, als er zu seinem Stuhl zurückging, und merkwürdig – er war sich dieser Merkwürdigkeit bewusst –, sie umwölkte sich nicht wegen des soeben überstandenen unangenehmen Auftritts, sondern wegen der Ermahnung seiner Frau. «Hol der Teufel dieses Dinner!», fluchte er vor sich hin.

Er griff zum Telefon, hob zum dritten Mal ab und verlangte wieder dieselbe Nummer.

Als Dexter Manford am Abend den Schlüssel in die Haustür steckte, spürte er die Last all dessen, was sich dahinter verbarg. Nie betrat er sein Haus, ohne sich kurz bewusst zu werden, wie wichtig dieser Moment war – nie nahm er das hallende Vestibül als selbstverständlich hin, die große Diele mit der Marmortreppe, die sich zu Licht, Wärme und Luxus emporschwang, zu allem, was Kunstfertigkeit ersinnen, Geld kaufen und Paulines Geschicklichkeit zu einem harmonischen Ganzen zusammenfügen konnte. Nie hatte er den Tag vergessen, als er nach seinem ersten Erfolg vor Gericht im Haus seiner Mutter in Delos ein Badezimmer einbauen ließ und die Nachbarn über viele Meilen angereist kamen, um es zu besichtigen.

Aber Luxus und erst recht Bequemlichkeit waren für ihn nie ausschlaggebend gewesen; er hatte zu viel zu tun, um sich darüber groß Gedanken zu machen, und war von sich und seinen Fähigkeiten so überzeugt, dass er fand, all das stehe ihm zu. Es war nicht die Pracht seines Hauses, die ihn bedrückte, sondern das Gefühl der damit verbundenen Verpflichtungen. Es erschien ihm als Teil eines wohldurchdachten gesellschaftlichen und familiären Gefüges, so verblüffend raffiniert konstruiert wie gewisse Vogelnester, die er von Abbildungen kannte. Seine Karriere, Paulines mannigfaltige Betätigungen, das Problem mit dem armen Arthur Wyant, Nona, Jim, Lita Wyant, der Mahatma, die lästigen Grant Lindons und alle Jahre wieder die unvermeidliche Amalasuntha, für die das Haus heute Abend festlich beleuchtet war – sie alle waren Fäden im Flor des Teppichs, auf dem er die Treppe hochstieg. Als er am Esszimmer vorbeikam, sah er durch die halb offenen Türen das Glitzern von Glas und Silber, sah einen Mann im kurzärmligen Hemd, der Schalen mit Rosen auf den langen Tisch stellte, und Maisie Bruss, die Powder, dem englischen Butler, blass, aber unverzagt Tischkarten aushändigte.

6

Pauline Manford warf einen zufriedenen Blick auf die Tafel.

Es waren solche Anlässe, die sie sichtbar für all ihre Mühe entschädigten. Niemand in New York hatte eine so tüchtige Köchin, ein so perfekt eingespieltes Servierpersonal, eine so gedämpft und doch strahlend beleuchtete Tafel oder ein solches Geschick, Gäste darum zu gruppieren, die nicht nur ausnehmend reich oder tonangebend waren, sondern wahrscheinlich auch noch Gefallen aneinander fanden.

Die intime Runde nach dem Motto «Auch die Musen waren nur zu neunt» war nicht Paulines Sache. Sie wusste dies und versuchte sich nur selten daran – und wenn sie es tat, ließ sie ihr Misserfolg stets ratlos zurück. Wenn es dagegen um die Organisation und den Ablauf eines großen Dinners ging, war sie sich ihrer Meisterschaft gewiss. Keines stumpfsinnigen großen Dinners wie in früheren Zeiten, als die «gekrönten Häupter» wie eine gesonderte Kaste behandelt und unablässig in der gleichen Konstellation eingeladen wurden, eine ganze eintönige Saison lang. Dazu war Pauline zu modern. Ihre Stärke war eine wohlüberlegte Mischung aus Wall Street und Boheme, und ihre besondere Kunst bestand in der Auswahl der Letzteren. Natürlich gab es solche und solche Bohemiens; nicht alle klugen Leute waren unterhaltsam und nicht alle reichen langweilig, wie sie Nona gegenüber einmal bemerkt hatte – auch wenn Nona bei der zweiten Satzhälfte ungläubig die Nase krauszog ... Na, heute Abend würde sogar Nona zufrieden sein, dachte Pauline. Nicht jeder besaß die Kühnheit, einen Sozialreformer wie Parker Greg ausgerechnet zusammen mit den Leuten einzuladen, die am wenigsten geneigt waren, Sozialreformen zu unterstützen, oder einen jungen Komponisten wie Torfried Lobb, einen Schüler von «Les Six»[25], zusammen mit all diesen phlegmatischen Opernbesuchern oder den verstörenden kubistischen Innenarchitekten Tommy Ardwin zusammen mit den Besitzern der teuersten «Stilhäuser» in der Fifth Avenue.

Pauline kannte keine Furcht vor solchen Kombinationen. Sie wusste im Voraus, dass bei ihrem Dinner alles «klappen» würde – so war es immer. Und ihr Erfolg freute und beschwingte sie so sehr, dass selbst heute Abend, wo sie problembeladen nach unten gekommen war, diese Probleme von ihr abfielen, noch ehe sie sich ins Gedächtnis hätte rufen können, dass sie gar nicht existierten. Sie musste nur in die Gesichter blicken, die sich um dieses gedämpft schimmernde alte Silber und die locker verteilten Blumen versammelt hatten. Dort, am anderen Ende des Tisches, sah sie den dunklen Schopf ihres Gatten, eines attraktiven, entschlossenen Mannes im besten Alter; zu seiner Rechten die Marchesa di San Fedele, deren unauffälligem Schwarz die berühmten San-Fedele-Perlen Glanz verliehen; zu seiner Linken die hübsche Mrs Herman Toy, die Pauline in ihrer Großmut dorthin gesetzt hatte, weil sie wusste, dass Manford sie angeblich «entzückend» fand, und sie wollte, dass er heute Abend guter Laune war. Um ihr Können zu ermessen, musste sie nur diese Gruppe betrachten, die den Abend bereits genoss, und dann ihren Blick zu den anderen schweifen lassen, den hübschen jungen Frauen und den gut gekleideten, selbstsicher wirkenden Männern. Nona unterhielt sich ernst, aber angeregt mit Manfords Rivalen, dem brillanten Anwalt Alfred Cosby, der angeblich gesagt hatte, sie sei das klügste Mädchen in New York. Lita, kühl und zurückhaltend, neigte ein wenig den Kopf, um dem Komponisten Torfried Lobb zuzuhören; Jim starrte Lita über den Tisch hinweg an, als durchdringe seine Anbetung jedes dazwischenstehende Hindernis wie Glas; Aggie Heuston, deren Kälte zumindest vornehm wirkte, obwohl sich manche beklagten, sie sei langweilig, sonderte gegenüber dem massigen Herman Toy gelegentlich ein paar einsilbige Bemerkungen ab; und Stanley Heuston lehnte sich mit jenem leichten, sarkastischen Lächeln zurück, das Pauline aufreizend fand, weil es so undurchschaubar war, und hielt den Blick diskret, aber unverwandt auf Nona gerichtet. Der gute Stanley, immer wie ein Bruder zu Nona! Leute, die ihn gut kannten, sagten, er sei gar nicht so sardonisch, wie er aussehe.

Es war eine Welt nach Paulines Herzen – eine Welt, wie sie ihrer Überzeugung nach der Schöpfer hatte haben wollen. Sie wandte sich an den Bischof zu ihrer Rechten, wollte wissen, ob er ihre Zufriedenheit teile, und erntete einen Blick des Einvernehmens.

«Wie erfrischend, unter alten Freunden zu sein … Eines der wenigen Häuser, wo es das noch gibt … Immer eine Freude, die liebe Marchesa zu sehen; ich hoffe, sie hat bessere Nachrichten von ihrem Sohn? Scheußliche Geschichte, fürchte ich. Meine liebe Mrs Manford, wissen Sie eigentlich, welches Glück Sie mit Ihren Kindern haben? Diese kluge kleine Nona, die eines Tages einen Mann sehr glücklich machen wird – aber doch nicht Cosby, oder? Zu großer Altersunterschied. Und der treue Jim und seine Göttin … Ja, ich weiß, es ziemt sich nicht für mein Amt, mit Götzendienst Nachsicht zu üben. Aber glückliche Ehen sind heutzutage so selten. Wo sonst findet man solche Vorbilder wie an diesem Tisch? Ihr Jim und seine Lita und mein guter Freund Heuston mit dieser Heiligen von einer Gattin …» Der Bischof schwieg, als habe er selbst in einer so herausragenden Runde Schwierigkeiten, die Liste fortzusetzen. «Nun ja, Sie sind ihnen ja mit gutem Beispiel vorangegangen …» Er schwieg wieder; wahrscheinlich fiel ihm ein, dass das eheliche Glück seiner Gastgeberin auf den Ruinen des Eheglücks mit ihrem ersten Mann errichtet worden war. Aber bei der Scheidung hatte sie sich auf einen Grund berufen, den sogar die Kirche anerkannte, und der Bischof fuhr heiter fort: «‹Ihre Söhne kommen auf und preisen sie selig …›[26] Ja, liebe Freundin, so darf ich es wohl sagen.»

Diese Worte waren Balsam für Pauline. Aus jeder Silbe sprach die Überzeugung: Ihre Welt und die Welt des Bischofs waren im Lot! Warum hatte sie jemals einen anderen geistlichen Beistand als den ihrer eigenen Kirche gesucht? Sie verspürte Gewissensbisse, weil sie sich so sehr auf den Mahatma eingelassen hatte. Doch was wusste der Episkopalbischof von «heiliger Ekstase»? Und hätten noch so viele Gottesdienste je ihren Hüftumfang verringert? Im Grunde war in ihrer sorglosen, rosigen Welt doch Platz für alle Glaubensrichtungen. Und dieser Gedanke führte sie geradewegs zu ihrem zweiten Anliegen, dem Empfang für den Kardinal. Sie beschloss, sich auf der Stelle die Billigung des Bischofs zu sichern. Dann würde aber natürlich auch der Oberrabbiner kommen müssen. Welch eine Lektion in Toleranz und Verständigungsbereitschaft würde sie der zerstrittenen Welt damit erteilen!

Nona, die auf halber Höhe der Tafel saß, betrachtete die Gäste aus einem anderen Blickwinkel. Sie war von der Stippvisite bei ihrem Vater eher niedergeschlagen als gestärkt zurückgekommen. Es gab Tage, an denen Manford sich gern in der Kanzlei «überraschen» ließ, an denen er und seine Tochter über diese heimlichen Besuche witzelten. Aber der heutige Besuch war nicht in dieser Stimmung verlaufen. Sie hatte Manford müde und leicht gereizt angetroffen; bevor er noch Zeit gefunden hatte, ihr von dem Besuch ihrer Mutter zu erzählen, stieg Nona schon die Duftwolke von Paulines kühlem, hygienisch frischem Parfüm in die Nase, und sie fragte sich nervös, was geschehen sein mochte, dass Mrs Manford ihre dicht gedrängten Termine sausen ließ und in die Kanzlei ihres Mannes eilte. Den armen Punkt A hatte sie natürlich auch diesem Notfall geopfert – ohne zu ahnen, wie erleichtert er über diese Verschiebung war. Aber was konnte sie veranlasst haben, Manford so plötzlich aufzusuchen, wo sie sich doch heute Abend beim Dinner sahen?

Das Mädchen hatte keine Fragen gestellt, sie wusste, dass Manford, wie in seinem Beruf üblich, lieber selbst der Fragesteller war. Vor allem suchte sie natürlich seine Hilfe Arthur Wyant betreffend. Sie merkte, dass dies seine Gereiztheit zunächst noch verstärkte. Ob er der Hüter von Wyant sei, wollte er wissen. Aber schon die nächste Frage verkniff sich: «Warum zum Teufel kann sich nicht sein Sohn um ihn kümmern?» Sie hatte die Frage förmlich auf seinen Lippen gelesen, aber sie schlossen sich darüber, und er erhob sich mit einem Achselzucken aus seinem Sessel. «Armer Teufel. Meinst du, ich kann da irgendwie behilflich sein? Also gut, ich schaue morgen bei ihm vorbei.» Seit der Scheidung hatten er und Wyant sich immer dann getroffen, wenn es um Jims Zukunft ging; Wyant empfand eine Art demütigen Dank für Manfords Großzügigkeit gegenüber seinem Sohn. «Nicht das Geld, Nona – was schert mich Geld! Aber dass er so viel Anteil an ihm nimmt; dass er ihm hilft, sich selbst zu finden, ihn schätzt, zum Henker! Er versteht Jim hundertmal besser, als deine Mutter ihn je verstanden hat …» Auf dieser Grundlage trafen sich die beiden Männer ab und zu in einer Atmosphäre der Toleranz und des Verständnisses …

Nona erinnerte sich an das Gesicht ihres Vaters, als sie ihn verließ: besorgt und abgespannt, doch in den Augen jenen schelmischen Ausdruck, den er immer hatte, wenn er sie ansah. Jetzt, frisch rasiert, lächelnd, leicht übersättigt, wirkte sein Gesicht, als wäre es aus Stein. «Wie seine eigene Totenmaske», dachte das Mädchen, «als hätte er endgültig mit allem abgeschlossen. Und wie ihn diese zwei Frauen langweilen! Mummy hat Gladys Toy neben ihn gesetzt, als Belohnung – wofür?» Sie lächelte über die Einfalt ihrer Mutter, die sich einbildete, dass er mit Mrs Herman Toy das hatte, was Pauline einen «harmlosen Flirt» nannte. Die offensichtlichen Reize dieser Dame bedeuteten ihm nicht mehr als die der blühenden Bathseba[27] auf dem Gobelin hinter seinem Stuhl, vermutete Nona. Aber Pauline hatte – über ihre gewohnte, sich über alle ergießende Liebenswürdigkeit hinaus – offenbar ihre Gründe, warum sie Manford bei Laune halten wollte. «Wahrscheinlich der Mahatma.» Nona wusste, wie sehr ihre Mutter Scherereien hasste, wie ordinär und unchristlich sie dergleichen fand. Für den März, wenn Manford zum Tarpunfischen[28] fuhr, hatte sie eine Ruhekur geplant, und die würde sie bestimmt nur ungern aufgeben.

In den Gesprächspausen schweifte Nonas Blick durch den Raum, blieb an Jims gutmütigem, versonnenem Gesicht hängen – Jim blickte immer versonnen bei den Banketts seiner Mutter – und huschte weiter zu Aggie Heustons kleiner, präzise gezeichneter Maske, an der alles schmal und senkrecht war, wie beim Gesicht einer Heiligen, die man in einer Kathedrale in eine Nische gequetscht hat. Aber die Augen des Mädchens ruhten nur kurz auf Aggie, denn als sie sie ansah, fing sie plötzlich deren starren Blick auf. Aggie hatte sie heimlich gemustert, und das jagte Nona einen leichten Schrecken ein. Einen Augenblick später wandte sich Mrs Heuston an Parker Greg, den interessanten jungen Sozialreformer, den Pauline in der optimistischen Annahme, alle Weltverbesserer empfänden Sympathie füreinander, neben sie gesetzt hatte. Nona, die Parker Gregs Ansichten kannte, musste auch darüber lächeln. Aggie fühlte sich mit ihrem anderen Tischnachbarn, Mr Herman Toy, bestimmt viel wohler. Dieser dachte über alles genauso wie alle anderen Kapitalisten.

Nona fing Stan Heustons Lächeln auf und wusste, er hatte erraten, was in ihr vorging; aber auch von ihm wandte sie sich ab. Das war das Letzte, was sie wollte: dass er ahnte, was sie wirklich über seine Frau dachte. Tief drinnen in Nona gab es etwas, was sie immer wenn es ernst wurde, den schwierigeren Weg wählen ließ.

Manford hörte geistesabwesend erst der einen, dann der anderen Tischdame zu. Mit ihrer klanglosen, unrhythmischen Stimme, die sich anhörte wie lauwarmes Wasser, das in eine Badewanne läuft, sagte Mrs Toy: «Ich begreife nicht, wie jemand in einem Haus ohne Lift leben kann! Aber vielleicht kommt das daher, weil ich es nie musste. Vaters Haus hatte den ersten elektrischen Lift in Climax. In England haben wir einmal den Herzog von Humber auf Humber Castle besucht – es war einer dieser Riesenempfänge mit königlichen Hoheiten und so weiter, Golf und Polo den ganzen Tag und jeden Abend ein Ball, und ob Sie's glauben oder nicht, *wir mussten alle Treppen zu Fuß gehen*! Ich weiß nicht, aus welchem Holz diese Engländer geschnitzt sind. Die kennen das gar nicht, was wir Komfort nennen. Am zweiten Tag sagte ich zu Herman, ich halte das nicht mehr aus, diese schrecklichen glatten Treppen nach zwei Runden Golf und dem Tanzen bis vier Uhr früh. Das ruiniert mein Herz – der Arzt hat mich mehrmals warnend darauf hingewiesen! Ich wollte sofort abreisen, aber Herman meinte, das würde den Herzog kränken. Ein sehr netter alter Herr, der Herzog. Trotzdem habe ich erst eingewilligt zu bleiben, als Herman mir eine mit Saphiren und Smaragden besetzte Agraffe[29] von Cartier versprochen hat.»

Das kleine Frettchengesicht der Marchesa mit den wachsamen,

flammenden Augen schnellte klatschsüchtig nach vorn. «Der Herzog von Humber? Den kenne ich *gut*. So ein lieber alter Herr! Ach, Sie waren also auch auf Humber? Er lädt mich *so oft* ein. Wir sind verwandt ... ja, durch seine erste Frau, deren Mutter eine Venturini aus der kalabrischen Linie war, Donna Ottaviana. Ja. Eine andere Schwester, Donna Rosmunda, die Zierde der Familie, heiratete den Herzog von Lepanto, einen mediatisierten[30] Fürsten.»

Sie hielt inne, und Manford las in ihren Augen die hektische stumme Frage: «Ob sie diesen Ausdruck wohl seltsam finden? Ich weiß ja selbst nicht genau, was ‹mediatisiert› bedeutet. Und diese Amerikaner! Sie haben keinerlei Skrupel und sind doch ständig empört.» Laut fuhr sie fort: «Ein mediatisierter Fürst, aber ein Mann von *allergrößter* Charakterstärke.»

«Oh», murmelte Mrs Toy verwirrt, wenn auch sichtlich erleichtert.

Manfords an ihren Vertäuungen zerrende Aufmerksamkeit hatte sich wieder losgerissen und war auf und davon gesegelt. Das wievielte Dinner war das in diesem Winter? Und kein Ende in Sicht! Wie hielt Pauline das aus? Warum wollte sie es überhaupt aushalten? All diese Ruhekuren, Massagen und rhythmischen Übungen, ersonnen, um Menschen zu kurieren, die kerngesund wären, wenn sie nur ein normales Leben führen würden! Wie diese Närrin neben ihm, die vergeblich ihren blonden Charme versprühte und keine Treppe steigen konnte, weil sie die ganze Nacht getanzt hatte! Pauline war genauso: Nie ging sie eine Treppe zu Fuß, und dann brauchte sie Gymnastik und Osteopathie und weise Hindus, damit ihre Muskeln nicht verkümmerten ... Er sah seine Mutter vor sich, draußen auf der Farm in Minnesota, bevor sie nach Delos gezogen waren – sah sie säen, Kartoffeln ausbuddeln, Hühner füttern; sah sie kneten, backen, kochen, waschen, flicken und den noch nicht fertig zugerittenen Junghengst einfangen und anschirren, um zwölf Meilen durch den Schnee zum Arzt zu fahren, als eines Tages die Männer unterwegs waren und seine kleine Schwester sich so schrecklich verbrühte ... Und nun saß die alte Dame noch immer in ihrem hübschen kleinen Backsteinhaus in Delos, gesund und munter trotz ihres Alters, und würde sie alle überleben. War nicht vielleicht das die Art von Leben, für die auch Manford geschaffen war? Landwirtschaft im großen Stil betreiben, mit den modernen Maschinen, die seine Vorfahren noch nicht besessen hatten, alle anderen im Bezirk überflügeln, die Waren in großen Handelszentren verkaufen und eine Rolle in der Staatspolitik spielen wie sein älterer Bruder? Hirn und Muskeln benutzen, den ganzen Körper und die ganze Seele, wirkliche Dinge tun, wirkliche Erfolge in der Öffentlichkeit erringen statt sich diesen künstlichen Aktivitäten hinzugeben, diesem immer schnelleren Kreiseln im leeren Raum, diesem ewigen Ausruhen und Zum-Arzt-Gehen, um Anstrengungen zu kompensieren, die zu nichts führten, zu nichts, nichts, nichts...

«Natürlich wissen wir, dass Sie uns etwas verraten könnten, wenn Sie denn wollten. Jedermann weiß, dass die Lindons Sie um Rat ersucht haben.» Aus Mrs Toys großen, seichten Augen schwamm die Frage auf einer meeresblauen Woge aus Neugier zu ihm herüber. «Kein wahres Wort? Oh, natürlich, was sollen Sie auch sonst sagen! Aber jeder rechnet damit, dass es bald Ärger gibt.»

Und ein Flüstern vonseiten der Marchesa: «Belästigt sie Sie etwa wegen dieses mysteriösen Mahatma? Diese Närrin! Solange die liebe Pauline an ihn glaubt, bin ich beruhigt. Wie ich schon vor dem Essen zu Pauline gesagt habe: ‹Was Sie und Dexter gutheißen, heiße ich ebenfalls gut.› Deshalb möchte ich auch unbedingt meinen armen Jungen nach New York kommen lassen, meinen Michelangelo! Wenn Sie ihn nur sehen könnten – Sie würden ihn bestimmt genauso ins Herz schließen wie unseren lieben Jim, würden ihn vielleicht sogar in Ihre Kanzlei aufnehmen ... Ach, lieber Dexter, das war immer mein Traum!»

Was für ein Leben, wenn nicht dieses? Denn natürlich war der Traum von einer Farm im Westen Blödsinn. Was er sich wirklich wünschte, war ein Leben, in dem sich ein so einflussreicher und fesselnder Beruf wie der seine irgendwie in Einklang bringen ließ mit langen Perioden ländlicher Ruhe, mit Büchern, Pferden und Kindern – ach, Kinder! Eigene Söhne, die er mit dem Leben auf dem Land vertraut machte, die er auf lange Wanderungen mitnahm, denen er Wissenswertes über Bäume, Pflanzen und Vögel beibrachte, mit denen er Eichhörnchen beobachtete und im Winter Rotkehlchen und Drosseln fütterte. Im Dunkeln käme er dann heim ans Kaminfeuer, zu Lampenlicht und einem Teetisch, der sich unter Köstlichkeiten bog und um den sich hungrig und aufgedreht von dem langen Ausflug seine Mädchen und Jungen scharten (auch Mädchen, noch mehr kleine Nonas) – und zu einer Frau, die ruhig von ihrem Buch aufblickte, einer Frau, die viel zu jung aussah, um die Mutter dieser Kinder zu sein, viel zu jung …

«Sie schauen zu Jims Frau hinüber?», unterbrach ihn die Marchesa. «Kein Wunder! *Très en beauté*,[31] unsere Lita! Dieses Kleid, genau derselbe Farbton wie das Haar, und diese indischen Smaragde … wie raffiniert! Aber eine etwas schwierige Gesprächspartnerin, nicht wahr? Ein bisschen zu schweigsam? Nein? Nun, bei Ihnen vielleicht nicht, bei ihrem lieben Vater! Schwiegervater, meine ich …»

Schweigsam! Das Wort ließ seine Gedanken wieder abschweifen. Denn in dieser anderen Welt voll lautem Kindergelächter, Kindergezanke und dem gesunden Gepoltere und Gelärme einer großen Familie auf dem Land gab es irgendwo verborgen in der Erde ein riesiges Reservoir der Stille, ein Bassin, in das man immer abtauchen und seine Seele in Frieden baden konnte. Das Traumbild war undeutlich und widersprüchlich, doch alles schien in den Augen dieser Frau aufzugehen und zu verschmelzen …

Pauline gab ihm von ihrem Tischende ein Zeichen. Er stand auf und bot der Marchesa den Arm.

Draußen in der Halle hörte man schon die Klänge des berühmten Somaliland-Orchesters aus dem Ballsaal die Treppe herunterrumpeln und -poltern. Die Damen, angeführt von Mrs Toy, strömten zu dem verspiegelten Lift, den man mit Treibhausflieder und japanischen Kirschblüten den Blicken der Gäste entzogen hatte, nur Amalasuntha an Manfords Arm setzte einen schlichten schwarzen Schuh auf die Marmorstufen. «Ich bin an römische Paläste gewöhnt!»

7

«Wenigstens eine kleine Runde?», fragte Heuston, und Nona gab nach und gesellte sich zu den Tänzern, die mit langsamen Schritten über das glänzende Parkett schwebten.

Tanzen hatte keine besondere Bedeutung, es war wie Atmen, was blieb zu tun, wenn man nicht tanzte? Sie konnte schlecht ablehnen, ohne seltsam zu wirken; es war einfacher, einzuwilligen und sich zwischen den Paaren zu verlieren, die dasselbe komplizierte Ritual befolgten.

Die Tanzfläche war voll, aber nicht überfüllt, dafür hatte Pauline schon gesorgt. Das ließ sich leicht im Voraus berechnen, denn keiner der Geladenen sagte je ab, und wenn sie mit Maisie Bruss die Liste zusammenstellte, maß sie jedem Paar die nötige Fläche zu, so sorgfältig, als kalkulierte sie den Platzbedarf in einem Krankenhaus. Auch die Belüftung war perfekt, weder zog es, noch war es stickig. Man hatte immer das Gefühl, im Freien unter einem lauen südlichen Himmel zu tanzen.

Nona, die wusste, was es gekostet hatte, diese Illusion zu erzeugen, bewunderte ihre unermüdliche Mutter einmal mehr. «Ist sie nicht wunderbar?»

Mrs Manford stand aufrecht an der Tür, ausgeruht, einen matt schimmernden Diamantreif im Haar, den schlanken Fuß in Richtung Tanzfläche vorgestreckt.

«Jeden einzelnen Tag, das ganze Jahr über! Ah, sie tanzt. Mit Cosby.»

«Ja. Mir wäre es lieber, wenn sie es nicht täte.»

«Nicht mit Cosby?»

«Du liebe Zeit, nein. Überhaupt nicht.»

Nona und Heuston hatten sich hingesetzt und schauten aus ihrer Ecke zu, wie die sich drehenden Füße ein trügerisches Muster webten.

«Aha. Du glaubst, sie tanzt in einer bestimmten Absicht?»

Das Mädchen lächelte. «Sie will furchtbar gut sein – wie bei allem, was sie tut. Aber sie tanzt, als handelte es sich dabei um irgendetwas zwischen einem Kirchenbesuch und dem Training einer Pfadfindergruppe. Mutter ist zu … zu anständig zum Tanzen.»

«Tja, das hier ist etwas anderes», murmelte Heuston.

Die Tanzfläche hatte sich wie durch Zauberhand rings um ein hochgewachsenes, schlankes Paar geleert: Lita Wyant und Tommy Ardwin. Der Innenarchitekt, groß und geschmeidig, hatte die typische Silhouette eines Tänzers, war aber auch nicht mehr als eine Silhouette, ein Schatten an der Wand. Alles Licht und alle Musik im Raum waren in das fast durchsichtige Geschöpf in seinen Armen geflossen. Ardwin wirkte auf Nona wie jemand, der in einen Frühlingswald gegangen und mit einem langen Zweig voll silberner Blüten in der Hand zurückgekehrt war.

«Meine Güte! *Quelle plastique!*[32]», flötete die Marchesa über Nonas Schulter.

Die beiden hatten das Parkett für sich allein, alle anderen hatten aufgehört zu tanzen. Aber Lita und ihr Partner schienen sich dessen nicht bewusst zu sein. Sie war einzig dazu da, strahlenden Glanz zu verbreiten, und er nur dazu, sich ihr anzupassen. Ihr Gesicht war eine zarte, stille Blume auf einem schwankenden Stiel, aller Ausdruck lag in ihrem Körper, in diesem langen *Legato*, gleich wogendem, von einem Windhauch bewegtem Gras oder kleinen, ans Ufer schlagenden Wellen.

«Schau dir Jim an», sagte Heuston lachend. Von einer der Türen aus sog Jim Wyant das Bild gierig in sich auf. «Wahrhaftig», schienen seine Augen triumphierend auszudrücken, «das entschädigt für das ‹Cubist Cabaret› und all ihre anderen verrückten Launen.»

Lita schwebte an ihm vorbei, schenkte ihm ein Lächeln und glitt weiter auf den schimmernden Wellen ihrer Schönheit.

Plötzlich brach die Musik ab. Nona blickte durch den Saal und sah, wie sich Mrs Manford vom Musikerpodest entfernte. Der Dirigent hatte sich herabgebeugt, um mit ihr zu sprechen.

Es entstand eine kurze Pause, dann stimmte das Orchester einen Foxtrott an, und die Tanzfläche füllte sich wieder. Mrs Manford rauschte mit einem starren Lächeln vorbei – «das Lächeln, das sie immer zusammen mit ihrem Diadem aufsetzt», dachte Nona. Ja, vielleicht war es tatsächlich ungehörig von Lita, beim Ball ihrer Schwiegermutter die Tanzfläche für sich allein zu beanspruchen, aber war es der Fehler des armen Mädchens, dass alle anderen aufhörten, um ihr zuzuschauen, wenn sie doch so gut tanzte?

Ardwin trat zu Nona.

«O nein», protestierte Heuston flüsternd. «Ich wollte …»

«Aggie winkt dir.» Der Arm des Mädchens lag bereits auf Ardwins Schultern. Während sie sich immer weiter in den Saal hinein drehten, sagte Nona: «Sie haben Litas Tanzen wunderbar zur Geltung gebracht.»

Mit seiner hohen, selbstsicheren Stimme erwiderte er: «Oh, man muss ihr nur ihren Willen lassen und darf sich nicht einmischen. Jeder von uns beiden hat seine eigene Art, sich auszudrücken, es wäre dumm, da etwas zu vermengen. Wenn ich sie nur so weit brächte, ein einziges Mal für Serge Klawhammer zu tanzen; der sucht den ganzen Erdball nach einer Frau ab, die in Hollywood die neue Herodias[33] spielen kann. Die Leute haben den Odaliskenstil[34] satt, und mit meiner Hilfe könnte Lita etwas Neues entwickeln. Sie hat so gut wie zugesagt, heute nach dem Mitternachtsimbiss zu mir zu kommen und mit Klawhammer zu sprechen. Nur sechs oder sieben von den Eingeweihten – sind Sie dabei? Er saust schon morgen nach Hollywood zurück.»

«Will Lita wirklich kommen?»

«Nun, sie sagte erst Ja, dann Nein und schließlich wieder Ja.»

«Also gut.» Nona konnte Ardwin nicht ausstehen, seine Glätte, Geschmeidigkeit und Selbstsicherheit, den Kreis, in dem er das Sagen hatte, die Moden, die er diktierte, die Grundsätze, die er vertrat; sie hasste all das so inbrünstig und bedingungslos, dass sie glaubte, nun endlich des Rätsels Lösung gefunden zu haben. Das war es, natürlich! Ardwin und sein Kreis versuchten Lita zu überreden, zum Film zu gehen; das erklärte ihre Ruhelosigkeit und Reizbarkeit, die wachsende Abscheu gegen ihr eintöniges Leben. Nona atmete erleichtert auf. Wenn es nur das war!

Als der Tanz vorüber war, befreite sie sich und schlüpfte auf der Suche nach Jim durch das Gedränge. Sollte sie ihn bitten, sie zu Ardwin zu begleiten? Nein, sie würde einfach erklären, sie und Lita machten noch eine letzte Spritztour ins Atelier des Innenarchitekten, wo mehr Platz und weniger Tumult sei als bei Pauline. Jim würde lachen und einverstanden sein, vorausgesetzt, sie und Lita blieben zusammen. Unnötig, Klawhammer und seine idiotische «Herodias» zu erwähnen.

«Jim? Aber, Liebes, Jim ist schon lange heimgegangen. Ich werfe es dem armen Jungen nicht vor», seufzte Mrs Manford, der ihre Tochter aufgelauert hatte, «er muss ja so früh schon wieder im Büro sein, und es ist bestimmt furchtbar langweilig, die ganze Nacht herumzustehen und nicht zu tanzen. Aber, Liebchen, jetzt hilf du mir bitte, deinen Vater zu finden. Der Nachtimbiss steht bereit, und ich kann mir nicht vorstellen …»

Das Frettchengesicht der Marchesa schob sich zwischen die beiden, als sie an Mr Toys kräftigem Arm vorbeitrabte.

«Der liebe Dexter? Ich habe ihn vor knapp fünf Minuten gesehen, wie er diese wunderbare Lita zur Tür brachte …»

«Lita? Lita ist auch schon weg?» Nona beobachtete das Ringen der disziplinierten Gesichtszüge ihrer Mutter mit ihren zuckenden Nerven. «Was habe ich nur für unmögliche Kinder!» Ein Lächeln siegte über ihre Verlegenheit. «Es ist doch hoffentlich nichts mit dem Kleinen? Nona, lauf schnell hinunter und sag Vater, er soll heraufkommen. Oh, Stanley, mein Lieber, anscheinend haben mich alle meine Männer im Stich gelassen. Bitte, suche nach Mrs Toy und führe sie zu Tisch …»

In der Halle unten war kein Dexter. Nona blickte sich suchend nach Powder um, dem blassen, gottergebenen Chefbutler, der Mrs Manford durch alle Wechselfälle und Triumphe ihres Lebens gefolgt war und sich scheinbar um nichts anderes kümmerte als um sein Silber und die Disziplin der Diener. Powder wusste alles und hatte auf alles eine Antwort, aber gerade jetzt befehligte er ein gewaltiges Unternehmen, nämlich auf fünfundachtzig kleinen Tischen gleichzeitig Schildkrötensuppe und Champagner erscheinen zu lassen, und war in der Halle nicht zu finden. Nona ließ den Blick über die Reihe von Dienern hinter den aufgehäuften Pelzmänteln schweifen, entdeckte einen, der zum Haus gehörte, und erfuhr, dass Mr Manford vor ein paar Minuten gegangen sei. Sein Wagen habe auf ihn gewartet, und jetzt sei er fort. Mrs James Wyant sei mit ihm gefahren, berichtete der Mann. «Natürlich, er hat sie zu Ardwin gebracht. Armer Vater! Nach einem Abend mit Mrs Toy und Amalasuntha, wen wundert's? Wenn Mutter nur begriffe, wie ihn ihre gigantischen Dinner langweilen!» Aber das würde Nonas Mutter nie begreifen.

«Es ist nur mein unerschütterlicher Glaube an mein eigenes Genie – sonst nichts», verkündete Ardwin mit seiner nervösen Fistelstimme soeben, als Nona das im obersten Stockwerk gelegene Atelier betrat, wo er seine «Eingeweihten» um sich scharte. Diese Auserwählten hatten sich in Ermangelung von Stühlen auf die Kissen und Matratzen verteilt, die auf dem schwarz-weißen, täuschend marmorierten Boden verstreut waren. Aus großen Lampen mit schwarzen Schirmen fiel Licht auf nackte Schultern, pomadisierte oder zerzauste Haare und eine freizügige Darbietung fleischfarbener Beine und mit Sandalen bekleideter Füße. Ardwin präsentierte sich gerade einer Verehrerin und hielt eine tropfende

Stumpenkerze vor ein Gemälde, das ein offenes Fenster mit Blick auf geometrische Ziegelwände, Feuerleitern und Hinterhöfe zeigte. «Lug und Trug? Ja, natürlich. Das echte Fenster habe ich zumauern lassen. Es ging auf dieses dämliche ‹Nachtstück› Brooklyn Bridge und East River hinaus. Jeder, der hierherkam, sagte: ‹Ein Nocturne von Whistler!›[35] Es hing mir zum Hals raus. Außerdem war es *wirklich da*, und ich hasse Dinge, die wirklich da sind, wo man sie vermutet. Sie sind ebenso langweilig wie ehrliche Menschen. Alles in der Kunst sollte künstlich sein. Alles im Leben sollte Kunst sein. Ergo: Alles im Leben sollte künstlich sein, der Teint, die Zähne, das Haar, die Frauen … besonders die Frauen. Oh, Miss Manford, Sie sind es! Kommen Sie doch herein. Haben Sie Lita unterwegs verloren?»

«Ist sie nicht hier?»

«Ist sie etwa hier?» Er schwenkte herum zu seinen Gästen. Wenn er nicht tanzte, sah er mit seinem kleinen Schlangenkopf und den überbreiten Schultern aus wie eine Kreuzung zwischen einem japanischen Kellner und einer ganzseitigen Anzeige für seidene Unterwäsche. «Ist Lita hier? Haltet ihr sie irgendwo zwischen euch versteckt? Wenn ja, raus mit ihr! Jossie Keiler, du bist nicht etwa Mrs James Wyant, als Dryade[36] verkleidet?» Von allen Seiten ertönte schallendes Gelächter, als sich die Mulatten-Pianistin Miss Jossie Keiler hochrappelte und ihre plumpen Füße sowie eine Garnitur Wurstarme und Polsterbeine zu einer provokativen Pose anordnete. «Ich wusste ja, dass ich entdeckt werde», lispelte sie.

Ein klein gewachsener Mann mit einem trügerisch blonden Schopf, dicken Lippen unter einem blonden Stummelschnurrbart und hinter einer Schildpattbrille Augen wie Nadeln stand vor dem Kamin und wölbte den Gästen eine Hochglanzhemdbrust und eine Solitärperle entgegen. «Tanzt die Dame nicht?», fragte er mit einer Stimme wie geschmolzene Butter, die ihm von den Lippen zu tröpfeln und ab und zu hinter einer dicht beringten Hand aufgeleckt zu werden schien.

«Miss Manford? Aber sicher! Kommen Sie, Nona, legen Sie ab, dann zeigen wir unserem Gast Mr Klawhammer mal, dass Lita nicht unersetz…»

«Hilfe! Wartet, bis ich im Sattel sitze!», kreischte Miss Keiler, und die winzigen Hände am Ende ihrer Armkeulen schossen wie bläuliche Mäuse Richtung Klaviatur.

Nona setzte sich auf den Rand eines Refektoriumstischs. «Danke. Ich bewerbe mich nicht für die Herodias. Meine Schwägerin taucht sicher gleich auf.»

Nicht einmal ein perfekt geführtes Hauswesen wie das von Mrs Manford bot um vier Uhr morgens nach einem Ball einen besonders verlockenden Anblick. Die letzten Automobile waren abgefahren, die letzten Überzieher und Abendmäntel aus der Halle und den Ankleideräumen verschwunden, und nur noch eine einzige Deckenlampe beleuchtete die dunklen Wandteppiche und das wuchtige Treppengeländer. Die Tische in der Halle waren übersät mit leeren Cocktailgläsern und geplünderten Zigarrenkisten, auf dem Treppenläufer lagen verstreut Tüllfetzen und zertrampelte Orchideen, und das Buschwerk aus Treibhausflieder und japanischen Kirschen vor dem Lift ließ in der heißen Luft traurig die Zweigspitzen hängen. Nona sperrte mit ihrem Hausschlüssel auf und überflog angewidert den Schauplatz. Wozu das alles, und was blieb, wenn es vorbei war? Nicht mehr als das Großreinemachen durch Maisie und die Dienstboten und das Schreiben einer neuen Liste für das nächste Mal … Sie musste an milde Frühlingsnächte in Cedarledge denken, damals, als sie noch ein kleines Mädchen war und sie und Jim immer auf Strümpfen die Treppe hinunterschlichen, zum See gingen, ein Paddelboot losmachten und auf einem silbernen Band zwischen den mit knospendem Hartriegel gesäumten Inselchen dahintrieben. Sie eilte weiter, an den geschändeten Zweigen vorbei.

Oben im Haus war alles dunkel, nur unter der Bibliothekstür sah man einen Lichtstreifen. Seltsam, zu dieser Stunde; ihr Vater musste noch wach sein. Wahrscheinlich war auch er gerade erst heimgekommen. Sie wollte eben daran vorbeigehen, als sich die Tür öffnete und Manford sie rief. «Na sowas, Nona! Du bist das! Ich dachte, du seist längst im Bett.»

Eine Lampe mit grünem Schirm beleuchtete den großen Schreibtisch. Manfords Lehnstuhl war herangeschoben, neben einem leeren Glas lag eine halb gerauchte Zigarette, die Abendzeitung war über den Boden verstreut.

«Warst du das, die ich habe heimkommen hören? Weißt du, wie spät es ist?»

«Ja, leider! Ich habe die ganze Stadt nach Lita abgesucht.»

«Lita?»

«Ich habe stundenlang bei Tommy Ardwin auf sie gewartet. Das ist vielleicht eine Clique! Er sagte mir, sie werde dort Klawhammer vortanzen, diesem Hollywoodkerl, und ich wollte nicht, dass sie allein hingeht …»

Manfords Gesicht verdüsterte sich. Er griff nach einer neuen Zigarette und sagte ungehalten zu seiner Tochter: «Wieso, zum Donnerwetter, fällst du auf solche Lügenmärchen rein? Klawhammer …!»

Nona stand ihm gegenüber; ihre Blicke trafen sich, und er wandte sich mit einem Achselzucken ab, um nach einem Zündholz zu greifen.

«Ich habe es geglaubt, weil mir die Dienstboten kurz nach ihrem Verschwinden gesagt haben, Lita sei weggegangen, und da sie berichteten, du seist mit ihr gegangen, nahm ich an, du brächtest sie zu Ardwin; du wusstest ja nicht, dass ich sie dorthin begleiten wollte.»

«Ach so.» Er zündete sich die Zigarette an und qualmte ein paar Sekunden nachdenklich vor sich hin. «Du hast ganz recht, man muss sich um sie kümmern», begann er wieder, in nun verändertem Ton. «Irgendwer muss diese Arbeit übernehmen, da ihr Mann offenbar nichts damit zu tun haben will.»

«Vater! Du weißt sehr gut, wenn Jim diese Arbeit übernehmen

würde – jeden Abend hinter Lita herrennen, von einem Club zum andern –, würde er die andere, die alle drei am Leben erhält, verlieren. Niemand kann beides leisten.»

«He, du Giftspritze! Ich habe doch gar nichts gegen deinen Bruder!»

«Das will ich hoffen.» Sie lehnte sich gegen den Tisch, den Blick weiter auf ihn gerichtet. «Und als Ardwin mir von diesem Klawhammer-Film berichtete … Hat Lita dir nichts davon erzählt?»

Er schien zu überlegen. «Sie sagte, Ardwin gehe ihr mit irgendetwas auf die Nerven, deshalb habe ich sie heimgebracht, als ich merkte, dass Jim schon weg war.»

«Ach, du hast sie heimgebracht?»

Manford ließ sich wieder in seinem Sessel nieder und nahm das Erstaunen in ihrer Stimme gleichgültig hin. «Ja, natürlich. Denkst du wirklich, ich würde zulassen, dass sie sich zum Affen macht? Traurig, dass du glaubst, das wäre meine Art, mich um sie zu kümmern.»

Nona saß auf der Armlehne seines Stuhls und umarmte ihn glücklich. «Kleines Dummerchen», seufzte sie, aber die Bezeichnung galt nicht ihrem Vater.

Sie goss sich ein Glas Kirschlikör ein, hauchte ihm einen Kuss auf das dünner werdende Haar und lief in ihr Zimmer hinauf, eine Jazzmelodie von Miss Jossie Keiler vor sich hin summend. Vielleicht war die Welt doch nicht ganz so schlecht.

8

Am Morgen nach einer Einladung im eigenen Haus genehmigte sich Pauline Manford immer eine extra halbe Stunde Schlaf; doch diesmal nutzte sie sie, um einfach wach im Bett zu liegen und müde die Aufgaben des bevorstehenden Tages durchzugehen.

Ernüchterung war auf den glanzvollen Abend gefolgt. Freilich hielt der Glanz eines Balls nie lange an; allzu schnell wurde er zu einer Angelegenheit der häuslichen Leichenbestatter: der Putzfrauen, Dienstmädchen und Elektriker. Doch in diesem Fall war das Vergnügen noch früher schal geworden. Als sich zum Mitternachtsimbiss die Türen vor den blumengeschmückten Tischen öffneten, war außer der Gastgeberin kein Familienmitglied mehr anwesend, um die Gäste zu ihren Plätzen zu geleiten. Ehemann, Tochter, Sohn und Schwiegertochter – alle hatten sie verlassen. Pauline musste während dieser frostigen Morgenwache ihre ganze Selbstbeherrschung aufbieten, um die Erinnerung daran zu verscheuchen. Natürlich sollte sich niemand zu etwas gezwungen fühlen – sie war durchaus für persönliche Freiheit, für Selbstverwirklichung oder wie das heutzutage hieß –, aber dennoch, ein Ball war ein Ball, und Gastgeber waren Gastgeber. Das war wirklich zu schlimm von Dexter, und von Jim auch. Auf Lita konnte man natürlich nicht zählen, das gehörte zu ihrem Gehabe, das die Leute so faszinierend fanden. Aber Jim – dass Jim und Nona sie im Stich gelassen hatten! In welch lächerliche Lage war sie dadurch geraten … Aber nein, daran durfte sie jetzt nicht denken, sonst kamen wieder diese hässlichen Augenfältchen hervorgekrochen. Die Masseuse hatte sie gewarnt … Herr im Himmel! Um wie viel Uhr war denn die Masseuse dran? Sie streckte die Hand aus, schaltete das Licht am Bett an (denn die Fenster waren noch immer verdunkelt) und griff nach dem von Maisie Bruss als «Nachtliste» bezeichneten aufrecht stehenden Porzellantäfelchen, auf das die Sekretärin zum Zweck des nächtlichen Studiums die wichtigsten Termine des kommenden Tages zu schreiben pflegte.

Heute waren es so viele, dass selbst Miss Bruss' winzige Handschrift sie kaum unterzubringen vermocht hatte. Zuvörderst natürlich der arme Punkt A, von gestern auf heute verschoben; dann kurz vor dem Lunch eine mysteriöse Verabredung mit Amalasuntha, etwas Dringendes, hatte sie angedeutet. Ausgerechnet heute! Amalasuntha war manchmal so taktlos. Und dann diese Mahatma-Geschichte. Da Dexter unerbittlich blieb, hatte seine Frau beschlossen, sich an die Lindons zu wenden. Das würde zweifellos peinlich werden, und sie hasste doch Peinlichkeiten. Jegliche Form von Unsauberkeit, sei sie moralischer oder materieller Art, war ihr unangenehm, aber es musste etwas unternommen werden, und zwar sofort. Sie wusste nicht recht, warum sie so besorgt war, so fest entschlossen, dass die Sache keine Folgen haben durfte; falls allerdings tatsächlich etwas schiefgehen sollte, würden all ihre Pläne über den Haufen geworfen, die Ruhekur, die neuen Gymnastikübungen, die Aussicht auf längere Jugend, Tatkraft und Schlankheit, und außerdem wäre sie gezwungen, sich einen neuen Messias zu suchen, der ihr bescheinigte, dass sie eine Begabung fürs Übersinnliche hatte.

Der dringendste Punkt auf der Liste war indes ihre nachmittägliche Ansprache vor der Nationalen Muttertagsgesellschaft – oder nein, war es nicht die Liga zur Geburtenregelung? Unsinn! Dort hielt sie nächste Woche bei dem Bankett eine Rede – eine ganz große Sache, im «St. Regis», vor einer internationalen Gruppe von Geburtenregelungsanhängern. Sie mochte sich wach fühlen, aber anscheinend war sie doch noch schlaftrunken, wenn sie ihre Verpflichtungen derart durcheinanderbrachte! Sie löschte das Licht und sank hoffnungsvoll auf das Kissen zurück – vielleicht kam jetzt tatsächlich der Schlaf. Ihre Nachttischlampe schien allerdings einen Doppelschalter zu haben, denn sobald sie sie im Zimmer ausknipste, ging sie in ihrem Kopf an.

Nun gut, dann würde sie eben versuchen, Teile ihrer Muttertagsrede zu memorieren. Sie sprach selten in der Öffentlichkeit, doch wenn sie es tat, nahm sie die Sache ernst und versuchte gleichermaßen gewinnend wie eindrucksvoll aufzutreten. Sie hatte das Typoskript sorgfältig mit Maisie durchgesprochen, und es war bestimmt alles richtig, aber sie lernte die wirkungsvolleren Stellen gern auswendig. Es brachte sie dem Publikum näher, wenn sie sich vorbeugte, vertraulich sprach und nicht alle paar Sekunden in den Text schauen musste.

«Hat es jemals Herde oder Herzen – Mutterherzen – gegeben, die nicht groß genug waren für all die Kindlein, die Gott ihnen zugedacht hat? Natürlich sind Mütter an manchen Tagen so erschöpft, dass sie nur noch von dem Wunsch beseelt sind, es möge im Kinderzimmer nichts zu tun geben und sie könnten einfach mit gefalteten Händen still dasitzen. Aber für eine Mutter gibt es nur dann im Kinderzimmer nichts zu tun, wenn dort ein kleiner Sarg steht. Dann ist es dort nur allzu ruhig ... wie einige von uns hier erlebt haben ...» (Pause, Schluchzer aus dem Publikum.) «Natürlich verlangen wir nicht, dass moderne Mütter bis zur völligen Erschöpfung arbeiten, keineswegs! Von völlig erschöpften Müttern haben die Babys nichts. Und das Wichtigste ist doch die Frage nach den Bedürfnissen der Babys, nicht wahr?» (Pause, Lächeln im Publikum.)

Womit in aller Welt wollte ihr Amalasuntha wohl auf die Nerven fallen? Mit der Bitte um mehr Geld natürlich – aber sie konnte wirklich nicht sämtliche Schulden dieses grässlichen Michelangelo bezahlen. Wenn Lita sich weiterhin so extravagant kleidete und ständig ihren Schmuck neu fassen ließ, gab es womöglich auch im engeren Familienkreis bald Schulden zu begleichen. Heutzutage kostete es fast genauso viel, Steine neu fassen zu lassen, wie sie neu zu kaufen, und die Smaragde ...

Um diese Morgenstunde sah immer alles aschgrau aus; heute jedoch wurde ihr Optimismus fast so sehr auf die Probe gestellt wie damals, als sie gleichzeitig Proust lesen, einen neuen Tanz erlernen, östliche Weisheitslehren studieren und sich entscheiden musste, ob sie sich einen echten Bubikopf schneiden lassen oder sich nur entsprechend frisieren sollte. Sie hatte all diese Zerreißproben mit Bravour bestanden, aber was, wenn noch Schlimmeres auf sie wartete?

Amalasuntha kam in einem ziemlich unvorteilhaft umgearbeiteten Kleid von Mrs Manford und machte einen betont ärmlichen, demütigen Eindruck – was immer ein schlechtes Zeichen war. Natürlich ging es um Michelangelos Schulden. Pferderennen, Baccara und eine Frau … eine russische Prinzessin, meine Güte, eine wirklich echte! Ob Pauline ihr Bild im «Prattler»[37] sehen wolle? Sie und Michelangelo seien im Badeanzug zusammen fotografiert worden, am Lido.

Nein, Pauline wollte nicht. Sie wandte sich von dem dargebotenen Bildnis mit einem Widerwillen ab, der die Marchesa offensichtlich erstaunte. Deren Empfindlichkeiten waren ganz anders beschaffen, und die ihrer Mitmenschen konnte sie immer nur häppchenweise erfassen, eins nach dem andern, wie eine Lektion in Gedächtnistraining.

«Nun ja, mein Junge macht keine halben Sachen», erklärte die Marchesa, immer noch der Meinung, hier liege ein Grund zur Prahlerei vor.

Pauline lehnte sich müde zurück. «Es tut mir wirklich sehr leid für dich, Amalasuntha, aber Michelangelo ist kein Kind mehr, und wenn er nicht begreift, dass ein mittelloser Mann, wenn er Geld ausgeben will, dieses zuerst verdienen muss …»

«Aber das begreift er doch, Liebste! Venturino und ich haben es ihm eingetrichtert. Und letztes Jahr ließ er nichts unversucht, um diese einäugige Miss Oxbaum aus Oregon zu heiraten, wirklich!»

«Ich sagte ‹verdienen›!», warf Pauline ein. «Eine Geldheirat betrachten wir hier nicht als Geldverdienen.»

«Oh, um Gottes willen – nicht? Auch nicht manchmal?», flüsterte die Marchesa.

«Mit Verdienen meine ich, in ein Büro zu gehen oder …»

«Ah, ganz recht! Genau das habe ich gestern Abend zu Dexter gesagt. Genau das wünschen wir uns am allermeisten, Venturino und ich, dass Dexter Michelangelo in seine Kanzlei aufnimmt. Das würde alle Probleme lösen. Wenn Michelangelo erst einmal dort sitzt, wird er seine Sache bestimmt gut machen. Niemand ist so gescheit wie er, nur – in Rom sind junge Männer mehr gefährdet, sie sind größeren Versuchungen ausgesetzt …»

Pauline kräuselte die Lippen. «Das kann ich mir vorstellen.» Da Versuchungen ein Privileg der Großstädte waren, fand sie Amalasunthas Andeutung, in einem elenden Kaff wie Rom gebe es davon mehr als in New York, ziemlich unverschämt. Und das, obwohl sie bei anderer Gemütsverfassung die Erste gewesen wäre, die die italienische Hauptstadt als Sündenpfuhl und das mustergültige New York als Inbegriff einer makellosen amerikanischen Stadt bezeichnet hätte. All diese Widersprüche, die sie gemeinhin leicht schulterte, bereiteten ihr heute Kopfschmerzen, und sie fuhr nervös fort: «Michelangelo in die Kanzlei aufnehmen! Was hat er denn für Voraussetzungen, was für eine Ausbildung? Hat er jemals Jura studiert?»

«Nein, ich glaube nicht, meine Liebe, aber er würde es tun, das kann ich versprechen», erklärte die Marchesa, wobei es klang wie: «Im Notfall würde er auch Straßenkehrer werden.»

Pauline lächelte schwach. «Ich glaube, du verstehst nicht. Die Rechtswissenschaft ist eine Profession.» Das stammte von Dexter. «Dazu ist eine jahrelange Ausbildung und Vorbereitung nötig. Michelangelo müsste in Harvard oder Columbia promovieren. Aber vielleicht…» Ein Blick auf die Armbanduhr sagte ihr, dass der nächste Termin unmittelbar bevorstand. «Vielleicht könnte Dexter ihm eine andere Tätigkeit vorschlagen. Ich weiß natürlich nicht… Ich kann nichts versprechen… Aber in der Zwischenzeit…» Sie ging zu ihrem Schreibtisch, und ein Scheck wechselte den Besitzer, zu klein, um Michelangelos Mangel spürbar abzuhelfen, aber doch so groß, dass Amalasuntha murmelte: «Wie du mich verwöhnst, meine Liebe! Gut, dem Jungen zuliebe nehme ich ihn einfach an. Und was den Empfang für den Kardinal anbelangt – ein Telegramm an Venturino wird das sicherlich regeln. Wäre deine Maisie so nett, es abzuschicken und meinen Namen darunterzusetzen?»

Es war schon kurz nach drei, als Pauline die Treppe vor der Haustür der Lindons nach unten stieg und ihren Chauffeur anwies: «Zu Mr Wyant.» Dabei waren ihre vom Vormittag verschobenen eurythmischen Übungen noch irgendwie unterzubringen, und um halb fünf musste sie fertig gebadet, onduliert und gewandet in ihrem Ballsaal die Muttertagsversammlung mit anschließendem monströsem Teeempfang leiten.

Nein, die nervöse Unruhe, die durch diese atemberaubende New Yorker Lebensweise hervorgerufen wurde, ließ sich auch mit mentaler Tiefenatmung und allen anderen Gelassenheitsübungen nicht wirksam bekämpfen. Heute war es ihr wirklich zu viel. Sie lehnte sich zurück und schloss seufzend die Lider. Durch eine Ampel, die das Auto gerade jetzt, wo jeder Augenblick so kostbar war, zum Stillstand zwang, wurde sie jählings wieder in die Gegenwart versetzt. Weil alle Welt es so eilig hatte, irgendwo hinzukommen, kam am Ende niemand mehr irgendwo hin. Sie warf einen Blick quer durch die drei Autos, die in einer Reihe neben dem ihren standen, und sah in jedem – als schaute sie in Spiegel – eine teuer gekleidete Frau wie sie selbst, die sich in derselben Haltung unterdrückter Ungeduld und mit demselben nervösen Stirnrunzeln nach vorn beugte.

Ach, wenn sie nur nicht immer vergessen würde, sich zu entspannen! Aber wie sollte man sich entspannen, wenn so wie heute alles schiefging? Der Besuch bei Fanny Lindon war ein völliger Fehlschlag gewesen. Pauline hatte ihren Einfluss auf die Lindons offensichtlich überschätzt, und diese Entdeckung war an sich schon ziemlich demütigend. Sich anhören zu müssen, die Mahatma-Geschichte sei eine «Familienangelegenheit» – und damit implizit mitgeteilt zu bekommen, dass sie nicht mehr zur Familie gehörte! Im Geiste hatte Pauline nie ganz aufgehört, sich als eine Wyant zu fühlen. Sie glaubte noch immer, einen Anspruch auf die nebulösen Privilegien zu haben, die der Name bot, und wunderte sich, dass die Wyants nicht so dachten. Schließlich nahm sie ihnen Amalasuntha ab – keine leichte Last!

Aber Mrs Lindon hatte nur erklärt, es sei «alles zu peinlich», und erstaunlicherweise mit den Worten geendet: «Dexter selbst hat uns ausdrücklich gebeten, nichts zu sagen.»

Zwischen den Zeilen hieß das: «Wenn du etwas erfahren willst, geh zu ihm!» Wo Fanny doch ganz genau wusste, dass die Frauen von Anwälten und Ärzten als Allerletzte in die Geheimnisse der Klienten und Patienten eingeweiht wurden.

Pauline erhob sich gekränkt und alles andere als abgeneigt, dies auch zu zeigen. «Tja, meine Liebe, wenn es so schrecklich ist, dass du es nicht einmal mir erzählen kannst, dann wundert's mich, dass du es Hinz und Kunz erzählen willst. Hast du das schon bedacht?»

«Aber ja, durchaus», jammerte Mrs Lindon. «Aber Grant meint, es sei unsere Pflicht … und Dexter auch …»

Pauline gestattete sich ein leichtes Lächeln. «Dexter vertritt natürlich den Standpunkt des Anwalts, das ist seine Pflicht.»

Mrs Lindon war nicht geistreich genug für boshafte Andeutungen. «Ja», wiederholte sie nur, «er sagt, wir sollen es machen.»

Eine plötzliche Mattigkeit beschlich Pauline. «Schick wenigstens vorher Grant zu mir, lass mich mit ihm reden.» Doch bei sich dachte sie: «Meine letzte Hoffnung ist jetzt noch, über Arthur an sie heranzukommen.»

Sie blickte besorgt aus dem Auto und wartete, dass die Ampel umsprang.

Bei Arthur Wyant war für ihre Ankunft alles gesäubert und geschmückt worden. Man ahnte, dass Cousine Eleanor gerade noch ein paar Zigarettenstummel ins Feuer geworfen, die Sofakissen ein letztes Mal aufgeschüttelt hatte und dann in dem Augenblick zur Hintertür hinausgeschlüpft war, als Mrs Manford zur vorderen hereintrat.

Wyant begrüßte sie mit der üblichen, etwas übertriebenen Herzlichkeit. Er hatte nie so recht den Ton zu treffen gelernt, mit dem ausrangierte Ehemänner herablassende Ehefrauen begrüßen sollten. In dieser Hinsicht war ihm Pauline überlegen. Sie hatte die perfekte Mischung aus Gesetztheit und schwesterlicher Freundlichkeit gefunden, und dass sie ihn nach seinem Gesundheitszustand fragen musste, half ihr immer über die ersten Minuten hinweg.

«Ach, du siehst ja, noch immer mumifiziert.» Er deutete auf sein ausgestrecktes Bein. «Nicht einmal Amalasuntha konnte ich zur Tür begleiten ...»

«Amalasuntha? War sie hier?»

«Ja. Hat sich zum Lunch eingeladen. Ein ziemlicher Aufwand für mich; ich bin es nicht gewohnt, vornehme Ausländer zu bewirten, und schon gar nicht, wenn sie neben mir von einem Tablett picknicken müssen. Aber sie hat sehr gnädig reagiert.»

«Das will ich meinen», murmelte Pauline und fügte insgeheim hinzu: «Das sieht Amalasuntha ähnlich, dass sie kein Geld für den Lunch ausgeben wollte.»

«Ja, sie ist bester Laune. Sagte, du seist sehr nett zu ihr gewesen – wie immer.»

Pauline äußerte den angemessenen Widerspruch.

«Sie freut sich furchtbar, dass du ihr versprochen hast, Manford werde Michelangelo unter die Arme greifen, wenn er in New York sein Glück versuchen will.»

«Versprochen? Nun ja, nicht ganz. Aber ich habe gesagt, Dexter werde tun, was er könne. Es scheint mir die einzige Möglichkeit, Michelangelo unschädlich zu machen.»

Wyant lehnte sich zurück, und unter seinem Schnurrbart zuckte ein Lächeln. «Ja, dieser junge Mann ist eine Plage. Und allmählich begreife ich auch, warum. Kennst du das Foto von ihm im Badeanzug mit seiner neuesten Liebsten?»

Pauline tat die Frage mit einer Handbewegung ab. Typisch für Arthur, dass er noch immer nicht begriffen hatte, wie abstoßend sie dergleichen fand.

«Seit meinem letzten Besuch in den Vatikanischen Museen habe ich keine so wohlproportionierte Statue mehr gesehen. Ein richtiger Apoll. Komisch, dass diese Wyants aus Albany imstande sind, eine heidnische Gottheit hervorzubringen. Gerade habe ich Manford das Bild gezeigt und den Kommentar der zärtlichen Mutter an ihn weitergegeben.»

Pauline blickte rasch hoch. «Dexter war auch hier?»

«Ja, er hat versucht, mir ebenfalls unter die Arme zu greifen.» Er warf einen Blick auf seinen Verband. «Das war um einiges schwieriger. Ich musste zuerst mal mein Bein auf den Boden bekommen. Aber Manford ist furchtbar nett, wirklich reizend. Er möchte, dass ich mit Jim verreise, hinunter auf seine Insel, und mich dort vierzehn Tage lang richtig von der Sonne verwöhnen lasse. Er meint, wenn er die richtigen Hebel in Bewegung setzt, könnte er Jim in der Zeit vor Ostern für ein Weilchen loseisen. Das klingt verlockend …»

Pauline lächelte; es gefiel ihr, wenn die beiden Männer in diesem Ton voneinander sprachen, und es war wirklich liebenswürdig von Dexter, dem armen Arthur gastfreundlich seine Insel im Süden anzubieten … Wie einfach das Leben sein könnte, wenn nur alle Menschen freundlich und unkompliziert wären!

«Aber nun zu Michelangelo: Ich wollte dir gerade erzählen, was Amalasuntha Sorge bereitet. Wenn sie sagt, Michelangelo wolle in Amerika ins Geschäftsleben einsteigen, meint sie damit natürlich, dass er eine reiche Erbin heiraten soll.»

«Ja, natürlich. Und das macht er bestimmt.»

«Genau. Sie hat auch schon ein Auge auf jemanden geworfen. Errätst du es nicht? Nona!»

Paulines Sinn für Humor war nicht unerschöpflich, aber diese Vorstellung lockerte ihre angespannten Nerven dann doch, und sie lachte. «Der arme Michelangelo!»

«Ich dachte mir schon, dass dich das nicht beunruhigen würde. Amalasuntha plagt allerdings die Befürchtung, dass er sich nicht befreien kann …»

«Befreien?»

«Von Lita. Ihre Theorie lautet, dass sich Lita wie wahnsinnig in Michelangelo verlieben wird, sobald sie ihn zu Gesicht bekommt, und dass sie, wenn die beiden erst einmal miteinander getanzt haben, an ihn verloren ist. Aus diesem Grund hält Amalasuntha es für womöglich billiger – obwohl sie dir das nicht zu sagen wagt –, Michelangelos Schulden zu bezahlen, als ihn zu importieren. Sie sagt, nun, wo sie die Familie gewarnt habe, liege die Entscheidung bei uns.»

Ihrer beider Lachen vermischte sich, vielleicht zum ersten Mal seit ihrer Verbindung in jungen Jahren. In der Regel waren ihre Begegnungen nicht von Unbeschwertheit gekennzeichnet.

Aber Pauline vergaß das Lachen schnell über den Grant Lindons. Bei diesem Namen leuchteten Wyants Augen auf; es war, als hätte sie einem appetitlosen Genesenden einen Leckerbissen vorgesetzt.

«Gerade du müsstest mir doch alles darüber sagen können – oder nein, natürlich nicht, wenn Manford den Fall übernimmt. Aber das macht nichts, denn mittlerweile ist die Angelegenheit in aller Munde. Hast du heute Morgen den ‹Looker-on› gesehen – mit den Fotos? Hier … wo …» Nie fand er unter den Illustrierten, die sich neben ihm stapelten, was er suchte, und warf nun hilflos die Ausgaben des «Prattler», des «Listener» und andere Magazine durcheinander. Wie dieses kleine Anzeichen von Unfähigkeit sie an alte Zeiten erinnerte, als seine ewige Unordnung und seine sture Eigenart, immer alles anzufassen, ihr so auf die Nerven gingen!

«Fotos?», japste sie.

«Allerdings. Erst mal der Nigger selbst in Turban und rituellen Gewändern, und dann ein Haufen Nackte, die in einem Patio herumhopsen. Es sieht aus wie ein Hotel in Palm Beach. Fanny Lindon ist ganz außer sich, weil sie Bee auf dem Bild erkannt hat. Sie sagt, sie bringt den Mann ins Gefängnis, und wenn es sie den letzten Penny kostet. Hach, da ist es ja endlich!»

Pauline fuhr zurück. Nahm denn das nie ein Ende, dass man ihr widerliche Fotos zu zeigen versuchte? Sie fragte scharf: «Hat Fanny Lindon dich etwa auch besucht?»

«Warum nicht? Sie war den ganzen Vormittag hier. Sie hat Amalasuntha alles erzählt.»

Mit größter Anstrengung unterdrückte Pauline den in ihr aufsteigenden Ärger. «Wie idiotisch! Jetzt wird es tatsächlich in alle Welt hinausposaunt!» Sie sah Fanny und Amalasuntha vor sich, wie sie mit hämischer Freude die Fotos ihrer schmachbedeckten Nachkommen austauschten. Es war gar zu anstößig … und die alte New Yorkerin war genauso schamlos wie die verderbte Ausländerin.

«Ich wusste nicht, dass Fanny vor mir hier war. Ich komme soeben von ihr. Ich habe versucht, es ihr auszureden, wollte sie überzeugen, die ganze Geschichte zu vertuschen, bevor es zu spät ist. Ich vermute, du hast ihr den gleichen Rat gegeben?»

Wyants Gesicht verdüsterte sich. Er sah seine frühere Frau bestürzt an, und sie merkte, dass er vor lauter gierigem Entzücken über die pikanten Einzelheiten alles Gespür für die Unschicklichkeit und Torheit der Angelegenheit verloren hatte. «Ich weiß nicht … ich dachte, es sei bereits zu spät und Manford habe sie gedrängt, etwas zu unternehmen.»

Pauline machte eine leicht ungehaltene Handbewegung. «Dexter, natürlich! Wenn er einen ‹Fall› wittert! Ich glaube, da sind alle Anwälte gleich. Jedenfalls kann ich ihm nicht begreiflich machen …» Sie brach ab, wurde sich plötzlich bewusst, dass die Rollen vertauscht waren und sie zum ersten Mal ihren zweiten Mann vor ihrem ersten herabsetzte. «Im Übrigen», fuhr sie hastig fort, «kann es Dexter gleichgültig sein, wenn die Lindons beschließen, öffentlich Schande über ihr Kind zu bringen. Es sind nicht seine Verwandten, Bee ist nicht die Tochter seines Cousins. Aber dass uns beiden, dir und mir, bei der Sache nicht wohl ist, dagegen können wir doch nichts machen? Bee, Nona und Jim sind zusammen aufgewachsen. Du musst mir helfen, diesen Skandal zu verhindern! Du musst sofort Grant Lindon kommen lassen. Auf dich hört er bestimmt … du hast immer großen Einfluss auf Grant gehabt.»

Sie merkte, dass sie in ihrer Not die gleichen Argumente vorbrachte, die sie schon Manford gegenüber geäußert hatte, und dass sie diesmal mehr Wirkung zeitigten. Wyant richtete sich steif auf, ein schwaches Lächeln der Genugtuung auf den Lippen. Unwillkürlich fuhr er sich mit seiner dünnen, gichtigen Hand durchs Haar und versuchte einen kurzen Blick in den Spiegel zu werfen.

«Meinst du wirklich? Natürlich, als Junge hielt mich Grant für einen tollen Kerl. Aber jetzt ... Wer erinnert sich schon noch an mich in meiner schäbigen Ecke?»

Pauline erhob sich, ihr klares, frostiges Lächeln auf dem Gesicht. «Anscheinend sehr viele unter uns. Du behauptest ja, ich sei die dritte Dame, die dich heute besucht! Du weißt sehr wohl, Arthur ...», den Namen schob sie auf der äußersten Spitze ihres Lächelns heiter dazwischen, «dass die Meinung von Menschen wie dir in New York noch immer zählt, selbst heutzutage. Stell dir nur vor, was deine Mutter empfunden hätte bei dem Gedanken, dass Fanny und Bee in den Schlagzeilen stehen und Reporter und Fotografen sich vor ihrer Tür drängeln! Ich bin froh, dass sie das nicht mehr erleben musste.»

Sie wusste, dass Wyants vordergründige Ironie bei jedem gefühlsbetonten Appell dahinschmolz, vor allem wenn er im Namen seiner Mutter an ihn gerichtet wurde.

Er blinzelte beunruhigt und warf den «Looker-on» beiseite. «Du hast vollkommen recht, da sind ein Haufen Narren am Werk. Es gibt keine Werte mehr. Ich tue, was ich kann; ich werde Grant anrufen, dass er heute Abend auf dem Heimweg bei mir vorbeischaut ... Aber hör mal, Pauline, was ist denn nun Wahres dran? Wenn ich ihm ins Gewissen reden soll, muss ich das wissen.» Wieder begannen seine Augen vor Neugier zu leuchten.

«Wahres? Es ist nichts Wahres dran – es ist eine ganz dumme Zeitungsente! Schau, ich fahre im nächsten Monat, wenn Dexter zum Tarpunfischen geht, nach Dawnside zu einer Ruhekur. Der Mahatma ist haushoch über dieses Geschwätz erhaben – um die Lindons ist mir bange, nicht um ihn.»

Die Zeitschrift, die Wyant beiseitegeworfen hatte, war auf den Boden gefallen, zuoberst ein ganzseitiges Foto – das Foto. Auf dem Weg nach draußen gab Pauline, ohne lange zu überlegen, ihrem Ordnungstrieb nach und bückte sich, um das Heft aufzuheben;

bückte sich und sah. Sie hatte noch immer gute Augen; sie überflogen die beunruhigende Bildunterschrift «Frühlingserwachen in Dawnside», machten in der herumtollenden Runde sofort Bee Lindon ausfindig und wanderten verblüfft weiter zu einer anderen nackten Nymphe … deren Gesicht, deren Bewegungen … unfasslich! Eine Sekunde lang weigerte sich Pauline zu glauben, was ihre Augen ihr meldeten. Angewidert und zermürbt schlug sie die Zeitschrift zu und legte sie auf einen Tisch.

«Ach, bemüh dich nicht wegen der Zeitschrift. Tut mir leid, dass dich niemand hinausbegleiten kann!», hörte sie Wyant rufen. Sie ging die Treppe hinunter, blind und zweifelnd und wusste später kaum noch, wie sie in ihr Auto gekommen war.

Nur noch wenig Zeit, heimzufahren, sich umzuziehen, dann den Vorsitz zu übernehmen und die Rede vor sich aufs Pult zu legen, während schon in Scharen die Mütter eintrafen …

9

So, vielleicht verstand Dexter jetzt, warum man die Grant Lindons zum Schweigen bringen musste … Das Bild konnte natürlich eine Fälschung sein – Pauline wusste, dass sich so etwas aus Fotografien ohne jeglichen Bezug zum Gezeigten zusammenstückeln ließ. Womöglich hatte man den Kreis der Tänzerinnen geschickt in den Patio von Dawnside hineinmontiert, und weiß der Himmel, welche schamlosen Geschöpfe sich für die tanzenden Körper zur Verfügung gestellt hatten. Dexter hatte ihr oft genug erzählt, dass das ein weit verbreiteter Erpressertrick war.

Doch selbst wenn das Foto echt war, empfand Pauline Verständnis und Nachsicht. Sie selbst hatte in Dawnside nie etwas Derartiges gesehen – Gott behüte! –, aber wenn sie dort einen Vortrag oder einen Gymnastikkurs besucht hatte, war ihr stets der Verdacht gekommen, dass der kahle, gekalkte Raum mit seinem thronenden Buddha, in dem man sie und andere gleichgesinnte, gleichaltrige Damen empfing, alle tatkräftig und ernsthaft um Weiterbildung bemüht, nicht allzu viel von Dawnsides Geheimnis preisgegeben hatte. Jenseits davon gab es vielleicht noch andere Zeremonien, andere Schauplätze – warum nicht? Hieß es nicht überall «Zurück zur Natur», und machte sich nicht jedermann lustig über die amerikanische Prüderie, mit der ihre Generation körperlich und geistig gegängelt worden war? Der Mahatma war einer der Führer der neuen Bewegung, «Rückkehr zur Reinheit» nannte er sie. Er sang das Hohelied von der Würde des menschlichen Körpers, pries die Bequemlichkeit der lockeren orientalischen Gewänder im Vergleich zur einengenden westlichen Kleidung, aber Pauline hatte doch angenommen, dass die von ihm befürworteten Tücher etwas länger und weniger durchsichtig waren; vor allem hatte sie nicht mit bekannten Gesichtern über diesen kurzen Tüchern gerechnet ...

Sie war vor ihrem Haus angekommen. Es blieb gerade noch Zeit, sich für die Mütter zurechtzumachen, doch keine Zeit mehr, um Dexter anzurufen, die gesamte Auflage des «Looker-on» aufzukaufen (ein fantastischer Gedanke!) oder zu versuchen, des Redakteurs habhaft zu werden, der einmal bei ihr gespeist hatte und eigentlich mit Lita befreundet war. Alles Mögliche und Unmögliche schoss ihr zu dem irrwitzigen Refrain «zu spät, zu spät» durch den Kopf, während sie aus ihrem Straßenkleid schlüpfte und sich, zuckend vor Ungeduld, von ihrem Mädchen das zerdrückte Haar frisieren ließ. Das Kleid für die Sitzung – im Unterschied zu dem Kleid für das Geburtenregelungskomitee prächtig, matronenhaft und ein ganz klein wenig altmodisch – lag ausgebreitet neben dem Text ihrer Rede, und Maisie Bruss, die sich in Rufweite gehalten hatte, kam atemlos von einem Blick über das Treppengeländer zurückgeflitzt.

«Sie kommen!»

«O Maisie, laufen Sie hinunter! Sagen Sie, ich telefoniere noch!» Ihre unheilbare Aufrichtigkeit zwang sie, den Hörer abzuheben und die Nummer von Manfords Kanzlei zu wählen. Augenblicklich hatte sie ihn am Apparat. «Dexter, diese Mahatma-Untersuchung muss verhindert werden! Frag mich nicht, warum – ich habe keine Zeit. Versprich mir nur ...»

Sie hörte sein ungehaltenes Lachen.

«Nein?»

«Unmöglich», kam es zurück.

Vermutlich hatte sie den Hörer aufgelegt, ihr juwelenbesetztes Mutterschaftsabzeichen angesteckt und wie immer die Ringe und Armreifen übergestreift. Aber sie erinnerte sich an nichts mehr, als sie sich schließlich auf dem Podest am Ende des voll besetzten Ballsaals wiederfand und ihr Blick auf zahllose Reihen ernster, vertrauensvoller Gesichter fiel, deren Münder und Augen bereit waren, bewundernd ihre «Botschaft» entgegenzunehmen. Sie galt als sehr gute Rednerin; sie wusste, wie man den Typus Frau erreicht, den diese eindrucksvolle Versammlung vertrat: Abgesandte aus Kleinstädten im ganzen Land, geeint durch den gemeinsamen Glauben an das uneingeschränkt Gute im Menschen und die unbegrenzten Möglichkeiten der amerikanischen Hygiene. Die moralische Hausbackenheit ihrer eigenen Erziehung verband sie mit diesen Frauen, die in Scharen in die große, gefährliche Stadt geeilt waren, gänzlich unbedarft und nicht ahnend, dass diese Metropole noch viel mehr oder etwas ganz anderes war als nur der riesige Versammlungsort für einen Mütterkongress. Pauline sah in solchen Stunden die Welt mit den Augen der Mütter und war beseelt von echter Begeisterung für die Sache der Mutterschaft und Häuslichkeit.

Als sie sich ihrem Publikum zuwandte, überkam sie ein Gefühl trügerischer Gelassenheit. Sie meinte, sich und die Situation unter Kontrolle zu haben. Sie sprach.

«Individualität – an erster und letzter Stelle und um jeden Preis. Ich beginne meine Rede mit diesem Begriff, weil er mir stellvertretend für unsere ganze Sache zu stehen scheint. Individualität und Platz, sie auszuleben, nicht nur ein wenig Spielraum, sondern auch Arbeits-Raum und Denk-Raum, viel Raum für beides. Darauf hat jedes menschliche Wesen ein Recht. Schluss mit den im Schatten lebenden Ehefrauen, Schluss mit den schuftenden Müttern, den Menschensklaven, die vom ewigen Kreislauf aus Haushalt und Kindergebären zermalmt werden …»

Sie hielt inne, holte rasch Atem, begegnete über Reihen von verwirrten Brillen hinweg Nonas verdutztem Blick und fühlte, wie sie in einen Abgrund rutschte. Im letzten Moment fand sie Halt und verhinderte ihren endgültigen Absturz …

«… das fordern unsere Gegner, die Frauen, die Angst davor haben, Mutter zu werden, die sich schämen, Mutter zu sein, die Frauen, die ihr Vergnügen, ihre Bequemlichkeit und ihr sogenanntes Glück über die geheimnisvolle, vom Himmel gesandte Freude des herrlichen Vorrechts stellen, Kinder in die Welt zu setzen …»

Beifälliges Klatschen von den beruhigten Müttern. Sie hatte es geschafft! Sie hatte die nackte Katastrophe zu einem Erfolg umgebogen. Nur ihr sicherer Instinkt für Rettungsmaßnahmen hatte sie befähigt, die ersten Sätze jener anderen Rede, der Geburtenregelungsansprache, für die kühne Eröffnungssequenz ihrer Hymne an die Mutterschaft auszugeben, bevor es zu spät war! Sie schwieg einen Augenblick, insgeheim noch immer außer Atem, doch schon wieder selbstsicher genug, um Nona über das arglose Auditorium hinweg zuzulächeln, selbstsicher genug, um festzustellen, dass sie mit ihrer paradoxen Eröffnung eine viel größere Wirkung erzielt hatte, als sie sie mit den ursprünglich geplanten Sätzen hervorzurufen hatte erhoffen dürfen. Gut zu wissen für künftige Reden!

Nur – die versteckte Nervosität blieb bestehen. Die Erkenntnis, dass sie nicht nur ihre Selbstbeherrschung, sondern auch ihr Gedächtnis verlieren konnte, sogar das Gespür dafür, was sie sagte, glich einer eisigen Hand, die sie auf rätselhafte Weise warnte.

Nervosität, Ermüdung, geistige Erschöpfung – war ihr Kampf dagegen vergeblich gewesen? Was nutzten all die Monate und Jahre geduldigen taylorisierten[38] Einsatzes gegen das naturgegebene menschliche Schicksal, gegen Angst, Sorge und Alter, wenn sie wieder zur Bedrohung wurden, sobald sich ein Ereignis ihrer Kontrolle entzog?

Die Rede endete unter Applaus und bewundernden Zurufen. Sie hatte sich einen Weg zu diesen vertrauensseligen Herzen gebahnt, die entweder selbst auf ein hartes, mühsames Leben zurückblickten oder in denen sich zäh die überlieferte Erinnerung daran hielt – allen Automobilen, Wertpapieren und ultramodernen Badezimmern zum Trotz.

Nachdem sich die Mütter zerstreut hatten, war Pauline in ihr Zimmer gegangen, noch immer benommen von ihrer Rettung in letzter Minute. Gott sei Dank hatte sie jetzt eine Stunde frei! Sie warf sich auf ihr Sofa und wandte den Blick nach innen, eine Übung, zu der sie selten Zeit fand.

Jetzt, wo sie sich in Sicherheit wusste und sich und der Sache nicht geschadet hatte, konnte sie ein paar Zoll tiefer in die Beweggründe ihres Tuns eindringen, und was sie dort sah, erschreckte sie. Vorsitzende der Muttertagsgesellschaft und Rednerin auf dem Geburtenregelungsbankett! Es brauchte nicht das leise, spöttische Lachen ihrer Tochter, um ihr das Maß ihrer Inkonsequenz vor Augen zu führen. Dennoch war es ihr bisher leicht erschienen, diesen Widerspruch zu überbrücken, ebenso leicht, wie zum Empfang von Amalasunthas Kardinal auch den Oberrabbiner und den Bischof von New York einzuladen. Predigte nicht der Mahatma, dass sich für den Eingeweihten alle Zwietracht in eine höhere Harmonie auflöste? Wenn ihr für Sekunden zu Bewusstsein gekommen war, wie scheinbar unvereinbar der Appell zum Kinderkriegen mit der Unterweisung war, dies einzuschränken, hatte ihr bisher immer die Antwort genügt, die beiden angesprochenen Bevölkerungsgruppen seien völlig unterschiedlich und könnten nicht auf die gleiche Weise «erreicht» werden. In der Ethik wie in der Werbung ging es vor allem darum, das Publikum anzusprechen. Bisher hatte ihr dieses Argument genügt. In dem Bewusstsein, dass es zu beiden Standpunkten viel zu sagen gab, hatte sie sich mit gleichem Eifer auf die Verbreitung beider Lehren geworfen; aber als sie ihr Bemühen jetzt nüchternen Auges betrachtete, zweifelte sie an seiner Zweckdienlichkeit.

Maisie Bruss tauchte auf, in der Hand Notizen und Telefonnachrichten. Auch auf ihrem kleinen, zugeknöpften Gesicht schien sich dieser Zweifel widerzuspiegeln.

«Oh, Maisie! Gibt es etwas Wichtiges? Ich bin todmüde.» Dieses Eingeständnis machte sie nicht oft.

«Nicht viel. Drei oder vier Zeitungen haben angerufen und wollen Abschriften Ihrer Rede haben. Sie war ein großer Erfolg.»

Sanft glimmende Genugtuung durchflackerte Paulines Verstörtheit. Sie gab nicht vor, besonders eloquent zu sein; sie wusste, ihre Kinder belächelten ihren Satzbau. Doch sie hatte die Herzen ihrer Zuhörerinnen erreicht, und wer wollte leugnen, dass das ein Erfolg war? «Ach, Maisie, ich glaube nicht, dass sie gut genug ist, um gedruckt zu werden ...»

Die Sekretärin lächelte, machte eine stenografische Notiz und fuhr fort: «Die Marchesa hat angerufen, dass ihr Sohn am Mittwoch an Bord geht, und ihr Telegramm bezüglich des Kardinals habe ich abgeschickt, mit bezahlter Rückantwort.»

«Am Mittwoch an Bord ...? Aber das geht nicht, das ist ja schon übermorgen!» Beunruhigt richtete sich Pauline auf, gestützt auf einen zittrigen Ellbogen. Sie hatte ihren Mann gewarnt, aber er wollte nicht hören. «Rufen Sie bitte unten an, Maisie, ob Mr Manford schon heimgekommen ist.» Doch sie wusste genau, wie die Antwort lauten würde. Wenn es etwas Schwerwiegendes zu besprechen gab, fand Dexter mittlerweile immer eine Entschuldigung, um ihr aus dem Weg zu gehen. Sie legte sich wieder hin, die Lider über den müden Augen geschlossen, und wartete auf die Nachricht: «Mr Manford ist noch nicht da.»

Irgendetwas stimmte in letzter Zeit nicht mit Dexter. Das ließ sich nicht ignorieren, und wenn sie die Augen noch so fest verschloss. Vermutlich war er überarbeitet – der übliche Grund.

Wenn reiche Männer zu Hause mürrisch und schwierig wurden, erklärten ihre Ärzte immer, sie seien überarbeitet.

«Dinner bei den Toys um halb neun.» Miss Bruss fuhr mit ihrer Auflistung fort, und Pauline verzog den Mund zu einem etwas bitteren Lächeln. Bei den Toys, das würde er nicht vergessen! Immer wenn ihm eine Frau gefiel ... ach, sogar Lita ... Einmal hatte sie ihn in heller Aufregung erlebt, als er mit Lita ins Kino gehen wollte und dachte, sie hätte vergessen, ihn abzuholen! Mit der Uhr in der Hand war er hin- und hergestapft ... Nun ja, das war wohl typisch für diese mittleren Lebensjahre, das ging vorüber. Nach zwanzig Jahren seiner hingebungsvollen Liebe konnte sie es sich leisten, großzügig zu sein, und ebendies gedachte sie zu sein. Männer alterten nicht so würdevoll wie Frauen. Sie verstand genug davon, um nicht wegen kleiner Flirts an ihm herumzunörgeln, und in Wirklichkeit war sie geradezu dankbar, dass diese alberne Gladys Toy so viel Aufhebens von ihm machte.

Doch wenn es um ernste Dinge ging, wie in diesem Fall mit dem Mahatma, war es etwas anderes. Dexter war es ihr schuldig, ihrer Meinung mehr Aufmerksamkeit zu schenken – einer Frau, deren Rede ein Dutzend Zeitungen veröffentlichen wollten! Und dann diese lästige Geschichte mit Michelangelo; noch so ein Problem, vor dem er sich hartnäckig drückte. Mutlosigkeit befiel Pauline. Was nutzten da eurythmische Übungen, kalte Duschen, mentale Tiefenatmung und all die anderen Wundermittel? Wenn es so weiterging, würde sie sich liften lassen müssen.

10

Es war zum Verzweifeln, wie dieses Vollard-Gör um ihn herumschlich und ihm schöne Augen machte ... Sie war fraglos die beste Schreibkraft im Büro, technisch perfekt, mit ein bisschen Französisch- und Italienischkenntnissen, die in sprachlichen Notfällen von Nutzen waren. Es kam nicht in Frage, sie auszutauschen.

Aber abgesehen von ihrer Arbeit: Was für eine dumme Pute! Und immer – es ließ sich nicht leugnen, die ganze Kanzlei grinste schon –, immer fand sie einen Vorwand, um Manford zu stören: ein eiliges Ferngespräch, eine vergessene Unterschrift, eine letzte Frage, eine Nachricht von anderen Mitarbeitern. Sie wählte ihre Ausreden sehr geschickt. Und wenn sie ihn verließ, stand er mittlerweile immer auf, straffte die Schultern, betrachtete sich kritisch im Spiegel über dem Kaminsims und hasste sie noch mehr, weil sie ihn dazu brachte, sich so albern zu benehmen.

Ihr Vorwand heute Nachmittag war fadenscheiniger als sonst gewesen, wieder eine Sache, die gegen sie sprach. «Einer der Herren hat dies auf seinem Schreibtisch liegenlassen. Es ist ein Foto drin, das Sie amüsieren wird. Oh, Sie haben doch nichts dagegen, dass ich es Ihnen gebracht habe?», schmachtete sie.

Manford wollte gerade gehen, er hatte schon den Mantel an und Hut und Stock in der Hand. Er murmelte: «Oh, danke», und nahm den «Looker-on», um ihren Wortschwall abzukürzen. Ein Foto, das ihn amüsieren würde! Diese Kuh! Wahrscheinlich eine dieser sorgfältig komponierten «künstlerischen» Impressionen vom Park in Cedarledge. Er erinnerte sich, dass seine Frau den Fotografen des «Looker-on» im letzten Sommer erlaubt hatte, Aufnahmen zu machen. Sie hielt das für ihre Pflicht; es half vielleicht, auch andere Menschen für das Gärtnern (eines ihrer Hobbys) zu begeistern, und außerdem war es «undemokratisch», wenn man sich weigerte, die breite Masse an den eigenen «Privilegien» teilhaben zu lassen. Er kannte inzwischen all ihre Schlagworte und fragte sich mittlerweile, ob diese «Privilegien» ihr ohne eine breite Masse, die daran teilhatte, überhaupt etwas bedeuten würden.

Er klemmte sich die Zeitschrift unter den Arm und ließ sie eine halbe Stunde später in Lita Wyants Boudoir wieder fallen. So ruhig und dämmerig war es dort … Er war fast froh, dass Lita noch nicht zu Hause war, obwohl ihn ihre Unpünktlichkeit manchmal ärgerte. Nach dem Gehetze und Getümmel des Tages empfand er es heute Abend als wohltuend, in diesem halbdunklen Raum auf sie zu warten, neben den Kissenbergen, die noch verrieten, wo sie gelegen hatte, und zwei sparsam beleuchteten Aronstäben in einer dunklen Vase. Wo immer Lita war, standen diese glatten, perfekt geformten Aronstäbe.

Auch wenn sie nun käme, würde diese Stille kaum gestört. Sie hatte etwas an sich, was den Eindruck von Stille in ihrer Gegenwart noch vertiefte; Lärm und Eile erstarben auf ihrer Schwelle. Heute Abend war es im ganzen Haus ruhig. Wie immer war Manford auf Zehenspitzen nach oben gegangen, um im abendlichen Kinderzimmer mit den kühlen, silbernen Wänden und den weißen Hyazinthen in den silbrig-funkelnden Töpfen einen Blick auf das Baby zu werfen. Das Kind schlief: ein runder, rosiger Herkules mit kampflustigen rötlichen Löckchen, die roten Händchen auf der Decke zu Fäusten geballt. Selbst die Kinderfrau neben der Lampe saß reglos und silberfarben da wie eine brütende Taube.

Ein Haus ohne festen Tagesablauf, Termine und Pflichten, in dem keine Uhr richtig ging und niemand zu spät kam, weil es für nichts vorgeschriebene Zeiten gab. Das war natürlich absurd und wahnsinnig unpraktisch – aber wie erholsam nach einem arbeitsreichen Tag! Und welch eine ans Wunderbare grenzende Leistung angesichts der strengen Abfolge von Verpflichtungen und Vergnügungen, die sonst in New York üblich war – just an dem Ort also, der zu Kollaps und Untergang verurteilt schien, falls seine Uhren jemals stillstehen sollten!

Diese späten Besuche hatten damit begonnen, dass Manford auf dem Weg nach Hause einen Blick auf das Kind werfen wollte. Er liebte kleine Kinder in ihren Bettchen, und Jims pummeligen Frechdachs liebte er ganz besonders. Außer Nona hatte er niemanden so gern wie Jim, und wenn er Jim so ansah, glücklich verheiratet, tüchtig in seiner Arbeit und Vater dieses drolligen kleinen Kerls oben im Kinderzimmer, regte sich in dem Älteren das bekannte Bedauern, dass er keinen Sohn hatte.

Jim kam selten früh genug heim, um bei diesen Besuchen dabei zu sein, und anfangs war auch Lita meist außer Haus. Doch in den letzten Monaten hatte Manford sie öfter daheim angetroffen – oder sich vielmehr angewöhnt, eine Weile mit einer Zigarette in ihrem Boudoir herumzulungern, sodass er auch sie noch einen Moment sah, bevor er in jenes andere Haus ging, wo alle Uhren gleichzeitig schlugen und die von Maisie Bruss handgeschriebenen Termine der Woche ihn ansprangen, sobald er sein Arbeitszimmer betrat.

Heute Abend war er müder als sonst. Er war alles müde – seinen Tag, seine Arbeit, sein Leben, sich selbst – o ja, vor allem sich selbst. So müde, dass er unter tatkräftiger Hilfe des tiefen Sessels in einen Halbschlaf versank, in dem die Stille ringsum anstieg wie eine Flut.

Er erwachte jäh, bildete sich ein, Lita sei hereingekommen, und empfand die Verlegenheit des älteren Mannes, der von einem schönen Mädchen bei einem Nickerchen ertappt wird... Aber das Zimmer war leer; nur er selbst hatte mit einer Bewegung Miss Vollards Zeitschrift zu Boden gestoßen. Ihm fiel ein, dass er sie mitgebracht hatte, um Lita die Fotos von Cedarledge zu zeigen, die vermutlich darin abgedruckt waren. Blieb dazu Zeit genug? Er sah auf seine Uhr – in diesem Haus ein Anachronismus –, zündete sich noch eine Zigarette an und lehnte sich zufrieden zurück. Sobald er heimkam, würde Pauline, die nachmittags schon wieder wegen des Mahatma angerufen hatte, ihn in die Enge treiben und ihm erneut dieses lästige Thema auftischen, zusammen mit einem anderen, wie zu befürchten stand fast ebenso unangenehmen, dass man nämlich die Schulden dieses elenden Michelangelo bezahlen müsse. «Wenn wir nicht zahlen, haben wir ihn hier auf dem Hals; Amalasuntha ist überzeugt, dass du ihn in die Kanzlei aufnimmst. Komm lieber rechtzeitig heim, damit wir alles besprechen können ...» Immer besprechen, sich einmischen, regeln! Das tat er schon beruflich genug. Schade, dass Pauline keine Rechtsanwältin war, da hätte sie in den Bürostunden Dampf ablassen können. Er würde friedlich sitzen bleiben, wo er war, und es so einrichten, dass er gerade noch rechtzeitig zu Hause eintraf, um sich umzuziehen und zu ihr ins Auto zu steigen. Sie speisten außer Haus, er hatte vergessen, wo.

Einen Moment lang stand ihm die Gestalt seiner Frau deutlich und plastisch vor Augen, wie eine Fotografie in einem stereoskopischen Projektionsapparat, dann verschwand sie im Nebel seines Wohlgefühls, in der Trägheit, die das einsame, ungestörte Warten auf Lita hervorrief. Ein seltsames Geschöpf, diese Lita! Sein Mund verzog sich zu einem erinnerungsschweren Lächeln. Eines Tages war sie lautlos hinter ihn getreten und hatte ihn mit einem leichten Kuss aufs Haar überrascht. Er hatte gedacht, es sei Nona ... Seither hatte er manchmal getan, als schlafe er, während er wartete, aber sie hatte ihn nie wieder geküsst ...

Er fragte sich, was für ein Leben sie wohl wirklich führte. Und was machte sie sich noch aus Jim, jetzt, wo der Reiz des Neuen vorbei war? Er kannte keine zwei Menschen, die weniger füreinander geschaffen schienen. Aber bei Frauen wusste man ja nie ... Jim war jung und liebte sie abgöttisch, und da war noch dieses rothaarige Kerlchen ...

Zum Glück konnte Lita Nona gut leiden, die beiden steckten ziemlich oft zusammen. Nona war absolut zuverlässig und immer lustig und fidel. Solange sie bei ihr war, stellte Lita bestimmt nichts an. Aber da gab es noch diese anderen Stunden, Zeitspannen, über die Manford nicht Bescheid wusste, und Pauline sagte immer, das Mädchen sei sehr merkwürdig erzogen worden – kein Wunder, wenn es an der Seite von Mrs Percy Landish aufgewachsen war. Aus ebendiesem Grund hatte sich Pauline gegen die Heirat gesträubt; allerdings hatte sie mit der für eine moderne Mutter typischen Rücksicht auf die Unabhängigkeit der Kinder ihre Einwände auf bloße vage Andeutungen reduziert, die Jim in seiner Verzückung nicht beachtete.

Anfangs konnte auch Manford das Mädchen nicht leiden und missbilligte Jims Wahl. Er fand Lita regelrecht hässlich, mit ihren hohen Wangenknochen, ihrem zu kleinen Kopf, den grellen Kleidern und dem dünkelhaften, gelangweilten Getue. Dann, im Lauf der Zeit, als sich die Ehe wider Erwarten als harmonisch herauszustellen schien, versuchte er sich Jim zuliebe für sie zu interessieren, in ihr zu sehen, was Jim offenbar sah. Doch der eigentliche Wandel vollzog sich erst nach der Geburt des Jungen. Als sie damals in ihren Kissen lag, ungewohnte Schatten unter den goldenen Wimpern, eine Blumenhand schützend unter den kleinen, roten Kopf neben sich gebettet, hatte ihn dieser Anblick zutiefst gerührt. Das Entzücken hielt nicht an, er empfand es nie wieder in dieser Weise; es gab Tage, wo ihn ihr «Schönheitsgetue» ärgerte, und andere, wo ihre Trivialität ihn abschreckte. Aber niemals langweilte sie ihn, sie entfachte in ihm unweigerlich eine Art gereizte Neugier. Seiner Meinung nach lag es daran, dass man nie sicher sein konnte, was sie vorhatte. Vermutungen anzustellen, was hinter dieser glatten, runden Stirn und diesen trügerischen Augen vor sich ging, fesselte ihn irgendwann mehr als alles andere.

Anfangs war er immer froh, wenn Nona auftauchte, Jim erschöpft, aber glücklich aus der Bank heimkehrte, und die drei jungen Leute dann beieinandersaßen, irgendwelchen Unsinn schwatzten und Manford rauchen und zuhören ließen. Aber im Lauf der Zeit hatte er sich angewöhnt, Nonas Tage zu meiden und früher zu erscheinen (wofür er sich nur unter Schwierigkeiten von seinen beruflichen Verpflichtungen freimachen konnte), sodass er Lita allein antraf, bevor Jim heimkehrte.

In letzter Zeit wirkte sie ruhelos, leicht unzufrieden mit vielem, und Manford war entschlossen, ihr Vertrauen zu gewinnen und das Rätsel, das diese glatte, runde Stirn barg, zu lösen. Er ertrug den Gedanken nicht, dass Jims Ehe sich wie so viele andere als erfolgloses Abenteuer entpuppen könnte. Man musste Lita klarmachen, welchen Schatz sie besaß und wie leicht sie ihn verlieren konnte. Lita Cliffe, Mrs Percy Landishs Nichte, hatte das Glück gehabt, Jim Wyant zu heiraten, und sollte das Risiko eingehen, sich mit ihm zu entzweien?! Wie dumm die Frauen doch waren! Gelang es Manford, sie von diesem Betrüger- und Schmeichlerpack in ihrer Umgebung wegzulotsen, konnte er sie bestimmt zur Vernunft bringen. Manchmal, wenn sie friedlich gestimmt war, schien sie sich auf sein Urteil zu verlassen, sich auf fast rührende Weise dem zu beugen, was er sagte.

Es ging darum, sie von Jazz und Nachtclubs wegzulocken, von diesem pseudokünstlerischen Mob von Innenarchitekten, Filmstars und Theatergesindel, der sich in ihrem Leben breitgemacht hatte, und sie wieder für die Freuden des Landlebens zu begeistern, für Golf, Tennis, Kahnfahrten, all diese gesunden Betätigungen an der frischen Luft. Sie fand das alles auch ganz nett, solange nichts anderes geboten war. Sie hatte Manford gestanden, dass sie die Hetzerei satt habe und Ruhe brauche, hatte fast schon zugesagt, vor Ostern mit dem Jungen nach Cedarledge zu kommen. Jim würde mit seinem Vater auf die Insel vor der Küste Georgias fahren, und es war vielleicht gar nicht so schlecht, wenn Jim fort war. Diese modernen jungen Frauen wurden des Gewohnten rasch überdrüssig, und nach einer Trennung würde Lita ihren Mann umso mehr zu schätzen wissen.

Ja, nur noch ein paar Wochen, dann würde daraus vielleicht Wirklichkeit. Sie hatte noch nie den Hartriegel in Cedarledge ausschlagen sehen, wenn der Wald zitternd ergrünte. Manford lächelte bei dieser Vorstellung und bückte sich, um den «Looker-on» aufzuheben und seine Erinnerung aufzufrischen.

Aber es war nicht die richtige Ausgabe, es waren keine Gärten abgebildet. Warum hatte ihm Miss Vollard die Zeitschrift dann gegeben? Als er rasch die Seiten durchblätterte, klappte das Heft bei «Fernöstlicher Weiser in Eingeborenentracht» auseinander … Oh, dieser verfluchte Mahatma! «Frühlingserwachen in Dawnside» … Oh, verflucht …

Er stand auf und hielt die Zeitschrift unter eine der dunkel beschirmten Lampen. Zu Hause, wo Pauline und die Vernunft regierten, war die Beleuchtung so angebracht, dass man immer lesen konnte, ohne aus seinem Sessel aufzustehen, aber in diesem lächerlichen Haushalt, in dem nie jemand ein Buch aufschlug, waren die Lampen so widernatürlich platziert und so stark abgeschirmt, dass man seine Zeitung direkt ins Licht halten musste, um überhaupt etwas erkennen zu können.

Er sah sich das Foto genau an, erkannte verärgert Bee Lindon, tat dies mit einem Achselzucken ab, schaute noch einmal und schob seine Brille auf der Nase zurecht, um ganz sicherzugehen – da siegte des Juristen instinktives Bemühen um Genauigkeit über ein wildes inneres Beben.

Er ging zur Tür, machte wieder kehrt und blieb unentschlossen stehen. Um das Bild genau zu studieren, hatte er den Volant des Lampenschirms hochgeschlagen, und nun fiel das Licht grell auf die Statue über Litas Sofa, jene Statue, über die Pauline zum Amüsement ihrer Kinder immer ein wenig besorgt äußerte, sie sei wohl kubistisch. Manford hatte die Figur bisher kaum wahrgenommen, hatte sich allenfalls einmal gefragt, warum junge Menschen etwas so Hässliches bewunderten. Halb verloren im Schatten der Nische, schien sie nicht mehr als ein Bündel plumper Glieder zu sein. Jetzt, im grellen Licht … «O du Schwein, du!» Er ballte die Faust. «Das wollen sie, das ist ihr viehisches Idol!» Gestammelt, undeutlich vor Wut brachen die Worte aus ihm heraus. Es war wegen Jim – die Erschütterung, die Erniedrigung … Die Zeitung glitt zu Boden, und er ließ sich wieder in seinen Sessel fallen.

Langsam überwand sein Verstand Abscheu und Bestürzung. Pauline hatte recht gehabt: Was konnte man von einem Mädchen erwarten, das im Hause Landish aufgezogen worden war? Wahrscheinlich war nie jemand auf den Gedanken gekommen, nachzufragen, wo sie sich aufhielt, wo sie gewesen war – Mrs Landish, gänzlich mit ihren eigenen Verrücktheiten beschäftigt, war bestimmt die Letzte, die es erfuhr.

Aber was hieß das schon? Ein modernes Mädchen war immer frei, wiewohl man erwartete, dass es mit seiner Freiheit umzugehen verstand. Nonas Unabhängigkeit war von ihnen ebenso vorbehaltlos respektiert worden wie die von Jim; sie hatte wie er an den allgegenwärtigen Sensationen der modernen Zeit teilgehabt. Doch Nona war wie ein Fels in der Brandung, auf sie konnte das Herz eines Mannes bauen. Wenn eine Frau von Natur aus anständig war, konnten ihr Jazz und Nachtclubs nichts anhaben.

Freilich, in Nonas Fall war es Paulines Einfluss gewesen – Pauline, die ihre Fehler haben mochte, den Kindern gegenüber jedoch stets heiter gewesen war und sich meist klug verhalten hatte. Das zeigte sich darin, dass Jim und Nona zwar über sie lachten, sie aber dennoch innig liebten; das musste er gerechterweise zugeben. Bei dem Gedanken an Pauline durchwehte ihn ein Hauch von Frische und Ehrlichkeit. Er war in letzter Zeit ihr gegenüber unfair gewesen, krittelig, gereizt. Er hatte ein langsam wirkendes Gift in sich aufgesaugt, das Gift, das dieser dunkle, selbstverliebte Raum verströmte, und nun bekam er die verderblichen Auswirkungen zu spüren. Sein Eindruck von damals, als er Lita hässlich und angeberisch gefunden hatte, stellte sich schlagartig wieder ein und zerstörte den Zauber.

«Oh, wie schön, dass du gewartet hast ...» Da stand sie vor ihm, das kleine, herzförmige Gesicht tief im Pelz vergraben wie ein Vogel im Nest. «Ich wollte dich heute unbedingt sehen, ich habe dich mit der Kraft meines Willens gezwungen zu warten.» Sie stand da, den Kopf leicht zur Seite geneigt, und ließ ihren Blick durch die halb geschlossenen Lider tröpfeln wie eine kostbare goldene Flüssigkeit.

Manford starrte zurück. Bei ihrem Eintreten blieben ihm die Worte im Hals stecken: Er stand vor ihr, und Anklage und Beschimpfungen schnürten ihm die Kehle zu. Und dann wurde ihm bewusst, wie viel einfacher es wäre, nichts zu sagen und einfach zu gehen. Natürlich wollte er gehen. Es war nicht sein Problem; Jim Wyant war nicht sein Sohn. Gott sei Dank konnte er sich aus dieser ganzen Sache heraushalten. Er murmelte: «Sind zum Essen eingeladen. Kann nicht warten.»

«Oh, aber du musst!» Ihre Hand, leicht wie ein Blütenblatt,

ruhte auf seinem Arm. «Ich möchte es.» Er sah nur das Aufblitzen von kleinen, runden Zähnen, als sich ihre Oberlippe hob …

«Ich kann nicht … kann nicht.» Er versuchte, seine Stimme zu befreien, als wäre auch sie stecken geblieben.

Er zog sich zurück in Richtung Tür. Der «Looker-on» lag zwischen ihnen auf dem Boden. Umso besser, dann fand sie ihn, wenn er fort war! Dann würde sie verstehen, warum er nicht gewartet hatte. Und es war nicht zu befürchten, dass Jim das Blatt in die Hand bekam; sie ließ es garantiert verschwinden!

«Was ist denn das?» Geschmeidig knickte sie auf halber Höhe ab, um es aufzuheben, und ging zur Lampe, das Gesicht im Licht. «Du Lieber, du – hast du mir das gebracht? Was für ein Glück! Ich habe die ganze Stadt nach einer Ausgabe abgesucht, aber die gesamte Auflage ist ausverkauft. Irgendwo hatte ich das Originalfoto, aber ich finde es nicht mehr.»

Sie war bei der verhängnisvollen Seite angelangt und strich sie glatt. Ihr Lächeln liebkoste das Papier. Ihr Mund glich einer rosigen Schote, die aufplatzend eine Reihe perlmutterne Körner enthüllte. Fast zärtlich wandte sie sich Manford zu. «Nachdem du mich daran gehindert hast, zu Ardwin zu gehen, musste ich schwören, das hier an Klawhammer zu schicken, zum Beweis, dass ich wirklich tanzen kann. Tommy hat im Morgengrauen angerufen, dass Klawhammer schon nach Hollywood abgereist sei und gestern Abend alle gesagt hätten, ich hätte gekniffen, weil ich wüsste, dass ich nicht den Erwartungen entsprechen würde.» Sie hielt das Bild mit stolzer Miene vor sich hin. «Sieht nicht danach aus, oder? … Aber was starrst du so? Wusstest du nicht, dass ich zum Film will? Sesshaftigkeit war noch nie meine Stärke …» Sie warf die Zeitung hin und legte träge lächelnd ihren Pelz ab, dabei deutete sie ein paar Tanzschritte an. «Warum schaust du so entsetzt? Wenn ich das nicht mache, laufe ich mit Michelangelo davon. Du weißt sicher, dass Amalasuntha ihn herüberkommen lässt? Ich halte das alles hier nicht länger aus … Außerdem hat jeder von uns ein Recht auf Selbstverwirklichung, nicht wahr?»

Manford blickte sie immer noch an. Er hörte kaum, was sie sagte, so sehr ekelte ihn die Erkenntnis, was sie war. Das also waren die Gedanken und Träume hinter diesen Schläfen, auf die das Licht so perlmutterne Kreise malte! Es sagte mit schwerer Zunge: «Dieses Foto ist also … echt? Du warst wirklich da?»

«In Dawnside? Meine Güte, was glaubst du denn, wo ich tanzen gelernt habe? Tante Kitty hat mich immer dort abgesetzt, wenn sie allein wegfahren wollte – und das wollte sie ziemlich oft.» Sie hatte den Volant des Lampenschirms wieder fallen lassen, den Hut zur Seite geschleudert und war aus dem Pelz geschlüpft. Nun stand sie vor ihm in ihrem knappen, schmalen Kleid, die nackten Arme wie die Henkel einer Amphore zu ihrem kleinen Kopf erhoben. «Ach, Kinder, mir ist so langweilig!», gähnte sie.

ZWEITER TEIL

11

Pauline Manford verlor allmählich den Glauben an sich selbst; sie verspürte das Bedürfnis nach einem frischen moralischen Stimulans. Aber genügte es, zu diesem Zweck aus den alten Quellen zu schöpfen?

Als sie am Morgen nach dem Dinner bei den Toys überlegte, ob es ratsam sei, nach Dawnside in das kleine, kahle Zimmer zu flüchten, wo der Mahatma seine Privataudienzen gab, überlief sie ein Schauder des Zweifelns. Eben jetzt hätte sie es vorgezogen, dem weisen Mann nicht gegenüberzutreten; wenn sie zu ihm ging, lief sie Gefahr, ihren Mann zu erzürnen, und die Klugheit riet ihr, sich aus dem bevorstehenden Kampf herauszuhalten. Falls der Mahatma sie bat, sich für ihn zu verwenden, konnte sie nicht mehr sagen, als dass sie dies bereits erfolglos getan hatte, und solche Eingeständnisse waren meist nutzlos und immer peinlich. Doch sie brauchte einen Ratgeber. Kein Papist auf der Suche nach geistlicher Unterweisung (nannte es Amalasuntha nicht so?) hätte diesen Wunsch dringender verspüren können. Das Sakrament der Beichte, vor dem Paulines tief verwurzelter Protestantismus entsetzt zurückschreckte, hatte gewiss in manchen Augenblicken auch sein Gutes. Aber wem sollte sie beichten, wenn nicht dem Mahatma?

Dexter war in die Kanzlei aufgebrochen, ohne noch einmal nach ihr zu sehen; so wie am Abend zuvor die Fahrt hin zu den Toys und zurück verlaufen war, hatte sie fest damit gerechnet. Wenn er einen seiner Anfälle verkniffenen Schweigens hatte – und die wurden immer häufiger, wie sie bemerken musste –, war es zwecklos, sich einzumischen. Nachklänge aus Freuds Lehren, vielleicht etwas verworren ausgelegt, hatten ihren Glauben an die Heilsamkeit eines klärenden Gesprächs gefestigt, und sie hätte

Dexter diese Medizin gern aufs Dringendste empfohlen, aber beim letzten Mal hatte er sie mit der verletzenden Antwort abgespeist, ein Abführmittel sei ihm lieber. Und bei seiner derzeitigen frostigen Unzugänglichkeit wurde er womöglich noch grober.

Sie saß in ihrem Boudoir, leidend und beklommen wegen einer unerwarteten freien Stunde. Der Gesichtsmassagen-Zauberer war an Grippe erkrankt und hatte sie erst im letzten Moment benachrichtigt. Zugegeben, heute Morgen hatte sie das «Stille Meditieren» ausgelassen, aber jetzt war sie nicht in der Stimmung dazu. «Und außerdem ist eine Stunde zu lang zum Meditieren – eine Stunde ist für alles zu lang.» Zum ersten Mal seit Jahren hatte sie eine Stunde für sich, und ihr war schleierhaft, was sie damit anfangen sollte. Niemand war je auf den Gedanken gekommen, ihr das beizubringen, und bei dem Gefühl, plötzlich ringsum von Leere umgeben zu sein, in der ihr kein Termin, keine Verabredung Halt bot, überkam sie eine Art geistig-seelischer Schwindel. Natürlich hatte sie schon viele Ruhekuren absolviert, wie alle ihre Freundinnen. Aber bei einer Ruhekur war man immer damit beschäftigt, zu ruhen, jede Minute war ausgefüllt mit der Tätigkeit, untätig zu sein, nie hatte man dieses komische Gefühl, ohne Aufgabe zu sein, niemals musste man einer völlig unstrukturierten Zeitspanne die Stirn bieten. Ihr war dann regelmäßig, als sei die Welt an ihr vorbeigerast und hätte sie vergessen. Eine Stunde – ach, wer konnte schon die Länge einer leeren Stunde ermessen! Sie erstreckte sich in die Ewigkeit wie die endlose Straße in einem Albtraum, sie gähnte ihr entgegen wie die schlüpfrigen Wände eines Abgrunds. Nervös begann sie sich zu fragen, womit sie die Zeit füllen sollte – gab es nicht einen neuen Film, eine Modenschau oder eine Hygieneausstellung, die sie dazwischenschieben konnte, bis der Minutenzeiger zu ihrem nächsten Termin weitergerückt war? Sie griff nach ihrer Liste, um zu sehen, was das für ein Termin war.

«11.45 Uhr, Mrs Swoffer»

Ah, natürlich … Mrs Swoffer. Maisie hatte sie heute früh daran erinnert. Sofort spürte sie eine gewisse Erleichterung. Nur, wer war Mrs Swoffer? Die Präsidentin der Militanten Pazifistenliga, die Delegierte des Heldengedenktags, die Repräsentantin der Neuen Religion der Hoffnung oder die Frau, die entdeckt hatte, mit welchem wunderbaren Kunstgriff man die Fältchen in den Augenwinkeln loswird? Maisie war in einer dringenden Angelegenheit außer Haus und konnte keine Auskunft geben; aber was immer Mrs Swoffers Anliegen war – sie war willkommen, vor allem wenn sie zu früh kam. Und sie kam zu früh.

Sie war eine kleine, mollige Frau unbestimmten Alters mit ausgebleichtem blondem Haar und zerfließenden Gesichtszügen, die von einer vorwitzigen Brille zusammengehalten wurden. Sie fragte, ob sie Paulines Hand einen Augenblick lang halten dürfe, während sie ihr ins Gesicht blicke und ihrer Verehrung Ausdruck verleihe – und als Pauline hörte, dass dies auf die in der Morgenzeitung abgedruckte Muttertagsrede zurückzuführen war, ließ sie es nicht ungern geschehen.

Nicht dass Mrs Swoffer *deswegen* gekommen war; sie sagte, das sei nur eine Blume, die sie am Wegesrand pflücken wolle. Eine betaute Rose – sie nahm die Brille ab und wischte darüber, als wolle sie zeigen, wo der Tau herkam. «Sie sprechen für so viele von uns», hauchte sie und drückte Paulines Hand ein zweites Mal.

Aber eigentlich sei sie wegen der Kinder gekommen, und das heiße in Wirklichkeit wegen der Mütter, nicht wahr? Nur dass sie die Mütter über die Kinder erreichen wolle – umgekehrt als sonst üblich. Mrs Swoffer war der Ansicht, dass sich fast alles umkehren lasse. Der Kopfstand stärke den Körper wie nur wenige andere Übungen, und auf Geist und Moral treffe dies ebenso zu. Ein seelischer Kopfstand sei sehr wohltuend. Und so sei sie wegen der Kinder gekommen …

Sie habe sich zum Ziel gesetzt, eine Liga zu gründen – eine riesige Internationale Liga der Mütter gegen die furchtbare alte Angewohnheit, den Kindern zu sagen, sie seien ungezogen. Habe

Mrs Manford jemals innegehalten und darüber nachgedacht, wie abscheulich es sei, einem reinen, unschuldigen Kind einzureden, dass es auf Erden so etwas wie Ungezogenheit gebe? Wem öffne das Tür und Tor? Genau, dem Gedanken der Schlechtigkeit, dem schrecklichsten Gedanken auf Erden.

Natürlich werde Mrs Manford sofort erkennen, wozu es führe, wenn man sich von dem Gedanken der Schlechtigkeit befreie. Wie könne es schlechte Menschen geben, wenn es keine schlechten Kinder gab? Und schlechte Kinder könne es nicht geben, weil die Kinder gar nicht erst erführen, dass so etwas wie Schlechtigkeit existiere. Eine herrliche Frau namens Orba Clapp, Mrs Manford habe bestimmt schon von ihr gehört, rufe eine gigantische weltweite Bewegung ins Leben, um alle Fabrikanten und Verkäufer von Kriegsspielzeug, Zinnsoldaten, Kanonen, Spielzeuggewehren, Wasserpistolen und so weiter zu boykottieren. Es sei ein großartiges Vorhaben, und einige Regierungen hätten sich der Bewegung bereits angeschlossen: die Philippinen, glaubte Mrs Swoffer, und möglicherweise Montenegro. Aber sie halte das nur für einen ersten Schritt. Sosehr sie Orba Clapp schätze und verehre – wenn sie ehrlich sei, müsse sie sagen, dass ihr der Plan nicht weit genug gehe. Sie, Mrs Swoffer, wolle zur Seele des Ganzen vorstoßen, zur Kollektivseele aller kleinen Kinder. Der große Lehrer Alvah Loft – ihn kenne Mrs Manford bestimmt? Nein? Verwunderlich, dass eine Frau wie Mrs Manford, «einer unserer Leitsterne», noch nie von Alvah Loft gehört habe. Sie selbst verdanke ihm alles. Niemand habe ihr so sehr geholfen, er habe sie aus den tiefsten Tiefen des Skeptizismus befreit. Aber kenne Mrs Manford nicht wenigstens seine Bücher, «Der spirituelle Hausputz» und «Jenseits von Gott»?

Paulines Aufmerksamkeit hatte ein wenig nachgelassen, solange es vor allem um die Kinder ging. Natürlich würde sie helfen, ihren guten Namen hergeben, einen Geldbetrag zeichnen. Andererseits hatten diese Saite schon so viele angerissen, dass sie mittlerweile etwas dumpf klang. Die Erwähnung eines neuen Messias jedoch rüttelte sie sofort wach. «Jenseits von Gott», das war ein ungeheurer Titel, Maisie musste das Buch sofort telefonisch bestellen. Aber was genau lehrte Alvah Loft eigentlich?

Mrs Swoffers Brillengläser blitzten vor Begeisterung. «Er lehrt überhaupt nicht; er weigert sich entschieden, als Lehrer betrachtet zu werden. Davon gebe es schon zu viele. Er ist ein Inspirationsheiler. Er wirkt auf Sie ein, auf Ihren Geist. Er erlöst Sie von Ihren Frustrationen.»

Frustrationen! Pauline war fasziniert von diesem Wort. Nicht dass es ihr neu gewesen wäre. Ihr Vokabular war ziemlich groß, jedenfalls deutlich größer als das der Freundinnen ihrer Tochter, das ausschließlich auf Sport und Tanz beschränkt war, aber immer wenn ein bekanntes Wort so verwendet wurde, als habe es eine ungeahnte, geheime Bedeutung, faszinierte es sie wie eine Phiole mit einer neuen Medizin.

Mrs Swoffers Brille verfolgte Pauline beim Verfertigen ihrer Gedanken. «Darf ich mit Ihnen sprechen wie mit einer alten Freundin? Als ich Ihre Hand ergriff, wusste ich sofort, dass Sie an Frustrationen leiden. Für jeden Jünger von Alvah Loft sind die Anzeichen unmissverständlich. Manchmal wünsche ich mir fast, ich würde nicht alles so deutlich erkennen … Es weckt so sehr das Verlangen zu helfen …»

Pauline murmelte: «Aber ich *brauche* Hilfe.»

«Natürlich», schnurrte Mrs Swoffer, «und Sie brauchen seine Hilfe. Kennen Sie diese wunderbaren Schuhgeschäfte, die Schuhe in sämtlichen nur denkbaren Größen und Formen führen? Genauso ist es auch bei Alvah Loft, sage ich immer, er bietet allen frustrierten Menschen Heilung. Natürlich», fuhr sie fort, «hat er nicht für alle Menschen Zeit, er muss eine Auswahl treffen. Aber Sie würde er sofort nehmen.» Sie wich zurück, und ihre Brille schien Pauline einzusaugen wie Treibsand. «Sie haben eine Begabung für das Übersinnliche», verkündete sie leise.

«Das glaube ich auch», bestätigte Pauline. «Aber …»

«Ja, ich weiß, diese Frustrationen! All diese Dinge, die Sie glauben tun zu müssen und die Sie nicht tun können, das ist es, nicht wahr?» Mrs Swoffer stand auf. «Liebe Freundin, kommen Sie mit mir. Schauen Sie nicht auf die Uhr. Kommen Sie einfach!»

Eine Stunde später stieg Pauline federnden Schrittes, erfrischt und gestärkt, die Treppe vor dem Reihenhaus des Inspirationsheilers hinunter. Für dieses Gefühl moralischer Freiheit drei oder vier Verabredungen platzen zu lassen hatte sich gelohnt. Wieso hatte sie noch nie von Alvah Loft gehört? Seine Methode war so viel simpler als die des Mahatma: keine Eurythmie, keine Gymnastik, kein Gemeinschaftsleben, keine mentale Tiefenatmung, keine langen Wörter, die man auswendig lernen musste. Alvah Loft entfernte die Frustrationen einfach wie Rachenmandeln, es dauerte keine zehn Minuten und war völlig schmerzlos. Pauline hatte schon immer geahnt, dass *der* Messias, der seine Botschaft zu einem Konzentrat eindampfen konnte, alle anderen hinter sich lassen würde, und auf Alvah Loft traf das zu. Er empfing einen im Frühstücksraum einer Pension, vor einem Kaminsims voller Pampasgrasbüschel, während an der Rezeption die Patienten aufgereiht saßen und darauf warteten, behandelt zu werden. Man erzählte ihm, was einen plagte, und er erklärte, das sei nur eine Frustration, er könne einen davon befreien und sie durch fünf Minuten Schweigekommunikation zum Verschwinden bringen. Und dann saß er da, fasste einen ganz leicht am Handgelenk, als fühle er den Puls, und befahl einem, den Blick auf den Ella-Wheeler-Wilcox-Gedichtkalender[39] an der Wand über seinem Kopf zu richten. Als es vorbei war, sagte er: «Sie sind ein dankbares Objekt. Die Frustrationen sind alle fort. Gehen Sie nach Hause, noch vor dem Abendessen werden Sie etwas Erfreuliches hören. Fünfundzwanzig Dollar.» Und im Flur sagte ein käsiger junger Mann mit bleichem Haar: «Bitte hier entlang», und führte Pauline am Ellbogen hinaus.

Natürlich war sie kein leichtgläubiger Mensch, sie hielt sich etwas darauf zugute, dass sie alles immer mit dem Verstand überprüfte. Aber es war wirklich wunderbar, wie befreit sie sich fühlte, als sie die Treppen hinunterschritt! Dieser Schwung hielt den ganzen Tag an, vielleicht noch unterstützt durch die aufmerksame Lektüre der Zeitungsberichte über die Muttertagsversammlung, die die umsichtige Maisie bereitgelegt hatte. Alvah Loft hatte gesagt, sie werde noch vor dem Abendessen etwas Erfreuliches hören, und als sie am späten Nachmittag nach oben in ihr Boudoir ging, schaute sie erwartungsvoll auf den Schreibtisch, als läge dort die Offenbarung. Und da lag sie tatsächlich, in Gestalt einer Telefonnachricht.

«Mr Manford kommt um sieben Uhr nach Hause. Er möchte Sie vor dem Dinner ein paar Minuten sprechen.»

Es war kurz vor sieben, und Pauline ließ sich vor dem Kamin nieder und schlug die Abendzeitung auf. Sie hatte selten Zeit, sie gründlich durchzulesen, aber heute enthielt sie möglicherweise einen Bericht über die Muttertagsversammlung, und dank ihrer neu erlangten Gelassenheit empfand sie es sogar als angenehm, ungestört dazusitzen und auf ihren Mann zu warten.

«Dexter, du siehst so müde aus!», rief sie, als er eintrat. Sofort kam ihr der Gedanke, sie könnte ihn vielleicht vorsichtig auf den neuen Heiler hinweisen, aber die Klugheit gebot, erst einmal abzuwarten, und so legte sie die Zeitung beiseite und lächelte gespannt.

Manford zuckte wie immer ungeduldig die Achseln. «Am Ende eines Tages in New York sieht jeder Mensch müde aus, dazu ist New York wahrscheinlich da.» Er setzte sich ihr gegenüber in den Sessel und starrte ins Feuer. «Ich wollte dich sehen, um mit dir über unsere Pläne zu sprechen ... über eine Änderung», begann er. «Man findet kaum eine ruhige Minute.»

«Ja, aber jetzt haben wir keine Eile. Die Delavans speisen nie vor halb neun.»

«Oh, sind wir dort eingeladen?» Er griff nach einer Zigarette.

Sie konnte sich nicht verkneifen zu sagen: «Du rauchst wirklich zu viel, Dexter. Der Ärger mit dieser Zeitschrift …»

«Ja, ich weiß. Was ich eigentlich sagen wollte: Ich hätte gern, dass du Lita und den Jungen für die Zeit, in der Jim und Wyant auf der Insel sind, nach Cedarledge einlädst.»

Das war eine Überraschung, aber sie begegnete ihr gelassen und gefasst. «Natürlich, wenn du möchtest. Glaubst du denn, dass Lita hinfährt, ganz allein? Du bist beim Tarpunfischen, Nona geht zur Abwechslung für vierzehn Tage nach Asheville, und ich hatte vor …» Sie hielt plötzlich inne. Sie hatte natürlich für diese Zeit ihre Ruhekur in Dawnside eingeplant.

Manford saß stirnrunzelnd da und betrachtete aufmerksam das Feuer. «Warum sollen wir nicht stattdessen alle nach Cedarledge fahren?», begann er. «Irgendwer muss sich um Lita kümmern, solange Jim weg ist, ja er und Wyant würden wahrscheinlich gar nicht fahren, wenn wir das nicht übernähmen. Sie ist völlig kaputt, weiß es aber nicht, und angesichts all dieser Idioten in ihrem Umkreis gibt es nur eine einzige Möglichkeit, ihr eine wirkliche Ruhepause zu verschaffen, indem wir sie nämlich mit dem Jungen aufs Land bringen.»

Paulines Gesicht leuchtete in seliger Ungläubigkeit auf. «O Dexter, würdest du wirklich an Ostern nach Cedarledge kommen? Wie herrlich! Natürlich verzichte ich dann auf meine Ruhekur. Wie du sagst – nichts ist so schön wie das Leben auf dem Land.»

Innerlich stimmte sie bereits eine Hymne auf Alvah Loft an. Osterferien auf dem Land, alle zusammen – wie lange war das schon her! Sie hatte es immer für ihre Pflicht gehalten, Dexter zuzureden, wenn sich für ihn eine Gelegenheit bot, etwas ohne die Familie zu unternehmen, zu reisen, zu jagen oder zu fischen; er sollte sich nicht an sie gekettet fühlen. Und nun wurde sie endlich dafür belohnt; aus eigenem Antrieb schlug er vor, dass sie für friedliche vierzehn Tage alle zusammen sein sollten. Ihr wurde warm ums Herz, die starre Rüstung ihrer Selbstbeherrschung schien nachzugeben, und sie sah das Feuer durch einen schimmernden Schleier. «Das wird schön», murmelte sie.

Manford zündete sich eine weitere Zigarette an und saß schweigend und paffend da. Es wirkte, als sei auch von ihm eine Last genommen, doch sein Gesichtsausdruck war noch immer ernst und gedankenverloren. Vielleicht konnte sie noch vor dem Ende ihres Gesprächs ein Wort über Alvah Loft einflechten, bestimmt würde Dexter alles anders sehen, wenn er erst von seinen Frustrationen befreit war.

Schließlich sagte er: «Ich wüsste nicht, warum das deine Pläne durchkreuzen sollte. Wolltest du nicht irgendwo eine Ruhekur machen?»

Auch daran hatte er gedacht! Wieder erzitterte sie vor Dankbarkeit. Wie schlimm von ihr, dass sie jemals an den Plänen der Vorsehung gezweifelt hatte und daran, dass sich alle Zwietracht in einer höheren Harmonie auflöste!

«Ach, meine Ruhekur ist unwichtig! Mit euch allen in Cedarledge zusammen zu sein ist die beste Erholung.»

Seine offensichtliche Sorge um sie beruhigte sie mehr als jede Medizin, wirkte noch wunderbarer als Alvah Lofts Schweigekommunikation. Vielleicht hatte ihr in all diesen Jahren nur eins gefehlt, nämlich dass sich jemand ebenso um sie sorgte wie sie sich um den Rest der Welt.

«Das ist furchtbar selbstlos von dir, Pauline. Aber einen großen Haushalt zu führen ist nie erholsam. Nona wird auf Asheville verzichten, nach Cedarledge kommen und sich um uns kümmern. Du brauchst deine Pläne nicht zu ändern.»

Sie lächelte ein wenig. «Aber ich *muss*, mein Lieber, ich wollte doch nach Dawnside, und das ist ja jetzt ohnehin …»

Manford stand auf, ging zum Kamin und lehnte sich gegen den Sims. «Nun ja, das hat sich erledigt», sagte er.

«Erledigt?»

Geistesabwesend drehte er eine kleine Bronzefigur in seiner Hand. «Ja. Wenn du meinst, dass dir der Bursche guttut … Ich habe darüber nachgedacht, was du neulich gesagt hast, und habe mich entschlossen, den Lindons von einer Anzeige abzuraten ... zu überstürzt ...» Er hustete und stellte die Statuette wieder auf den Kaminsims. «Sie haben das Vorhaben aufgegeben ...»

«O Dexter!» Sie sprang auf, und die Augen gingen ihr über. Er hatte tatsächlich über das nachgedacht, was sie zu ihm gesagt hatte – dabei hatte er damals so verstockt und spöttisch getan! Ihr Herz erzitterte in einem glücklichen Staunen, in dem sich Liebe und befriedigte Eitelkeit aufs Feinste vermischten. Vielleicht hatte ihr Leben in Wirklichkeit etwas viel Simpleres nötig gehabt als all die Kompliziertheiten, die sie hineingepackt hatte.

«Ich bin so froh», murmelte sie, weil sie nicht wusste, was sie sonst sagen sollte. Sie hätte gern die Arme ausgestreckt, in der Hoffnung auf eine entsprechende Geste von ihm.

Doch er blickte schon wieder auf die Uhr. «In Ordnung. Herrje, wir kommen zu spät zum Dinner ... Und danach noch in die Oper, nicht wahr?»

Die Tür schloss sich hinter ihm. Einen Augenblick lang stand sie still da, eingeschüchtert von etwas Fremdem im Zimmer, so frisch und stark wie ein Frühlingssturm. Das war wohl das Glück, dachte sie.

12

«Ja, heute Vormittag ist sie bestimmt für Sie zu sprechen. Es geht ihr anscheinend sehr viel besser; sie ist nicht mehr so fürchterlich in Eile, meine ich.»

Pauline konnte im Ankleidezimmer hören, was Maisie Bruss draußen sagte. Sie lächelte über diese Beschreibung, gedachte dankbar Alvah Lofts und rief: «Ist das Nona? Ich komme in einer Minute. Bringe nur meine Übungen zu Ende ...»

Sie erschien frisch und beschwingt, in einen bequemen taubengrauen Morgenrock gehüllt, und bot Nona eine glatte Wange zum Kuss. Miss Bruss war verschwunden, und Mutter und Tochter hatten das sonnige, blumengeschmückte, nach Holzfeuer duftende Zimmer ganz für sich allein.

«Du siehst wunderbar aus, Mutter! Wie neu. Hast du andere Übungen ausprobiert?»

Pauline lächelte und zog die weiche Daunendecke am Fuß ihres Sofas etwas nach oben. Entspannt ließ sie sich zwischen ihre Kissen sinken. «Nein, Liebes, es ist nur ... Ich glaube, ich bin ein bisschen klüger geworden.»

«Klüger?»

«Ja; ich habe begriffen, dass sich immer alles zum Guten wendet, wenn man nur tapfer und zuversichtlich bleibt.»

«Oh ...»

Pauline glaubte einen enttäuschten Unterton in Nonas Stimme zu hören. Die arme Nona! Ihre Mutter hatte schon vor langer Zeit erkannt, dass sie keine Begeisterungsfähigkeit besaß, ihr jeder Glaubenstaumel fremd war. Sie schlug nach ihrem Vater. Wie sie da in diesem Vormittagslicht auf der Armlehne saß und die langen Beine baumeln ließ, sah sie müde und blass aus.

«Auch du solltest versuchen, so zu denken, Liebes», sagte Pauline strahlend.

Nona hatte das Achselzucken ihres Vaters. «Das mache ich vielleicht, wenn ich einmal mehr Zeit habe.»

«Aber man kann sich immer Zeit nehmen, Liebes.» («So wie ich», deutete das Lächeln an.) «Du siehst völlig erledigt aus, Nona. Ich wollte, du würdest zu diesem wunderbaren neuen Mann gehen, den ich gerade ...»

«Schon gut, Mutter. Ich bin heute nicht gekommen, um über mich zu sprechen. Es geht um Lita.»

«Lita?»

«Ich will schon lange mit dir über sie reden. Ist dir nichts aufgefallen?»

Pauline blieb bei ihrem munteren, wohlwollenden Lächeln. «Erklär mir, was du meinst, Liebes, lass uns alles besprechen.»

Nonas Stirn hatte sich in besorgte Falten gelegt. «Ich fürchte, Jim ist nicht glücklich», sagte sie.

«Jim? Aber, Liebchen, er ist furchtbar überarbeitet – das ist das Problem. Vater hat vor Kurzem mit mir darüber gesprochen. Er schickt Jim und Arthur im nächsten Monat auf die Insel, damit sie sich dort ordentlich erholen.»

«Ja, das ist furchtbar nett von Vater. Aber darum geht es nicht – es geht um Lita», wiederholte Nona hartnäckig.

Ein leichter Schatten streifte Paulines wolkenlosen Horizont, aber entschlossen wandte sie den Blick ab. «Sag mir, was deiner Ansicht nach nicht in Ordnung ist.»

«Nun ja, Lita langweilt sich zu Tode – sagt, sie will alles hinschmeißen. Das Leben, das sie führe, hindere sie an ihrer Selbstverwirklichung.»

«Lieber Himmel, was fällt ihr ein!» Pauline setzte sich jählings auf, und der dünne Schleier heiterer Gelassenheit wehte davon wie ein Dampfwölkchen. Fand sie denn nie Frieden? In ihr regte sich etwas wie leidenschaftliche Empörung – und gleich darauf die Furcht, dies könne den Erfolg von Alvah Lofts Seelenchirurgie gefährden. Nach einer körperlichen Operation achtete man stets sorgfältig darauf, dass sich der Patient ausruhte – aber niemand dachte daran, sie zu schonen, obwohl an ihr eine wahrhaft drastische Resektion vorgenommen worden war. Fast gereizt blickte sie Nona an. «Meinst du nicht, dass du dir manchmal allerlei einbildest, mein Schatz? Denn je mehr wir die Vorstellung von Leid und Sorge zulassen, umso mehr …»

«Ja, ich weiß. Aber das ist keine Vorstellung, sondern eine Tatsache. Lita sagt, sie muss sich selbst verwirklichen, sonst stellt sie etwas Schreckliches an. Und das würde Jim das Herz brechen.»

Pauline lehnte sich zurück, merkwürdig gestärkt durch diese unverhohlene Drohung. Ein lachhafter Gedanke, dass Lita Cliffe drohte, einem Wyant etwas Schreckliches anzutun! «Meinst du nicht, sie ist nur etwas überreizt? Sie führt ein derart verrücktes Leben – wie ihr Jungen alle. Und seit der Geburt des Kindes ist sie nicht besonders belastbar. Ich glaube, sie muss sich ausgiebig erholen, genau wie Jim. Dein Vater hat das klar erkannt. Er will sie überreden, für ein paar Wochen nach Cedarledge zu kommen, solange Jim in Georgia ist.»

Nona blieb unbeeindruckt. «Lita wird nie allein nach Cedarledge fahren, das weißt du sehr wohl.»

«Das muss sie auch nicht, Liebes. Vater hat auch daran gedacht; er findet Zeit, an alles zu denken.»

«Und wer fährt noch?»

«Wir fahren alle. Zumindest hofft Vater, dass du auch kommst. Er verzichtet sogar auf das Tarpunfischen, um mit uns zusammen zu sein.»

«Tatsächlich?» Nona stand auf, den Blick plötzlich fest auf die Mutter gerichtet.

«Dein Vater ist wunderbar», jubelte Pauline.

«Ja, ich weiß.» Die Stimme des Mädchens klang nun wieder unbeteiligt. «Aber bis dahin vergehen ja noch Wochen. Und ich fürchte, inzwischen … Ich habe Angst.»

«Kleine Mädchen sollten keine Angst haben. Wenn du Angst hast, schick Lita zu mir. Das ist bestimmt nur ein Fall von Frustration …»

«Frustration?»

«Ja, das ist das Neueste in der Psychologie. Ich nehme sie mit zu Alvah Loft, einem großartigen Inspirationsheiler. Ich habe erst drei Behandlungen gehabt, doch sie wirken Wunder. Es dauert keine zehn Minuten, und alle Last fällt von einem ab.» Pauline warf den Kopf zurück und seufzte, als schwelge sie in der Erinnerung an ihre eigene Befreiung. «Ich wollte, ich könnte euch alle zu ihm mitnehmen», sagte sie.

«Na ja, vielleicht fängst du erst einmal mit Lita an.» Auch Nona lächelte ein wenig, aber es war jenes Lächeln, das ihre Mutter insgeheim als zersetzend bezeichnete.

«Ich wünschte, das Kind wäre optimistischer, aber es hat leider das Juristengehirn seines Vaters geerbt», dachte Pauline.

Nona stand unentschlossen vor ihr. «Du weißt, Mutter, wenn etwas schiefgeht, kommt Jim nie darüber hinweg.»

«Schon wieder! Du bist ja förmlich besessen von der Schlussfolgerung, dass alles schiefgehen muss! Was Lita anbelangt, ist das für mich ein klarer Fall von Frustration. Sie sagt, sie möchte sich verwirklichen? Gut, darauf hat jeder Mensch ein Recht – ich hielte es für falsch, mich da einzumischen. Dadurch würde Jim auch nicht glücklich. Lita muss sich vielmehr von ihren Frustrationen befreien lassen. Das wird ihr die Augen für das Glück öffnen, und sie wird erkennen, was für ein unübertreffliches Zuhause sie hat. Wo ist denn mein Terminkalender? Maisie! … Ach, hier.» Sie überflog das Täfelchen. «Ich werde Lita gleich morgen aufsuchen – die Sache ist mir wichtig. Wir werden uns freundschaftlich und ungezwungen unterhalten, ganz offen und herzlich. Mal sehen … Um welche Uhrzeit treffe ich sie am wahrscheinlichsten an? … Nein, natürlich nicht, Liebchen, ich denke nicht daran, Jim auch nur ein Wort zu sagen. Aber Vater … mit deinem Vater kann ich doch darüber reden?»

Nona zögerte. «Ich glaube, Vater weiß schon Bescheid – so viel, wie er wissen muss», antwortete sie, eine Hand an der Tür.

«Ach, dein Vater weiß immer alles», stimmte Pauline friedfertig zu.

Die Aussicht auf ein Gespräch mit ihrer Schwiegertochter vermochte ihren neu gefundenen Frieden kaum zu stören. Schade, dass Lita so ruhelos war, aber heutzutage waren ja alle jungen Leute ruhelos. Vielleicht sollte sie einmal mit Kitty Landish sprechen; die war zwar flatterhaft und inkonsequent, aber es mochte ihr die Augen öffnen, wenn sie merkte, dass sie ihre Nichte möglicherweise bald wieder auf dem Hals hatte. Mrs Percy Landish steckte ohnehin immer bis zum Hals (und manchmal noch tiefer) in Schwierigkeiten. Eine Reihe fantasievoller Lebensmodelle sowie das schonungslose Streben nach Originalität hatten bei ihr zu einem Zustand chronischer Verlegenheit in pekuniärer, sozialer und emotionaler Hinsicht geführt. Die Ankündigung, dass Lita

Jim satthatte und ihn zu verlassen drohte, würde wie eine Bombe in das wacklige Dach ihres Hauses einschlagen, das laut New Yorker Adressbuch irgendwo in den East Hundreds stand, im «Social Register»[40] aber als Viking Court Nr. 1 aufgelistet war. Der Umzug ans Ufer des East River war Mrs Landishs jüngste Marotte gewesen. Sie und einige Freunde hatten es mit einem Häufchen Betonbungalows geschmückt, anfangs als «El Patio» bezeichnet, dann aber in «Viking Court» umbenannt, nachdem Mrs Landish in einer Illustrierten gelesen hatte, dass die Wikinger, die Amerika schon Jahrhunderte vor Kolumbus entdeckt hatten, nicht wie bisher angenommen in Vineyard Haven gelandet waren, sondern an einer Stelle in der Nähe von Mrs Landishs jetziger Behausung. Beton ist im Frühstadium formbar, und die Alhambra-Motive mussten rasch anderen weichen, zum Beispiel solchen vom Bug eines nordischen Schiffes, von silbernen Torques[41] und Runen, wobei man Letztere der Einfachheit halber den arabischen Suren des Koran nachempfunden hatte. Während diese neuen Verzierungen trockneten, hatten Mrs Landish und ihre Freunde an der historischen Stätte gezeltet, und vier Jahre nach dem Einzug zelteten sie noch immer, jedenfalls für Mrs Manfords Begriffe.

Durch einen kurzen Anruf hatte sich Pauline vergewissert, dass sie Mrs Landish gleich nach dem Lunch besuchen konnte; um zwei Uhr fuhr ihr Wagen am Viking Court vor. Der kleine Platz öffnete sich auf ein verwildertes Flussufer und wurde zynischerweise von großen Mietshäusern mit Feinkostgeschäften im Erdgeschoss überragt.

Mrs Landish war nirgendwo zu finden. Sie habe den Lunch auswärts einnehmen müssen, meldete ein schwermütiges Hausmädchen, weil die Köchin gerade gekündigt habe, aber sie komme sicher bald zurück. Mit behutsamen Schritten betrat Pauline den «Lebe-Raum», so bezeichnet (wie Besucher unweigerlich erfuhren), weil Mrs Landish dort aß, malte, töpferte, schnitzte und Freunde empfing. So hätten auch die Wikinger gelebt. Doch heute war von den verschiedenen Betätigungen keine Spur zu sehen, und der Raum war spartanisch leer. Mrs Landishs neuestes Steckenpferd war der sogenannte «Purismus», der sich zum Ziel setzte, die gesamte Umgebung gemäß den Gewohnheiten und Gewerben einer mythischen Vergangenheit zu gestalten. Seit sie Viking Court ins Leben gerufen hatte, versuchte sie, Binsen für den Fußboden zu bekommen, aber weil in den Oststaaten von Amerika jene spezielle Sorte Binsen, wie sie die Wikinger angeblich benutzt hatten, nicht angebaut wurde, hatte sie sich schließlich dazu durchgerungen, handgewebte Teppiche aus Abessinien zu verwenden, denn irgendwer hatte ihr erzählt, in den Ruinen von Petra[42] sei eine Inschrift entdeckt worden, die auf Handelsbeziehungen zwischen den Wikingern und dem Königreich des Priesters Johannes schließen lasse.

Da es sich als schwierig erwies, die Teppiche nach alten, originalgetreuen Mustern anzufertigen, blieb der Zementfußboden von Mrs Landishs Lebe-Raum ewig kahl, und jetzt, wo auch noch das meiste Mobiliar entfernt worden war, sah das Zimmer aus wie eine Garage, zumal Mrs Landishs neuester Schützling, ein junger Varietékünstler, der auf einer Motorsirene musizierte, in einer Ecke sein Fahrrad hatte unterstellen dürfen.

Neben diesem Gefährt barg der Raum noch ein paar unverwüstlich wirkende Eichenstühle, einen langen Tisch mit einer Sanduhr (herkömmliche Uhren wären ein Anachronismus gewesen) und einen an die Betonwand genagelten verstaubten Samtfetzen, laut Mrs Landish ein Stückchen koptisches[43] Gewand aus dem sechsten Jahrhundert, das gerade von Basiliusnonnen aus Thessalien nachgewebt wurde, um daraus Vorhänge und Stuhlkissen zu nähen. «Das kann zwar noch fünfzig Jahre dauern», fügte Mrs Landish immer hinzu, «aber lieber verzichte ich ganz darauf, als mit etwas weniger Vollkommenem zu leben.»

In dem leeren Raum, in den Pauline vordrang, hob sich deutlich die Gestalt eines Mannes ab, der mit dem Rücken zu ihr am Fenster stand und auf das hinaussah, was einmal ein Garten werden sollte, wenn dereinst die Gartenkunst der Wikinger wieder zum Leben erweckt wurde. Vorläufig vermehrten sich dort nur die Katzen aus der Nachbarschaft und Windhosen voller Müll.

Der Besucher, eine dunkle Silhouette vor dem trüben Märzhimmel, war anfangs nicht zu erkennen, aber auf halbem Weg rief Pauline: «Dexter!»

Er drehte sich um und war genauso überrascht wie sie.

«Ich wäre nicht im Traum darauf gekommen, dass du das sein könntest!», rief sie.

Er blickte sie mit einer Art trotziger Munterkeit an. «Warum nicht?»

«Weil ich dich hier noch nie gesehen habe. Oft genug habe ich versucht, dich hierherzulotsen ...»

«Ja, zum Lunch oder zum Dinner!» Mit einer Grimasse blickte er sich um. «Dazu habe ich mich nicht verpflichtet gefühlt.»

Sie ging nicht darauf ein, und einen Augenblick lang herrschte Schweigen. Schließlich sagte Manford: «Ich bin wegen Lita hier.»

Pauline verspürte jähe Erleichterung. Die Stimme ihres Mannes klang rau und ungehalten; sie merkte, dass ihr Erscheinen ihn rätselhafterweise aus der Fassung brachte. War der Grund für seinen Besuch die Angst um Lita, erklärte dies nicht nur seine Verwirrung, sondern bewies auch seine wiedererwachte Sorge um sie, Pauline. Noch einmal sandte sie dem Inspirationsheiler in Gedanken einen Segensspruch; es war so wundervoll, dass sie und Dexter denselben Impulsen folgten.

«Das ist furchtbar nett von dir, mein Lieber. Wie sonderbar, dass wir uns hier mit demselben Anliegen treffen!»

Er starrte sie an: «Wieso, bist du ...?»

«Wegen Lita gekommen? Ja. Sie gerät allmählich außer Kontrolle, nicht wahr? Natürlich würde eine Scheidung den armen Jim umbringen – sonst hätte ich weiter nichts dagegen ...»

«Eine Scheidung?»

«Nona sagt, so stellt sich Lita das vor. Dieses alberne Gör! Ich muss heute Nachmittag mit ihr reden. Ich bin nur hergekommen, um zu sehen, ob Kittys Einfluss ...»

«Oh, Kittys Einfluss!»

«Ja, ich weiß.» Sie brach ab und warf Manford einen raschen Blick zu. «Aber wenn du nicht an ihren Einfluss glaubst, warum bist du dann gekommen?»

Die Frage schien ihren Mann zu überraschen, und er antwortete mit einem etwas steifen Lächeln. Wie alt er in diesem harten, schiefergrauen Licht wirkte! Das krause Haar war an den Schläfen schon fast ebenso dünn wie weiter oben. Wenn er nur dieses wunderbare neue Mittel «Radioskalp» nähme! «Dabei hat er immer so gut ausgesehen!», dachte seine Frau, durchströmt von jener plötzlichen Lebenskraft, die sie immer verspürte, wenn sie an Gleichaltrigen Anzeichen von Ermüdung oder Alter bemerkte. Ihr fiel auf, dass Manford und Nona auf die gleiche Weise blass wurden und die Mundwinkel hängen ließen, wenn sie unter körperlicher oder seelischer Anspannung standen.

Manford sagte: «Ich wollte Mrs Landish bitten, uns dabei zu helfen, Lita an Ostern von hier wegzubekommen. Ich dachte, sie könnte ihr gut zureden …»

Nun war es an Pauline zu lächeln. «Vielleicht, ja. Ich kam, um ihr mitzuteilen, dass sie Lita womöglich bald wieder auf dem Hals hat, wenn die sich nicht beruhigt und vernünftig aufführt. Das wird wohl einigen Eindruck auf Kitty machen. Ich werde unmissverständlich klarstellen, dass sie finanziell nicht auf mich zählen können, wenn Lita Jim verlässt.» Sie warf Manford einen strahlenden Blick zu und wartete unwillkürlich auf seine Zustimmung.

Aber die erhoffte Antwort blieb aus. Ein Schatten huschte über sein Gesicht, er wirkte unsicher, und einen Moment lang sagte er gar nichts. Dann murmelte er: «Das ist alles sehr bedauerlich … ein dummes Kuddelmuddel …»

Pauline bemerkte, dass sich sein Tonfall veränderte. Offenbar hatte ihm ihre letzte Äußerung nicht gefallen und hatte eine dieser unsichtbaren Barrieren zwischen ihnen errichtet, gegen die sie mit ihren Ansichten schon so manches Mal schmerzlich geprallt war.

Und das jetzt, wo sie geglaubt hatte, dass er und sie sich wieder näherkamen!

«Wir dürfen nicht hart gegen sie sein … Wir dürfen sie nicht verurteilen, ohne beide Seiten zu hören», fuhr er fort.

«Natürlich nicht.» Es war genau das, was sie von ihm hören wollte, nur nicht mit dieser Stimme. Er sprach zögernd und verlegen. War es möglich, dass ihre Anwesenheit ihn verlegen machte? Bei Manford konnte man nie wissen. Fast schüchtern schlug sie vor: «Soll ich gehen, damit du allein mit Kitty sprechen kannst? Wir müssen ja vielleicht nicht beide …»

Er vermochte die Erleichterung in seinem Blick nicht zu verbergen, aber ihre fröhliche Entschlossenheit zeigte sich über diesen Schreck erhaben. «Du kannst das so viel besser», ermutigte sie ihn.

«Ach, ich weiß nicht. Wir beide gleichzeitig … das sieht vermutlich ein bisschen nach peinlicher Befragung aus, meinst du nicht?»

Sie pflichtete ihm nervös bei: «Ich möchte ja nur alles ins Reine bringen.»

Er nickte zustimmend und begleitete sie zur Tür. «Aber vielleicht … hör zu, Pauline …»

Sie strahlte ihn erwartungsvoll an.

«Solltest du nicht noch etwas warten, bevor du dich mit Lita triffst? Womöglich ist es gar nicht nötig, wenn …»

Ihre erste Regung war nachzugeben, doch dann fiel ihr der Inspirationsheiler ein. «Du kannst dich darauf verlassen, dass ich taktvoll vorgehe, mein Lieber. Andererseits tut es Lita gewiss gut, ihr Herz auszuschütten, und am Ende komme ich besser an sie heran als Kitty… Lita und ich sind immer gute Freundinnen gewesen, und es gibt da einen wunderbaren neuen Mann, den ich ihr empfehlen möchte – er hat wirklich übersinnliche Kräfte …»

Manfords Lippen verzogen sich zu einem Lächeln; sie hatte das unbestimmte Gefühl, dass sich neuerlich ein Graben zwischen ihnen auftat. Warum war er plötzlich wieder boshaft und unnahbar? Es blieb ihr keine Zeit, darüber nachzudenken, denn schon floss ihr die Frohe Botschaft von den Frustrationen über die Lippen. «Kein Lehrer! Er lehnt alles Doktrinäre ab, er ‹wirkt› nur auf seine Patienten. Er…»

«Liebste Pauline! Dexter! Wartet ihr schon lange? Ach, du liebe Zeit, meine Sanduhr ist wohl schon lange abgelaufen!»

Mrs Percy Landish war zurück und glitt mit einer Art ätherischem Schleifschritt auf sie zu, als werde sie von einer Märzbö hereingeblasen. Ihre große, sich wiegende Gestalt erweckte auf die Entfernung den Eindruck von Stattlichkeit, welcher aber erlosch, als sie näher kam, als verschwömmen mit einem Mal ihre Konturen. Ihr Gesicht wirkte wie eine unvollendete Skizze, die der Künstler mit reichlich viel blondem Haar, einer hübschen Nase und ausdrucksvollen Augen ausgestattet, aber ohne Mund gelassen hatte.

Sie legte ein paar undefinierbare Päckchen ab und schüttelte gereizt das Stundenglas, als läge die Schuld bei ihm.

«Wie lieb von euch!», begrüßte sie ihre Besucher. «Ich sehe euch nicht oft gemeinsam in meinem Horst.»

Pauline verblüffte diese Äußerung. Ein Horst war in der Dichtkunst ein Adlernest, und sie fragte sich, inwiefern sich dieser Begriff auf einen Betonbungalow in den East Hundreds anwenden ließ …

Aber es war keine Zeit, solchen Grübeleien nachzuhängen. Mrs Landish sah sich ratlos um. «Es ist kalt – ihr friert wohl, ihr beide?» Ihr Blick ruhte traurig auf dem leeren Kamin. «Leider kann ich kein Feuer machen, mein Rost ist verkehrt.»

«Nicht hoch genug? Du meinst, der Kamin zieht nicht?» Bei solchen Notfällen war Pauline in ihrem Element. Sie hätte sich noch von ihrem Sterbebett erhoben, um einem neuen Hausmädchen zu zeigen, wie man ein Feuer entfacht. Aber Mrs Landish schüttelte den Kopf mit dem Ausdruck einer Frau, die nicht erwartet, von anderen Frauen verstanden zu werden.

«Nein, meine Liebe, ich meine damit, er ist historisch nicht korrekt. Ich habe es schon immer befürchtet, und Dr. Ygrid Bjornsted, eine Koryphäe in Sachen nordischer Kunst, sagte mir neulich, das einzige noch existierende Paar Feuerböcke befinde sich im Museum in Kristiania[44]. Ich habe eine Kopie davon bestellt. Aber dir ist kalt, Pauline! Sollen wir uns in die Küche setzen? Wir sind dort ganz unter uns, weil die Köchin soeben gekündigt hat.»

Pauline wickelte sich in schweigendem Protest gegen diesen neuen Wahnsinn noch fester in ihren Pelz. «Wir kommen schon zurecht, Kitty. Du ahnst vermutlich, dass wir wegen Lita hier sind ...»

Mrs Landish schien aus unermesslichen Fernen zu ihnen zurückzuschweben. «Lita? Hat Klawhammer sie wirklich engagiert? Für seine Herodias, nicht wahr?» Sie war ganz Begeisterung und Anteilnahme.

Paulines Mut sank. Aus dem Augenwinkel sah sie, wie sich Manfords Brauen gereizt zusammenschoben. Nein, es war sinnlos, Kitty etwas begreiflich machen zu wollen, und töricht, den Unwillen ihres Mannes zu riskieren, indem sie zu diesem Zweck noch länger in diesem eiskalten Zimmer blieb. Sie hüllte sich in Liebenswürdigkeit wie in ihren Zobel. «Es geht um Ernsteres als um diesen Filmunsinn. Aber ich überlasse es Dexter, dir das zu erklären. Er kann das viel besser als ich ... Ja, liebe Kitty, ich werde an die fehlende Stufe auf dem Vorplatz denken. Bitte mach dir nicht die Mühe, mich hinauszubegleiten – du weißt ja, Dexters Minuten sind kostbar.» Sie schob Mrs Landish sanft ins Zimmer zurück und fand auch ohne Begleitung den Weg durch die Diele. In diesem Moment ging die Zimmertür, deren Klinke klemmte, wieder auf, und sie hörte, wie Manford mit seiner trockenen Kreuzverhörstimme fragte: «Würden Sie mir bitte genau sagen, wann und wie lange Lita in Dawnside war, Mrs Landish?»

13

«Ich glaube, ich höre Nona seit einem Monat zum ersten Mal lachen», sagte Stanley Heuston mit einem Anflug von Ironie – oder war es schlicht Neid?

Nona war noch immer im Strudel ihres Lachens gefangen. Sie suchte sich zum Rand durchzukämpfen und wurde doch nur Mal für Mal von nachträglichen Schluchzern und Japsern tief in den Wirbel zurückgesogen. «Es war wirklich zum Brüllen komisch», rief sie den anderen aus dem kreiselnden Strom heraus zu.

Wie gewöhnlich hockte sie schräg auf der Lehne des großen Chintzsofas in Arthur Wyants Wohnzimmer. Wyant rekelte sich in seinem angestammten Sessel, vor sich einen vollgekrümelten, schmutzigen Teetisch, während ihm gegenüber sein Sohn und Stanley Heuston saßen.

«Sie hat nur eine halbe Sekunde gezögert – gerade lang genug, um meinen Blick aufzufangen –, dann schlug sie einen Haken, schnappte sich ihr letztes Wort und bastelte daraus einen schönen neuen Aufruf an die ‹Mütter›. Ha, ihr hättet die Frauen erleben müssen!»

«Ich sehe sie förmlich vor mir.» Jims Gesicht zog sich plötzlich in die Breite, wurde sanft und ernst. Er nahm sich eine von seines Vaters Brillen, klemmte sie auf seine kurze Nase und hauchte in gedehntem Singsang: «Mrs Manford ist eine so seelenvolle Frau! Ihre Botschaft ist lebenswichtig für alle Mütter.»

Wyant lehnte sich zurück und lachte. Er war leicht zum Lachen zu bringen, und dann klang es wie ein ansteckendes Glucksen, wie ein überschwappender Springbrunnen, der sich in kreisrunden Wellen ausbreitete. Jim amüsierte sich lautstark über seine eigene Darbietung, und Heuston schloss sich dem Chor mit einem trockenen Gelächter an, das weder weiter um sich griff noch Widerhall fand, sondern ihrer Heiterkeit plötzlich Einhalt zu gebieten schien. Für einen Augenblick ärgerte sich Nona über seinen Ton. Wollte er damit andeuten, dass sie sich über ihre Mutter lustig machten? Dem war nicht so; sie bewunderten sie nur auf *ihre* Weise, stets humorvoll und gewissermaßen fürsorglich. Stan hätte das mittlerweile begreifen müssen und ahnen können, warum Nona eben jetzt jeden Vorwand nutzte, um Jim zum Lachen zu bringen und ihm ihr gemeinsames Leben normal und fröhlich darzustellen. Aber für Stanley schien sich hinter jedem Scherz etwas zu verbergen, selbst wenn er kräftig mitlachte. So verfuhr er mit allem im Leben; immer beäugte er alles kritisch, wog und maß und stellte ernüchternde Berechnungen an. Der arme Kerl – nun ja, kein Wunder!

Jim stand auf, noch immer die Brille auf der kurzen Nase. Er legte sich einen imaginären Mantel um, griff nach nicht existierenden Handschuhen und einem Handtäschchen und gab seinem Kopf einen leichten Klaps, als rücke er ein Federhütchen zurecht. Das Gelächter schwoll wieder an, und Wyant gluckste: «Ihr solltet öfter kommen, ihr jungen Spaßvögel. Da würde ich viel schneller gesund, als wenn man mich nach Georgia verfrachtet.» Halb entschuldigend wandte er sich an Nona. «Nicht dass ich mich nicht furchtbar über dieses Angebot freue …»

«Ich weiß, lieber Punkt A. Das wird bestimmt ziemlich lustig, wenn ihr beide dort unten seid, du und Jim.»

«Ja, ich wünschte nur, du kämst auch. Warum fährst du eigentlich nicht mit?»

Jims Gesicht nahm wieder seinen normalen Ausdruck an, und er legte die Brille beiseite. «Weil Mutter und Manford vorhaben, Lita und den Kleinen in dieser Zeit nach Cedarledge hinauszuschaffen. Guter Plan, nicht wahr? Ich wollte, ich könnte an beiden Orten gleichzeitig sein. Wir alle haben New York bis obenhin satt.»

Sein Vater warf ihm einen Blick zu. «Schau, mein Junge, nichts spricht dagegen, dass du am selben Ort bist wie deine Frau. Ich kann meine alten Knochen auch ohne deine Hilfe nach Georgia hinunterschleppen, wenn Manford schon so freundlich ist, mich einzuladen.»

«Vielen Dank, Dad, aber ein Teil von Litas Ferien besteht darin, von allen häuslichen Pflichten befreit zu sein, und ich bin ihre wichtigste. Sie muss nämlich dafür sorgen, dass für mich gekocht wird. Und ich behaupte keineswegs, dass ich mich nicht auf meinen Urlaub freue … Jede Menge Sand und Sonne. Das ist jetzt genau das Richtige. Schluss mit den übermenschlichen Anstrengungen!» Er reckte die Arme in die Höhe und gähnte.

«Aber ich dachte, Manford sei auch im Süden – bei seinen Tarpunen? Diese Idee mit Cedarledge ist wohl ganz neu?»

«Das gehört ebenfalls zu seiner allumfassenden Liebenswürdigkeit. Er wollte, dass ich unbeschwert wegfahren kann, deshalb hat er auf das Fischen verzichtet und die ganze Sippe dienstverpflichtet, nach Cedarledge zu kommen und dort mit Lita das Leben auf dem Land zu praktizieren.»

Wyants blasse Wangenknochen röteten sich leicht. «Das ist furchtbar nett, wie du sagst, aber wenn meine Reise in den Süden dazu führt, dass die Pläne der gesamten Familie über den Haufen geworfen werden …»

«Ach Unsinn, Vater.» Jim sprach plötzlich gereizt. «Manford fände es schrecklich, wenn du jetzt absagen würdest, nicht wahr, Nona? Außerdem möchte ich, dass Lita wegfahren kann, und da ist mir Cedarledge lieber als alles andere.» Die Uhr schlug, und er drückte sich aus seinem Sessel hoch. Es versetzte Nona einen Stich, als sie sah, wie lustlos und zögerlich er sich bewegte. «Herrje, jetzt muss ich mich aber beeilen!», sagte er. «Wir gehen in eine Varietévorführung, die zeitig anfängt, und vorher sind wir mit einem Haufen komischer Vögel bei Ardwin zum Essen, wenn ich's recht weiß. Adieu, Nona … Stan … Auf Wiedersehen, Vater. Nur noch vierzehn Tage, dann verschwinden wir!»

Die Tür schloss sich hinter ihm, und Schweigen breitete sich aus. Wyant griff nach seiner Pfeife und stopfte sie. Heuston starrte auf den Teetisch. Plötzlich fragte Wyant: «Hört mal, wieso wird Jim mit mir auf die Insel geschickt, wenn seine Frau nach Cedarledge fährt?»

Nona rutschte von der Sofalehne und ließ sich in einem Sessel nieder. «Aus dem schlichten Grund, den er dir genannt hat. Sie brauchen beide Ferien voneinander.»

«Ich glaube nicht, dass Jim wirklich Ferien von Lita braucht.»

«Na ja, umso schlimmer für Jim. Lita hat Foxtrott und Familienleben vorübergehend satt, und der Arzt sagt, sie soll eine Weile allein verreisen.»

Wyant zog bedächtig an seiner Pfeife. Schließlich sagte er: «Das hat der Arzt zu deiner Mutter auch gesagt, und sie kam nie mehr zurück.»

Nona schoss das Blut ins Gesicht, über die blassen Wangen bis hinauf zur Stirn. Sie war normalerweise nicht so leicht in Wallung zu bringen, und daher errötete sie gleich noch einmal über ihr Erröten. Es passte nicht zu Wyant, so etwas zu sagen – passte nicht zu seiner üblichen Zurückhaltung und Anständigkeit, die im Zusammenspiel mit Paulines forschem Optimismus immer alles Leidvolle oder auch nur Peinliche mit Schweigen und Ignorieren quittiert hatte. Seit Jahren lebte das Familienduo in der Annahme, sie seien die besten Freunde auf Erden, und diese stillschweigende Vereinbarung war ihnen zu einer Selbstverständlichkeit geworden.

Stanley Heuston schien die im Raum schwebende Befangenheit zu spüren. Er stand auf, als wolle er sich verabschieden. «Ich glaube, wir essen auch irgendwo auswärts…» Das «wir» klang wenig überzeugend, denn alle wussten, dass er und seine Frau selten zusammen ausgingen.

Wyant hob die Hand, um ihn zurückzuhalten. «Geh nicht, Stan. Nona und ich haben keine Geheimnisse, und wenn, dürftest du sie teilen. Warum schaust du so wütend, Nona? Mag sein, dass ich etwas Dummes gesagt habe … Es ist eben so, ich bin altmodisch, und die Vorstellung, dass Menschen, die sich entschieden haben, zusammenzuleben, ständig voreinander davonlaufen … Wenn ich an meinen Vater und meine Mutter denke, mehr als sechzig Jahre … New York im Winter, Hudson im Sommer … Hauptgesprächsthema: sechs Monate lang der Schnee und in den anderen Monaten die Moskitos. Wahrscheinlich ist eure Generation deshalb so zappelig.»

Nona lachte. «Das ist durchaus denkbar, jedenfalls kann man nichts dagegen tun.»

Wyant runzelte die Stirn. «Nichts dagegen tun – in Litas Fall? Das meinst du wohl nicht im Ernst. Mein Sohn … Lieber Gott, wenn jemals ein Mann für eine Frau wie ein Sklave geschuftet, sich ihretwegen zum Narren gemacht hat …»

Heustons trockene Stimme kürzte die Moralpredigt ab. «Bitte, Sir, Sie werden ihn doch nicht des Vorrechts eines jeden Mannes berauben wollen: des Rechts, sich zum Narren zu machen?»

Wyant sank grummelnd in seine Kissen zurück. «Ich verstehe euch nicht, keinen von euch», sagte er, als würde ihn dieses Eingeständnis insgeheim erleichtern.

«Genau genommen musst du das auch nicht, lieber Punkt A. Wir sind alt genug, um den Laden allein zu schmeißen, und du hast nichts weiter zu tun, als uns von deinem Sessel aus zuzuschauen und uns zu bewundern», sagte Nona und beugte sich liebkosend über ihn.

Wieder draußen auf der Straße, lief sie wortlos neben Heuston her. Dieses allwöchentliche Zusammentreffen bei Wyant entwickelte sich stillschweigend zu einer festen Verabredung, zum Einzigen, was ihrem Leben Bedeutung verlieh. Mit einem Lächeln musste sie an die Behauptung ihrer Mutter denken, dass alles gut werde, wenn man nur standhaft und zuversichtlich bleibe, und fragte sich, inwiefern sich dieses Rezept auf ihre Beziehung zu Stanley Houston anwenden ließ. Von Standhaftigkeit konnte keine Rede sein – sie ließ sich zu diesen immer wiederkehrenden Treffen treiben und weigerte sich, die Konsequenzen zu tragen. Dennoch verriet ihr jede einzelne Faser im Leib, dass diese Augenblicke das Beste im Leben waren, das Einzige, worauf sie nicht verzichten konnte: einfach in seiner Nähe zu sein, seine kühle Stimme zu hören, mit einem beliebigen Wort sein ernüchterndes Lachen zu provozieren oder, noch besser, wie jetzt neben ihm zu gehen, ohne zu reden, und hie und da einen verstohlenen Blick auf sein Profil zu werfen, sein ironisches, unzufriedenes, trotziges Gesicht – und dabei so schwach unter diesem Trotz. Dass sie urteilte und dennoch liebte, bewies, dass sie tödlich getroffen war.

«Nun ja, es wird nicht ewig währen; bei unsereinem währt nichts ewig», sagte sie sich, ohne wirklich überzeugt zu sein. «Schlimmstenfalls währt es so lang wie ich selbst, und das ist ein Zeitpunkt, den ich nach Belieben festlegen kann.»

Doch was für ein Unsinn, so daherzureden, wenn alle anderen sie brauchten: Jim und seine alberne Lita, ihr Vater – ja, sogar ihr stolzer, selbstsicherer Vater, und der arme alte Punkt A und ihre Mutter, die sich so sicher war, dass jetzt, wo sie einen neuen Heiler gefunden hatte, nichts mehr schiefgehen konnte! Ja, sie alle brauchten Hilfe, obwohl sie es nicht wussten, und das Schicksal schien für sie, Nona, genau den Platz vorgesehen zu haben, wo sich ihrer aller Leben kreuzten, so wie man eine Erste-Hilfe-Station an der gefährlichsten Kurve einer Rennstrecke aufbaut oder einen Verkehrspolizisten ins Zentrum einer großen Kreuzung stellt.

«Hör zu, Nona, meine Essenseinladung war erfunden. Würde der Himmel einstürzen, wenn du und ich allein irgendwo essen gingen, einfach so?»

«O Stan …» Ihr Herz tat vor Glück einen Sprung. Wer hätte geglaubt, dass in diesen freizügigen Zeiten, wo die jungen Leute nach Belieben taten, was sie wollten, diese beiden sich noch nie einen Abend gestohlen hatten? Vielleicht weil es allzu leicht gewesen wäre. Nur Schwieriges führte Nona in Versuchung, und das Schwierige war, immer «Nein» zu sagen.

Doch war es das wirklich? Als das Licht einer Straßenlampe über Heustons Profil strich, warf sie ihm einen verstohlenen Blick zu, sah die zusammengekniffenen Lippen, allzeit bereit, spöttisch auf ihre Weigerung zu reagieren, und fragte sich, ob das ständige Neinsagen so viel Mut erforderte, wie sie immer glaubte. Was, wenn hinter ihrer hochmütigen Überlegenheit nur moralische

Feigheit steckte? Sie wollte nicht «wie die anderen» sein – aber war das etwas, worauf man stolz sein konnte? Vielleicht war ihre Selbstlosigkeit nur eine raffinierte Form von Eitelkeit, nicht unähnlich, sagen wir, Litas Nein, wenn eine Freundin ihre neuen Kleider nachschneidern lassen wollte, oder Bee Lindons unersättlichem Verlangen, eine schon skandalgesättigte Welt immer aufs Neue vor den Kopf zu stoßen. Alles Exhibitionisten, samt und sonders, wie die Psychoanalytiker sagten, und in ihrer derzeitigen Stimmung schien ihr der seelische Exhibitionismus die ekelhafteste Form, sich zur Schau zu stellen.

«Wie viktorianisch, Stan!», sagte sie lachend. «Als ob es noch einen Himmel gäbe, der einstürzen könnte! Wo sollen wir hingehen? Das wird sehr lustig. Gibt es hier in der Nähe nicht ein gutes kleines italienisches Restaurant? Und danach schauen wir uns diese Negerrevue im ‹Housetop› an.»

«Dann komm!»

Sie fühlte sich klein und leicht wie ein Strohhalm, der in die rauschende Dunkelheit eines von Millionen Sternen beglitzerten Meeres hinausgetragen wird. Schon der Gedanke an einen Abend in liebevoller Atmosphäre, einen Abend in schlichter Kameradschaft, brachte das fertig, gab ihr die Jugend zurück und verlieh ihr den Mut, durchzuhalten. Sie schob ihre Hand durch seinen Arm und erkannte an seinem Schweigen, dass er ihre Gedanken teilte. Das machte den Zauber vollkommen.

«Du möchtest wirklich ins ‹Housetop› gehen?», fragte er und lehnte sich so gemächlich zurück, um seine Zigarre anzuzünden, als gäbe es nie mehr einen Grund, sich wegen irgendetwas zu beeilen. Das Abendessen in dem kleinen italienischen Restaurant lag hinter ihnen. Gewissenhaft hatten sie die Geheimnisse von *paste, frutti di mare, fritture* samt Käse- und Tomatensaucen erkundet und das Ganze mit einer schäumenden Zabaione abgeschlossen. Der Raum war niedrig, überhitzt und voller fröhlicher, lauter Gäste, zumeist Italiener, die ein olivenhäutiger Musiker mit bläulich weißen Augäpfeln hie und da dezent mit Trillern und Geklimpere traktierte. Seine Musik unterbrach die Gespräche nicht, sondern zwang die Gäste nur, etwas lauter zu schreien, ein Vorwand, den sie freudig nutzten. Anfangs hatte Nona den Lärm als willkommenen Schutz für ihr Gespräch mit Heuston empfunden, aber nun nahm er ihr allmählich den Atem. «Lass uns erst ein wenig frische Luft schöpfen», bat sie.

«Gut. Gehen wir ein bisschen spazieren.»

Sie schoben die Stühle zurück, schlängelten sich zwischen den voll besetzten Tischen hindurch, hüllten sich in ihre Mäntel und traten aus der Schwingtür hinaus in lange, wässrige Streifen von Laternenlicht. Eine Dusche aus kaltem Regen empfing sie.

«Ach, du liebe Zeit – dann also ins ‹Housetop›!», brummte Nona. Wie köstlich wäre dieser Regen unter den knospenden Bäumen von Cedarledge gewesen! Aber hier, in diesen heruntergekommenen Straßen …

Heuston hielt ein Taxi an. «Erst eine kleine Runde, einfach so durch den Park?»

«Nein, ins ‹Housetop›.»

Er lehnte sich zurück und zündete sich eine Zigarette an. «Du weißt, dass ich mich scheiden lasse. Es ist alles geregelt», verkündete er.

«Geregelt – mit Aggie?»

«Nein, noch nicht. Aber mit der Dame, mit der ich durchbrenne. Mein Ehrenwort. Ich mache es, nächste Woche.»

Nona lachte ungläubig. «Dann ist das also ein Abschied?»

«So etwas Ähnliches.»

«Armer Stan!»

«Nona … schau … hör zu …»

Sie griff nach seiner Hand. «Stan, zum Henker mit nächster Woche!»

«Nona?»

Sie schüttelte den Kopf, ließ aber ihre Hand in seiner ruhen. «Keine Fragen, keine Pläne. Nur zusammen sein», bat sie.

Er hielt sie schweigend umfangen, und ihre Lippen fanden sich. «Warum sollen wir dann nicht …?»

«Nein. Ins ‹Housetop› – ins ‹Housetop›!», rief sie und entwand sich seinen Armen.

«Du weinst ja!»

«Nein! Das ist der Regen. Das ist …»

«Nona!»

«Stan, du weißt, dass es völlig zwecklos ist.»

«Das Leben ist derart lausig …»

«Nicht so.»

«So? So – wie?»

Sie kämpfte sich aus einer weiteren Umarmung frei, streckte den Kopf aus dem Fenster und rief: «Das ‹Housetop›!»

Sie fanden eine Nische an der Rückwand des überfüllten Parketts. Nona musste ein bisschen blinzeln wegen der blendenden Lichtgirlanden, der Rauchschwaden, der Kollision von Lärm und Farben. Aber nun saßen sie hier, er und sie, nah beieinander, gehüllt in ihr berauschendes Glück, und trotz des üblichen verdrossenen Zugs um seinen Mund wusste sie, dass ihm ebenso zärtlich zumute war wie ihr, und sie fühlten sich von der Menge abgesondert, als säßen sie noch immer im dunklen Taxi. So sollten sie also ihr Leben zu sich nehmen, stückchenweise, alles Süße in winzigen Bröckchen, und niemals mehr als jeweils ein Bröckchen! Nun ja, noch schlimmer wäre es gewesen, hätte es solche Augenblicke gar nicht gegeben – so kurz und grausam sie ihr auch vorkamen.

Das «Housetop» war zum Bersten voll. Der Erste Rang, auf dem sich die Schickeria drängte, hing über ihnen wie ein Kranz aus reifen Früchten, pfirsichfarben, weiß und golden, geschlungen aus bemalten Gesichtern, nackten Armen, Schmuck, Brokat und fantastischen Pelzen. Diese Music Hall war der letzte Schrei.

Der Vorhang hob sich, und der kleine Zuschauerraum versank im Dunkeln. Nonas Hand konnte weiter in der von Heuston ruhen. Auf der Bühne – einem Baumwollmarkt in New Orleans –

tollten und sprangen schwarze Tänzer herum. Auch sie glichen reifen Früchten, schwarzen Feigen, die durch heißes Sonnenlicht flogen, auf die Erde fielen, in hochrotem, über weißen Zähnen platzendem Gelächter explodierten und in goldenen Wolken von Baumwollstaub weiterhüpften. Alles war warm und lustig und ohne jeden Zusammenhang. Die Zuschauer vergaßen zu rauchen und zu plaudern, nur ein leises, amüsiertes Gemurmel plätscherte über sie hinweg.

Der Vorhang senkte sich, die Lichterketten blühten auf, und im Parkett und auf dem Rang wurde es wieder laut und unruhig.

«Ach, da oben ist ja Lita», rief Nona, «gleich neben der Bühne. Siehst du sie – mit Ardwin und Jack Staley und Bee Lindon und dieser fürchterlichen Keiler?»

Beim Anblick der voll besetzten Loge hatte sie ihre Hand weggezogen. «Ich sehe Jim gar nicht. Oh, ich kann diesen Haufen nicht ausstehen!» Mit einem Schlag war all das Widerwärtige und Beunruhigende wieder da, das sie beiseitegeschoben hatte. Wenn sie wenigstens diesen einen Abend unbehelligt hätte genießen können! «Ich hätte nicht gedacht, dass wir sie hier treffen; ich dachte, Lita sei schon letzte Woche da gewesen.»

«Aber dieser Haufen geht doch immer wieder in die gleichen Shows. Denen ist nichts so zuwider wie Neuentdeckungen, von denen haben sie mehr als genug! Abgesehen davon – dir kann es doch gleichgültig sein. Die stören uns nicht.»

Sie zögerte einen Augenblick und sagte dann: «Lita stört mich immer.»

«Wieso? Gibt es etwas Neues?»

«Sie sagt, sie hat alles satt, einschließlich Jim, sie will alles hinschmeißen und zum Film gehen.»

«Ach so.» Er zeigte sich nicht überrascht. «Da passt sie doch hin.»

«Mag sein – aber Jim!»

«Der arme Jim. Eines Tages müssen wir alle unsere bittere Pille schlucken.»

«Ja, aber ich halte das nicht aus. Nicht, wenn es um Jim geht. Hör zu, Stan – ich gehe zu ihnen», erklärte sie plötzlich.

«Unsinn, Nona, die brauchen dich nicht. Und außerdem kann ich diesen Haufen genauso wenig ausstehen wie du. Ich möchte nicht, dass du in die Sache verwickelt wirst. Dieser ordinäre Staley und diese Keiler ...»

Sie lachte trocken. «Hast du Angst, dass sie meinen Ruf gefährden?»

«Ach Unsinn. Aber wozu soll es gut sein, wenn sie erfahren, dass du hier bist? Sie mögen es bestimmt nicht, wenn du protestierst, Lita am allerwenigsten.»

«Stan, ich gehe zu ihnen.»

«Ach, verdammt. Immer machst du ...»

Sie war aufgestanden und schob das vor ihnen stehende Tischchen zur Seite. Plötzlich hielt sie inne und setzte sich wieder. Einen Augenblick lang sagte sie kein Wort, blickte auch Heuston nicht an. Sie hatte den massigen Umriss einer vertrauten Gestalt gesehen, die sich von einem Platz ganz vorn erhob, sich breitbeinig hinstellte und langsam den Blick über die Zuschauer schweifen ließ.

«Nanu – dein Vater? Ich wusste nicht, dass er diese Art von Shows besucht», sagte Heuston.

Nona suchte nach einer sorglos klingenden Antwort und fand sie. «Vater? Natürlich! Oh, der ist richtig frivol – mein Einfluss, fürchte ich.» Der Satz klang in ihren eigenen Ohren schrill und scheppernd. «Trotzdem, sehr komisch! Du hast nicht zufällig Mutter und Amalasuntha irgendwo entdeckt? Dann wäre die Familie komplett.»

Sie konnte den Blick nicht von ihrem Vater abwenden. Wie seltsam er aussah, wie ungewohnt! Angespannt und wachsam, anders konnte man es nicht nennen. Und dennoch müde, unsagbar müde, innerlich zutiefst erschöpft, was ihn veranlasste, sich allzu gerade zu halten und den Kopf mit einem herrischen Jungmännergebaren zurückzuwerfen, als er den Balkon über ihm mit den Augen absuchte. Ein Weilchen stand er da und ließ zu, dass sich das Licht und die Blicke auf ihn konzentrierten, als stelle er sich mit einer Art kühler Geduld zur Schau, dann bewegte er sich auf einen der Ausgänge zu. Doch auf halbem Wege hielt er inne, wandte sich mit seinem typischen eigensinnigen Schulterzucken um und schritt zu der Treppe, die zum Rang führte.

«Hoppla», rief Heuston, «geht er zu Lita hinauf?»

Nona lachte leise. «Ich hätte es wissen müssen! Das sieht Vater ähnlich ... Wenn er einmal etwas in die Hand nimmt!»

«Was in die Hand nimmt?»

«Nun ja, sich um Lita zu kümmern. Wahrscheinlich hat er in letzter Minute erfahren, dass Jim nicht mitkommen konnte, und beschlossen, ihn zu vertreten. Ist es nicht wunderbar, wie er uns hilft? Ich weiß, er verabscheut diese Art von Etablissements und auch die Leute, mit denen Lita zusammen ist. Aber er hat gesagt, wir dürften unseren Einfluss auf sie nicht verlieren, müssten sie beaufsichtigen...»

«Aha.»

Nona war wieder aufgestanden und ging nun Richtung Korridor. Heuston folgte ihr, und sie lächelte ihm über die Schulter zu. Ihr war, als müsse sie jede Lücke in ihrem Gespräch mit Worten füllen. Das Schweigen, das sie wie eine Kristallkugel umschlossen hatte, war in tausend Stücke zerborsten und hatte beide stotternd und ungeschützt zurückgelassen.

«Eigentlich muss ich jetzt nicht mehr zu Lita hinaufgehen, zwei Anstandswauwaus braucht sie wirklich nicht. Ein Glück, dass Vater mich vertritt und ich mich nicht unter diese Truppe mischen muss, ausgerechnet an diesem Abend», flüsterte sie und schob ihren Arm durch den von Heuston. «Wie schrecklich, wenn er so geendet hätte.» Mittlerweile standen sie draußen auf der Straße.

Auf dem nassen Pflaster hielt Heuston sie fest. «Und wie soll er enden, Nona?»

«Damit, dass du mich nach Hause fährst, hoffe ich. Es ist leider zu nass, um zu Fuß zu gehen.»

Resigniert zuckte er die Achseln, rief ein Taxi, zögerte einen Augenblick und sprang dann hinter ihr hinein. «Ich weiß gar nicht, warum ich mitkomme», brummte er.

Klugerweise hielt sie sich zurück, zündete sich an seinem Feuerzeug eine Zigarette an und plauderte unbeirrt über die Show, bis das Auto in ihre Straße einbog.

«So, mein Kind, jetzt heißt es wirklich Abschied nehmen. Nächste Woche werde ich mit dieser anderen Dame über alle Berge sein», sagte Heuston, als sie vor der Manford'schen Tür hielten. Er bezahlte das Taxi und half ihr beim Aussteigen, dann stand sie im Regen vor ihm. «Ich komme erst zurück, wenn Aggie sich von mir scheiden lässt, verstehst du», fuhr er fort.

«Das wird sie nie tun!»

«Sie muss.»

«Das ist entsetzlich, es auf diese Weise zu erzwingen.»

«Nicht so entsetzlich wie das Leben, das ich führe.»

Sie gab keine Antwort, und er folgte ihr schweigend die Stufen hinauf, während sie nach ihrem Hausschlüssel tastete. Sie zitterte jetzt vor Müdigkeit und Enttäuschung und auch vor dem fiebrigen Verlangen nach dem letzten Kuss, den sie ihm nicht gewähren würde.

«Alle möglichen anderen Leute kommen frei, warum nicht ich?», beharrte er.

«Nicht auf diese Weise, Stan! Das darfst du nicht. Es ist zu schrecklich.»

«Nicht auf diese Weise? Du weißt, dass es keinen anderen Weg gibt.»

Sie drehte den Schlüssel um, und die schwere Haustür schwang nach innen auf. «Glaub nicht, dass ich dich jemals heirate, wenn du das tust!», rief sie, als sie über die Schwelle trat, und er gab wütend zurück: «Warte, bis ich dich darum bitte!», und verschwand im Regen.

14

Pauline Manford verließ das Haus von Mrs Landish mit dem unguten Gefühl, sich schon wieder eine dieser «Frustrationen» aufgehalst zu haben. Die ließen sich in ihrem arbeitsreichen Leben ebenso schwer vermeiden wie Bazillen – und man hatte nicht immer die Zeit, sie sich entfernen zu lassen.

Manford hatte offensichtlich von Litas häufigen Aufenthalten in Dawnside erfahren, zweifelsohne auf dem gleichen Weg wie Pauline, nämlich durch das Foto von dieser abscheulichen Tanzgruppe im «Looker-on». Nun ja, vielleicht war es besser so; das würde ihn in seinem Entschluss bestärken, Klagen gegen den Mahatma zu unterbinden.

Nur – wenn er die Lindons überredet hatte, die Nachforschungen einzustellen, warum beschäftigte ihn das Thema dann noch? Warum ging er zu Mrs Landish und zog so ausführliche Erkundigungen über Lita ein? Am liebsten hätte Pauline die Erinnerung an seine Stimme und die kaum verhohlene Ungeduld, mit der er auf ihr Verschwinden gewartet hatte, bevor er seine Frage stellte, abgeschüttelt. Angesichts dieses neuen Rätsels (wo sie doch noch so viele andere zu lösen hatte) verspürte sie eine grundlose Wut auf die kaputte Türklinke, die ihr das Geheimnis enthüllt hatte. Statt von mesopotamischen Stickereien zu träumen, sollte Kitty Landish lieber einen Schlosser holen und ihr Haus reparieren lassen!

Den ganzen Tag quälte Pauline die Befürchtung, Manford könne seine Absicht, die Nachforschungen einzustellen, geändert haben. Wenn sie Zeit gehabt hätte, wäre sie zu Alvah Loft gegangen, um Erleichterung zu finden; sie hatte bisher täglich eine Séance einschieben können und war mittlerweile davon abhängig wie eine Morphinistin von ihrer Droge. Nach dem Wortschwall und den leeren Schmeicheleien seiner Vorgänger wirkten schon die Kürze der Behandlung, das stumpfe, nichtssagende Gesicht und die gleichgültige Einsilbigkeit des Heilers auf raffinierte Weise stimulierend. Solch ein streng haushälterischer Einsatz der Mittel beeindruckte Pauline genauso wie ein neues Arbeit sparendes Gerät; sie hatte eine Schwäche für jede Art von Abkürzung, und es gefiel ihr, dass selbst spiritueller Austausch gewissermaßen wie bessere Stenografie funktionierte. Wie Mrs Swoffer ganz richtig sagte: Alvah Loft war der Heiland der Vielbeschäftigten.

Aber heute Nachmittag war nun wirklich keine Zeit für eine Behandlung. Manfords Entscheidung, die Osterferien in Cedarledge zu verbringen, machten die intensive Vorbereitung eines Schlachtplans nötig, wie ihn seine Frau und Maisie Bruss so unübertrefflich zu erstellen verstanden. Zum einfachen Landleben in Cedarledge gehörte nämlich auch, dass man mindestens zehn Tage im Voraus einen Teil des New Yorker Personals aussenden musste, um drei komplizierte Heizsysteme zu überprüfen und in Betrieb zu nehmen, sämtliche Klingeln und elektrischen Leitungen zu kontrollieren und sich zu überzeugen, dass die ausgeklügelten Sanitäreinrichtungen alle tadellos funktionierten.

Und das war noch nicht alles. Pauline, die sich auf die bis ins Detail perfekte Organisation ihrer beiden Haushalte einiges einbildete, hatte vor Kurzem den Kostenvoranschlag für eine neue, außergewöhnlich umfassende Alarmanlage in Cedarledge studiert und die Rechnungen für die malerische Feuerwache und die hochmoderne Feuerspritze überprüft, die sie erst jüngst dem Dorf gestiftet hatte, das sich altehrwürdig am Fuß des Hügels von Cedarledge zusammendrängte. All das erforderte gründliches Nachdenken und rasche Entscheidungen, und diese Tatsache spornte sie plötzlich an. Keine Ruhekur auf Erden wirkte auf sie so belebend wie ein überstürzter Appell an ihre praktische Tatkraft; sie wurde davon gepackt wie ein Kavalleriepferd vom Hornsignal und zwang die erschöpfte Maisie, sich ebenso packen zu lassen.

Im vorliegenden Fall war sie doppelt beflügelt, weil sie hoffte, dass Manford, wenn ihm in Cedarledge alles zusagte, Lust verspüren könnte, dort mehr Zeit zu verbringen. Paulines leidenschaftliche Begeisterung für sanitäre Einrichtungen und elektrische Leitungen wurde zudem romantisch-glutvoll von dem Gedanken überhaucht, beides könnte als Köder dienen und ihren Mann in die häusliche Intimität zurücklocken. «Die Heizung in dem neuen Schwimmbecken muss fertig und jeder Handwerker verschwunden sein – nächste Woche müssen Sie hinfahren, Maisie, und allen einschärfen, dass kein Handwerker mehr zu sehen sein darf, wenn wir ankommen.»

Atemlos und frohlockend eilte Pauline heim zu einer späten Tasse Tee in ihrem Boudoir und machte sich mit dem Stift in der Hand an die Pläne und Kostenvoranschläge, nicht minder eifrig als ihr Mann in den Anfangstagen seiner Juristenkarriere, wenn er die Unterlagen eines neuen Falls studierte.

Maisie, die wie immer auf den leisesten Sporeneinsatz reagierte, hob dennoch verwirrt eine Braue und murmelte: «In Ordnung. Aber ich glaube nicht, dass ich vor dem Geburtenregelungsbankett fahren kann. Sie haben ja die Anfangssätze noch nicht umgeschrieben, die Sie irrtümlich beim …»

Paulines Gesicht verfärbte sich. Maisies Bemerkung war taktlos, aber die Tatsache blieb bestehen, dass die Einleitung dieser unseligen Rede umgeschrieben werden musste und Pauline sich ihres Satzbaus nicht sicher war, solange Maisie ihn nicht beglaubigt hatte. Sie hatte immer gebildet sein wollen, und wenn sie sich ihre Bücherregale ansah, hielt sie sich auch dafür. Musste sie allerdings eine Rede verfassen, fehlten ihr zwar nie die Worte, manchmal aber die Regeln für deren geheimnisvolle Zusammenhänge. Reichtum und ein reges gesellschaftliches Leben waren offensichtlich unvereinbar mit grammatikalischer Souveränität, und für solche Notfälle gab es Sekretärinnen. Ja, Maisie mochte noch so erschöpft wirken, sie war unentbehrlich, solange die Rede nicht umgeschrieben war.

Das Telefon klingelte, und von unten verlautete, dass die Marchesa auf dem Weg in das Boudoir sei. Pauline fiel der Stift aus der Hand. Auf dem Weg! Das war wirklich gar zu rücksichtslos …

Man musste Amalasuntha begreiflich machen … Aber da stand die unerschrockene Dame schon vor ihr.

«Der Butler hat geschworen, du seist ausgegangen, meine Liebe, aber an seinem Verhalten habe ich erkannt, dass ich dich antreffen würde. (Freilich, bei Powder weiß ich nie …) Und ich musste einfach kurz hereinflitzen, um dich fest zu umarmen.» Die Marchesa warf Maisie einen Blick zu, und die Sekretärin verzog sich, nachdem sie ein weiterer Blick, diesmal vonseiten ihrer Brotherrin, unmissverständlich aufgefordert hatte: «Warten Sie im Nebenzimmer, ich möchte nicht, dass sie bleibt.»

An ihre Besucherin gewandt murmelte Pauline etwas kühl: «Ich habe ausrichten lassen, dass ich außer Haus sei, weil ich mit den neuen Sanitäreinrichtungen und der Alarmanlage in Cedarledge furchtbar viel zu tun habe. Dexter möchte an Ostern hinfahren, und natürlich muss alles in Ordnung sein, bevor wir eintreffen …»

Die Marchesa riss die Augen auf. «Aah, diese wunderbaren amerikanischen Sanitäranlagen! Ich glaube, ihr leistet euch jedes Jahr neue Badezimmer. In San Fedele gibt es nur eine einzige Badewanne, und meine lieben Schwiegereltern haben sie mit einem Holzdeckel versehen, damit man die Stiefel darauf abstellen kann. Das ist wirklich sehr praktisch – und aus Pietät hat Venturino diese Nutzung immer beibehalten. Aber ich bin nicht gekommen, um darüber zu reden. Ich suche vielmehr nach Worten für meine Dankbarkeit …»

Pauline lehnte sich zurück und starrte müde in Amalasunthas kleines, spitzes Gesicht, auf dem ein neuer, geheimnisvoller Firnis aus Wohlstand zu glitzern schien. «Wofür? Du hast mir bereits mehr gedankt, als es mein kleines Geschenk verdient.»

Die Marchesa sah sie verwirrt an; sie erinnerte sich nicht gleich. «Oh, der hübsche Scheck neulich? Natürlich schließt mein Dank auch den ein. Aber ich bin ganz überwältigt von dieser neuen Großzügigkeit.»

«Neue Großzügigkeit?», echote Pauline zwischen schmalen

Lippen. War dies etwa das schlaue Vorwort zu weiterem Gebettel? Angesichts der vor ihr ausgebreiteten enormen Kostenvoranschläge für Cedarledge rüstete sie sich innerlich, bereit, alles abzulehnen. Amalasuntha musste wirklich lernen, sich zu mäßigen.

«Nun ja, Dexters Großzügigkeit, seine fürstliche Zusage! Ich war bis vor einer Stunde bei ihm», rief die Marchesa immer enthusiasmierter.

«Du meinst, er hat eine Arbeit für Michelangelo gefunden? Das freut mich sehr», sagte Pauline, wenn auch ohne Begeisterung.

«Nein, nein, etwas noch viel Besseres! Zumindest etwas», korrigierte sich die Marchesa hastig, «was ihm unmittelbarer hilft. Seine Schulden, Liebes, die Schulden meines dummen Jungen! Dexter hat versprochen … er hat mich ermächtigt, ihm zu telegraphieren, dass er nicht herüberkommen muss, da alles bezahlt wird. Das ist mehr, weit mehr, als ich jemals habe hoffen können!» Die glückliche Mutter bemächtigte sich Mrs Manfords teilnahmsloser Hand.

Brüsk befreite Pauline ihre Hand. Diese Neuigkeit musste sie so schnell wie möglich schlucken und verdauen, und das, ohne übermäßige Verwunderung zu verraten oder selbst Verantwortung zu übernehmen; doch diese Anstrengung ging über ihre Kräfte, und sie konnte nur dasitzen und vor sich hin starren. Dexter hatte versprochen, Michelangelos Schulden zu bezahlen – mit wessen Geld nur? Und warum?

«Ich bin überzeugt, dass Dexter tut, was er kann, um dir und Michelangelo zu helfen – wir beide tun das. Aber …»

In Paulines Kopf drehte sich alles, sie vermochte nicht weiterzusprechen. Sie wusste auswendig, wie hoch Michelangelos Schulden waren. Dafür hatte Amalasuntha schon gesorgt. Anscheinend erfüllte das Ausmaß sie mit einer Art von dummem Stolz, und sie lag ihrer Cousine ständig damit in den Ohren. Wenn Dexter das wirklich versprochen hatte, musste er es im Namen seiner Frau getan haben, und so etwas zu versprechen, ohne sie zu fragen, sah ihm gar nicht ähnlich. Dieser Gedanke verwirrte sie noch mehr.

«Bist du sicher? Entschuldige, Amalasuntha – aber das kommt etwas überraschend. Dexter und ich müssen die Sache erst besprechen, um zu sehen, was man tun kann …»

«Liebste, das sieht dir ähnlich, dass du deine Großzügigkeit kleinredest – das machst du immer! Und Dexter auch. Aber in diesem Fall … Schau, das Telegramm ist schon abgeschickt, warum also leugnen?», triumphierte die Marchesa.

Als Maisie Bruss zurückkehrte, saß Pauline immer noch mit dem Stift in der Hand untätig vor dem Stapel von Rechnungen und Kostenvoranschlägen. Mit leerem Blick starrte sie ihre Sekretärin an. «Diese Dinge müssen warten. Ich bin entsetzlich müde, ich weiß auch nicht, warum. Aber ich werde sie morgen in aller Frühe durcharbeiten, bevor Sie kommen. Und … ich frage Sie das sehr ungern, Maisie, aber könnten Sie vielleicht schon um acht Uhr hier sein statt um neun? Es gibt so viel zu tun, und ich möchte, dass Sie so bald wie möglich nach Cedarledge fahren.»

Maisie, ein wenig bleicher und abgespannter als sonst, erklärte, dass sie natürlich um acht Uhr erscheinen werde.

Auch als sie fort war, rührte sich Pauline nicht von der Stelle, warf keinen Blick auf die Papiere. Zum ersten Mal in ihrem Leben hatte sie das dumpfe Gefühl, sich inmitten unbegreiflicher, übermächtiger Kräfte zu bewegen. Sie selbst hätte es nicht so klar formulieren können – sie spürte nur undeutlich, dass sich etwas Verworrenes, Undurchdringliches zwischen sie und ihren entschlossenen Umgang mit der Wirklichkeit drängte. Nona … Ob sie Nona um Rat fragen sollte? Es kam ihr manchmal vor, als habe ihre Tochter die unheimliche Gabe der Weissagung, als erfasse sie gewisse Geheimnisse in Stimmung und Charakter schneller und deutlicher als ihre Mutter. «Doch wenn es ums Praktische geht, taugt das arme Kind nicht mehr als Jim …»

Jim! Sein Name beschwor auch den zweiten, mit ihm verbundenen herauf. Lita machte ihr mittlerweile große Sorgen. Wohin Pauline auch blickte, überall umgab sie die gleiche erstickende

Düsternis. Selbst um Jim und Lita lag ein zäher, dichter Nebel, der verfinsterte und entstellte, was bis vor Kurzem noch nach heller häuslicher Harmonie ausgesehen hatte. Geld, Gesundheit, gutes Aussehen, ein süßes Kind – und jetzt dieses ganze Theater mit der Selbstverwirklichung. Ja, Litas Verhalten war genauso verwirrend wie das von Dexter. Versuchte auch Dexter, sich selbst zu verwirklichen? Wenn die anderen nur offen mit ihr reden, sich ihr verständlich machen würden, statt sie im Dunkeln zu umkreisen wie Einbrecher mit Blendlaternen! Diese Metapher ließ ihre Aufmerksamkeit schlagartig zu den Kostenvoranschlägen für Cedarledge zurückkehren, müde rückte sie ihre Brille zurecht und nahm den Stift zur Hand.

Das Mädchen klopfte. «Welches Kleid bitte, Madam?» Natürlich, sie dinierten ja heute Abend bei Walter Rivington und seiner Gattin. Die Rivingtons hatten Pauline zum ersten Mal seit ihrer Scheidung von Wyant eingeladen; Mrs Rivingtons Haus war das einzige, in dem sich die schwindenden Werte des alten New York noch hartnäckig hielten und Scheidung als gesellschaftlicher Makel betrachtet wurde. Doch nun hatten sie in einem schwierigen Fall erfolgreich Manfords Rat in Anspruch genommen und waren viel zu korrekt, um ihn nicht auf die einzige Weise zu belohnen, an der ihm gelegen war. Die Rivingtons waren die letzte Stufe auf dem Weg der Manfords nach oben.

«Das silberne Moirékleid und meine Perlen.» Das sah vornehm und gleichzeitig exklusiv aus. Pauline war heilfroh, dass Dexter ihr den Besuch fest versprochen hatte – er war in letzter Zeit so widerborstig, wenn es um das ging, was er inzwischen «ihre langweiligen Dinner» zu nennen pflegte …

Wieder das Telefon – diesmal Dexters Stimme. Pauline lauschte besorgt und fragte sich, ob es einen Sinn hatte, jetzt mit ihm über Amalasunthas merkwürdige Mitteilung zu sprechen, oder ob sie lieber taktvoll warten sollte. Am Ende des Tages war er oft nervös und gereizt. Ja, er sprach mit seiner Fünf-vor-zwölf-Stimme.

«Hör zu, Pauline, ich muss noch ziemlich lange in der Kanzlei bleiben. Bitte sag das Dinner ab, ja? Ich möchte einen ruhigen Abend mit dir allein verbringen …»

«Einen ruhigen … Aber Dexter, wir essen bei den Rivingtons. Soll ich anrufen und sagen, dass du dich vermutlich verspäten wirst?»

«Bei den Rivingtons?» Seine Stimme klang distanziert und völlig gleichgültig. «Nein. Ruf an, dass wir nicht kommen. Sag ihnen ab … Ich möchte mit dir allein reden … Können wir beide nicht zu Hause in Ruhe essen?» Er wiederholte die Sätze langsam, als dächte er, sie habe ihn nicht verstanden.

Den Rivingtons absagen? Das war, als müsste sie in der Kirche aufstehen und ihren Gott verleugnen. Sprachlos saß sie da und ließ die unheilvollen Worte in der Leitung nachklingen.

«Hörst du mich nicht, Pauline? Warum antwortest du nicht? Stimmt etwas nicht mit der Verbindung?»

«Doch, Dexter. Mit der Verbindung ist alles in Ordnung.»

«Also, dann … Du kannst es ihnen ja erklären … Sag, was du willst.»

Durch die Tür zum Ankleidezimmer sah sie, wie das Mädchen das silberne Moirékleid, den Chinchillamantel und die Perlen zurechtlegte. Es den Rivingtons erklären!

«Gut, mein Lieber. Für welche Uhrzeit soll ich unser Abendessen bestellen?», fragte sie heldenhaft.

Sie hörte, wie er auflegte, saß noch immer da und starrte in den Nebel, der durch seine Worte nur noch undurchdringlicher geworden war.

15

Am Tag nachdem ihn seine Tochter im «Housetop» gesehen hatte, brach Manford schon früh zu seinem langen Marsch durch den Park auf. In der Kanzlei wurde er erst um zehn Uhr erwartet, und vorher wollte er sich müde laufen.

In den ersten Jahren nach seiner Heirat hatte er sich in der Stadt ein Pferd gehalten und seine morgendliche Verdauungsrunde im Sattel absolviert. Aber der tägliche Galopp über die immer gleichen schmalen Reitwege glich zu sehr der Visite im Blumengarten seiner Frau. Er verlegte sich aufs Spazierengehen, damit es länger dauerte, und wenn er keine Zeit dazu fand, ließ er einen Masseur kommen, der ihn, wie alle anderen, für die langen Stunden des Hetzens im Sitzen, «Beruf» genannt, präparierte. Das ewige Einerlei New Yorks hatte ihn fest im Griff, und manchmal beschlich ihn das Gefühl, dass zwischen Paulines Hast und seiner eigenen im Grunde kaum ein Unterschied bestand. Alle – die Rechtsanwälte, die Bankiers, die Börsenmakler, die Eisenbahnmagnaten und so weiter – schienen ihre innere Leere mit Tätigkeiten zu betäuben, die genauso sinnlos waren wie die der Frauen, zu denen sie abends heimkehrten.

Alles war falsch – irgendetwas daran war grundlegend falsch. Jedermann hatte gewaltige Pläne, wie er seine Macht mehren konnte, und was kam dabei heraus, wenn sie vermehrt war? Nur noch größere Häuser, mehr Essen, mehr Autos, mehr Perlen und eine noch selbstgerechtere Philantropie.

Diese Philantropie verabscheute er am meisten. All diese kostspieligen Projekte zur moralischen Zwangsernährung, die jedermann nötigen wollten, sauberer, stärker, gesünder und glücklicher zu sein, als die Natur dies ohne Hilfe zuwege brachte. Seine Sehnsucht, in eine Welt zu fliehen, in der Männer und Frauen sündigten und Kinder zeugten, lebten und starben, wie es ihnen gerade einfiel, ohne dass ständig optimistische Millionäre einschritten, war so stark geworden, dass er manchmal das Gefühl hatte, die Fessel der Gewohnheit müsse beim geringsten Ruck zerspringen.

Genau deshalb fühlte er sich insgeheim zu Jims Frau hingezogen. Sie war die Einzige in seiner Umgebung, der diese gesellschaftlichen Schlagworte absolut nichts bedeuteten. Alle anderen, welche geheimen Versäumnisse oder Schwächen sie auch haben mochten, kleideten ihr selbstsüchtiges Verlangen in den immer gleichen wortreichen Altruismus. Früher ging es um die Pflicht gegenüber dem Nächsten, heute um die Pflicht gegenüber sich selbst. Pflicht, Pflicht – stets Pflicht! Kam man hingegen Lita mit der Pflicht, riss sie nur die Augen auf und fragte: «Stammt das aus dem Trauungsgottesdienst? Lieben, ehren und gehorchen – was für eine komische Zusammenstellung! Was meinst du, wer die erfunden hat? Es war bestimmt Pauline.» Unmöglich, ihre Aufmerksamkeit auf ein Thema zu lenken, das nichts mit ihrer unmittelbaren Befriedigung zu tun hatte, und diese animalische Aufrichtigkeit erschien Manford als ihr größter Reiz. Ein zu großer Reiz … eine furchtbare Gefahr. Das erkannte er jetzt. Er hatte geglaubt, bei ihr Entspannung zu finden, Abwechslung zu haben, und hatte sich dabei nur an den Rand eines Abgrunds manövriert. Ohne die abscheuliche Szene neulich, als er ihr das Foto zeigte, wäre er, alter Narr, der er war, womöglich in die Sentimentalität abgerutscht, und Gott weiß, wo er bei diesem Sturz gelandet wäre. Nun war leidenschaftliches Mitleid an die Stelle seiner albernen Gefühle getreten; die unheilvolle Sirene war nur ein irregeleitetes Kind, und er musste ihr helfen und sie retten, um Jims und ihrer selbst willen.

Seltsam, dass der flammende Hass, mit dem er aus ihrem Haus gelaufen war, in solch ruhige Klarheit hatte münden können. Wäre er an jenem Abend nicht fortgelaufen, er wäre verrückt geworden – hätte etwas zertrümmert, etwas nicht Wiedergutzumachendes angestellt. Stattdessen ging er nun spazieren und dachte in aller Ruhe über seine und ihre Torheit nach. Natürlich musste er sie weiterhin besuchen, dafür gab es mehr Gründe denn je, aber jetzt bedeutete es keine Gefahr mehr, sondern nur noch Hilfe für sie – und vielleicht Heilung für ihn. In diese neue Stimmung verkroch er sich wie in ein unantastbares Refugium. Der Aufruhr und die Qual der letzten Monate konnten ihm nichts mehr anhaben, er hatte einen Ausweg, einen Zufluchtsort entdeckt. Das erleichterte Gefühl, zur Ruhe gefunden, einen Konflikt vermieden, alles ohne Blutvergießen geregelt zu haben, durchströmte ihn wie das Zau-

bermittel aus der Spritze des Morphinisten. Arme kleine Lita ...
Nicht mehr anbetungswürdig (dem Himmel sei Dank), aber umso
hilfsbedürftiger und bedauernswerter ...

Diese trügerische Gelassenheit war während des Besuchs bei
Mrs Landish über ihn gekommen, ausgelöst von ihrer völligen
Gleichgültigkeit gegenüber seinen Lebensgrundsätzen. Er hatte
sie besucht – wie ihm jetzt klar wurde –, weil ihn das grausame
männliche Verlangen trieb, ein gestürztes Götzenbild von seiner
schlimmsten Seite zu erleben. Seine sogenannte «Entschlossenheit, den Dingen ins Gesicht zu sehen» – was war sie anderes als
der primitive Wunsch, Beweise gegen die arme Lita zu sammeln?
Die Mahatma-Nachforschungen aufgeben? Niemals! Jetzt hatte
er erst recht allen Grund, sie fortzusetzen, die ganze unflätige
Geschichte aufzudecken, dem armen Jim die Augen über die Vergangenheit seiner Frau zu öffnen (besser jetzt als später) und ihm
zu helfen, wieder auf die Füße zu kommen, neu anzufangen und
den Glauben an das Leben und das Glück wiederzufinden. Denn
natürlich wäre der arme Jim der Hauptleidtragende ... Hol der
Henker dieses Weib! Sie wollte Jim loswerden? Bitte, das konnte sie haben – nur umgekehrt. Sie drehten den Spieß um. Dann
würde sie schon sehen! So empfand er in der ersten blinden Wut,
aber bis er vor Mrs Landishs Tür anlangte, war ihm schon die alte
Juristenschläue zu Hilfe gekommen, und er hatte begriffen, dass
ein öffentlicher Skandal unnötig war und folglich vermieden werden musste. Auch ohne diesen konnten sie Lita leicht loswerden.
Mit einem Beweis, wie er ihn bald präsentieren würde, konnten
sie beliebige Forderungen stellen. Jim behielt den Jungen, und die
Angelegenheit wurde in aller Stille geregelt – aber zu ihren Bedingungen, nicht zu denen Litas! Sie würde noch dankbar sein, wenn
sie mit Sack und Pack verschwinden durfte – verschwinden aus
ihrer aller Leben. Pfui! Wenn er sich vorstellte, dass er seine Nona
beauftragt hatte, auf sie aufzupassen ... schon von dem Gedanken
wurde ihm übel.

Doch am Ende war alles ganz anders gekommen. Er hatte diesen zügigen Marsch durch den Park gebraucht, um zu erkennen, warum.

Es lag an Mrs Landishs Einstellung, ihrer albernen, konfusen Verantwortungslosigkeit, einer ältlichen Parodie auf Litas jugendliche Sorglosigkeit. Mrs Landish hatte auf Manfords strenges Verhör die ausweichende Antwort gegeben, er solle wegen Daten, Personen und statistischer Einzelheiten nicht immer zu ihr kommen, Fakten bedeuteten ihr nichts, für sie zähle einzig Inspiration, Genie, das göttliche Feuer oder wie er es nennen wolle. Vielleicht habe sie Fehler gemacht, aber sie habe ihr Leben lang alles der Huldigung des Genies geopfert. Immer und überall strebe sie danach, und weil sie an Lita schon früh eine geniale Ader entdeckt habe, sei sie dem Kind so zärtlich zugetan gewesen. Ob Manford es nicht auch spüre? Natürlich habe sie, Mrs Landish, eine andere Ehe für ihre Nichte erträumt ... Oh, Manford dürfe sie nicht missverstehen! Jim sei ideal – allzu ideal. Das sei ja das Problem. Bestimmt verstehe Manford, was dieses «allzu» bedeute. Solch absolute Zuverlässigkeit, solch restlose Hingabe sei für ein künstlerisches Temperament manchmal anstrengender als Szenen und Untreue. Und Lita sei zuallererst Künstlerin, geboren, um in der Welt der Kunst zu leben, mit ganz anderen Werten – sozusagen in einer vierdimensionalen Welt. Es sei nicht gerecht, sie in ihrer gegenwärtigen Umgebung zu beurteilen, so ideal diese in gewisser Weise sei – aber ihr entspreche sie nun einmal leider nicht. Beharrlich ging Mrs Landish von der Annahme aus, Manford würde sie vollkommen verstehen. «Wenn man es Jim nur ebenso begreiflich machen könnte wie Ihnen! Wenn er nur einsähe, dass man an diese seltenen Geschöpfe keinen normalen Maßstab anlegen darf ... Hat Ihnen das Kind eigentlich erzählt, was Klawhammer ihr für einen einzigen Film geboten hat, ohne sie überhaupt tanzen gesehen zu haben, nur auf Jack Staleys und Ardwins Empfehlung hin?»

Aha, das war es also! Nun war die Wahrheit heraus. Mrs Landish, immer verschuldet und immer voller verrückter Pläne, wie sie noch mehr Geld verschleudern konnte, hatte in der Begabung ihrer Nichte eine Goldgrube entdeckt. Statt dass die Scheidung sie schreckte, weckte sie in ihr freudige Erregung. Manford lächelte bei dem Gedanken, wie ungerührt sie Paulines Drohung ließe, dem jungen Paar den Geldhahn zuzudrehen. Pauline vergaß manchmal, dass ihr Wort selbst in der eigenen Familie nicht immer uneingeschränkt galt. Mit Hollywood konnte sie jedenfalls finanziell nicht mithalten, und Mrs Landishs Blicke waren auf Hollywood gerichtet.

«Aber Sie wirken ja entrüstet, lieber Mr Manford! Regelrecht entrüstet! Macht Ihnen der Film wirklich Angst? Wie komisch!» Mrs Landish zog ihre wuchernden Augenbrauen zusammen und versuchte offenbar, sich die innere Düsternis eines solchen Zustands auszumalen. «Aber Sie wissen doch, dass gerade die intelligenten Leute zum Film gehen? Die Marchesa di San Fedele hat mir neulich eine Fotografie von ihrem schönen Sohn gezeigt – in der Badehose der reinste Apoll – und erzählt, Klawhammer habe sie, als er das Bild sah, gebeten, ihrem Sohn zu telegrafieren, er solle zu Probeaufnahmen nach Hollywood kommen, alle Unkosten würden vergütet. Anscheinend erkennt man dort harmonisch rhythmisierte Menschen fast immer auf den ersten Blick. Komisch, nicht wahr, wenn aus Michelangelo und Lita der zukünftige Valentino[45] und die ...»

An das restliche Geschwätz erinnerte er sich nicht mehr. Er wusste nur noch, dass er plötzlich sinnlos aufbrausend geschrien hatte: «Meine Frau und ich werden alles tun, um eine Scheidung zu verhindern», und dass er seine verdutzte Gastgeberin mit einer Drohung verlassen hatte, um deren Untauglichkeit er genauso wusste wie sie.

Das also war die Atmosphäre, in der Lita aufgewachsen war, das waren die Götter von Viking Court! Manford hatte getobt statt Mitleid geäußert, war wütend gewesen statt nachsichtig, hatte eine Katastrophe für Lita und Jim riskiert, statt ruhig die Lage in den Griff zu bekommen. Bei der Vorstellung, dass die künftigen

Filmstars Lita Wyant und Michelangelo Seite an Seite auf jeder Reklametafel von Maine bis Kalifornien zur Schau gestellt wurden, war ihm die Galle übergelaufen. Durch einen Nebel von Wut hatte er die riesigen Bilder gesehen und sich die abscheulichen Schlagzeilen ausgemalt. Und niemand würde etwas unternehmen, alle würden nur schauen und lachen! Bei diesem Gedanken empfand er den vernichtenden Zorn eines Mannes, dessen geheime Sehnsüchte sich gegen die Strömungen seiner Zeit behaupten müssen. Nun, sie würden es schon erleben, ganz einfach! Er würde es ihnen schon zeigen!

Der Entschluss zu handeln entlastete seine strapazierte Fantasie. Wieder einmal sah er sich am Schreibtisch sitzen, von seinen hilflosen Gesprächspartnern durch eine Barriere beruflicher Autorität getrennt, und wie von selbst sortierten sich in seinem Kopf eindrucksvolle Worte und treffende Argumente. Schließlich war er das Oberhaupt seiner Familie – und gewissermaßen auch das der Familie Wyant.

16

Paulines Nervosität hatte sich allmählich gelegt. Was die Rivingtons betraf – nun, am Ende war es gar keine so schlechte Idee, ihnen vorzuführen, dass man bei einem Mann von Manfords Bedeutung Glück haben musste, wenn man seiner habhaft werden wollte, und aus der Not eine Tugend machen sollte, wenn er einen dann doch versetzte. «Berufliche Verpflichtung … o ja, gänzlich unerwartet … außerordentlich wichtig … so schrecklich leid, aber Sie wissen ja, ein Anwalt ist nicht Herr seiner Zeit …» Ganz amüsant, so etwas zu einer nervösen Mrs Rivington zu sagen, die daraufhin stammelte: «Oh, aber könnte er nicht …? Wir würden auch warten … wir essen um halb zehn …» Amüsant auch, darauf zu erwidern: «Leider muss er sich den ganzen Abend frei halten», und dann aufzulegen und sich in aller Ruhe zurückzulehnen, während Mrs Rivington (Pauline sah sie vor sich!) in Morgenrock und Haarklemmen hinunterhastete und die Tischordnung umstellte, auf die sie so viele Gedanken verwendet hatte, als sollte dort der Hochadel Platz nehmen.

Angesichts der Tatsache, dass Manford mit ihr allein sein wollte, fiel Pauline sogar eine solche Absage leicht. Wie viele Jahre waren vergangen, seit er diesen Wunsch geäußert hatte? Und verdankte sie seine späte Rückkehr nun dem Mahatma und einem reduzierten Hüftumfang oder dem Inspirationsheiler und ihrem wiedergefundenen Optimismus? Wenn man als Frau nur immer wüsste, was einem das Herz eines Mannes geneigt machte und was es abschreckte! Wäre es an Pauline gewesen, das Leben zu systematisieren, hätte sie mit dem menschlichen Herzen angefangen und es in Serie hergestellt, ein jedes gleich, und nicht solche unsystematischen, wunderlichen, dilettantischen Gebilde wachsen lassen, auf die kein Verlass war und die man nicht mehr in Gang brachte, wenn etwas schiefging.

Ein Hauch Rouge? Vielleicht hatte ihr Hausmädchen recht. Sie sah wirklich ziemlich blass und verhärmt aus. Mrs Herman Toy trug es ja mit der Kelle auf, offenbar gefiel das den Männern … Pauline verteilte eine Spur rosiger Frische auf ihren Wangen und fuhr sich geschickt mit den Fingern durch das hübsch gewellte Haar, dabei fragte sie sich erneut, ob es nicht besser wäre, sich einen Bubikopf schneiden zu lassen. Dann das malvenfarbene Kaminkleid, die chinesischen Amethyste und die Silbersandalen, die einen so schlanken Fuß machten. Mit einem wohlgefälligen Seufzen sah sie an sich hinab. Das Abendessen sollte im Boudoir serviert werden.

Manford kam sehr spät; es wurde zehn Uhr, bis Kaffee und Likör auf dem Beistelltischchen neben dem Kamin standen und der kleine Esstisch geräuschlos weggeräumt wurde. Das Feuer brannte einladend, und mit einem Laut, der nach zufriedenem Gemurmel klang, sank er in den Sessel, den seine Frau ihm hinschob.

«So ein Tag …», sagte er und fuhr sich mit der Hand über die Stirn, als wischte er einen Wirrwarr von juristischen Problemen beiseite.

«Du arbeitest zu viel, Dexter, wirklich. Ich weiß, wie wunderbar jung du für dein Alter bist, aber dennoch …» Sie brach ab, denn sie spürte dunkel, dass ihm dieser Hinweis auf sein Alter trotz der schmeichelhaften Eröffnung nicht besonders willkommen war.

«Das hat nichts mit Alter zu tun», knurrte er. «Jeder, der überhaupt etwas arbeitet, arbeitet zu viel.» (Wollte er damit andeuten, dass sie nichts arbeitete?)

«Nervöse Anspannung …», begann sie und fragte sich erneut, ob dies vielleicht der rechte Augenblick war, ein Wort über Alvah Loft einfließen zu lassen. Obwohl Manford mit ihr hatte zusammensein wollen, verspürte er offenbar nicht den Wunsch, ihr zuzuhören. Das war einzig ihre Schuld, glaubte sie. Wenn sie es nur verstanden hätte, die heimlichen Schauder anzudeuten, die sie durchrieselten! Es gab Frauen, nicht halb so klug und taktvoll wie sie und weder jünger noch schöner, die jedoch sofort die richtigen Worte gefunden oder die stummen Silben der Seelentelegrafie zu buchstabieren gewusst hätten. Wenn ihr Mann doch an Fakten interessiert gewesen wäre – einem netten, vertraulichen Schwatz über die neue Alarmanlage oder einer übersichtlichen, gründlichen Darlegung der Rechnungen für das Feuerwehrhaus oder die Schwimmbeckenheizung –, bei solchen Themen hätte sie sofort den rechten persönlichen, zärtlichen Ton gefunden. Vertrautheit bedeutete für sie das nimmermüde Erörtern von Fakten, nicht unbedingt häuslicher Natur, aber doch präziser, greifbarer Fakten. Sie für ihr Teil war für alles offen, von der Geburtenregelung bis zum Neoimpressionismus; sie schmeichelte sich, dass nur wenige Frauen ein breiteres Betätigungsfeld hatten. In intimen Momenten bevorzugte sie etwas heimeligere Themen; am liebsten wäre ihr jetzt ein zärtlicher, fröhlicher Austausch über den Kohlenkeller oder ein bündiges, beherztes Zwiegespräch über das

Leck im Boiler gewesen, aber sie konnte sich auf alles einlassen, solange es sich um Tatsachen handelte, um etwas Materielles, klar Umrissenes, hinsichtlich dessen man eine Meinung haben und eine Vorgehensweise entwickeln konnte. Was sie so lähmte, war das Gefühl, dass ihrem Mann außerhalb seines Berufs nicht an Tatsachen gelegen war und wahrscheinlich nichts weniger sein Interesse weckte als der Schaltplan einer Alarmanlage oder die neuesten Elektroherde. Offenbar musste man die Männer nehmen, wie sie waren – eigensinnig, launisch und rätselhaft –, aber sie hätte wer weiß was darum gegeben, wenn ihr jemand verraten hätte, was andere Frauen so äußerten, die sich mit einem Mann über «nichts» unterhalten konnten, denn trotz allen Eifers hatte sie das noch nicht herausgefunden.

Manford zündete sich eine Zigarre an und starrte ins Feuer. «Es geht um diese verrückte Amalasuntha», begann er schließlich, an die Holzscheite gewandt.

Der Name versetzte Pauline schlagartig zurück in die Realität. Hier war ein Faktum – hart, knorrig und unbequem! Und in der verwirrten Freude über ihr Tête-à-Tête hatte sie es tatsächlich vergessen. Er war also nur nach Hause gekommen, um mit ihr über Amalasuntha zu sprechen. Sie versuchte sich die Ernüchterung nicht anmerken zu lassen. «Ja, Schatz?»

Den Blick noch immer ins Feuer gerichtet, fuhr er fort: «Du weißt vielleicht nicht, dass wir nur mit knapper Not davongekommen sind.»

«Mit knapper Not davongekommen?»

«Dieser verdammte Michelangelo – seine Mutter wollte ihn diese Woche herüberholen. Das Telegramm war schon abgeschickt. Wenn ich der Sache keinen Riegel vorgeschoben hätte, hätten wir ihn für den Rest unseres Lebens auf dem Hals gehabt.»

Pauline stockte der Atem. Sie spitzte die Ohren.

«Du hast sie also nicht gesehen – sie hat dir nichts gesagt?», fuhr Manford fort. «Sie wollte ihn auf eigene Faust kommen lassen, damit er in einem Film von Klawhammer auftritt. Einfach so! Dem Himmel sei Dank, dass ich sie davon abbringen konnte – aber es war in letzter Minute!»

In ihrer Verwirrung über diesen Ausbruch und das, was dahintersteckte, blieb Pauline sprachlos sitzen. «Michelangelo – Klawhammer? Das wusste ich nicht! Aber wäre das nicht vielleicht die beste Lösung gewesen?»

«Lösung – wofür? Findest du nicht, dass *ein* Familienmitglied auf der Leinwand reicht? Wäre es dir lieber, man würde ihn und Lita zusammen auf jeder Reklametafel im Land sehen? Meine Güte, ich dachte, ich hätte richtig gehandelt, stellvertretend für dich – es blieb keine Zeit, dich zu fragen ... Aber wenn es dir nichts ausmacht, warum sollte es dann mir etwas ausmachen? Zu meiner Familie gehört er ja nicht – und sie im Übrigen auch nicht.»

Er hatte sich vom Kamin weggedreht und blickte sie zum ersten Mal an, die Brauen zusammengezogen, die Schläfenadern geschwollen, die Hände um die Knie gekrampft, als wollte er sich daran hindern, in gerechter Empörung aufzuspringen. Er war offenbar zutiefst aufgewühlt, doch hinter seinem Zorn, das spürte sie, verbarg sich unbewusst eine andere Empfindung – eine Empfindung, die sie nicht zu deuten vermochte. Sein Ungestüm und das Gefühl, völlig im Dunkeln zu tappen, wirkten einschüchternd auf sie. «Ich verstehe nicht ganz, Dexter. Amalasuntha war heute hier. Von Filmen oder von Klawhammer war nicht die Rede; sie sagte nur, du hättest dafür gesorgt, dass Michelangelo nicht mehr nach Amerika kommen muss.»

«Sagte sie auch, wie?»

«Sie sagte etwas von ... seine Schulden würden bezahlt.»

Manford stand auf, ging zum Kamin und lehnte sich gegen den Sims. Er schaute auf seine Frau hinunter, die ihrerseits in die glühende Asche starrte. «Glaubst du etwa, ich hätte ihr das angeboten, wenn wir nicht wirklich in der Klemme gesteckt hätten?»

Seine Stimme schwoll wieder an, und er klang ungehalten, aber ein vorsichtiger Blick auf sein Gesicht zeigte ihr, dass die gequälten Züge feucht von Schweiß waren. Ihr erster Gedanke war, dass er krank sein müsse, dass sie bei ihm Fieber messen sollte. Auf Berührung mit menschlichem Leid reagierte sie immer mit Erste-Hilfe-Maßnahmen. Doch nein, das war es gar nicht; er war unglücklich, das war es, er war verzweifelt unglücklich. Aber warum? Fürchtete er vielleicht, seine Befugnisse überschritten zu haben, als er, in ihrem Namen handelnd, da für Rückfragen keine Zeit geblieben war, in einem solchem Ausmaß gehaftet hatte? Offenbar hatte die Vorstellung eines Zwists zwischen Lita und Jim und auch Litas Gier nach schauspielerischem Ruhm ihn zutiefst erschüttert – im Grunde viel mehr als Pauline. Wenn sie mit dieser Vermutung recht hatte, so war sein impulsives Handeln eine natürliche Regung gewesen und entsprach in hohem Maße jenen Wyant'schen Familiengepflogenheiten, mit denen sie sich (in passenden Augenblicken) noch immer identifizierte. Ja, sie verstand allmählich, warum er dachte, es müsse abscheulich für sie sein, die Namen ihrer Schwiegertochter und dieses nichtswürdigen italienischen Neffen in riesigen Lettern über jedem Filmpalast im Land zu sehen. Sie war gerührt ob seiner Rücksicht auf ihre Gefühle. Schließlich waren Lita und Michelangelo ja nicht mit ihm verwandt, wie er schon sagte; er hätte sich leicht aus der ganzen Sache heraushalten können.

«Bestimmt hast du das Richtige getan, Dexter; du weißt, dass ich deinem Urteil immer vertraue. Nur – ich wollte, du würdest mir erklären …»

«Was erklären?» Ihre sanfte Antwort schien eine neue Woge des Zorns zu provozieren. «Die einzige Möglichkeit, sein Kommen zu verhindern, war die Bezahlung seiner Schulden. Sie sind sehr hoch. Ich gebe zu, ich hatte kein Recht, dich zur Kostenübernahme zu verpflichten.»

Sie holte tief Luft; die Ziffern von Michelangelos Schulden leuchteten vor ihr auf wie auf einer riesigen Tafel. Dann sagte sie: «Du hattest jedes Recht, Dexter. Ich bin froh, dass du es getan hast.»

Schweigend stand er da, den Kopf gesenkt, und drehte die Zigarre, die wieder anzuzünden er vergessen hatte, zwischen den Fingern. Es war, als hätte es ihm vor Schreck über ihre rasche Einwilligung die Sprache verschlagen, als wäre es ihm leichter gefallen, weiter zu streiten und sich zu rechtfertigen. «Das ist … sehr nobel von dir, Pauline», sagte er schließlich.

«Aber nein, wieso? Ich weiß, du hast es aus Rücksicht auf mich getan. Nur – vielleicht hast du nichts dagegen, wenn wir die Sache ein wenig besprechen … Die Mittel und Wege …», fügte sie hinzu, als sie sah, dass sich seine Stirn wieder verdüsterte.

«Mittel und Wege, oh, natürlich. Aber wohlgemerkt, ich erwarte nicht, dass du die ganze Summe allein übernimmst. Ich habe in letzter Zeit zweimal ein stattliches Honorar erhalten; ich habe bereits angeordnet …»

Sie unterbrach ihn rasch. «Das ist nicht deine Angelegenheit, Dexter. Du bist immer furchtbar großzügig, aber niemals würde ich zulassen, dass du …»

«Es ist sehr wohl meine Angelegenheit, es ist unsere Angelegenheit. Ich wünsche mir diesen widerlichen Ruhm genauso wenig wie du, und obendrein würde Jims Glück zu Bruch gehen.»

«Du bist furchtbar großzügig», wiederholte sie.

«Das Wichtigste ist nun, Jim und Lita zu helfen. Wenn dieser junge Gimpel mit einem Vertrag von Klawhammer in der Tasche herüberkäme, wäre sie nicht mehr zu halten. Und sobald diese Bande eine Frau einmal in den Fängen hat …» Er sprach, als bekomme er vor Ärger kaum Luft und könne nicht glauben, dass Pauline noch immer nicht verstehe.

«Das ist sehr anständig von dir, mein Schatz», konnte sie nur murmeln. Es folgte eine Pause, in der sie zum ersten Mal ihre Gedanken zu sammeln vermochte und versuchte, die Situation zu erfassen. Dexter hatte Michelangelo bestochen, um ein weiteres störendes Element aus den familiären Verwicklungen herauszuhalten, vielleicht auch, um sich die Scherereien mit einem faulen, Unruhe stiftenden jungen Mann in nächster Nähe zu ersparen. Das war verständlich. Aber wäre es ihm in erster Linie um Jims Seelenfrieden gegangen, hätte er dieses Ziel doch ebenso und für alle außer Michelangelo befriedigender erreicht, wenn er sich mit Pauline zusammengetan, Jims Zuschuss aufgestockt und damit Lita, die nun mehr Geld ausgeben konnte, unterhalten und abgelenkt hätte. Mit ihrem handfesten Wertbegriff konnte sich Pauline selbst in einem Augenblick wie diesem nur schwer an den Gedanken gewöhnen, dass so viele feine Tausender in die Taschen von Michelangelos Gläubigern wandern sollten. Sie war von Natur aus großzügig, aber ganz gleich, wie sie ihr Vermögen ausgab, sie vergaß nie, dass es Geld gewesen war – und wie viel Geld es gewesen war –, bevor es zu etwas anderem wurde. Für sie verwandelte es sich nie, sondern wurde nur ausgetauscht.

«Du bist nicht zufrieden – du findest nicht, dass ich richtig gehandelt habe?», begann Manford wieder.

«Das sage ich nicht, Dexter. Ich frage mich nur … Wenn wir nun stattdessen Jim das Geld gegeben hätten? Lita hätte das Haus neu einrichten können … oder sich in Florida einen Bungalow bauen … oder Schmuck kaufen … Es gibt so vieles, was ihr Spaß macht.»

«Vieles, was ihr Spaß macht!» Er brach in ein bitteres Lachen aus. «Dieser Geldbetrag hätte sie keine Woche lang mit Spaß versorgt!» Auf seinem Gesicht machte sich ein Ausdruck grimmiger Erkenntnis breit. «Sie will die ganze Welt haben – oder was sie sich darunter vorstellt. Eine Frau, der Klawhammer ein verlockendes Angebot in Aussicht gestellt hat! Mrs Landish hat mir die Zahl genannt – diese Leute könnten uns alle aufkaufen, ohne dass es sie juckt.»

Pauline verließ aller Mut. Offenbar hatte er Dinge über Lita erfahren, von denen sie noch immer keine Ahnung hatte. «Ich wusste nicht, dass er ihr tatsächlich ein Angebot gemacht hat. Aber wenn das stimmt und wenn sie es annehmen will, wie könnten wir sie daran hindern?»

Manford hatte sich in seinen Sessel geworfen. Nun stand

er wieder auf, zündete erneut seine Zigarre an und ging einmal durchs Zimmer und zurück, bevor er antwortete. «Ich weiß nicht, ob wir es können, und ich weiß nicht, wie. Aber ich möchte es versuchen ... Ich brauche Zeit, um es zu versuchen ... Verstehst du, Pauline? Sie ist ein Kind, wir dürfen nicht streng mit ihr sein. Ihre Anfänge waren abscheulich ... Vielleicht weißt du es ... Ja? Dieses verfluchte Mahatma-Haus?» Pauline zuckte zusammen und wandte den Blick ab. Er hatte das Foto also gesehen! Und weiß der Himmel, was er im Lauf seiner Nachforschungen für die Lindons noch alles herausgefunden hatte. Plötzlich ging ihr grell und schreiend ein Licht auf. Wegen Jim und Lita hatte er den Fall abgelehnt, seine Überzeugungen geopfert, seine Pflicht verraten, einen gesellschaftlichen Übelstand aufzudecken! Sie stammelte: «Ich weiß ... ein wenig ...»

«Gut, ein wenig reicht schon. Ein Schwein! Und das ist die verderbte Atmosphäre, in der sie aufgewachsen ist. Aber sie ist nicht schlecht, Pauline ... Man kann noch etwas aus ihr machen. Gib mir Zeit ... Zeit.» Er hielt jäh inne, als sei ihm das «mir» aus Versehen herausgerutscht. «Wir alle müssen Schulter an Schulter diesen Kampf für sie ausfechten», korrigierte er sich mit einem Anflug von forensischem Pathos.

«Natürlich, mein Lieber, natürlich», murmelte Pauline.

«Wenn wir sie zu uns nach Cedarledge holen, du, Nona und ich ... Im Übrigen ist es vielleicht ganz gut, dass Jim wegfährt. Er macht sie nervös; Jim ist nämlich manchmal ein wenig schwer von Begriff. Vor allem braucht er von der ganzen Geschichte mit Klawhammer und so weiter nichts zu erfahren. Wir halten alle den Mund, bis die Sache vorüber ist, ja?»

«Natürlich», pflichtete sie ihm wieder bei. «Aber angenommen, Lita möchte mit mir reden?»

«Dann lass sie reden – hör zu, was sie zu sagen hat ...» Er hielt inne und fügte dann mit rauer, unsicherer Stimme hinzu: «Nur sei nicht streng mit ihr. Bitte, ja? Egal, welchen Unsinn sie redet. Das Kind hat nie eine richtige Chance gehabt.»

«Wofür hältst du mich, Dexter?»

«Nein, nein, schon gut ...» Er stand auf und maß das Zimmer mit leerem, bedächtigem Blick, er ließ ihn so lange auf seiner Frau ruhen, bis diese – trotz des malvenfarbenen Kaminkleids und der chinesischen Amethyste, des Hauchs von Rouge und der silbernen Sandalen – den Eindruck bekam, nur eine Glasscheibe zu sein, durch die er hindurchstarrte. Aber worauf starrte er? Nie zuvor hatte sie so sehr das Gefühl gehabt, gar nicht zu existieren.

«So, ich bin hundemüde, fix und fertig», sagte er unvermittelt wie so oft, zuckte die Achseln und wandte sich zur Tür. Er dachte nicht daran, ihr eine gute Nacht zu wünschen; wie sollte er auch, wenn sie für ihn gar nicht mehr vorhanden war?

Nachdem sich die Tür geschlossen hatte, sah sich auch Pauline zögerlich im Zimmer um. Es war, als wollte sie die Verwüstung nach einem Erdbeben abschätzen; aber nichts um sie herum wies Zeichen von Unordnung auf – bis auf den Sessel, den ihr Mann zurückgeschoben hatte, und den Kaminvorleger, der durch seine Schritte verrutscht war.

Mit gewohnter Akribie zog sie unwillkürlich den Teppich gerade und rollte den Sessel wieder in die angestammte Ecke. Dann ging sie zu einem Spiegel und betrachtete sich eingehend und kritisch. Möglicherweise war das Licht unvorteilhaft... der Schirm der seitlich angebrachten Wandlampe hatte sich verschoben. Sie rückte ihn zurecht. Ja, nun war es besser! Sicher, kurz vor Mitternacht – und nach einem solchen Tag! – sah eine Frau zwangsläufig ein bisschen erschöpft aus. Automatisch formten ihre Lippen die vertrauten Worte: «Mach dir keine Sorgen, Pauline, es gibt nichts auf Erden, weswegen du dir Sorgen machen müsstest.» Aber das Rot war aus ihren Lippen gewichen. Sie waren nur noch ein dünner Strich, bläulich und vertrocknet.

Sie wandte sich von diesem unerfreulichen Anblick ab und löschte auf dem Weg zu ihrem Ankleideraum ein Licht nach dem andern.

Als sie sich bückte, um die letzte Lampe auszumachen, sah sie in deren Lichtschein eine große, gerahmte Fotografie, das jüngste Porträt von Lita. Lita besaß das Talent, sich vor der Kamera in Szene zu setzen, ihre Haltung hatte unbewusst immer etwas Sprechendes. Und dieses kleine, runde Gesicht, glatt wie das Innere einer Muschel, die schrägen Augen, der knospende Mund ... Männer fanden all das zweifellos bezaubernd.

Langsam ging Pauline in den großen, hell erleuchteten Ankleideraum und das dahinterliegende Badezimmer, das von weißen Fliesen und silbernen Wasserhähnen und Leitungen nur so funkelte. Es war die Stunde ihrer abendlichen Erbauungsübungen, einer letzten Lockerung von Körper und Seele vor dem Schlafen. Eisern machte sie sich ans Entspannen.

17

Was für einen Sinn hatte das alles?

Zwei Tage nach ihrem nächtlichen Besuch im «Housetop» saß Nona aufrecht im Bett und ließ ihren Blick verzweifelt über die verstrichene Zeit gleiten.

Sie hatte sich großartig und endgültig verweigert. Sie hatte sich selbst und Heuston dem dummen Ideal einer eigensinnigen Frau geopfert, die andere Menschen beeindruckte, indem sie ihr Geltungsbedürfnis in philantropische frömmelnde Sprüche hüllte. Weil Aggie ständig in die Kirche ging und sich als Ausschussvorsitzende von Altenheimen und Lungensanatorien aufspielte, durfte sie sich Grausamkeiten herausnehmen, für die ein leichtfertiger Mensch der ewigen Verdammnis anheimgefallen wäre.

Sie zerstörte zwei Leben, um ihr Reinheitsideal aufrechtzuerhalten. Es war wie bei den kranken alten Männern aus den Geschichtsbüchern, die in Menschenblut badeten, um ihre Lebenskraft zurückzugewinnen. Alle waren der Meinung, dass es nichts gab, was ein kluger, feinfühliger Kerl wie Stanley Heuston nicht hätte im Leben erreichen können, wenn er eine andere Frau geheiratet hätte. So aber hatte er sich nur willenlos treiben lassen. Er hatte es mit Jura versucht, als Literaturkritiker dilettiert, einen kleinen Ausflug in die Kommunalpolitik und einen weiteren in die Agrarwissenschaft unternommen und einen Versuch nach dem andern abgebrochen, um schließlich im Alter von fünfunddreißig Jahren zu einem enttäuschten Müßiggänger zu verkommen, der die Zeit mit Kartenspielen, Trinken und Autofahren totschlug. Sie glaubte nicht, dass er heute noch einen Blick in ein Buch warf; er zehrte vom schwindenden Kapital seiner früheren Leidenschaften. Aber was die Leute seine «Leichtlebigkeit» nannten, war nur der unvermeidliche Protest gegen Aggies Tugenden. Und es waren ja keine Kinder da. Es tat Nona immer weh, wenn die verwirrten Sprösslinge von Eltern, die sich soeben auf ein neues eheliches Experiment eingelassen hatten, von einem Zuhause ins andere verschoben wurden; niemals hätte sie ihr Glück mit dem Gemetzel von Unschuldigen erkauft. Aber einer unfruchtbaren Verbindung geopfert zu werden – unfruchtbar im seelischen wie im körperlichen Sinne –, ihre Jugend zu versäumen und auf die Liebe zu verzichten wegen Agnes Heustons Pflichtauffassung gegenüber diesem ältlichen Pastor, den sie Gott nannte!

Diese Frau, mit der er nun angeblich davonlief ... Nona hatte so getan, als wisse sie nichts davon, hatte bei der Nachricht ungläubig die Augen aufgerissen. Aber natürlich kannte sie sie, jeder kannte sie, es war Cleo Merrick. Sie war seit zwei Jahren «hinter ihm her», sie hatte keinen Ruf mehr zu verlieren und würde den Vorschlag, mit einem Mann wie Heuston ein paar fidele Wochen zu verbringen, begeistert aufnehmen, selbst wenn er sie später sitzen ließ. Aber das würde er natürlich nicht tun, niemals! Der arme Stan – wie warm und belebend erschienen ihm wohl Cleo Merricks Gezänk, Frechheit und ordinäre Art, verglichen mit dem Eiskeller, den er sein Zuhause nannte! Sie würde sich an ihn klammern, gerade weil sie so billig war, ihre Rücksichtslosigkeit würde aussehen wie Großzügigkeit, ihr Funkenflug wie Leidenschaft.

Ach, wie leicht hätte Nona ihm den Unterschied zeigen können! Sie schloss die Augen und spürte seine Lippen auf ihren Lidern, und ihre Lider wurden zu Lippen. Wo immer er sie berührte, erblühte ein Mund … Wusste er das? Hatte er das nie geahnt?

Sie sprang aus dem Bett, lief ins Ankleidezimmer, badete und zog sich in fieberhafter Eile an. Sie würde ihn nicht anrufen – Aggie hatte gute Ohren. Sie würde ihm auch keinen Eilbrief schicken – Aggie hatte scharfe Augen. Sie würde ihn einfach durch ein Telegramm zu sich rufen, ein unverfängliches, anonymes Telegramm. Sie würde aus dem Haus laufen und es selbst aufgeben, würde nicht einmal warten, bis man ihr den Kaffee brachte.

«Komm heute irgendwann zu mir. Neulich abends, das war zu dumm.» Ja, das würde er verstehen. Sie müsste es nicht einmal unterzeichnen.

Auf der Schwelle ihres Zimmers, den zerknitterten Telegrammtext in der Hand, wurde sie vom Klingeln des Telefons aufgehalten. Das war bestimmt Stanley, er musste denselben Drang verspürt haben wie sie! Sie fingerte ungeschickt am Hörer herum, die Tränen liefen ihr über die Wangen. Sie hatte zu lange gewartet, sie hatte das Unmögliche von sich gefordert. «Ja, ja? Bist du es, Liebling?», sagte sie mit einem Lachen unter Tränen.

«Wie bitte? Ich bin's, Jim. Bist du es, Nona?», kam es mit ruhiger Stimme zurück. Hatte sie Jims Stimme jemals anders als ruhig erlebt?

«O Jim, Lieber!» Sie schluckte die Tränen und das Lachen hinunter. «Ja, was ist? Du rufst aber früh an!»

«Hoffentlich habe ich dich nicht geweckt. Kann ich auf dem Weg in die Stadt bei dir vorbeischauen?»

«Natürlich. Wann? Wie schnell?»

«Jetzt. In zwei Minuten. Ich muss vor neun im Büro sein.»

«Gut. In zwei Minuten. Komm gleich nach oben.» Sie legte auf und schob das Telegramm beiseite. Keine Zeit mehr, damit hinauszulaufen. Erst würde sie Jim empfangen und dann, wenn er fort war, ihre Nachricht abschicken. Jetzt, wo sie sich entschieden hatte, war sie gelassen und konnte warten. Aber nun wuchs ihre Sorge um Jim. Sie machte sich Vorwürfe, weil sie in den letzten beiden Tagen so wenig an ihn gedacht hatte. Seit sie sich in jener Regennacht an der Tür von Stan getrennt hatte, war ihr alles außer ihrem und seinem Schicksal entrückt und fast gleichgültig geworden. Nun ja, das war im Grunde verständlich, nur hätte sie vielleicht nicht gar so vorschnell über Aggie Heustons Selbstsucht urteilen sollen! Natürlich waren alle Verliebten selbstsüchtig, und Aggie war auch verliebt, so wie sie es eben verstand. Ihre Liebe war, wie alles an ihr, düster und gehemmt, eine gewissermaßen fleischlose, knochige Angelegenheit, wie die abstoßenden Tafeln in den Anatomiehandbüchern. Und in Wirklichkeit streckten sich diese dürren Arme nach Stanley aus, obwohl Aggie sich einbildete, sie erhöbe sie zu Gott... Was war das Leben doch für ein schreckliches Rätsel! Und Pauline und ihre Freundinnen sahen darin beharrlich eine Art Sonntagsschulpicknick mit Limonade und Biskuitkuchen als Hauptgewinn ...

Da stand Jim schon in der Wohnzimmertür. Nona breitete die Arme aus, und als er ihr seine Wange zum Kuss hinhielt, sah sie ihn von der Seite an. War diese Wange blasser als sonst? Nun gut, das hatte nicht viel zu sagen, sie waren beide immer etwas grau, wenn sie Kummer hatten.

«Was ist los, alter Freund? Nein, dieser Sessel ist bequemer. Hast du schon Kaffee getrunken?»

Er ließ sich den anderen Sessel unterschieben, lehnte aber den Kaffee ab. Er habe gefrühstückt, bevor er aufgebrochen sei, sagte er, aber sie kannte Litas Haushalt und glaubte ihm nicht.

«Irgendwelche Schwierigkeiten mit Punkt A?»

«Schwierigkeiten? Nein. Das heißt ...»

Sie hatte die Frage aufs Geratewohl gestellt, in der unbestimmten Hoffnung, Zeit zu gewinnen, bevor Litas Name fiel, und nun hatte sie das Gefühl, unabsichtlich an ein anderes Problem gerührt zu haben.

«Das heißt … nun ja, er ist wieder nervös und zappelig, ist dir das aufgefallen?»

«Ja, das ist mir aufgefallen.»

«Er bildet sich alles Mögliche ein … In was für einer komplizierten Welt unsere Vorfahren lebten, findest du nicht auch?»

«Na, ich weiß nicht. Mutters Welt scheint mir immer erschreckend einfach zu sein.»

Er überlegte. «Ja, das hat sie wohl von den Pionieren und Automobilbauern. Dafür sind die alten New Yorker Sippen mit vielen Tabus geschlagen. Der arme Vater will immer, dass ich mich wie ein Ritter der Tafelrunde aufführe.»

Ihr Gedächtnis durchforstend, hob Nona die Brauen. «Wie haben die sich denn aufgeführt?»

«Sie haben anderen Kerlen gern eins übergezogen.»

Sie spürte, wie ihr kurz der Atem stockte. «Wem genau sollst du denn nach seinem Wunsch eins überziehen?»

«Oh, so weit sind wir noch nicht. Es geht nur ums Prinzip. Jedem, der Lita zu scharf anschaut.»

«Da müsstest du aber um dich schlagen! Alle schauen Lita scharf an. Wie um alles in der Welt soll sie das verhindern?»

«Das habe ich auch gesagt. Aber er behauptet, es fehle mir an der Gesinnung eines Gentleman. Vermutlich meint er: an Mumm.» Er lehnte sich zurück und verschränkte müde die Arme hinter dem Kopf, das fahle Gesicht mit den halb geschlossenen Augen zur Zimmerdecke gerichtet. «Meinst du, Lita denkt auch so?», stieß er plötzlich hervor.

«Dass du anderen Leuten ihretwegen den Schädel einschlagen solltest? Sie wäre die Erste, die dich auslachen würde!»

«Das habe ich ihm auch gesagt. Aber er behauptet, Frauen verachten einen Mann, der nicht eifersüchtig ist.»

Nona saß stumm da und wandte unwillkürlich den Blick von seinem sorgenvollen Gesicht ab. «Warum solltest du eifersüchtig sein?», fragte sie schließlich.

Er änderte seine Haltung, legte die Hände auf die Knie, senkte den Blick und sah ihr in die Augen. Erbarmungswürdig, dachte sie, wie diese jugendliche Bläue von unbegreiflichem Schmerz entstellt wurde.

«Vermutlich gibt es dafür nur selten gute Gründe», sagte er sehr leise.

«Nein, deshalb ist es ja so albern – und kleinlich.»

«Egal, was es ist. Sie schert sich keinen Deut darum, ob ich eifersüchtig bin oder nicht. Sie schert sich überhaupt nicht um mich. Für sie habe ich einfach aufgehört zu existieren.»

«Dann kannst du ihr auch nicht im Weg stehen.»

«Doch, anscheinend schon. Weil ich für die anderen sehr wohl existiere und weil ich der Vater des Jungen bin. Der bloße Gedanke daran geht ihr schon auf die Nerven.»

Nona lachte ein wenig bitter. «Sie braucht ganz schön viel Bewegungsfreiheit, nicht wahr? Und wie will sie dich loswerden?»

«Oh, ganz einfach. Scheidung.»

Beide schwiegen. So also klang dieser schlichte, begreifliche Wunsch aus dem Mund des Partners, der noch an der Verbindung interessiert war! Von dieser Seite hatte sie die Frage in letzter Zeit gar nicht mehr betrachtet, und welch abscheuliche Fratze erblickte sie jetzt hinter diesem jungenhaften, von der Qual eines Mannes verzerrten Gesicht!

«Jim, Lieber – tut es so weh?»

Er zuckte vor ihrer ausgestreckten Hand zurück. «Weh? Das muss man schon aushalten können. Es kann nicht mehr wehtun als das Gefühl, dass sie an mich gekettet ist. Aber wenn sie geht – wohin geht sie dann?»

Aha, das war es also! Durch sein sengendes, dumpfes Leid hindurch hatte er es erkannt, diese Frage war der Mittelpunkt seiner Qual. Geistesabwesend blickte Nona auf ihre schlanken jungen Hände nieder – wie hilflos und unerfahren waren sie! All diese verwickelten, unlösbar und schicksalhaft verwobenen, sich kreuzenden Fäden des Lebens – wie sollten die Hände eines Mädchens sie entwirren?

«Sie hat doch sicher mit dir gesprochen – hat dir von ihren Plänen erzählt?», fragte er.

Nona nickte.

«Also, was soll ich tun, kannst du mir das sagen?»

«Sie darf nicht gehen; wir dürfen sie nicht gehen lassen.»

«Aber wenn sie bleibt – bleibt und mich hasst?»

«Oh, Jim, nicht Hass!»

«Du weißt sehr gut, dass sie alles, was ihr keinen Spaß mehr macht, mit der Zeit hasst.»

«Aber es gibt da das Kind. Das Kind macht ihr immer noch Spaß.»

Er blickte sie erstaunt an. «Ja, das sagt Vater auch. Er bezeichnet das Kind, den armen kleinen Kerl, als meine Geisel. Was für ein Unsinn! Als ob ich ihr das Kind wegnähme – und gerade deshalb, weil sie es lieb hat. Wenn ich sie nicht halten kann, habe ich doch kein Recht, ihr Kind zu behalten.»

Das war die neue Vorstellung von Ehe, die Vorstellung von Nonas Zeitgenossen; bis vor wenigen Stunden war es noch ihre eigene gewesen. Jetzt, wo sie erlebte, was sie in der Praxis bedeutete, fragte sie sich, ob es wirklich das war, was sie sich vorgestellt hatte. Es war *eine* Sache, über die Trennbarkeit menschlicher Wesen zu theoretisieren, und eine *andere* zuzuschauen, wie sie mit blutenden Wurzeln auseinandergerissen wurden. Dieser Botaniker[46], der vor Kurzem entdeckt hatte, dass Pflanzen Schmerz empfinden und jede Verpflanzung eine größere Operation darstellt, würde der nicht, wenn er sich mit Männern und Frauen von heute beschäftigte, zu dem Schluss kommen, dass dies auch auf einige von ihnen zutraf – immer noch?

«Ach, Jim, ich wollte, du würdest es dir nicht so zu Herzen nehmen!» Diese Worte waren ihr unabsichtlich entschlüpft; es war das Letzte, was sie hatte sagen wollen.

Ihr Bruder wandte sich zu ihr um, und auf seinen Lippen erschien das Gespenst seines alten Lächelns. «Mein liebes kleines Fräulein!», spöttelte er – dann versank sein Gesicht in den

Händen, er saß zusammengekauert im Sessel, und die zuckenden Schulterblätter wehrten jede Berührung ab.

Es dauerte nur eine Minute, aber es war die wahre, die einzige Antwort. Er nahm es sich eben zu Herzen, daran ließ sich nichts ändern. Sie schaute benommen zu, wurde zum ersten Mal Zeugin dieser uralten Qual, der eigentlichen Wurzel aller Unrast und Schwermut des Menschen.

Jim stand auf, schüttelte das zerwühlte Haar und griff nach einer Zigarette. «Schluss damit! Und jetzt, mein Kind, was soll ich machen? Am liebsten wäre es mir, offen gestanden, so: Wenn sie ihre Freiheit haben will, gebe ich sie ihr, aber ich möchte mich trotzdem weiterhin um sie kümmern. Allerdings weiß ich nicht, wie sich das bewerkstelligen ließe. Vater behauptet, es sei Wahnsinn. Er sagt, ich sei krankhaft feige und würde daherreden wie in einem russischen Roman. Er möchte selbst mit ihr sprechen.»

«O nein! Er und sie sprechen nicht die gleiche Sprache …»

Jim schwieg eine Weile, zog geistesabwesend an seiner Zigarette und durchmaß das Zimmer mit unsicheren Schritten. «Das Gefühl habe ich allerdings auch. Aber es gibt ja noch deinen Vater; er war furchtbar nett zu uns, und seine Vorstellungen sind weniger antiquiert …»

Nona hatte sich abgewandt und mit leerem Blick aus dem Fenster gesehen. Hastig drehte sie sich um. «Nein!»

Verblüfft antwortete er: «Du glaubst, er würde es auch nicht verstehen?»

«Das meine ich nicht … Schließlich ist es nicht seine Sache … Hast du schon mit Mutter gesprochen?»

«Mutter? Ach, die glaubt immer, alles sei in Ordnung. Sie würde mir einen Scheck geben und sagen, ich solle Lita ein neues Auto kaufen oder sie das Wohnzimmer umgestalten lassen.»

Nona dachte über diese Antwort nach, die nur ein Echo ihrer eigenen Gedanken war. «Trotzdem, Jim, unsere Mutter ist unsere Mutter. Sie war immer furchtbar lieb zu uns beiden, und du kannst dieser Entwicklung nicht ihren Lauf lassen, ohne dass sie davon erfährt, ohne dass du sie um Rat fragst. Sie hat ein Recht auf dein Vertrauen; sie hat ein Recht zu hören, was Lita zu sagen hat.»

Er schwieg, als interessiere ihn das nicht. Der funkelnde Optimismus seiner Mutter war ein zu harter Panzer, an dem Kummer und Versagen nur abprallten. «Was hat das für einen Sinn», knurrte er.

«Dann will ich sie fragen. Lass mich zumindest sehen, wie sie es aufnimmt.»

Er drückte die Zigarette aus und schaute auf die Uhr. «Ich muss laufen; es ist schon fast neun.» Er legte seiner Schwester eine Hand auf die Schulter. «Tu, was du für richtig hältst, mein Mädchen. Aber glaube nicht, dass es irgendwie von Nutzen ist.»

Sie schlang die Arme um ihn, und er ließ sich küssen. «Gib mir Zeit», sagte sie, weil sie nicht wusste, was sie sonst antworten sollte.

Als er fort war, saß sie regungslos da, erdrückt von halb verstandenem Leid. Das Leben meistern ... Wie richtig war doch trotz aller Ahnungslosigkeit ihr Gefühl gewesen, dass das eine qualvoll chaotische Aufgabe war! Wo endete zum Beispiel ihr eigenes Ich, und wo begann das des Nächsten? Und wie hielt man die verhakten Ranken bei der kitzligen Arbeit des Entwirrens auseinander? Ihr frühreifes Halbwissen über das menschliche Dilemma verband sich mit der jugendlichen Überzeugung, dass die Dauer eines Schmerzes in direktem Verhältnis zu seiner Intensität stand. Und in diesem Augenblick wäre sie auf jeden wütend gewesen, der versucht hätte, sie vom Gegenteil zu überzeugen. Das einzig Ehrenwerte am Leid war, dass es nicht der Gleichgültigkeit erlag.

Sie erhob sich, und ihr Blick fiel auf das Telegramm, das sie beiseitegeschoben hatte, als ihr Bruder eingetreten war. Sie hatte noch den Hut auf und stand zur Tür gewandt da. Doch diese Tür schien in eine graue, menschenleere Welt zu führen, die plötzlich allen Zauber verloren hatte. Sie ging ins Zimmer zurück und zerriss das Telegramm.

18

«Lita? Aber natürlich werde ich mit Lita reden ...»

Mrs Manford, einen Ellbogen auf den mit Papieren übersäten Schreibtisch gestützt, lächelte ihrer Tochter aufmunternd zu. Auf der Tischplatte lag die endgültige Version der Geburtenregelungsansprache, zurechtgerückt und in die richtigen Bahnen gelenkt von der geschickten Maisie. Das Ergebnis war so erfreulich, dass Pauline es Nona gern vorgelesen hätte, wenn diese nicht wieder einmal nach geballter Sorge ausgesehen hätte. Ein Jammer, dachte Pauline, dass Nona sich in ihrem Alter so oft von Angst und Mutlosigkeit überwältigen ließ.

Pauline selbst, gestärkt durch ihre morgendlichen Übungen und eine Doppelsitzung (50 $) bei Alvah Loft, war schon wieder über alle Schwierigkeiten erhaben. Für ein Wort unter vier Augen mit ihrem Mann war seit dem seltsamen Gespräch gestern Abend keine Zeit gewesen, aber die von diesem Gespräch hervorgerufenen Zweifel und Unsicherheiten hatten sich zerstreut. Natürlich war Dexter launisch und reizbar gewesen; ihre Familie überhäufte ihn ja auch mit zahllosen Sorgen. Er hatte Jim immer ebenso sehr geliebt wie Nona, und nun war Jims Glück in Gefahr, dazu kamen die Unannehmlichkeiten mit Lita, Amalasunthas schamlose Forderungen und die drohende Ankunft dieses lästigen Michelangelo – solch ein Berg familiärer Schwierigkeiten reichte aus, um einen schon von beruflichen Problemen überlasteten Mann zu zermürben.

«Aber natürlich werde ich mit Lita reden, Liebes, das habe ich ohnehin vorgehabt. Diese dumme Gans! Ich habe nur gewartet, weil dein Vater ...»

Nonas dichte Brauen schoben sich zusammen wie die von Manford. «Vater?»

«Oh, er ist uns eine große Hilfe! Und er hat mich gebeten zu warten, nichts zu überstürzen ...»

Nona schien darüber nachzudenken. «Trotzdem – ich finde,

du solltest dir anhören, was Lita zu sagen hat. Sie versucht Jim zu einer Scheidung zu überreden, und er meint, er muss einwilligen, wenn er sie schon nicht glücklich machen kann.»

«Aber er muss sie glücklich machen! Ich werde auch mit Jim reden», rief Pauline in fröhlicher Zielstrebigkeit.

«Ich würde es zuerst mit Lita probieren, Mutter. Bitte sie, ihre Entscheidung zu verschieben. Wenn wir sie dazu bringen, für ein paar ruhige Wochen nach Cedarledge hinauszukommen …»

«Ja, genau das sagt dein Vater auch.»

«Aber ich finde nicht, dass Vater auf seinen Angelurlaub verzichten sollte, nur um bei uns zu sein. Ist dir nicht aufgefallen, wie müde er aussieht? Er muss für ein paar Wochen weg von uns. Wir beide können uns doch um Lita kümmern.»

Paulines Begeisterung erlosch. Wirklich, es stand Nona nicht zu, ihrer Mutter Ratschläge für den Umgang mit ihrem Vater zu erteilen. Diese modernen Mädchen – schade, dass Nona nicht heiratete und somit auch nicht gezwungen war, selbst einen Ehemann zu dirigieren!

«Dein Vater liebt Cedarledge. Es war sein eigener Einfall, dorthin zu fahren. Er hält ein Ostern auf dem Land mit uns allen für erholsamer als Kalifornien. Ich habe ihm seinen Angelurlaub keineswegs auszureden versucht.»

«Oh, das habe ich auch nicht angenommen.» Nona schien das Interesse an ihrem Gespräch zu verlieren, und die Mutter nutzte diesen Umstand, um mit einem kleinen Seitenblick auf die Uhr zu sagen: «Gibt es sonst noch etwas, Liebes? Ich muss nämlich meine Geburtenregelungsansprache noch einmal durchgehen, und um elf Uhr kommt eine Abordnung von …»

Nonas Augen waren ihrem Blick zu den verstreuten Blättern auf dem Schreibtisch gefolgt. «Willst du wirklich bei dem Bankett für die Geburtenregelung den Vorsitz übernehmen, Mutter?»

«Den Vorsitz? Warum nicht? Schließlich bin ich die Präsidentin», antwortete Pauline mit einem leisen Anflug von Schärfe.

«Ich weiß. Nur … neulich bist du für unbegrenzten Familienzuwachs eingetreten. Kommen diese beiden Reden nicht etwas schnell hintereinander? Am Ende machst du dich noch zum Gespött der Presse, wenn sie dich in parallelen Spalten abdrucken.»

Pauline spürte, wie sie erblasste. Sie kniff die Lippen zusammen, und einen Augenblick war ihr, als trübte sich ihr Verstand. Dieses Mädchen … es war doch grotesk, dass sie nicht begriff! Und immer wollte sie auf der Stelle Gründe und Erklärungen haben! Dass man sich unter dem eigenen Dach ständig solche Verhöre gefallen lassen musste … Nichts verabscheute sie so sehr wie Fragen, auf deren Beantwortung sie sich nicht hatte vorbereiten können. «Ich glaube, manchmal verstehst du nicht ganz, Nona.» Es waren schwache Worte, aber es waren die erstbesten, die ihr einfielen.

«Das fürchte ich auch, Mutter.»

«Dann solltest du vielleicht – nur ein Vorschlag – nicht ganz so schnell mit Kritik bei der Hand sein. Du scheinst es für einen Widerspruch zu halten, beiden Gruppierungen anzugehören … beiden Gedankenrichtungen …»

«Sie widersprechen einander doch.»

«Nein, eigentlich nicht. In ihren Grundsätzen unterscheiden sie sich natürlich, aber sie sprechen … sie sprechen unterschiedliche Kategorien von Menschen an. Es ist etwas schwierig, das einem so jungen Menschen wie dir zu erklären … ein Mädchen kann natürlich nicht wissen …»

«Ach, was wir Mädchen nicht alles wissen, Mutter!»

«Gut, Liebes. Ich war immer für Offenheit in diesen Dingen. Wirklich schmutzig ist nur die Heimlichtuerei. Trotzdem, Alter und Erfahrung lehren einen doch manches … die Kinder sollten nicht erwarten, alle Beweggründe der Älteren zu verstehen.» Das klang entschieden und dennoch freundlich, und als sie weitersprach, hatte sie wieder festen Boden unter den Füßen. «Ich wollte, es wäre genug Zeit, das alles eingehend mit dir zu besprechen, aber wenn ich meine heutigen Termine einhalten und außerdem noch ein Gespräch mit Lita dazwischenschieben will … Maisie! Rufen Sie bitte Mrs Jim an?»

Maisie antwortete aus dem angrenzenden Zimmer: «Unten wartet die Abordnung des Vereins zur Entdeckung von Genies, Mrs Manford ...»

«Oh, natürlich! Das ist eine ziemlich wichtige Bewegung, Nona, etwas Neues. Ich glaube, Genies sollte man hilfreich unter die Arme greifen. Der Verein bereitet gerade seinen ersten Auftritt vor; ich habe durch die wunderbare Mrs Swoffer davon erfahren. Hast du nicht Lust, mit mir hinunterzugehen und die Abordnung zu begrüßen? Nein ...? Manchmal glaube ich, du wärst glücklicher, wenn du dich ein wenig mehr für andere Menschen interessieren würdest ... für all die großen humanitären Bewegungen, die einen so stolz darauf machen, Amerikaner zu sein. Findest du es nicht auch herrlich, dem einzigen Land anzugehören, in dem jeder Mensch absolut frei ist? Und trotzdem sind wir alle gehalten, genau das zu tun, was für uns am besten ist. Das sage ich auch irgendwo in meiner Rede ... Gut, ich werde noch vor dem Abendessen mit Lita sprechen, mein Ehrenwort; was auch geschieht, ich werde sie dazwischenschieben. Und du und Jim, ihr braucht nicht zu befürchten, dass ich etwas sage, was sie gegen uns aufbringt. Das hat mir dein Vater schon eingeschärft. Schließlich habe ich stets Respekt vor der Persönlichkeit eines jeden Menschen gepredigt. Allerdings muss Lita nun auch die von Jim respektieren.»

Erfrischt von einer anregenden Begegnung mit Mrs Swoffer und den Genieförderern, vermochte Pauline dem Treffen mit ihrer Schwiegertochter lächelnd und gefasst entgegenzusehen. Jeder Kontakt mit den menschenfreundlichen Bewegungen, durch die sich ihr Vaterland so deutlich vom selbstsüchtigen Laisser-faire und der spöttischen Gleichgültigkeit Europas abhob, erfüllte sie mit neuem Optimismus und ließ ihre privaten Sorgen in einem beruhigenderen Licht erscheinen. Amerika hatte offenbar tatsächlich auf alles eine umgehende Antwort, von der Behandlung Geistesgestörter bis zur Erklärung der tiefsten religiösen Geheimnisse. Wie sollten in solch einer Atmosphäre des simplen Zupackens die eigenen Probleme ungelöst bleiben? «Das Wichtigste ist, daran zu glauben, dass sie gelöst werden», hatte Mrs Swoffer anlässlich ihrer Jagd nach Spendengeldern für den neuen Verein zur Entdeckung von Genies erläutert. Diese Bemerkung hatte Pauline derart angespornt, dass sie sofort einen großen Scheck ausstellte und den Vorsitz des Komitees übernahm, und noch beflügelt vom Applaus des Vereins segelte sie nun zur Teezeit in Litas Boudoir.

«Es ist wohl unkomplizierter, sie einfach um eine Tasse Tee zu bitten – als käme ich eben vorbei, um das Kind zu sehen», hatte Pauline überlegt, und da Lita noch nicht zu Hause war, blieb Zeit genug, um den Vorwand in die Tat umzusetzen. Oben im blau-silbernen Kinderzimmer entdeckte ihr scharfes Auge hinter der geschmackvollen Fassade viele kleine Nachlässigkeiten: Schmutzige Handtücher lagen herum, in einem halb geleerten Glas Milch schwamm eine ertrunkene Fliege, in den ach so ästhetischen Blumentöpfen welkten und faulten die Blumen vor sich hin, und keine einzige Lüftungsrosette in den oberen Fensterflügeln war geöffnet. Sie nahm insgeheim Notiz von diesen Dingen, beschloss aber, sie gegenüber Lita nicht anzusprechen. In Cedarledge, wo sie ein Auge auf die Kinderschwester haben würde, konnte sie das Wissen um Hygiene in der Kinderstube taktvoller vermitteln.

Das schwarze Boudoir war noch immer leer, als Pauline zurückkehrte, aber sie wappnete sich mit Geduld, nahm Platz und wartete. Die Sessel waren viel zu niedrig, um bequem zu sein, und die recht düsteren, verschleierten Lampen fand sie abscheulich. Wie konnte ein Mensch seine Zeit in einem pechschwarzen Raum verbringen, mit Sitzmöbeln, in die man wie in einen Liegestuhl hineinkippte? Sie fand das Zimmer so hässlich und trist, dass sie Lita kaum einen Vorwurf machen konnte, wenn sie es neu einrichten wollte. «Ich werde ihr sofort einen Scheck dafür geben», überlegte sie großzügig. «Alle jungen Leute begehen anfangs solche Fehler.» Kurz erschaudernd dachte sie an die mit Gobelinimitat bezogenen Sessel, die sie anlässlich der Heirat mit

Wyant unbedingt für ihren Salon hatte kaufen wollen. Vielleicht war es ein geschickter Schachzug, Lita mit dem entsprechenden Scheck zu begrüßen …

Doch als Lita endlich kam, legte ihr ganzes Auftreten den Schluss nahe, dass diese Idee keine besonders glückliche war. Lita hatte eine Art, dreinzublicken, als sei es ihr gleichgültig, was andere ihr zuliebe taten. In Anbetracht der Tatsache, dass sie so viel Geld ausgab, hätte sie sich ihren Wohltätern gegenüber ruhig mehr anstrengen können. «Hallo», sagte sie, «ich wusste nicht, dass du hier bist. Komme ich zu spät?»

Pauline begrüßte sie mit einem flüchtigen Kuss. «Wie willst du das jemals herausfinden? Ich glaube, im ganzen Haus gibt es keine Uhr.»

«Doch, im Kinderzimmer», sagte Lita.

«Na, die ist stehen geblieben, meine Liebe», erwiderte ihre Schwiegermutter lächelnd.

«Hast du den Jungen schon gesehen? Oh, dann hast du mich ja nicht vermisst», gab Lita lächelnd zurück, während sie ihren Pelzmantel ablegte und den Hut beiseitewarf. Sie fuhr sich mit den Händen durch das goldfischfarbene Haar und ließ sich auf einen Kissenberg fallen. «Vermutlich kommt jetzt früher oder später der Tee. Es sei denn – ein Cocktail? Nein? Würdest du auf dem Boden nicht bequemer sitzen?», schlug sie ihrer Schwiegermutter vor.

Jedes Fischbein in Paulines perfekt sitzendem Hüfthalter zog sich entsetzt zusammen. «Danke, ich sitze hier sehr gut.» Sie täuschte, soweit dies der heimtückische Sessel zuließ, eine graziöse Haltung vor und fuhr fort: «Es freut mich, dass wir Gelegenheit zu einem kleinen Plausch haben. In der Hektik des Alltags neigen wir alle dazu, uns ein wenig aus den Augen zu verlieren, nicht wahr? Aber durch Nona höre ich regelmäßig von dir, sodass ich das Gefühl habe, wir sind uns ganz nah, auch wenn wir uns nicht sehen. Nona ist dir treu ergeben – wie wir alle.»

«Das ist furchtbar lieb von euch», sagte Lita mit einer Miene strahlender Gleichgültigkeit.

«Hoffentlich erwiderst du diese Gefühl auch, meine Liebe», antwortete Pauline mit einem Funkeln in den Augen und streckte eine mütterliche Hand nach der jungen Schulter an ihrem Knie aus.

Lita warf mit einem leisen Lachen den Kopf nach hinten. Mrs Manford hatte sie nie hübsch gefunden, aber heute entlockten die schiere Frische ihrer halb geöffneten Lippen, die rosige Höhle dahinter und die makellosen Rundungen der Wangen und des langen, weißen Halses der älteren Frau widerstrebende Bewunderung.

«Erwartest du, dass ich euch allen treu ergeben bin?», fragte Lita.

«Nein, Liebes, nur Jim.»

«Oh», sagte Jims Frau, und ihr Lächeln verzog sich zu einer matten Grimasse.

Pauline beugte sich ernst nach vorn. «Ich will nicht so tun, als wüsste ich nichts von dem, was sich abgespielt hat. Ich bin heute gekommen, um mit dir darüber zu sprechen, ruhig und liebevoll wie eine ältere Schwester. Versuche einfach, in mir nicht die Schwiegermutter zu sehen!»

Litas dünne Augenbrauen hoben sich spöttisch. «Oh, ich habe keine Angst vor Schwiegermüttern; sie sind nicht mehr so von Dauer wie früher.»

Pauline schnappte nach Luft, sie begriff, welche Unverschämtheit sich hinter diesem Scherz verbarg, doch ihr berühmtes Taktgefühl kam ihr zu Hilfe. «Es freut mich, dass du keine Angst vor mir hast, denn ich möchte, dass du mir ganz offen sagst, was dir zu schaffen macht ... dir und Jim.»

«Mir persönlich nichts, aber ich glaube, ich mache Jim zu schaffen», sagte Lita heiter.

«Mehr als das, Liebes, du machst ihn hoffnungslos unglücklich. Es heißt, du willst dich trennen ...»

Lita richtete sich zwischen den Kissen auf und hob den Blick zu Mrs Manford. Ihre Augen waren so hell und flach wie kostbare Topase. «Trennungen sind idiotisch. Was ich möchte, ist eine hundertprozentige New Yorker Scheidung. Und er könnte sie mir genauso leicht gewähren ...»

«Lita! Du weißt nicht, wie traurig es mich macht, dich solche Sachen sagen zu hören!»

«Wirklich? Tut mir leid! Aber Jim ist selbst schuld. Wäre er frei, würden sich haufenweise andere Mädchen auf ihn stürzen. Und wenn ich mich langweile, welchen Sinn hat es dann, mich halten zu wollen? Was in aller Welt können wir dagegen tun, wir beide? Man kann sich nicht gegen Langeweile versichern.»

«Aber warum langweilst du dich denn? Du hast doch alles ...» Pauline wies mit einer Handbewegung auf den Luxus ringsum.

«Vielleicht gerade deshalb. Immer das gleiche ‹alles›!»

Die Schwiegermutter dämpfte ihre Stimme und murmelte lockend: «Wenn du das Haus satthast ... Nona sagte etwas davon, dass du einige Zimmer umgestalten willst, und ich verstehe zum Beispiel, dass du dieses hier ...»

«Oh, dies ist das einzige, das mir nicht ganz und gar zuwider ist. Aber ich lasse mich nicht wegen des Hauses von Jim scheiden», antwortete Lita mit einem schwachen, in Paulines Augen boshaften Lächeln.

«Weshalb dann? Ich verstehe es nicht.»

«Begründungen sind nicht meine Stärke. Ich möchte, dass die Karten noch einmal neu verteilt werden, das ist alles.»

Pauline kämpfte gegen ihre wachsende Empörung an. Da saß sie nun und musste sich anhören, wie dieser Cliffe-Fratz von Mann und Haus sprach, als legte man diese so selbstverständlich ab wie die Mode vom letzten Jahr! Aber sie war entschlossen, sich nicht von ihren Gefühlen übermannen zu lassen. «Wenn du nur an dich selbst zu denken brauchtest – was würdest du dann tun?», fragte sie.

«Tun? Ich selbst sein, wahrscheinlich. Hier geht das nicht. Ich bin so etwas wie eine Mehrzweckattrappe. Ich ...»

«Keiner von uns verlangt das von dir, am allerwenigsten Jim.

Er will, dass du dich völlig frei fühlst und dich selbst verwirklichst.»

«Hier, in diesem Haus?» Ihre verächtliche Geste schien es wegzuschieben wie einen Kartenstapel. «Während ich ihm jeden Abend meines restlichen Lebens am Esstisch gegenübersitze?»

Pauline schwieg, dann sagte sie ruhig: «Und kannst du dich damit abfinden, dein Kind herzugeben?»

«Das Kind? Warum sollte ich? Du glaubst doch wohl nicht, dass ich jemals auf mein Kind verzichte?»

«Du willst also Jim bitten, Frau und Kind aufzugeben und gleichzeitig alle Schuld auf sich zu nehmen?»

«Lieber Himmel, nein. Wo ist da eine Schuld? Ich sehe keine! Ich will nur, dass die Karten neu verteilt werden», wiederholte Lita hartnäckig.

«Liebes, bestimmt weißt du nicht, was du sagst. Dein Ehemann hat das Pech, dich leidenschaftlich zu lieben. Die Scheidung, von der du so sorglos sprichst, wäre mehr, als er ertragen könnte. Selbst wenn du nicht mehr an ihm interessiert bist, so warst du es doch früher. Solltest du das nicht in Betracht ziehen?»

Lita schien nachzudenken. Dann sagte sie: «Aber sollte er nicht umgekehrt in Betracht ziehen, dass ich nicht mehr an ihm interessiert bin?»

Mit letzter Anstrengung gelang es Pauline, sich zu beherrschen. «Ja, Liebes, wenn es wirklich so ist. Aber wenn er nun ein Weilchen weggeht ... Du weißt, er hat demnächst längere Zeit Urlaub, und mein Mann hat es so eingerichtet, dass Jim mit Mr Wyant auf die Insel fahren kann. Ich bitte dich nur um eines: dass du nichts entscheidest, bevor er zurückkommt. Warte ab, wie du in Bezug auf ihn empfindest, wenn er erst einmal zwei, drei Wochen weg gewesen ist. Vielleicht wart ihr zu viel zusammen, vielleicht geht New York euch beiden auf die Nerven. Lass ihn auf jeden Fall in Urlaub fahren ohne das qualvolle Gefühl, es sei ein Abschied ... Mein Mann bittet dich darum. Du weißt, er liebt Jim wie seinen eigenen Sohn ...»

Lita stützte sich noch immer auf ihren Ellbogen. «Ja – ist er das denn nicht?», fragte sie mit ihrer kühlen, silbernen Stimme und unschuldig aufgerissenen Augen.

Im ersten Augenblick war Pauline die Bedeutung dieser Antwort nicht klar. Als sie ihr schließlich bewusst wurde, fühlte sie sich so gedemütigt, als hätte man sie beim Verschweigen einer geheimen Schuld ertappt. Sie öffnete den Mund, aber es kam kein Laut heraus. Sie saß sprachlos da, hin- und hergerissen zwischen dem Verlangen, ihrer Schwiegertochter eine Ohrfeige zu geben, und dem Wunsch, weinend aus dem Haus zu laufen. «Lita», keuchte sie, «eine solche Beleidigung …»

Lita setzte sich auf, ihr Blick verriet leicht amüsierte Gewissensbisse. «Aber nein! Eine Beleidigung? Warum? Ich habe es mir immer wunderbar vorgestellt, ein Kind der Liebe zu haben. Ich dachte, deshalb vergöttert ihr beide Jim so sehr. Und jetzt ist er nicht einmal das!» Sie zuckte mit ihren schlanken Schultern und streckte reumütig die Hände aus. «Es tut mir wirklich leid, wenn ich etwas Falsches gesagt habe – ganz ehrlich! Aber das zeigt nur, dass wir uns niemals verstehen werden. Ich empfände es als wirkliche Bosheit, mit einem Mann weiterzuleben, den ich nicht liebe. Und jetzt habe ich dich beleidigt, weil ich annahm, du hättest einmal selbst so empfunden …»

Pauline erhob sich langsam; sie war steif und hatte das Gefühl, geschrumpft zu sein. «Du hast mich nicht beleidigt – das lasse ich gar nicht zu. Ich glaube vielmehr, dass wir uns, wie du sagst, nicht verstehen. Aber bestimmt ist es noch nicht zu spät für einen neuen Versuch. Ich möchte nicht mit dir diskutieren, ich möchte nicht nörgeln und streiten, ich möchte nur, dass du noch wartest, dass du mit dem Kind nach Cedarledge kommst und ein paar ruhige Wochen bei uns verbringst. Nona wird da sein und mein Mann … es wird keine Vorwürfe geben, keine Fragen … Wir werden unser Bestes tun, um dich glücklich zu machen.»

Mit ihrem lustigen schiefen Lächeln drehte Lita sich zu ihrer Schwiegermutter um. «Wie, du weinst ja! Das passiert nicht oft, oder?» Sie beugte sich vor und drückte einen flüchtigen Kuss auf Paulines zurückweichende Wange. «In Ordnung – ich komme nach Cedarledge. Ich bin tatsächlich todmüde und habe alles satt, und es tut mir bestimmt sehr gut, eine Weile auszuruhen …»

Pauline gab erst keine Antwort, sie legte nur ihre Lippen auf die Wange des Mädchens, ein wenig zaghaft, als bestünde sie aus hauchdünnem, zerbrechlichem Material. «Wir freuen uns alle sehr», sagte sie dann.

Bis vor die Haustür, bis ins Auto verfolgte sie der Nachhall der ungeheuerlichen Frage: «Ja – ist er das denn nicht?» Sie hatte sehr heftig reagiert, und nun fragte sie sich, wie sinnvoll es war, eine Verbindung kitten zu wollen, die auf einer solchen Auffassung von der Ehe gründete. Hätte Jim nicht, wie seine Frau so unbekümmert vorschlug, mehr Aussichten, glücklich zu werden, wenn er noch einmal wählen könnte? Es gab doch gewiss noch ein paar anständige, rechtschaffene, in althergebrachter Weise erzogene Mädchen … wie zum Beispiel Aggie Heuston! Aber auch vor dieser Vorstellung schreckte Pauline zurück … Vielleicht waren ihre Grundsätze aus Sicht der Kinder wirklich überholt. Nur, was sollte an ihre Stelle treten? Die menschliche Natur änderte sich nicht so rasch wie die gesellschaftlichen Gepflogenheiten, und wenn Jims Frau ihn verließ, war es nicht zu verhindern, dass er nach alter Manier litt.

Es war alles sehr vertrackt und beunruhigend, und anders als sonst war Pauline diesmal nicht der festen Überzeugung, das Problem durch Ignorieren lösen zu können. Auf dem Weg nach Hause hellten sich ihre Gedanken dennoch auf, als sie sich vor Augen führte, dass sie ihr Hauptanliegen durchgesetzt hatte – zumindest vorläufig. Manford hatte ihr eingeschärft, Lita der Familie nicht zu entfremden oder ihr Angst einzujagen, und die beiden Frauen hatten sich mit einem Kuss verabschiedet. Manford hatte verlangt, Lita müsse dazu gebracht werden, mit ihrer endgültigen Entscheidung bis nach Cedarledge zu warten, und auch da hatte sie eingewilligt. Rückblickend fiel Pauline plötzlich auf, wie rasch Lita nachgegeben hatte, und sie war beeindruckt von ihrem eigenen taktischen Geschick. Es war doch etwas dran an diesen Willensübungen, diesem lächelnden Entschluss, alles Hinderliche und Unangenehme entweder zu ignorieren oder zu beseitigen. Fast erschreckend leicht hatte sie sich in dem Punkt durchgesetzt, um den Jim, Manford und Nona vergebens gekämpft hatten. Und vielleicht war Litas entsetzliche Unterstellung keine vorsätzliche Unverschämtheit gewesen, sondern nur ein unbewusstes Bekenntnis zu neuen Normen. Die jungen Leute heutzutage waren trotz ihrer langen Wörter und ihres nüchternen Realismus im Grunde kindlicher als je zuvor …

In Paulines Boudoir lag Nona zusammengerollt vor dem Kamin, das Kinn in die Hände gestützt, und hob den Kopf, als ihre Mutter hereinkam. Zu wissen, dass sie erwartet wurde und die Frage nach Sieg oder Niederlage beantworten konnte, schenkte Pauline das heilsame Gefühl wiedererlangter Autorität. «Es ist alles in Ordnung, Liebling», verkündete sie, «nur ein kleiner Sommerschauer. Ich habe es ja immer gesagt, es gibt keinen Grund zur Sorge.» Und mit einem Lächeln fügte sie hinzu: «Siehst du, Nona, manche Leute hören eben noch zu, wenn deine alte Mutter mit ihnen redet.»

19

Wenn Aggie Heuston wenigstens diese apfelgrünen Vorhänge im vorderen Wohnzimmer ausgewechselt hätte, dachte Nona – wenn sie die abstoßenden vergoldeten Stühle durch weich gepolsterte Sessel ersetzt und in die Intarsienvitrinen statt der blauen Porzellanhunde und der Meißner Schäferinnen Bücher gestellt hätte, dann wären drei Leben vielleicht ganz anders verlaufen …

Aber Aggie waren die Farben der Vorhänge oder die steifen Möbel wahrscheinlich nie aufgefallen. Und Bücher hatte sie mit

Sicherheit nie vermisst. Sie hatte das Haus akzeptiert, wie es von ihren Eltern auf sie gekommen war, und die hatten es ihrerseits mit all seiner faden Frivolität von den eigenen Eltern übernommen. Jedes einzelne plumpe Detail verkörperte den New Yorker Luxus der Siebzigerjahre, von den riesigen Zentifolien auf dem Aubusson-Teppich[47] bis zu den dreilagigen Vorhängen, die die Aristokratie der Gründerzeit vor dem plebejischen Eindringen von Licht und Luft schützen sollten.

«Komisch», dachte Nona wieder, «dass all diese Hässlichkeit mich so reizt und für Aggie so wenig Bedeutung hat, als stünde das Haus eine Straße weiter. Ich weiß, sie ist eine Heilige. Aber ich würde eine Heilige bevorzugen, die hässliche Möbel verabscheut und trotzdem lächelnd zwischen ihnen lebt. Wo liegt das Verdienst, wenn man die Hässlichkeit gar nicht wahrnimmt?» Sie machte sich an die Betrachtung einer Vitrine, in der Aggie in kindlicher Pietät das samten-silberne Brillenetui ihrer Mutter und das elfenbeinerne Opernglas ihres Vaters sowie einen alabasternen Schiefen Turm und eine Miniaturkopie von Carlo Dolcis Magdalena[48] aufbewahrte.

Seltsamer toter Müll – aber noch seltsamer, dass eine verblüffende innere Distanz es Nona in diesem Augenblick und in diesem Haus gestattete, darüber zu lächeln. Wo, dachte sie, endete das eigene Sein und wo begann das von anderen – von Menschen, Landschaften, Stühlen oder Brillenetuis? Seit Nona am Abend zuvor Aggies steifes, gequältes Briefchen erhalten hatte, das von einem zahnwehgeplagten Kind hätte verfasst sein können, fragte sie sich besorgt, ob ihr eigenes Ich nicht auch Spuren und Fasern von Aggie enthielt. Es war alles so ein unentwirrbares Kuddelmuddel …

Jetzt kam sie. Nona hörte das trockene Klackern ihrer Schritte auf der Treppe und auf dem nackten, gebohnerten Boden der Diele. Sie hatte geschrieben: «Wenn du es ohne allzu große Umstände einrichten könntest, bei mir vorbeizuschauen …» Das war Aggies größtmögliche Annäherung an eine freundliche Einladung! Und als sie nun die Tür öffnete und über die Zentifolien auf sie zuschritt, sah Nona, dass ihr schmales Gesicht mit den zu eng stehenden Augen und dem großen, geradlinigen, blassrosa Mund aus neuer Sorge noch hagerer geworden waren.

«Es ist sehr nett, dass du da bist, Nona», begann sie mit ihrer hellen, bemühten Stimme.

«Ach Unsinn, Aggie! Lass das doch. Ich weiß natürlich, worum es geht.»

Aggie wurde merklich blasser, aber die Rolle der Gastgeberin siegte über ihr Gefühl, und sie schob einen vergoldeten Stuhl nach vorn. «Nimm bitte Platz.» Sie selbst setzte sich in eine Sofaecke daneben. Über ihr hielt Aggies Großmutter in einem verschnörkelten Goldrahmen ein Taschentuch aus Brüsseler Spitze in der Hand und stützte einen gerüschten Ellbogen auf ein Samttischtuch mit Quastenfransen.

«Du sagst, du weißt …», begann Aggie.

«Natürlich.»

«Stanley … er hat es dir gesagt?»

Nonas Nerven fingen an zu zucken und sich zu winden wie ein Nest junger Vipern. Wie lange würde sie diese lähmende Einleitung noch ertragen? «Ja, er hat es mir gesagt.»

Aggie senkte den Blick und starrte auf ihre schmalen weißen Hände. Dann lief ein erstes Zittern über ihre Lippen und schob die Stirn in kleine, verlegene Falten.

«Ich möchte nicht, dass du glaubst, ich hätte einen Grund zur Klage über Stanley – überhaupt nicht. Es ist niemals ein unfreundliches Wort gefallen … Wir haben immer in bestem Einvernehmen zusammengelebt.»

Unter dem Eindruck, dass etwas wie eine Antwort von ihr erwartet wurde, gab Nona ein unbestimmtes Murmeln von sich.

«Doch jetzt … hat er … hat er mich verlassen», schloss Aggie, und die Worte entrangen sich ihr mühsam und silbenweise. Sie hob eine Hand und strich eine glatte Haarsträhne zurück, die sich auf ihre Stirn verirrt hatte.

Nona schwieg. Sie saß da, den Blick fest auf diese kleine, zitternde Maske gerichtet. Ein wirkliches Gesicht konnte man das kaum nennen, denn es hatte wahrscheinlich noch nie ein Gefühl ausdrücken müssen, das von Grund auf und ausschließlich von Aggie stammte.

«Das weißt du auch?», fuhr Aggie fort, auf einen sachlichen Ton bedacht.

Nona deutete eine Bejahung an.

«Er kann mir nichts vorwerfen, gar nichts. Das hat er mir ausdrücklich gesagt.»

«Ja, ich weiß. Das ist das Schlimmste daran.»

«Das Schlimmste?»

«Nun ja, sonst hättet ihr euch ordentlich streiten können, und alles wäre wieder gut gewesen.»

Plötzlich fühlte Nona Aggies Blick starr, gierig und durchdringend auf sich gerichtet. «Habt ihr beide euch immer ordentlich gestritten, wie du das nennst?»

«Oh, stundenlang, immer wenn wir uns gesehen haben!» Nicht um alles in der Welt hätte Nona den spöttischen Triumph in ihrer Stimme unterdrücken können.

Aggies Lippen wurden noch schmaler. «Ihr seid immer enge Freunde gewesen, ich weiß; er hat es mir oft gesagt. Aber wenn ihr ständig gestritten habt, wie konntet ihr euch da noch gegenseitig achten?»

«Ich weiß nicht, ob wir uns geachtet haben. Jedenfalls hatten wir nie Zeit, darüber nachzudenken, denn wir mussten uns ja immer versöhnen.»

«Versöhnen?»

«Aggie», brach es plötzlich aus Nona heraus, «hast du nie erlebt, wie es ist, wenn dich ein Mann ganz fest umarmt und du so viel Glück empfindest, dass du damit einen ganzen Garten zum Duften bringen könntest?»

Aggie riss die Augen auf, und ihr Blick verriet fast etwas wie Entsetzen. Das von Nona gewählte Bild schien ihr nichts zu sagen, doch die Frage traf sie offensichtlich mit tödlicher Wucht. «Ein Mann – welcher Mann?»

Nona lachte. «Nun ja, zum Beispiel – Stanley!»

«Ich kann mir nicht vorstellen, warum du so seltsame Fragen stellst, Nona. Wie sollten wir uns versöhnen, wenn wir uns nie gestritten haben?»

«Ist es seltsam, wenn ich dich frage, ob du deinen Mann jemals geliebt hast?»

«Es ist seltsam, wenn du mich das fragst», antwortete die Ehefrau schlicht.

Nonas rasche Entgegnung erstarb unausgesprochen, und sie spürte, wie sie wieder einmal langsam und verstohlen bis unter die Haarwurzeln errötete. «Entschuldige bitte, Aggie. Ich bin entsetzlich nervös, und du wohl auch. Sollen wir nicht noch einmal von vorn anfangen? Weswegen wolltest du mich sehen?»

Aggie schwieg einen Augenblick, als nähme sie alle Kraft zusammen, dann antwortete sie: «Um dir zu sagen, dass ich mich, wenn er dich heiraten will, einer Scheidung nun nicht mehr widersetze.»

«Aggie!»

Beide saßen einander schweigend gegenüber, als hätten sie einen Punkt erreicht, jenseits dessen sich ihr Zwiegespräch nicht mehr mit Worten fortführen ließ. Nonas Fantasie raste los bis an die äußersten Grenzen menschlichen Glücks und kam geknickt und mit gebrochenen Flügeln zurückgekrochen.

«Aber nur unter genau dieser Bedingung», begann Aggie wieder mit wohlerwogener Betonung.

«Unter der Bedingung, dass er mich heiratet?»

Aggie nickte zustimmend. «Ich habe ein Recht, Bedingungen zu stellen. Und ich möchte …», sie stockte plötzlich, «ich möchte, dass du ihn vor Cleo Merrick rettest.» Ihre immer gleich klingende Stimme brach, und zwei Tränen bahnten sich einen Weg durch die Wimpern und liefen langsam ihre Wangen hinunter.

«Ihn vor Cleo Merrick retten?» Nona glaubte sich lachen

zu hören. Ihre Gedanken hinkten hinter ihren Worten her, als schleppte sie sich über ein frisch gepflügtes Feld bergauf. «Ist es für diesen Versuch nicht reichlich spät? Du sagst, er sei schon mit ihr weg.»

«Er hat sie irgendwo getroffen, ich weiß nicht, wo. Er hat mir aus dem Club geschrieben, bevor er losfuhr. Aber ich weiß, dass sie erst übermorgen auslaufen, und du musst ihn zurückholen, Nona, du musst ihn retten. Es ist zu schrecklich. Er kann sie nicht heiraten; sie hat irgendwo einen Mann, der es ablehnt, sich von ihr scheiden zu lassen.»

«Wie bei dir und Stanley!»

Aggie fuhr zurück, als sei sie geschlagen worden. «O nein, nein!» Sie blickte Nona verzweifelt an. «Wenn ich es doch sage, ich weigere mich jetzt nicht mehr ...»

«Nun ja, vielleicht weigert sich Cleo Merricks Mann auch nicht mehr.»

«Das ist etwas anderes. Er ist Katholik; seine Kirche lässt eine Scheidung nicht zu. Und die Ehe kann nicht annulliert werden. Stanley wird einfach mit ihr zusammenleben ... offen ... und sie wird überall mit ihm hingehen ... als wären sie Mann und Frau ... und alle werden wissen, dass sie es nicht sind.»

Nona saß schweigend da und dachte mit zusammengekniffenen Lippen und insgeheim spöttelnd über das Bild nach, das hier so mitleidlos beschworen wurde. «Nun ja, wenn sie ihn liebt.»

«Ihn liebt? Eine solche Frau?»

«Auf jeden Fall ist sie bereit, Opfer für ihn zu bringen. Das hat sie uns beiden voraus.»

«Aber merkst du nicht, wie schrecklich es für die beiden ist, so zusammenzuleben?»

«Ich merke nur, dass Stanley nichts Besseres passieren konnte, als eine Frau zu finden, die beherzt genug ist, ihm das zu geben, was er wollte und was du und ich ihm verweigert haben.»

Sie sah, wie Aggies leblose Wangen rot wurden. «Ich weiß nicht, was du mit ... verweigern meinst ...»

«Ich meine sein Glück, weiter nichts. Du hast ihm doch eine Scheidung verweigert, oder? Und ich habe mich geweigert, zu tun … was Cleo Merrick tut. Und nun sitzen wir beide hier auf den Trümmern, und alles ist aus, zumindest was dich und mich betrifft.»

«Aber es ist nicht aus – es ist noch nicht zu spät. Ich sage dir, es ist noch nicht zu spät! Er wird sie sogar jetzt noch verlassen, wenn du ihn darum bittest. Ich weiß es!»

Nona erhob sich mit einem trockenen Lachen. «Danke, Aggie. Vielleicht würde er das tun – nur werden wir es nie erfahren.»

«Nie erfahren? Aber ich sage dir doch …»

«Ich mag ein Feigling gewesen sein, aber das ist noch kein Grund, sich wie ein Aas aufzuführen.» Nona knöpfte ihren Mantel zu und hakte sich mit raschen, gezielten Bewegungen den Pelz um den Hals, als wappne sie sich gegen die tückische Süße, die sich in ihre Seele stahl. Plötzlich hatte sie das Gefühl, nicht einen Augenblick länger in diesem stickigen Raum bleiben zu können, Auge in Auge mit diesem Elend, das einem den Atem nahm. «Die bessere Frau hat ihn bekommen – soll sie ihn behalten», sagte sie. Sie streckte die Hand aus, und einen Augenblick lang berührten Aggies kalte, feuchte Finger die ihren. Dann wurden sie zurückgezogen, und Aggie packte Nona am Ärmel. «Aber Nona, hör zu! Ich verstehe dich nicht. Ist es nicht das, was du dir immer gewünscht hast?»

«Oh, mehr als alles auf der Welt!», rief das Mädchen und wandte sich atemlos ab.

Die Haustür fiel hinter ihr ins Schloss. Sie blieb oben an der Treppe stehen und blickte zurück auf die von ihr beschriebenen Trümmer, auf denen sie und Aggie Heuston saßen.

«Ich glaube, ich weiß ganz genau, wie man sich heutzutage gemein verhält», murmelte sie vor sich hin, «ich wollte nur, ich wüsste auch, wie man sich anständig verhält …»

DRITTER TEIL

20

Am Tor von Cedarledge blickte Pauline von den Briefen und Papieren auf, die Maisie Bruss ihr ins Auto geworfen und die sie soeben noch einmal überflogen hatte.

Der Aufbruch aus der Stadt war turbulent verlaufen. Bis zur letzten Minute war es das übliche Gehetze und Gezappel gewesen, Maisie hing am Trittbrett, und Powder und das Mädchen kamen mit letzten Meldungen und Empfehlungen angerannt.

«Hier ist noch ein Stapel Rechnungen vom Architekten, Mrs Manford. Und er fragt, ob Sie vielleicht …»

«Jaja, stellen Sie noch einen Scheck über fünftausend aus, Maisie, und schicken Sie ihn mir mit den anderen zum Unterschreiben.»

«Und die Kostenvoranschläge für das neue Orchideenhaus. Der Unternehmer sagt, das Baumaterial wird nächste Woche teurer, und wenn Sie nicht sofort anrufen, kann er nicht garantieren …»

«Haben Madame die Schmuckschatulle? Ich habe sie selbst unter die Wolldecke geschoben, zusammen mit Madames Reisetasche.»

«Danke, Cécile. Ja, sie ist da.»

«Und soll ‹Maison Herminie› das grüngoldene Kaminkleid hierher liefern oder …»

«Hier sind die Korrekturfahnen von der Geburtenregelungsansprache, Mrs Manford. Wenn Sie im Auto einen Blick darauf werfen und sie mir bis morgen Abend zurückschicken könnten …»

«Madam, die Marchesa hat angerufen und gefragt, ob Sie und Mr Manford sie am nächsten Wochenende in Cedarledge empfangen könnten …»

«Nein, Powder, sagen Sie nein. Es tut mir schrecklich leid …»

«Gut, Madam. Wie ich höre, will sie eine Zusage vom Kardinal überbringen ...»

«Aha, na schön. Wir werden sehen. Ich werde von Cedarledge aus anrufen.»

«Bitte, Madam, Mr Wyant hat soeben angerufen ...»

«Mr Wyant, Powder?»

«Mr Arthur Wyant, Madam. Er fragt ...»

«Aber Mr Wyant und Mr James hätten gestern Abend nach Georgia abreisen sollen.»

«Ja, Madam, aber Mr James wurde beruflich aufgehalten, und jetzt fragt Mr Arthur Wyant, ob Sie ihn bitte anrufen würden, bevor die beiden heute Abend aufbrechen.»

«Na gut. – Was kann passiert sein, Nona? Du weißt es nicht? – Sagen Sie, ich sei schon nach Cedarledge gefahren, Powder, ich würde von dort aus anrufen. Ja, das ist alles.»

«Warten Sie, Mrs Manford! Hier sind noch zwei Telegramme und ein Eilbrief ...»

«Vorsicht, Maisie, Sie werden noch ausrutschen und sich das Bein brechen ...»

«Sicher. Aber, Mrs Manford! Der Eilbrief ist von Mrs Swoffer. Sie sagt, der Ausschuss habe soeben ein neues Genie entdeckt; sie berufen für morgen Nachmittag um drei Uhr ein außerordentliches Treffen ein, und ob Sie nicht vielleicht ...»

«Nein, nein, Maisie – ich kann nicht! Sagen Sie, ich sei schon weg ...»

Die Wogen der Aufregung glätteten sich nur langsam. Beim flüchtigen Blick auf die billige Pension der Marchesa in einer Seitenstraße und dem kurzen Auftauchen des unergründlichen «Dawnside» hoch über dem Hudson schlugen die Wellen noch einmal hoch. Doch als der Wagen über die breiten Boulevards der Vororte glitt, hinaus in die erblühende Landschaft, und das Dröhnen und Drohen der Stadt folgenlos am Horizont erstarb, kehrte Paulines heitere Gelassenheit allmählich zurück.

Nona saß schweigend neben ihr, und die Mutter war dankbar für dieses Schweigen. Ihr war aufgefallen, dass das Mädchen in den letzten vierzehn Tagen blass und verhärmt ausgesehen hatte, aber das war nur ein weiterer Beweis dafür, wie sehr sie alle die Ruhe von Cedarledge nötig hatten.

«Du weißt nicht, warum Jim und sein Vater die Abreise verschoben haben, Nona?»

«Keine Ahnung, Mutter. Wahrscheinlich hatte Jim noch beruflich zu tun, wie Powder sagte.»

«Weißt du, warum sein Vater mit mir telefonieren will?»

«Nein. Wahrscheinlich ist es unwichtig. Ich werde ihn heute Abend anrufen.»

«Ach, das wäre nett, Liebes! Ich bin wirklich erschöpft.»

Es herrschte Schweigen, dann fragte Nona: «Ist dir an Maisie etwas aufgefallen, Mutter? Sie ist auch ziemlich erschöpft.»

«Ja, die arme Maisie! Die Vorbereitungen für Cedarledge haben sie leider ziemlich mitgenommen ...»

«Es ist nicht nur das. Sie hat gerade erfahren, dass ihre Mutter Krebs hat.»

«Oh, das arme Kind! Wie schrecklich! Sie hat kein Wort davon verlauten lassen ...»

«Nein, das wollte sie nicht.»

«Aber, Nona, hast du ihr gesagt, dass sie umgehend Disterman konsultieren soll? Vielleicht kann eine sofortige Operation ... du musst sie anrufen, sobald wir da sind. Sag ihr, dass ich natürlich alle Kosten übernehme ...»

Danach verfielen sie beide wieder in Schweigen.

Ab und zu kam es unter den Hausangestellten zu solchen Unglücksfällen. Was hätte man nicht darum gegeben, sie abzuwenden! War das aber nicht möglich, zahlte man natürlich bereitwillig die Rechnung ... Pauline wollte, sie hätte davon gewusst ... hätte Zeit gehabt, ein paar freundliche Worte an die arme Maisie zu richten ... Vielleicht musste sie ihr eine Woche freigeben oder wenigstens ein paar Tage, bis sie ihre Mutter im Krankenhaus untergebracht hatte. Zumindest wenn Disterman zu einer Operation riet...

Schrecklich, wie sehr man immer unter Zeitdruck stand. Pauline hätte die arme Mrs Bruss gern persönlich besucht. Aber übermorgen trafen Dexter, Lita und das Kind ein, und bis sie kamen, blieb gerade noch Zeit genug, letzte Hand an Cedarledge zu legen. Auch Pauline selbst war schrecklich erschöpft, obwohl sie sich noch heute Morgen eine Dreifachsitzung (100 $) bei Alvah Loft gegönnt hatte.

Es war ihr stets ein Anliegen, zu allen Angestellten freundlich zu sein; es fehlte ihr nur an der nötigen Zeit – immer diese Zeit! Zusammen mit ihr selbst wurden auch sämtliche Hausangestellten vom unaufhörlichen Druck der Termine fortgerissen. Wenn ab und zu einer von ihnen auf der Strecke blieb, bedauerte sie ihn, ließ ihm Erste Hilfe zukommen und tat, was sie konnte; aber das Gehetze hörte nie auf, es nahm kein Ende; wenn man jemandem einen Gefallen erweisen wollte, so war das nur im Vorbeisausen möglich.

Diese wohltuende ländliche Ruhe! Zufrieden atmete Pauline tief ein. Nie zuvor hatte sie sich Cedarledge mit einem so unumschränkten Besitzergefühl genähert. Dieses Domizil war wirklich ihr Werk. Zwar waren Gebäude und Park, schon Jahre bevor sie das Anwesen erworben hatte, erbaut und angelegt worden, doch die Details hatte sie mit ihrem Willen und ihrem Wohlstand geformt. Pauline war überzeugt, dass sie das Leben auf dem Land liebte – doch in Wirklichkeit liebte sie es, ihr Stück Land zu verändern und zu diesem Zweck über möglichst viel Grund zu verfügen. So kam es, dass der Besitz Cedarledge die umgebende Landschaft jedes Jahr weiter zurückdrängte und die sich meilenweit erstreckenden Goldruten, Birken und Ahornbäume ersetzt wurden durch immer mehr schimmernden Rasen, Solitärlinden, Solitäreichen und schlitzblättrige Buchen, die sich über immer mehr kostbare Strauchpflanzungen und verschlungene Pfaden wölbten.

Vom äußersten Tor fuhr man inzwischen zwei Meilen bis zum Haus, und Pauline hielt selbst das noch für zu kurz, um eingehend würdigen zu können, was es auf dem Weg bis zur Eingangstür zu sehen gab. Im Dorf das Blinken des vergoldeten Wetterhahns auf dem neuen Fachwerkspritzenhaus, am Fuß eines üppigen Weidehangs der kürzlich erweiterte Milchbauernhof, dann Wälder mit Hemlocktannen und Hartriegel, große Flächen mit Rhododendren, Azaleen und Lorbeerrosen, die an einem versteckten See heimisch geworden waren, der kurz aufblitzende japanische Wassergarten, gesäumt von blühenden Kirschbäumen und Weidenkätzchen, weitläufiger Rasen, ausladende Bäume, die langgezogene Backsteinfassade des Hauses und seine Terrassen, und hinter einem geschnitzten Torbogen der Holländische Garten mit beschnittenen Zwergsträuchern und endlosen Reihen von Zwiebelgewächsen unter dem Kommandostab einer prächtigen Sonnenuhr.

Pauline sah in jedem Baum, Strauch, Wasserlauf und Blumenteppich nicht nur das, was sie erkennbar darstellten, sondern auch den besiegten Hang, den Erdtransport, die Entwässerungsgräben und Wasserleitungen sowie die ihrem Dasein vorausgegangenen Briefe und bezahlten Rechnungen, und es hätte ihr weit weniger bedeutet – vielleicht gar nichts –, wenn das alles von allein entstanden wäre, so wie die wahllos wachsenden Felsenbirnen und wilden Kirschbäume außerhalb der Tore.

Der zarte Frühlingszauber drang wohl bis zu ihr durch, das endlose Hellgrün und blasse Rosa der knospenden Vegetation, aber ihre Augen konnten auf keiner Schönheit verweilen, ohne diese in Humus, Dünger, Züchterkataloge und Rechnungen – immer wieder Rechnungen – aufzulösen. Es hatte alles entsetzlich viel Geld gekostet, doch selbst darauf war sie stolz; für sie war das ein Teil der Schönheit, ein Teil der auserlesenen Ordnung und Zweckmäßigkeit, die in der vorgetäuschten Wildnis der Rhododendronschlucht ebenso herrschte wie in den rechtwinkligen Beeten des Holländischen Gartens.

«Fünfundsiebzigtausend Zwiebeln in diesem Jahr!», dachte sie, als der Wagen an dem geschnitzten Torbogen vorbeifuhr und ihr einen flüchtigen Blick auf einen Rasen mit bernstein- und fliederfarbenen Beeten gönnte, eingefasst von verdrehtem, verschnörkeltem Immergrün.

Fünfundzwanzigtausend Blumenzwiebeln mehr als im letzten Jahr; so gefiel ihr das. Es bereitete ihr Vergnügen, jedes Jahr mehr Geld auszugeben, alles immer weiter auszudehnen und zu verbessern, im Kleinen wie im Großen, auf Unerwartetes schnell und energisch zu reagieren, maßlose Forderungen herunterzuhandeln, Schwierigkeiten zu überwinden und am Ende des Jahres müde, aber siegreich dazustehen, mit gelungenen Verbesserungen, bezahlten Rechnungen und einem beruhigend ausgeglichenen Bankkonto. Für Pauline bedeutete das «Leben».

Und wie sich der Aufwand in Cedarledge nun auszahlte! Ihr Mann, angelockt von dieser frischen Schönheit, verzichtete freiwillig auf die alljährliche Reise nach Kalifornien, die aufregenden Freuden des Tarpunfischens und die Unabhängigkeit des Junggesellendaseins – und das alles, um mit Frau und Kindern einen friedlichen Monat auf dem Land zu verbringen. Pauline war, als hätten bei dieser Entscheidung sogar die fünfundzwanzigtausend zusätzlichen Tulpenzwiebeln eine Rolle gespielt. Und was würde er erst sagen, wenn er die neuen Badezimmer sah, an der Feuerwehrübung im Dorf teilnahm und in das künstlich erwärmte Wasser des neuen Schwimmbeckens eintauchte? Ein Nebel aus Glück umflorte ihre Augen, als sie auf die frühlingsüberhauchte Landschaft hinausblickte.

Nona war ihrer Mutter nicht ins Haus gefolgt. Die Hunde auf den Fersen, stürzte sie den Hang hinunter zum Wald und zum See. Sie wusste nichts von den Kosten, die Cedarledge verursacht hatte, und nur wenig von der Mühsal, es zu erschaffen. Es war einfach die Welt ihrer Kindheit, sie konnte es weder aus einem anderen Blickwinkel betrachten noch sich vorstellen, dass es jemals anders gewesen war. Für sie hatte Cedarledge immer denselben magischen Reiz besessen, sich in dieselben weiten Fernen erstreckt. Es war eine der letzten Illusionen, die ihr mit ihren neunzehn Jahren noch geblieben waren.

Auf dem Weg am See spürte sie, wie sie wieder dem alten Zauber verfiel. Die knospenden Zweige, der Duft des schwarzen, vor Leben bebenden Torfbodens, der vereinzelt mit Hartriegel geschmückte Wald – das war der Schauplatz kindlicher Abenteuer, früher Spiele mit Jim, der Indianerlager auf der weidengesäumten Insel und des unschuldigen Einfallens in den Rhododendron, um bei Mondlicht zu rudern oder zu baden.

Der alte Kahn war Mrs Manfords alljährlichem «Frühjahrsputz» entgangen und leckte noch immer durch dieselben modrigen Fugen. Nona stieß sich vom Ufer ab, beugte sich über die Riemen, und das Herz wurde ihr weit vom großen Possenspiel des Frühlings …

Manford fragte: «Alles in Ordnung, ja? Warm genug? Fahre ich auch nicht zu schnell? Die Luft ist noch frisch hier in den Bergen», und Lita versank neben ihm in tiefes Schweigen, das sie weich einhüllte wie ihr Pelz. Wenn er den Kopf ein wenig drehte, konnte er zwischen Hutkrempe und Silberfuchs lediglich ihre Nasenspitze und die geschwungene Oberlippe sehen, und das Gefühl, dass sie so nah und still neben ihm saß, versunken in das warme, animalische, für ihn stets erholsame Schweigen, zerstreute sein letztes Unbehagen und ließ ihm ihre Anwesenheit so ungefährlich und natürlich erscheinen, als wäre sie seine Tochter.

«Es war doch ganz gut, dass du den Jungen mit der Bahn geschickt hast – ich habe schon geahnt, dass ich für den Stundenplan des jungen Herrn zu spät loskomme.» Mit einem zufriedenen Lachen kuschelte sie sich noch tiefer in den Sitz neben ihm.

Manford, mit dem Lenkrad beschäftigt, widerstand der plötzlichen Regung, eine Hand auf die ihre zu legen, und wandte ihr beharrlich sein Profil zu. Es war wunderbar, wie erfolgreich sich sein

Plan anließ, wie vernünftig sie schließlich darauf eingegangen war. Das arme Kind! Zweifellos wäre sie bei Verwandten, die sie zu nehmen gewusst hätten, immer vernünftig gewesen. Und er schmeichelte sich, über dieses Wissen zu verfügen. Es war nicht einfach gewesen, gerade am Anfang, aber jetzt hatte er den richtigen Ton getroffen und gedachte ihn beizubehalten. Nicht eigentlich väterlich; sie wäre die Erste gewesen, die über etwas so Altmodisches gelacht hätte. Heldenväter waren mit dem letzten Tremolo von der Bühne verschwunden. Nein, eher älterer Bruder. Das war es. Die gleiche freie, freundliche Beziehung, wie sie zum Beispiel zwischen Jim und Nona herrschte. Ja, er hatte Lita sogar aufgezogen, und sie hatte nichts dagegen gehabt; er hatte sich über diesen albernen Ardwin lustig gemacht, und sie hatte nur gelacht und mit den Schultern gezuckt. Dieses kleine Achselzucken – wenn ihr Kleid herabglitt und ihre weiße Schulter sich wie ein Flügel hochzuschieben schien! In all ihren Bewegungen lag etwas Vogelartiges, Schwebendes … Armes Kind, armes kleines Mädchen … Er fühlte sich wirklich wie ihr älterer Bruder, und sein Spiegel sagte ihm, dass er für diese Rolle noch nicht zu alt aussah …

Die Einsicht, nur knapp etwas Dunklem, Unheimlichem entgangen zu sein, das sie alle in die Tiefe gezogen hätte, gab ihm ein zusätzliches Gefühl der Sicherheit, ein Feriengefühl, als läge das ganze Leben so gefahrlos und offen vor ihm wie die nächsten vierzehn Tage in Cedarledge. Wie froh war er, dass er das Tarpunfischen abgesagt hatte, dass es ihm gelungen war, Jim und Wyant nach Georgia zu verfrachten und sich diese friedliche Pause zu verschaffen, in der er sich umblicken und über alles klar werden konnte, bevor die Schinderei wieder losging!

Vorgestern, gleich nach Paulines Abreise, hatte es so ausgesehen, als sollten alle Pläne von einem typischen Anfall Wyant'scher Verschrobenheit zunichtegemacht werden. Wyant fand stets Gefallen daran, sich anders zu besinnen, nachdem alle Übrigen einen Entschluss gefasst hatten, und im letzten Augenblick hatte er per Telefon verkündet, er fühle sich nicht gesund genug, um in den

Süden zu reisen. Erst hatte er Pauline angerufen; als er hörte, sie sei schon fort, hatte er sich mit Jim in Verbindung gesetzt, und Jim, beunruhigt, hatte sich an Manford gewandt. Es handle sich um eine der üblichen «nervösen» Attacken seines Vaters; Cousine Eleanor habe das kommen sehen und versucht, die Whisky-Sodas einzuschränken. Schließlich bat Jim, Manford möge bei seinem Vorgänger vorbeischauen und ihn zur Vernunft bringen.

Diese Besuche machten auf Wyant immer tiefen Eindruck; selbst Manford mit seiner beruflichen Schläue konnte sich das Ausmaß und die Besonderheit seiner Wirkung nicht recht erklären, spürte aber seine Macht und erhielt sie sich, indem er sich so selten wie möglich bei Wyant blicken ließ. Diesmal jedoch sah es aus, als liefe nicht alles so reibungslos wie sonst. Wyant, ausgemergelt und erregt, versuchte das Treffen für sich zu entscheiden, indem er sich, wie stets in Manfords Gegenwart, flott und forsch gab. «Mein lieber Freund! Setzen Sie sich doch! – Zigarre? Freut mich immer, wenn ich meinen Nachfolger sehe. Vielleicht kann ich mit ein paar kleinen Hinweisen zur Führung des Unternehmens dienen …?»

Es waren die üblichen Sätze, nur übertrieben, überbetont und ohne den üblichen Wyant'schen Tonfall, und er fuhr fort: «Allerdings weiß ich nicht, warum der Versager dem Erfolgreichen einen Rat erteilen sollte. Nun ja, in diesem Fall geht es um Jim … Ja, ich weiß, Sie haben Jim genauso gern wie ich … Trotzdem ist er mein Sohn, nicht wahr? Also, ich halte es für keine gute Idee, ihn gerade jetzt von seiner Frau zu trennen. Natürlich, ich bin altmodisch, das weiß ich. All diese verstaubten alten Traditionen sind abgeschafft. Dafür haben Sie und Ihresgleichen gesorgt – Sie haben das flüchtige Gesetz der Prärie eingeführt … Aber mein Sohn ist mein Sohn; er wurde nicht nach den neuen Regeln erzogen, und verdammt noch mal, Manford, Sie verstehen doch … Nein, vermutlich gibt es Dinge, die Sie nie verstehen werden, egal, wie teuflisch schlau Sie sind und wie viele Millionen Sie verdient haben.»

Es sah ganz so aus, als würden gleich alle Pläne über den

Haufen geworfen, aber hatte Manford auch keine Ahnung vom gesellschaftlichen Kodex des armen Wyant, so verstand er es doch, ruhig zu bleiben, wenn es geboten schien, und wusste, wie man mit einem schwachen, übererregten Mann redet, der zu viel getrunken hat und sich zu wenig bewegt.

«Sie machen sich Sorgen um Jim, nicht wahr? Ja, das verstehe ich. Ich mache mir auch Sorgen. Die Sache ist die: Jim hat bis zum Umfallen gearbeitet, und ich fühle mich zum Teil dafür verantwortlich, denn ich habe ihm zu dieser Stelle bei der Bank verholfen. Er leistet dort Großartiges, ja, er übertreibt es. Das ist das ganze Problem, und deshalb fühle ich mich Ihnen allen gegenüber verpflichtet, ihn so bald wie möglich loszueisen und ihm zu richtigen Ferien zu verhelfen … Jim ist jung, vierzehn freie Tage bringen ihn wieder auf die Beine. Aber Sie sind der Einzige, der ihn von Frau und Kind weglotsen kann, und wo Lita ist, dort sind Tumult, Albernheiten, Rechnungen und Scherereien. Deshalb haben seine Mutter und ich angeboten, die Dame für eine Weile zu übernehmen und ihm eine Chance zu geben. Von Mann zu Mann, Wyant, ich finde, wir beide sollten zusammenhalten und diese Sache durchziehen. Wenn wir das schaffen, kommt garantiert wieder alles in Ordnung. Tut Ihnen auch gut, so mit Ihrem Sohn wegzufahren, in einem angenehmen Klima ein bisschen am Strand zu faulenzen und zuzusehen, wie Jim sich erholt. Ich wollte, ich könnte auch kommen – und es ist noch nicht gesagt, dass ich nicht runtersause, nur für ein Wochenende, wenn ich es fertigbringe, mich von der Familie loszureißen. Man kann auf der Insel erstklassig fischen – und ich weiß, Sie waren immer ein großer Angler. Was Lita angeht, so ist sie bei Pauline und Nona gut aufgehoben.»

Der Trick funktionierte.

Aber warum es als Trick bezeichnen, wenn doch jedes Wort ernst gemeint war? Jim war tatsächlich todmüde, er brauchte tatsächlich Abwechslung, trotzdem ließ er sich nur unter dem Vorwand fortlocken, dass er seinen Vater in den Süden begleiten musste. Seltsam, dass im hintersten Winkel des Gewissens eine Ansammlung von Wahrheiten plötzlich wie ein Lügengespinst aussehen konnte! ... Herr im Himmel, was für ein krankhafter Blödsinn! Manford war moralisch verpflichtet, aus seinen Worten Wahrheit werden zu lassen, und damit fing er gerade an. Und nun Schluss! Da war schon Cedarledge. Die Fahrt hatte keine Minute gedauert ...

Wie hübsch der Landsitz im Dämmerlicht aussah, ein Dunstschleier aus zarten Farben verschmolz mit den Schatten, schon schmückten orangefarbene Fensterscheiben die lange, dunkle Fassade wie Edelsteine!

«Es wird dir sicher gefallen, nicht wahr, Lita?» Neben ihm ein zufriedenes Schnurren.

Wenn nur Pauline so viel Verstand besäße, ihn in Ruhe zu lassen, wenn sie ihn das alles auf Litas träge, sprachlose Weise genießen ließe und ihn nicht mit Statistiken und Großtaten, Ausgaben und Erfolgen überhäufen würde. Er hatte ihre ständigen Bestandsaufnahmen, die Rechnungen und Zinserträge so satt. Natürlich bewunderte er das alles – er bewunderte Pauline mehr denn je. Aber zugleich sehnte er sich danach, in der lieblichen Frische des Frühlings zu versinken wie ein Mann, der an die Brust einer Frau sinkt und nur ihre ruhigen Hände in seinem Haar fühlen will.

«Da ist der Hartriegel! Schau! Du hast ihn hier sicher noch nie blühen sehen, oder? Er zählt zu unseren Sehenswürdigkeiten.» Von der Wirkung des Hartriegels hatte er sich viel versprochen. «So, da sind wir – Herr im Himmel, tut das gut, hier zu sein! Nanu, Kind, du bist ja eingeschlafen ...» Er hob sie, noch ganz schläfrig, aus dem Auto ...

Und dann die erleuchtete Haustür, Powder, der Butler, der unvermeidliche Briefstapel – und Pauline.

Draußen webte die Frühlingsdämmerung verstohlen an ihrem samtigen Zauber. «Würde mich nicht wundern», dachte er, «wenn ich heute Nacht zehn Stunden durchschlafen würde.»

21

Der letzte Tag vor der Ankunft ihres Mannes war für Pauline strapaziös gewesen; aber das Resultat war unleugbar die Anstrengung wert. Wann hatte sie je zuvor Dexter im Brustton der Zufriedenheit sagen hören: «Herr im Himmel, tut das gut, wieder hier zu sein! Was hast du nur gemacht, dass das Haus so hübsch aussieht?», oder hatte seinen lächelnden Blick so aufmerksam durch die große Halle mit ihren Lampen und Blumen und dem flackernden Kamin schweifen sehen? «Na, Lita, das ist besser als die Stadt, nicht wahr? Du wusstest gar nicht, was für ein schöner Ort Cedarledge sein kann! Lauf nicht nach oben – sie bringen das Kind schon herunter. Komm ans Feuer und wärm dich auf; es ist bitter kalt hier in den Bergen. Hallo, Nona, du stille Maus – hab dich gar nicht gesehen, so hast du dich in deiner Ecke verkrochen …»

Ja, die Ankunft war tadellos gewesen. Selbst Litas Kuss hatte spontan gewirkt. Und Dexter hatte alles gelobt und alle Verbesserungen wahrgenommen; hatte freiwillig angekündigt, am nächsten Morgen die neue Heizung und den mustergültigen Brutschrank zu besichtigen. «Wunderbar, wie du Dinge, die scheinbar in Ordnung waren, noch um hundert Prozent verbessern kannst! Vermutlich sind morgen sogar die Frühstückseier doppelt so groß.»

Eine einzige solche Bemerkung entlohnte seine Frau für all ihre Arbeit und stachelte ihre Erfindungsgabe zu neuen Taten an. Konnte sie sich nicht noch etwas ausdenken, was sein Lob hervorrief? Und das Schöne daran war, dass alles so aussah, als wäre es ganz leicht gewesen. Ein oberflächlicher Betrachter wäre nie auf den Gedanken gekommen, dass das einfache Leben in Cedarledge seine lächelnde Organisatorin mehr Mühe kostete als eine ganze New Yorker Ballsaison.

Auch das trug zu Paulines Befriedigung bei. Auf dem Weg durch die Halle, vorbei an den gesammelten Golf- und Tennisschlägern, den Automänteln, Capes und Schals auf dem langen

Tisch und an den schlammbespritzten Terriern, die sich auf den Chintzkissen der Sitzbänke gemütlich zusammengerollt hatten, gelang es ihr sogar, sich einzureden, dass wirklich alles so primitiv und improvisiert war, wie es aussah, und dass sie die Leidenschaft ihres Mannes, in Tweed und Homespun[49] durch den Schlamm zu stapfen, seit jeher teilte.

«Eines Tages», dachte sie, «geben wir New York endgültig auf, leben wie ein altmodisches Ehepaar das ganze Jahr hier, und Dexter kann Landwirtschaft betreiben, während ich mich um das Geflügel und die Molkerei kümmere.» Augenblicklich entwarf ihre pragmatische Fantasie eine hochmoderne Hühnerfarm im großen Stil und kalkulierte, welche Einnahmen eine wirklich systematische Herstellung von Butter und Käse erzielen würde. Stubenküken, das wusste sie, wurden immer begehrter, und in Restaurants und Hotels herrschte große Nachfrage nach diesen kleinen, fremdländisch aussehenden Rahmkäsen in Silberpapier.

«Die Marchesa hat wieder angerufen, Madam», erinnerte Powder sie am zweiten Morgen beim Frühstück. In Cedarledge kamen alle zum Frühstück nach unten, das gehörte zum einfachen Leben. Es endete allerdings meist damit, dass Pauline allein hinter der Teemaschine thronte, denn Mann und Tochter genossen in den Ferien das Unpünktlichsein in vollen Zügen, und dass Lita nicht imstande war, vor dem Lunch zu erscheinen, wurde stillschweigend als selbstverständlich betrachtet.

«Die Marchesa?», fragte Pauline gereizt. Sie verzehrte gerade genüsslich ein soeben erst gelegtes Ei und ganz frische Butter. Wieso war man eigentlich nie völlig sicher vor Störenfrieden und Scherereien? Sie hatten für Amalasuntha alles getan, was sie konnten, und mussten nun feststellen, dass Dankbarkeit lästigere Folgen haben konnte als Gleichgültigkeit.

«Die Marchesa möchte mit Ihnen über das Datum für den Empfang des Kardinals sprechen.»

Ah, dann stand das also fest – es war wirklich ausgemacht! Leidenschaftliche Befriedigung fegte Paulines Desinteresse hinweg, und ihr Gerechtigkeitssinn zwang sie zuzugeben, dass Amalasuntha sich mit einem solchen Dienst einen Sonntag in Cedarledge verdient hatte. «Sie wird sich zu Tode langweilen, wenn sie hier zwei Tage allein mit der Familie verbringen muss; aber sie möchte ja unbedingt eingeladen werden, und im Nachhinein wird sie sich einbilden, es habe ein riesiges, mehrtägiges Fest stattgefunden», überlegte Pauline.

«Gut, Powder. Teilen Sie der Marchesa bitte telefonisch mit, dass ich sie am nächsten Samstag erwarte.»

Das ließ ihnen wenigstens eine Woche Zeit. Nach sechs Tagen allein mit seinen Frauen hatte vielleicht nicht einmal mehr Dexter etwas gegen ein wenig Gesellschaft einzuwenden, und dann konnte Pauline die Marchesa als Köder benutzen und die Nachbarn zu einem Dinner zusammentrommeln. Die Toys, fiel ihr plötzlich ein, waren über Ostern im «Country Club» in Greenwich. Sie lächelte bei dem Gedanken, dass vielleicht dies Dexter bewogen hatte, Kalifornien gegen Cedarledge einzutauschen. Sie hatte keine Angst mehr vor Mrs Toy, womöglich war ihre Nähe sogar von Nutzen. Pauline vermochte nie so recht zu glauben – zumindest nicht länger als ein paar Stunden am Stück –, dass Menschen auf dem Land ohne gesellschaftliche Tröstungen glücklich sein konnten, und sechs Tage Ruhe nahmen vor ihren Augen das Ausmaß prähistorischer Erdzeitalter an. Wann hatte sie jemals einen solchen Zeitraum zu ihrer freien Verfügung vor sich gehabt? In dem Wissen, dass man ihn jederzeit verkürzen konnte, seufzte sie zufrieden und beschloss, den Vormittag dem Studium eines neuen Kühlsystems zu widmen, für das seit Kurzem geworben wurde.

Dexter hatte die versprochene Besichtigungstour mit ihr noch nicht unternommen, aber das war kaum verwunderlich. Am ersten Morgen hatte er lange geschlafen und dann auf der Terrasse im milden Sonnenschein gelegen. Am Nachmittag waren sie alle zu einer Runde Golf nach Greystock gefahren, und als Pauline heute zum Frühstück herunterkam, erfuhr sie zu ihrer Überraschung, dass ihr Mann, Nona und Lita schon zu einem frühen Galopp aufgebrochen waren und ausrichten ließen, sie würden unterwegs frühstücken. Sie wusste nicht, worüber sie sich mehr wundern sollte: dass man Lita noch vor dem Frühstück aus dem Bett gelockt hatte oder dass Dexter sich nach so vielen Jahren wieder in den Sattel setzte. Freilich war die Luft in Cedarledge wunderbar erfrischend und verjüngend, auch sie fühlte ihre Wirkung. Und obwohl sie ihrem Mann gern alle Verbesserungen gezeigt hätte, war sie nicht ungehalten, sondern freute sich nur still über den Erfolg ihrer Pläne. Wenn sie Jim eine zufriedene Lita zurückgeben konnten, hatten sie das Ziel dieser Ferien erreicht, und glühend vor Optimismus setzte sie sich an ihren Schreibtisch und schrieb rasch einen freudigen Brief an ihren Sohn.

«Dexter ist wunderbar, er hat Lita schon vor dem Frühstück zu einem Ritt beschwatzt. Ist das nicht ein Erfolg? Wenn du zurückkommst, wirst du sie nicht wiedererkennen. Ich wäre aller Sorgen ledig, hätte ich nicht den Eindruck, dass Nona immer noch zu blass und verhärmt aussieht. Ich werde sie zu einer Inspirationskur überreden, sobald wir wieder in der Stadt sind. Übrigens»,

kratzte ihr Füllfederhalter weiter,

«weißt du schon das Neueste von Stan Heuston? Er soll mit dieser schrecklichen Merrick nach Europa gefahren sein, und jetzt muss sich Aggie tatsächlich von ihm scheiden lassen ... Nona, die immer so eng mit Stan befreundet war, hat es natürlich auch gehört, scheint aber nicht mehr zu wissen als wir anderen ...»

Nichts freute Arthur Wyant mehr, als mit solchen Skandalleckerbissen gefüttert zu werden, bevor sie Allgemeingut waren. Pauline wurde das Gefühl nicht los, dass Vater und Sohn die Abende im

Inselbungalow lang werden würden, und im Überschwang ihrer Zufriedenheit wollte sie ihr Möglichstes tun, um sie aufzuheitern.

Trotz vielfältiger Beschäftigung schien der Tag endlos. Sie hatte das Baby besichtigt, die Köchin aufgesucht und mit Powder das Funktionieren der neuen Alarmanlage besprochen; sie war, die Kataloge in der Hand, mit dem Chefgärtner durch den Garten gegangen, war dann in die Molkerei und zum Geflügelhof spaziert, um zu erklären, dass Mr Manford morgen bestimmt zur Besichtigung käme, und hatte Maisie Bruss angerufen, um sich nach ihrer Mutter zu erkundigen und ihr zu sagen, sie solle eine ausführliche Liste für den Empfang des Kardinals erstellen; dennoch blieb noch erstaunlich viel Zeit. Es war köstlich, auf dem Land zu sein, das Ergebnis der Verschönerungen zu inspizieren und seine täglichen Übungen bei offenem Fenster und umweht von einer frischen Bergbrise zu absolvieren; doch ihr wahres Ich befasste sich bereits mit komplizierten Plänen für die Bewirtung des Kardinals. Sie fragte sich, ob es nicht klüger wäre, morgen in die Stadt zu fahren und sich mit Amalasuntha zu besprechen, und widerstrebend befand sie, dass auch ein Telefongespräch genüge.

Das Gespräch dauerte lang und verlief im großen Ganzen befriedigend; wäre Maisie in Reichweite gewesen, hätten die Vorbereitungen für den Empfang tatsächlich größere Fortschritte gemacht. Welch ein Pech, dass die Ärzte fanden, Maisie solle bei ihrer Mutter bleiben, bis diese im Krankenhaus ein Einzelzimmer bekam. («Natürlich ein Einzelzimmer, liebe Maisie, ich möchte nicht, dass sie in einem Krankensaal liegt. Nicht um alles in der Welt! Setzen Sie es bitte einfach auf die Rechnung. Das mach ich doch gern!») Sie tat wirklich gern, was sie konnte, aber es war bedauerlich (und niemand spürte das mehr als Maisie), dass Mrs Bruss gerade jetzt krank geworden war. Um die Zeit auszufüllen, entschloss sich Pauline zu einem Spaziergang mit den Hunden.

Als sie zurückkehrte, traf sie Nona, noch im Reitkostüm, in

der Bibliothek an. Völlig in ein Buch versunken, saß sie in einer Sofaecke.

«Nanu, Kind, wo kommst du denn her? Ich wusste gar nicht, dass ihr schon zurück seid.»

«Die anderen sind noch nicht da. Lita hat sich plötzlich in den Kopf gesetzt, dass es doch lustig wäre, mit dem Auto nach Greenwich hinüberzufahren und im ‹Country Club› zu Abend zu essen, und so hat Vater sich in Greystock ein Auto geliehen und nach einem Reitknecht telefoniert, damit der die Pferde heimholt. Es klang zwar alles recht vergnüglich, aber ich war müde, deshalb bin ich nach Hause geritten. Es ist fast Vollmond, und sie werden eine wunderschöne Rückfahrt haben.» Nona lächelte zu ihrer Mutter hoch, als wollte sie sagen, durch den Mond bekomme die Sache ein ganz anderes Gesicht.

«Oh, aber das bedeutet Tanzen bis in die Puppen! Dabei habe ich Jim versprochen, mich darum zu kümmern, dass Lita sich Ruhe gönnt und früh zu Bett geht. Wozu haben wir sie denn dann überredet, hierherzukommen? Dein Vater hätte sich weigern müssen.»

«Dann hätte es beim Lunch in Greystock genügend Leute gegeben, die sie mitgenommen hätten. Du weißt schon – dieser Cocktailverein. Deshalb hat Vater sich geopfert.»

Pauline überlegte. «Tja. Immer muss dein Vater sich opfern. Offenbar ist es zwecklos, Lita überreden zu wollen, dass sie sich mäßigt.»

«Nicht, wenn man ihren Launen ein wenig nachgibt. Vater hat das erkannt. Wir dürfen nicht zulassen, dass sie sich hier langweilt – dann würde sie nicht bleiben.»

Pauline spürte plötzlich eine Müdigkeit in allen Knochen. Es war, als sei das mühsam errichtete Gebäude des einfachen Lebens in Cedarledge durch einen Tritt von Litas kleinem Fuß zu Staub zerfallen. Das Spritzenhaus, der Geflügelhof, die neue Alarmanlage und die Schwimmbadheizung – wann würde Dexter jemals Zeit haben, sie zu besichtigen und zu bewundern, wenn er seine kostbare Ferienzeit damit verschwendete, hinter Lita durch die Gegend zu jagen?

«Dann werden wir beide wohl allein essen», sagte Pauline und schenkte ihrer Tochter ein gequältes kleines Lächeln.

22

Was für eine Jahreszeit – durch jede frostige Fuge brach plötzlich das Leben aus der befreiten Erde! Manford fragte sich, ob er schon jemals Zeit gefunden hatte, die ungestüme Schönheit des amerikanischen Frühlings zu genießen.

Trotz der Heimfahrt weit nach Mitternacht war er in aller Frühe zu einer langen Wanderung aufgebrochen. Schlafen – wie sollte man mit diesem Aprilmondlicht im Blut schlafen? Diesem allgegenwärtigen Mond, der in den perlmutternen Träubchen der Felsenbirnen gefangen und als elfenbeinfarbenes Blütengestöber auf den wilden Pflaumenbäumen verstreut war, diesem Mond, der bleich die Grasspitzen am Wegesrand nachzeichnete und in den Waldlichtungen Pfützen aus gefrorenem Silber ausbreitete. Ein eisiger, brennender Zauber, in den man eintauchte und dem man kalt und glühend wieder entstieg. Und alles ringsum erschien ebenso unwirklich und unglaublich wie man selbst …

Nach dem lauten «Club»-Restaurant, dem Lärm, dem Jazz, den sich drehenden Paaren, den japanischen Laternen, dem grellen Gelächter und dem turbulenten Abschiednehmen nun dieses weiße Schweigen, die lange Straße, die sich vor ihm abspulte und hinter ihm wieder aufrollte, die blinden Gesichter der Bauernhäuser mit den geschlossenen Fensterläden, die schwarzen Wälder, die im Dunst liegenden Seen – ein Schnitt durch eine Welt im Schlaf, stumm und mondbetäubt …

Der Gegensatz war schön und unerträglich …

Schlafen? Er war gar nicht erst ins Bett gegangen. Hatte sich nur in die Wanne gelegt, sich dann auf seiner Liege ausgestreckt und zugesehen, wie die Dämmerung hereinbrach. Auch das ein geheimnisvoller Anblick; die kalten Lichtfinger formten eine neue Welt, während die Menschen achtlos schliefen und sich einbildeten, sie würden in einem vertrauten Gestern erwachen. Narren!

Er frühstückte heißhungrig, bevor seine Frau herunterkam, und brach mit ein paar Hunden zu einer langen Wanderung auf, ohne noch recht zu wissen, wohin.

Selbst im Tageslicht erschien ihm die Welt unvorstellbar seltsam, als hätte er sie nie zuvor richtig betrachtet. Langsam ging er drei, vier Meilen dahin und hielt sich ungefähr in Richtung Greystock. Auf seinen langen Wanderungen als Junge, in der Zeit auf der Farm, hatte er gelernt, gemächlich und gleichmäßig zu gehen, und nun erfrischte ihn die ungewohnte Bewegung eher, als dass sie ihn ermüdete – zumindest ermüdete sie nur seine Muskeln, belebte aber sein Gehirn. Erregt? Nein – nur wohltuend angeregt …

Unter einem Walnussbaum an einem sonnigen Hang streckte er sich aus, zündete seine Pfeife an und starrte über Felder und Wälder in die Ferne. Das ganze Land lag in diesem Dunst beginnenden Lebens. Die Hunde jagten und buddelten, dann kamen sie zurück, um zu seinen Füßen zu schlummern und süß zu träumen. Die Sonne auf seinem Gesicht fühlte sich warm und menschlich an, und allmählich glitt das Leben in die alten Bahnen zurück – eine behagliche Routine, unterbrochen von erfreulichen Ereignissen. Konnte ein Mann über fünfzig mehr erwarten?

Doch nach einer Weile ließ sein Schwung nach. Er begann zu frösteln und bekam Hunger; also machte er sich wieder auf den Weg.

Kurz darauf merkte er, dass es halb zwölf war – Zeit, nach Hause zu gehen. Nach Hause, zum Lunch. Zu Pauline. Und Nona. Und Lita. O Gott, nein, noch nicht … Er trabte weiter, langsam und verdrossen, und beschloss, irgendwo unterwegs einen Happen zu sich zu nehmen.

An einer Wegbiegung erblickte er die Gestalt einer Frau, die etwas oberhalb über einen grünen Abhang schlenderte. Kräftig und aufrecht, bekleidet mit einem gepflegten Golfrock, kam sie ihm von oben entgegen und schwang einen Schläger in der Hand. Na, so was, er befand sich doch tatsächlich am Rand des Golfplatzes von Greystock! Die Frau war allein, ohne Begleiter oder Caddies, machte eine Proberunde oder vielleicht einfach einen Spaziergang, so wie er, und sog die berauschende Luft ein …

«Hallo!», rief sie, und er merkte, dass er auf Gladys Toy zuging.

War diese energische, aufrechte Frau im nussbraunen Pullover und Faltenrock die schmuckbehangene, üppige Schönheit, die er von so vielen langweiligen Dinnereinladungen kannte? Etwas von seinem alten Interesse – eine kurzlebige Laune von ein, zwei Wochen – lebte wieder in ihm auf, als sie mit sicherem und dennoch beschwingtem Schritt in breiten, bequemen Schuhen auf ihn zumarschierte.

«Hallo!», antwortete er. «Wusste gar nicht, dass du hier bist.»

«War ich bisher auch nicht. Ich bin erst gestern Abend gekommen. Ist das nicht herrlich?» Selbst ihre träg tröpfelnde Stimme geriet in Schwung und klang lebhafter. Eine wohlgestalte Frau, eine Frau mit Kurven und Fülle – das gefiel ihm ausgesprochen gut, erst recht nach diesen halb nackten Skeletten, zwischen denen er am Abend zuvor gespeist hatte. Mrs Toy war groß genug, um ihre Pfunde tragen zu können, und schien sich ihrer auch nicht zu schämen.

«Herrlich? Ja, das bist du!», sagte er.

«Was, ich?»

«Wieso, was meintest du denn?»

«Sei nicht albern! Wie bist du hierhergekommen?»

«Zu Fuß.»

«Meine Güte! Von Cedarledge? Du musst ja völlig erledigt sein.»

«Das glaubst du doch selbst nicht. Ich bin eigens herüberspaziert, um mit dir zu Mittag zu essen.»

«Du hast gerade gesagt, du wusstest nicht, dass ich da bin.»

«Du darfst nicht alles glauben, was ich sage.»

«Gut. Dann glaube ich nicht, dass du herüberspaziert bist, um mit mir zu Mittag zu essen.»

«Glaubst du mir denn, wenn ich dir sage, dass du furchtbar schön bist?»

«Ja!», antwortete sie herausfordernd.

«Und dass ich dich küssen möchte?»

Sie lächelte mit dem Blick eines erschöpften Schwimmers, und er merkte, dass ihr dürftiges Repertoire an Schlagfertigkeit aufgebraucht war. «Herman kommt heute Abend», sagte sie.

«Dann lass uns den Tag nutzen.»

«Aber ich habe ein paar Leute zum Lunch in den ‹Club› eingeladen.»

«Dann sagst du ihnen ab und ziehst mit mir los, und wir essen irgendwo zu Mittag.»

«Oh, wirklich – soll ich?» Sie lachte kurzatmig, und er sah, wie sich ihre Brust hob.

Er zog sie an sich und drückte einen Kuss mitten in ihr Lachen. «Kommst du jetzt mit?»

Sie war ein üppiger Armvoll, und er musste daran denken, wie herrlich er in seiner Jugend rundliche, rosige Frauen gefunden hatte, ehe Geld und Mode ihnen diese gekünstelten Normen aufzwang.

Als er Cedarledge wieder betrat, fiel das Licht des kühlen Frühlingssonnenuntergangs schräg durch die Bibliotheksfenster auf den Teetisch, an dem seine Frau und Nona saßen. Von Lita war nichts zu sehen; Manford vernahm teils gleichgültig, teils belustigt, dass sie angeblich soeben aufstand. Sein Gefühl für Lita hatte sich zu einer väterlichen Langmut beruhigt; er fand das Beiwort jetzt nicht mehr unpassend. Zugleich verspürte er unter der oberflächlichen Freundlichkeit, die er für sie und den Rest der Welt empfand, eine elementare Gleichgültigkeit gegenüber allen Dingen, ausgenommen sein eigenes Wohlergehen und Behagen. Das war das heilsame Ergebnis der frischen Luft und wiedergewonnenen Muße. Wie unsinnig, sich wegen irgendetwas so nervös machen zu lassen – seien es Finanzen, berufliche Erfolge oder Frauen! Vor allem Frauen. Wenn er auf die letzten Wochen zurückblickte, wurde ihm klar, wie heillos erschöpft er gewesen sein musste, dass er seine eigenen Gefühle so übersteigert wahrgenommen hatte. Nach drei Tagen in Cedarledge hatte sich heitere Gelassenheit wie ein Segen auf ihn herabgesenkt. Gladys Toys Wangen waren weich wie Nektarinen, und das grelle Vormittagslicht hatte ihm gezeigt, dass sie ungeschminkt war. Er erinnerte sich dessen mit einem gewissen Vergnügen und entließ sie dann aus seinem Gedächtnis – oder vielmehr, sie fiel von selbst heraus. Er war nicht in der Stimmung, lang über irgendjemanden oder irgendetwas nachzudenken ... er genoss seine Trägheit und Gleichgültigkeit in vollen Zügen.

«Tee? Ja, und unbedingt einen Muffin mit Butter. Oder mehrere. Ich habe einen Bärenhunger. Hab heute früh eine Riesenwanderung unternommen, noch bevor einer von euch wach wurde. Mrs Toy ist mir über den Weg gelaufen und hat mich in ihrem neuen Zweisitzer heimgebracht. Eine richtige Schönheit – das Auto, meine ich –, du wirst dir auch so eins zulegen müssen, Nona ... Herrgott, wie gut sich's hier am Feuer sitzt ... und was riecht hier so süß? Nelken – meine Güte, die sind ja riesig! Morgen müssen wir uns die Gewächshäuser ansehen, Pauline, und auch alles andere. Ich möchte eine Bestandsaufnahme von all deinen Neuerungen machen.»

In diesem Augenblick fühlte er sich sogar der Besichtigungstour samt all der damit verbundenen Daten und Berechnungen gewachsen. Alles schien einfach, jetzt, wo er gemerkt hatte, dass er sein Mondlichtfieber abschütteln konnte durch ein paar Stunden mit einer hübschen Frau, die nichts dagegen hatte, sich küssen zu lassen. Übermorgen würde er Mrs Toy wiedersehen, und in der Zwischenzeit würde er nur dann an sie denken, wenn es keine interessantere Beschäftigung gab.

Als er ein Zündholz an seine Pfeife hielt, kam Lita ins Zimmer geglitten. Der Junge lag an ihrer Schulter, und sie erinnerte an eine von Crivellis[50] rätselhaften Madonnen, ein rothaariges Jesuskind auf dem Arm.

«Du meine Güte! Ist das Frühstück oder Tee? Ich habe nach unserer Spritztour offenbar verschlafen», sagte sie und schenkte Manford ein träges Lächeln.

Sie ließ sich vor dem Kamin auf die Knie nieder und hielt Pauline den Jungen hin. «Gib Großmama einen Kuss», befahl sie mit ihrer leicht spöttischen Stimme.

Das war sehr hübsch, sehr geschickt inszeniert, aber Manford sagte sich, dass sie ein wenig zu ichbezogen war und sich die Lippen ein wenig zu sehr anmalte. Außerdem hatte er hohlwangige Frauen mit hohen Wangenknochen schon immer verabscheut. Genüsslich überließ er sich der Erinnerung an diesen Nachmittag.

23

Auf dem Land gingen die Uhren fraglos anders als in der Stadt.

Das Dinner für Amalasuntha war in die Wege geleitet, die Einladung an die Toys verschickt; nun blieben von dieser endlosen Woche, die so schnell hätte vergehen müssen, immer noch zwei Tage. Doch alles war genau nach Paulines Wünschen verlaufen. Dexter hatte tatsächlich die versprochene Runde durch Haus und Park absolviert und seine Besichtigung auf die Molkerei, den Geflügelhof und das Spritzenhaus ausgedehnt. Und er hatte alles gelobt – fast zu rasch und unkritisch. Interessierte es ihn vielleicht zu wenig, als dass er Mängel kritisiert oder zumindest auf sie hingewiesen hätte? Dieser Verdacht, der in seiner Frau aufkeimte, als er durch die Kuhställe ging, ohne sich zu dem nicht funktionierenden neuen Belüftungssystem zu äußern, wurde zur Gewissheit, als sie bei der Rückkehr ins Haus vorschlug, zusammen die Rechnungen zu kontrollieren. «Ach, wenn der Architekt sie abgesegnet hat ... Außerdem ist es jetzt zu spät, um noch etwas zu unternehmen, findest du nicht? Und die Ergebnisse sind so großartig, dass ich mir nicht vorstellen kann, sie seien überbezahlt. Alles ist doch perfekt ...»

«Aber nicht die Belüftung im Stall mit den Alderneys[51], Dexter.»

«Na, gut, kann man das nicht regeln? Wenn nicht, verbuche es als Erfolg. Noch nie hat mir etwas so viel Spaß gemacht wie das Schwimmen heute Morgen. Du hast es geschafft, dass das Wasser im Becken genau auf die richtige Temperatur erwärmt wird.» Er schlüpfte hinaus zu Nona auf das Putting Green unterhalb der Terrasse.

Ja, alles war in bester Ordnung; er war offenbar entschlossen, alles für in bester Ordnung zu halten. Bei Michelangelos Schulden war es genauso gewesen. Anfangs hatte er sich dem Vorschlag seiner Frau, ihren Verwandten bei der Abzahlung zu helfen, damit der junge Mann nicht in New York auftauchte, widersetzt, dann hatte er der Marchesa plötzlich versprochen, die ganze Summe zu übernehmen, und Pauline kein Wort davon gesagt. Es war, als habe er sich einem unergründlichen, geheimen Ziel verschrieben und sei entschlossen, alles beiseitezuräumen, was dessen beharrliche Verfolgung zu behindern drohte. Sie kannte ihn so versunken, wenn er von einem «wichtigen Fall» gefesselt war. Aber jetzt gab es keine Anzeichen für eine berufliche Inanspruchnahme, keine Telefonate, keine Telegramme, keine eilends anreisenden Juniorpartner oder Prokuristen. Er schien mit all den anderen Sorgen auch die Kanzlei abgeschüttelt zu haben. Seine Heiterkeit und gute Laune hatte etwas, was sie dunkel ängstigte.

Einmal wollte sie es beinahe einem Interesse – einem übertriebenen Interesse – an der Frau seines Stiefsohns zuschreiben. Dieser Gedanke hatte Pauline schon einmal gestreift; sie spürte noch seinen eisigen Hauch, als ihr Mann an jenem Abend unerwartet heimgekommen war und so ernst und vernünftig mit ihr darüber gesprochen hatte, dass er Lita und den Jungen nach Cedarledge holen wolle. Es war nur die Spur eines Zweifels, nicht mehr, und selbst damals hatte Pauline das Groteske daran empfunden und den Gedanken angeekelt und ängstlich von sich gewiesen.

Jetzt musste sie über ihre Angst lächeln. Ihr Mann verhielt sich Lita gegenüber tadellos – ungezwungen, fröhlich, wenn auch mit einem Schuss ins Ironische. Zur Zeit von Jims Heirat hatte Dexter genauso gelächelt. Er hatte die Braut albern und anmaßend gefunden, hatte sogar ihr gutes Aussehen in Frage gestellt. Und nun zeigte die erste Woche in Cedarledge, dass seine Haltung zwar freundlicher geworden war, aber nur Jim zuliebe, nicht um Litas willen. Nona und Lita steckten den ganzen Tag zusammen; stieß Manford dazu, behandelte er beide gleich, so wie ein Mann zwei verwöhnte, spaßige Töchter eben behandelt.

Was ging ihm dann im Kopf herum? Vielleicht wieder Gladys Toy? Pauline hatte gedacht, das sei vorüber. Aber selbst wenn es nicht vorüber war, beunruhigte es sie nicht mehr. Schon früher hatte sie bei Dexter mehrmals ein ähnliches «Auflodern» erlebt, und es war nie von Dauer gewesen. Außerdem hatte sie als Ehefrau eine gewisse philosophische Gelassenheit entwickelt und war bereit, bei ihrem zweiten Ehemann nachsichtiger zu sein als beim ersten. Wenn Frauen älter werden, müssen sie sich klarmachen, dass ihre Männer nicht immer mit ihnen Schritt halten …

Nicht dass sie sich zu alt fühlte, um von Manford geliebt zu werden. An dem Abend, als er sie das Essen bei den Rivingtons absagen ließ, waren all die Hoffnungen von einst wieder in ihr erwacht. Aber der Traum hatte jenen Abend nicht überlebt. Damals hatte sie begriffen, dass er mit ihr nur «gut Freund» sein wollte; das war alles, was die Zukunft für sie bereithielt. Nun ja, für eine Großmutter musste das eigentlich genügen. Sie konnte diese dummen alten Frauen nicht ausstehen, die erwarteten, dass «dergleichen Unsinn» andauerte. Dennoch gedachte sie nach der Rückkehr in die Stadt einen neuen Russen zu konsultieren, der eine Radiumkur erfunden hatte, die Falten völlig zum Verschwinden brachte. Er bezeichnete sich als «Wissenschaftlichen Spiritualisten» … Dieser Begriff faszinierte sie.

Der Empfang für den Kardinal und die damit verbundenen dringenden Vorarbeiten lenkten sie zum Glück von diesen beunruhigenden Fragen ab. Selbst ohne Maisie konnte sie eine ganze Menge vorbereitende Briefe und Telefonate erledigen, doch es schmerzte sie, wie sehr ihre Handschrift durch das seit Langem zur Gewohnheit gewordene Diktieren gelitten hatte. Heutzutage schrieb sie keinen Brief mehr eigenhändig – allenfalls an einen vornehmen Ausländer, denn diese hielten maschinengeschriebene Briefe für unmanierlich, hatte Amalasuntha ihr erklärt. Ihre ungeübte Schrift war so steif und gleichzeitig schlampig geworden, dass sie beschloss, ihre Hände wie die anderen ungenutzten Muskeln «behandeln» zu lassen. Aber woher die Zeit nehmen für diese neue, unerlässliche Kur? Ihre Laune hob sich bei dem belebenden Gefühl, wieder in Eile zu sein ...

Nona saß auf der Südterrasse in der Sonne. Das Cedarledge-Experiment dauerte jetzt acht Tage, und zugegeben, es ließ sich besser an, als sie es für möglich gehalten hatte.

Lita machte ihnen erstaunlich wenig Mühe. Seit der ersten Flucht nach Greenwich hatte sie nie mehr Lust auf Varietés und Nachtclubs gezeigt, sondern sich auf die erregende Alternative anstrengender Sportarten im Freien gestürzt. Nach stundenlangem ermüdendem Training verfiel sie in träumerische Mattigkeit und ließ sich von äußeren Ereignissen nicht mehr aus der Ruhe bringen. Sie sprach nie über ihren Mann. Nona wusste nicht, ob Jims häufige – allzu häufige – Briefe beantwortet oder auch nur gelesen wurden. Lita lächelte unbestimmt, wenn sein Name fiel, und als ihre Schwiegermutter einmal eine Andeutung bezüglich der Zukunft wagte, antwortete sie nur: «Ich dachte, wir seien hier, um von Plänen kuriert zu werden.» Woraufhin Pauline ihren Schnitzer mit einem Lächeln vergessen machte.

Nona selbst fühlte sich immer mehr wie ein Späher im Schützengraben, wie sie während des Krieges in den Zeitungen abgebildet gewesen waren. Da saß sie nun beengt im Dunkeln, die

Augen an den Schlitz des Periskops gedrückt, und blickte auf die scheinbare Leere. Sie hatte sich oft gefragt, woran diese Männer in den endlosen Stunden des Wachehaltens dachten, wenn tagelang, wochenlang nichts geschah, wenn nicht der leiseste Schatten eines Feindes über das Fleckchen Niemandsland schlich. Was bewahrte sie davor, einzuschlafen oder sich in Tagträumen zu verlieren und dann, wenn ein Angriff drohte, das Warnsignal zu vergessen? Sie malte sich aus, wie einer abgeführt und im Schlamm von Flandern[52] erschossen wurde, weil er sich im entscheidenden Augenblick auf heimatlichem Wiesengrund schlummernd gewähnt hatte ...

Seit ihrem Gespräch mit Aggie Heuston breitete sich eine Art Curare[53] in ihren Adern aus. Sie war sich aller Vorgänge ringsum sehr wohl bewusst, fühlte sich aber unfähig, sich zu irgendetwas aufzuraffen. Selbst wenn noch einmal etwas von Belang geschehen sollte – wäre sie je in der Lage, die lastende Gleichgültigkeit abzuschütteln? Waren seit dem Gespräch mit Aggie tatsächlich schon zehn Tage vergangen? Und hatten sich all die unheilvollen Prophezeiungen erfüllt, ohne dass sie einen Finger gerührt hatte? Sie erinnerte sich dunkel, aus einer Stimmung scheinbar heroischer Selbstverleugnung heraus gehandelt zu haben; heute hatte sie das Gefühl, damals wie betäubt gewesen zu sein. Was nutzten edle Motive, wenn sie einen im Stich ließen, sobald die Glut erloschen war?

Sie dachte: «Ich komme mir vor wie der älteste Mensch auf Erden und dennoch so, als hätte ich noch ewig zu leben ...» Und es schauderte sie vor Einsamkeit.

Sollte sie gehen und die anderen aufstöbern? Was änderte das? Sie konnte ihrer Mutter, die oben über ihrer Gästeliste saß, Hilfe bei den Briefen anbieten, oder bei Lita vorbeischauen, die nach dem scharfen Galopp am Morgen wahrscheinlich schlief, oder ihren Vater suchen und ihm einen Spaziergang vorschlagen. Sie hatte ihren Vater seit dem Lunch nicht gesehen, aber sie meinte sich zu erinnern, dass er sich seinen neuen Buick hatte vorfahren lassen. Wieder weg … er war genauso ruhelos wie die anderen. Heutzutage waren alle ruhelos. Hatte er Lita vielleicht mitgenommen? Nun, warum nicht? War er nicht hier, um sich um Lita zu kümmern? Plötzlich regte sich in Nona Neugier; sie erhob sich und schlich leise nach oben zum Zimmer ihrer Schwägerin. Warum setzte sie ihre Schritte so schleppend, als hielte eine verborgene Macht sie zurück und warnte sie stumm, nicht zu gehen? Was für ein Unsinn! Besser sie gestand es sich endlich ein und gab zu …

«Verzeihung, Miss.» Der allgegenwärtige Powder tauchte hinter ihr auf. «Wenn Sie in Mrs Manfords Salon hinaufgehen, würden Sie ihr freundlicherweise ausrichten, dass Mr Manford angerufen hat? Er kommt erst spät aus Greystock zurück, und sie soll bitte nicht mit dem Essen warten.» Powder machte ein Gesicht, als würde er diese Nachricht lieber nicht selbst überbringen.

«Greystock? Aha, gut. Ich sage es ihr.»

Wieder Golf – Golf und Gladys Toy. Nona verabschiedete sich endgültig von ihrer fixen Idee. Es sollte ihr wirklich eine Lehre sein. Da bildete sie sich wegen ihres Vaters alle möglichen morbiden Schrecklichkeiten ein, dabei handelte es sich einfach um den völlig normalen Flirt eines älteren Mannes mit einer dummen Frau, die er vergessen würde, sobald er wieder in der Stadt war! Genau der richtige Zeitvertreib für die Osterferien. «Schließlich hat er auf das Tarpunfischen verzichtet, um hierherzukommen, und Gladys ist kein schlechter Ersatz – zumindest was das Gewicht anbelangt. Sportlich gesehen aber weit weniger aufregend.» Ein trübes Fünkchen Heiterkeit flackerte in ihr auf.

Leise stieß sie die Tür zu einem der perfekt eingerichteten Gästezimmer auf; es war so sorgfältig mit allem praktischen Komfort versehen – von den elegant eingepassten Fensterventilatoren bis zu den Frisiertischlampen mit Gelenkarmen, vom kleinen tragbaren Telefon und dem klappbaren Betttisch bis zu dem großen Dreifachspiegel, der keine Rundung der widergespiegelten Schönheit ausließ –, dass selbst Litas nachlässige Lebensweise von der herrschenden Ordnung gebändigt schien.

Lita ruhte auf dem Sofa, einer ihrer langen Arme hing herab, den anderen hatte sie mit der uralten Attitüde der schlafenden Schönen hinter den Kopf geschoben. Der Schlaf lag leicht auf ihr, wie auf allen, die ihn nach Belieben herbeirufen können. Es war die übliche Flucht vor der Langeweile zwischen den Sensationen, und in Daseinspausen wie der jetzigen ergriff Lita diese Flucht nach jeder Runde Sport im Freien.

Nona trat auf Zehenspitzen näher und blickte auf sie hinab. Wer hatte behauptet, der Schlaf enthülle die wahre Natur des Menschen? Vielmehr ließ er sie durch den Schleier seines eigenen Geheimnisses nur noch rätselhafter erscheinen. Litas Kopf war in die Beuge ihres dünnen Arms gebettet, die Lider wölbten sich über den hohen, von den goldenen Wimpern nur leicht berührten Wangenknochen, der blasse Bogen des Mundes war entspannt, der dünne, stahlharte Körper hinter einem sich öffnenden geblümten Morgenmantel halb zu sehen. So preisgegeben, mit erloschenem Blick und gelösten Muskeln, schien sie nur noch ein Bündel widersprüchlicher Launen, durch den feinen Faden der Schönheit zusammengehalten. Die Hand des hängenden Arms zeigte entspannt mit der Innenfläche nach oben. In ihrer kleinen Höhlung lag das Schicksal dreier Leben. Was würde sie damit anfangen? Wer konnte ahnen, was sie wusste, was sie plante oder sich einbildete – wie sollte man sie sich in einer dauerhaften menschlichen Beziehung zu irgendjemandem oder irgendetwas vorstellen?

Sie schlug die Augen auf, und eine träge Neugier stieg in ihnen hoch. «Du? Ich muss eingeschlafen sein. Ich habe versucht zu zählen, wie viele Monate wir schon hier sind, und Zahlen schläfern mich immer ein.»

Nona lachte und setzte sich ans Fußende des Sofas. «Du liebe Zeit – gerade als ich dachte, du beginnst dich hier wohlzufühlen!»

«Aber das nennt ihr doch Wohlfühlen – auf dem Land?»

«Auf dem Rücken zu liegen und sich zu fragen, wie viele Monate eine Woche hat …»

«Eine Woche? Ist es erst eine Woche her? Wie um alles in der Welt willst du das so genau wissen, wenn ein Tag ist wie der andere?»

«Morgen nicht. Morgen ist die Fressorgie für Amalasuntha und danach Tanz. Mutters Vorstellung vom einfachen Leben.»

«Ach, die Vorstellungen deiner Mutter sind alle einfach.» Lita gähnte, und ihr blassrosa Mund fiel auseinander wie eine verwelkte Blume. «Außerdem dauert es bis morgen noch eine Ewigkeit. Wo ist dein Vater? Er wollte mich auf eine Spritztour in dem neuen Buick mitnehmen.»

«Dann hat er sein Versprechen gebrochen. Hat uns alle im Stich gelassen und sich allein nach Greystock verdrückt.»

Eine leichte Röte legte sich über Litas Wangenknochen. «Greystock und Gladys Toy? Ist das seine Vorstellung vom einfachen Leben? Passt gut zu der deiner Mutter … Ist dir schon mal aufgefallen, was die Toy für Fesseln hat?»

Nona lächelte. «Die sind nicht zu übersehen. Aber du vergisst, dass Vater allmählich ein älterer Herr wird … Väter können nicht wählerisch sein …»

Lita verzog ein wenig das Gesicht. «Oh, er könnte etwas Besseres haben. Wollte nicht der alte Cosby, der hundertmal älter aussieht, dich heiraten? … Nona, mein Schatz, lass uns doch den Ford nehmen und nach Greenwich zum Dinner fahren. Hätte deine Mutter etwas dagegen? Will sie uns den lieben langen Tag um sich haben?»

«Ich geh sie fragen. Aber an einem Freitagabend ist es im ‹Country Club› sterbenslangweilig. Da spielen nur ein paar alte Damen Bridge.»

«Gut, dann haben wir die Tanzfläche für uns allein. Ich muss ordentlich üben, und dort ist ein prima Parkett. Wir können mit den Kellnern tanzen. Es macht Spaß, die alten Damen zu schockieren. Einer der Kellner ist mir neulich aufgefallen, muss ein Italiener sein, hat einen Körperbau wie Tommy Ardwin … der tanzt bestimmt …»

Nur das bedeutete für Lita Leben, jetzt und für alle Zeiten: ein guter Tanzboden, auf dem sie neue Schritte üben konnte, Männer – irgendwelche Männer –, mit denen sie tanzen und von denen sie sich umschmeicheln lassen konnte, Frauen – irgendwelche Frauen –, die sie anstarrten und beneideten, langweilige Leute, die sie verblüffen, dumme Leute, die sie schockieren konnte. Niemals jedoch ein Mann, überlegte Nona, den sie nicht erschrecken oder schockieren, der sie seinerseits nicht beneiden oder umschmeicheln würde, und an den sie sich stattdessen ein für alle Mal verlöre. Lita sich selbst verlieren? Nein, sie wollte immer nur sich selbst finden, ins Unermessliche vergrößert in jedem Augenpaar, in das sie blickte!

Und nun kämpften Nona, ihr Vater und ihre Mutter darum, dass Jim dieses zerbrechliche Spielzeug behalten durfte, wo es doch vielleicht irgendwo auf der Welt eine richtige, menschliche Frau für ihn gab … Was hatte das alles für einen Sinn?

24

Die Marchesa di San Fedele hatte äußerst schlichte Vorstellungen vom Land; genau genommen hatte sie nur eine einzige: Sie betrachtete es als eine Örtlichkeit, wo man mehr Zeit zum Bridgespielen hatte als in der Stadt, dem Himmel sei Dank! Alles andere war nur langweilig … Natürlich machte man den obligatorischen Rundgang mit Gastgeber oder Gastgeberin: Park, Gewächshaus, Molkerei, Brutschrank und wer weiß was noch alles. Ställe waren Gott sei Dank aus der Mode gekommen; selbst wenn die Hausbewohner noch ritten, schleppten sie einen nicht mehr an diesen trübseligen Pferdeboxen entlang oder zwangen einen, das blitzende Metall und Leder in der Sattelkammer zu bewundern oder die blau-rot schablonierten Monogramme auf dem Remisenboden – es sei denn, sie hatten Jagdhunde …

Das Leben der Marchesa drehte sich seit Ewigkeiten um so

langweilige Tätigkeiten, wie die Besichtigung vorbildlicher Molkereien, weil ihr dies die Gelegenheit oder das Geld zu anderen Tätigkeiten verschaffte, die sie ebenso aufregend fand wie Lita das Tanzen. Das gehörte zu den Spielregeln: Man musste zahlen für das, was man bekam, aber die Kunst bestand darin, um einiges mehr zu bekommen als den reinen Gegenwert.

«Nicht dass ich deine Leistungen nicht bewundere, Pauline; das tun wir alle. Aber ich fühle mich angesichts dessen so unnütz und unfähig. Das ganze wunderbare Werk – Bäder und Schwimmbecken und Brutschränke und Feuerspritze –, alles ist perfekt, drinnen wie draußen! Manchmal bin ich froh, dass du nie in unserem armen alten San Fedele gewesen bist. Aber wenn Michelangelo jetzt herüberkommt und sich eine amerikanische Frau sucht, müssen wir in San Fedele natürlich Bäder einbauen …»

Pauline legte den Stift nieder, nach dem sie gegriffen hatte, um zu notieren, wie sie den Sekretär des Kardinals anreden musste. («Ein persönlicher Brief, meine Liebe, ja, handgeschrieben; noch hat man im Vatikan kein Verständnis für eure neumodischen amerikanischen Sitten …»)

«Wenn Michelangelo herüberkommt?», wiederholte Pauline.

Die Miene der Marchesa blitzte wie ein gewetztes Messer. «Eine kleine Überraschung. Ich wollte es dich oder Dexter erst wissen lassen, wenn der Vertrag unterschrieben ist …»

«Welcher Vertrag?»

«Mein Junge wird den Cesare Borgia[54] in diesem neuen Film spielen. Klawhammer hat an dem Tag, als du aufs Land fuhrst, ein Telegramm mit einem verbindlichen Angebot geschickt. Und natürlich bestand ich darauf, dass Michelangelo sofort aufbricht, obwohl er vorgehabt hatte, den Frühling in Paris zu verbringen, und ziemlich verdrossen war, dass er nun darauf verzichten musste. Aber wie ich ihm versichert habe: Jetzt ist genau der richtige Zeitpunkt, eine hübsche amerikanische Frau an Land zu ziehen. Wir alle wissen, was eure reichen Schwiegerväter hierzulande immer fragen: ‹Schulden? Perspektiven? Andere Frauen?› Das mit den Frauen lässt sich im Allgemeinen regeln. Die Schulden sind in diesem Fall auch bereits geregelt – dank eurer Großzügigkeit. Aber die Perspektiven – was ist mit denen, frage ich dich? Monatelang grüner Schimmel in San Fedele für vierzehn Tage Furore in Rom ... Nein, ich will nichts beschönigen! Und welche amerikanische Braut würde das akzeptieren? Die San-Fedele-Brillanten, ja doch – aber wo sind die San-Fedele-Badezimmer? Jetzt hingegen, meine Liebe, tritt Michelangelo als ebenbürtig auf, ja man könnte fast sagen als überlegen, müsste ich nicht befürchten, dadurch parteiisch zu wirken. Cesare Borgia in einem Klawhammer-Film – wer weiß, wie viele Millionen das bedeutet! Und natürlich ist Michelangelo genau der richtige Typ ...»

«... mir die Güte zu erweisen, dies an Seine Eminenz weiterzureichen ... Ja, das ist wirklich eine Überraschung, Amalasuntha.» Im Stillen sagte sich Pauline: «Nun ja, warum nicht? Wenn sich seine eigene Mutter nicht daran stört, ihn überall auf den Filmplakaten zu sehen ... Und vielleicht kann er uns das Geld auf diese Weise zurückzahlen – nach normalen Anstandsbegriffen müsste er das!»

Sie fand nun, wo sie die sorgfältig gehegte Wyant'sche Sicht der Dinge einmal aufgegeben hatte, keine ernsthaften Gründe mehr für einen Protest. «Wenn es nur Lita nicht wieder aufregt und aus der Ruhe bringt!» Doch schließlich konnte sie nicht hoffen, Litas gesammelte Freunde und Verwandte von der Leinwand fernzuhalten.

«Arthur war verblüfft, aber nachdem er erst ein wenig zusammengezuckt ist, hat er sich ungeheuer gefreut. Du weißt ja, der liebe Arthur zuckt anfangs immer zusammen», fuhr die Marchesa mit einem schlauen, geringschätzigen Lächeln fort, das anzudeuten schien, sie, Pauline, werde natürlich nicht zusammenzucken. (Seltsam, dachte Pauline, wenn die Marchesa über Geschäftliches redete, sah sie wie ein Bäuerlein aus.)

«Arthur? Du hast es ihm schon geschrieben?»

«Du liebe Zeit, nein. Er ist mir gestern in der Stadt über den

Weg gelaufen. Du weißt noch gar nicht, dass Arthur zurück ist? Ich meinte, er hätte mit Nona oder irgendwem telefoniert. Ein leichter Gichtanfall – er wurde nervös, weil er nicht zu seinem Arzt konnte. Aber er wirkte bemerkenswert gesund, fand ich – immer noch gut aussehend, *élancé*[55] wie alle Wyants, nur vielleicht ein wenig zu rot im Gesicht … Ja … die arme Eleanor … O nein, Jim ist noch auf der Insel, sagt er. Vollauf zufrieden, solange er nur fischen kann. Jim ist der einzige Mensch, den ich kenne, der stets mit allem zufrieden ist … vorbildlich …» Im Seufzen der Marchesa schien nachzuklingen: «Sehr gemütlich – aber wenn mein Michelangelo so wäre, würde ich ihn verachten!»

Pauline konnte förmlich hören – nur zu deutlich! –, wie sich ihr früherer Mann zu Michelangelos Plänen äußern würde. Sie würden ironischen Gesprächsstoff für einen ganzen Nachmittag liefern. Aber das beunruhigte sie nicht allzu sehr, ebenso wenig wie Wyants unerwartete Rückkehr. Er fühlte sich immer unwohl, wenn sein Arzt nicht in Reichweite war. Und die Tatsache, dass Jim nicht mitgekommen war, bewies, dass es sich um nichts Ernsthaftes handelte. Pauline dachte: «Ich werde Jim noch einmal schreiben, wie großartig Dexter das mit Lita und dem Kind gedeichselt hat, und das wird ihn überzeugen, dass es keinen Grund gibt, überstürzt heimzufahren.»

Ihre Selbstzufriedenheit kehrte zurück. Warum auch nicht, wo doch die Liste für den Empfang des Kardinals fast vollständig war und die telefonischen Zusagen der beiden anderen Würdenträger, des Bischofs von New York und des Oberrabbiners, bereits vorlagen. Auch gesellschaftlich versprach das Ereignis ein Glanzlicht zu werden, obwohl die Saison schon vorüber war. Zahlreiche New Yorker kamen noch einmal zurück, nur um zu sehen, wie man einen Kardinal empfing. Sogar die Rivingtons wollten kommen – das wusste sie vom Bischof. Ja, die Rivingtons waren deutlich freundlicher geworden, seit sie und Manford sie in letzter Minute versetzt hatten. So musste man mit Leuten umgehen, die sich haushoch überlegen glaubten. Was hätten die Rivingtons nicht darum gegeben, wenn auch sie den Kardinal hätten einfangen können! Aber er reiste gleich am Tag nach Paulines Empfang nach Italien ab – das war das Schöne daran! Niemand konnte ihn mehr haben. Amalasuntha hatte das Ganze sehr klug inszeniert. Sie hatte sogar die Bedenken des Kardinals zerstreut, als dieser erfuhr, Mrs Manford sei Vorsitzende des Geburtenregelungskomitees … Und wie sie heute Abend beim Dinner die Glückwünsche der Gäste genießen würde! Um Manfords willen sonnte sich Pauline in ihrer Leistung. Trotz seiner anderslautenden Beteuerungen konnte sie sich keinen Augenblick lang vorstellen, dass ihm solche Erfolge wirklich gleichgültig waren.

Lita erschien erst im Salon, als schon fast alle da waren. Sie kam immer als eine der Letzten, und nach ihren Worten gab es auf dem Land keine Möglichkeit, in Erfahrung zu bringen, wie spät es war. Selbst in Cedarledge, wo alle Uhren auf die Sekunde gleich gingen, konnte man ihnen nie glauben und hegte immer den Verdacht, dass sie alle zusammen zwölf Stunden vorher stehen geblieben waren.

«Außerdem, wozu muss ich auf dem Land pünktlich sein? Pünktlich zu was?»

Sie kam leise herein, fast unmerklich, mit diesem beflügelten Gang, halb schwebend, halb gleitend, und hatte trotz der zwanzig Anwesenden sofort das glänzende Parkett und alle Spiegel für sich. So war sie eben: Sie besaß das Talent, die ganze Tanzfläche leer zu fegen, ganz gleich, wie leise sie eintrat. Und heute Abend …!

Nun ja, dachte Manford, vielleicht waren die anderen Frauen wirklich ein wenig zu festlich angezogen. Alle Frauen neigten dazu, sich zu elegant anzuziehen, wenn sie bei den Manfords speisten; immer trugen sie zu viel Schmuck und glitzernde Gewänder. Selbst in Cedarledge herrschte bei Paulines Einladungen eine New Yorker Atmosphäre. Und Lita in ihrem glatten, weißen, schlichten Kleid, schlank und schmucklos wie ein Renaissanceengel, mit ihrer knappen Kappe aus goldfischfarbenem Haar, keine Pailletten, kein einziges Schmuckstück, nicht einmal eine Perle, ließ die Kleider der anderen Frauen aussehen wie Polsterbezüge.

Manford, am Kamin, schon im Voraus leicht gelangweilt und dennoch gezwungen anzuerkennen, dass alles wirkungsvoll arrangiert war, wie jede Inszenierung seiner Frau – Manford spürte das Provozierende dieses lautlosen Auftritts, dieses Schimmerns, das sich allmählich in ein Leuchten verwandelte, und drehte sich zu Mrs Herman Toy um. Dort war es taghell. Die gewohnte Rubens-Üppigkeit, gerötet vom Golfspielen bei starkem Wind, von einem letzten Cocktail vor dem Anziehen und von einem dieser elastischen Futterale, in das sich die Frauen – die üppigen Frauen – unter hektischem Geschlängel hineinzwängten. Nun ja, er hatte es gern reif bei einer Frucht, die man frisch gepflückt aß. Und Gladys' maisgelbes Haar besaß fast so viel Sprungkraft und Farbschattierungen wie das rote der anderen. Aber die Stimme, das Kleid, der Schmuck, dieser marktschreierische Schmuck! Ein Cartier-Schaufenster, ausgestreut über einer Erdbeermousse … und der lebhafte, besitzergreifende Blick, so taktlos, so dreist und dennoch irgendwie verschämt! Wo es doch die wichtigste Aufgabe einer Frau war, sich für das eine oder das andere zu entscheiden … Ein Mann musste sich darum nicht scheren, solange sie einen mit ihrem Augengeklimper nicht lächerlich machte … Warum konnten manche Frauen nicht immer Golfkleidung tragen – wenn sie schon etwas tragen mussten? Galagarderobe war nicht jedermanns Sache … Jetzt unterhielt sich Lita mit Gladys und hob die kastanienbraunen Augenbrauen nur ein ganz klein wenig. Was für ein Gegensatz! Und Gladys noch purpurroter und befangener – mein Gott, warum trug sie nur ein so eng anliegendes Kleid? Und dieser Salonschwulst! Warum konnte sie nicht einfach «Hallo!» trällern, wie draußen im Freien?

Die Marchesa … Wie oft musste er sich von Pauline noch sagen lassen: «Amalasuntha zu deiner Rechten, mein Lieber.» Ach, hätte er nur in eine Welt entkommen können, wo niemand Dinner veranstaltete und es keine Marchesas zur Rechten gab! Er wusste auswendig, wie die kleinen Käsesoufflés aussahen, die, leicht wie Cherubimfedern, vor der Suppe gereicht wurden, auf den vergoldeten Silbertellern mit dem Familienwappen. Alles in Cedarledge war vergoldetes Silber. Pauline hatte es wie immer zuwege gebracht, die Einladung nach New York zu verpflanzen, wo er doch nichts weiter wollte als seine Ruhe haben, seine Pfeife rauchen und mit Nona und Lita reiten oder wandern. Warum merkte sie das nicht? Ihr wachsamer Blick suchte den seinen – anerkennend oder mahnend? Was sagte sie gerade? «Der Kardinal? O ja. Es ist alles geregelt. Ganz reizend von ihm! Natürlich müssen Sie alle kommen. Aber nach dem Essen habe ich noch eine kleine Überraschung für Sie. Nein, vorher kein Wort, und wenn Sie mich foltern.» Was in aller Welt meinte sie?

«Eine Überraschung? Ist das eine Überraschungsparty?» Das war jetzt Amalasuntha. «Dann muss ich meine Überraschung auch hervorholen. Aber Pauline hat es Ihnen sicher schon gesagt. Das mit Michelangelo und Klawhammer … Cesare Borgia … eine Summe, die ich nicht zu nennen wage; Sie würden glauben, ich hätte die Zahlen durcheinandergebracht. Aber ich habe es schwarz auf weiß. Natürlich ist Michelangelo, wie die Produzenten sagen, haargenau der richtige Typ – mehr, als sie je zu hoffen gewagt haben.» Was fantasierte diese Frau da? «Sein Schiff läuft morgen aus», sagte sie. Sein Schiff – fuhr dieser verfluchte Michelangelo denn ständig auf den Weltmeeren herum? Waren seine Schulden nicht unter der ausdrücklichen Bedingung bezahlt worden … Aber nein. Man hatte nichts schwarz auf weiß, wie die Marchesa das nannte. Er hatte die Schulden in der stillschweigenden Annahme getilgt, dass nur die nackte Not Michelangelo dazu bewogen hätte, seine Reize an New York zu verschwenden. Die nackte Not – oder die Chance, sie für immer zu überwinden! Ein Vermögen durch einen Klawhammer-Film. Unermesslich, wie Amalasuntha sagte …

«Es ist der Typus, verstehen Sie? Unter uns gesagt, geht seit jeher das Gerücht, in den Adern der San Fedele fließe auch Borgia-Blut. Eine unartige Ahnin … Vielleicht ist Ihnen die Ähnlichkeit aufgefallen? Kennen Sie das wunderbare Profilporträt[56] von Cesare Borgia in schwarzem Samt? In welchem Museum hängt das noch gleich? Ach, ich weiß – das war in der ‹Vogue›[57]!» Amalasuntha warf sichtlich stolz auf ihr Wissen den Kopf zurück. Da behaupteten die Neider, die Italiener verstünden nichts von ihrem künstlerischen Erbe! «Ich weiß noch, wie beeindruckt ich damals war; ich sagte zu Venturino: ‹Das ist ja ein Bild von unserem Jungen!› Allerdings muss Michelangelo sich einen Bart wachsen lassen, und das macht ihn wütend … Aber bei diesen vielen Millionen!»

Manford schaute hoch und fühlte zwei Blicke auf sich gerichtet. Gladys Toys große blaue Augen hatten ihn schon immer an Suchscheinwerfer erinnert, heute Abend allerdings schrieben sie ihrer beider Geschichte regelrecht wie ein Reklameflugzeug über seinen Kopf… Diese Närrin! Aber galt der andere Blick auch ihm? Litas halb verschleiertes Funkeln – hing das nicht eher an den Lippen der Marchesa, straff gespannt wie ein Telefonkabel? Klawhammer … Michelangelo … ein Borgia-Film … Diesen lauschenden Augen entging keine Silbe …

«Die Angebote, die diese Burschen nach allen Seiten machen, nimmt doch niemand richtig ernst. Warten Sie, bis ich Ihren sogenannten Vertrag sehe… Falls Sie wirklich der Ansicht sind, dass sei eine Arbeit für einen Gentleman», brummte Manford.

«Aber, lieber Freund, ein Gentleman kann nicht wählerisch sein! Aus wem besteht heutzutage die wirkliche Arbeiterklasse? Leider aus unserem uralten Adel! Abgesehen davon – ist es denn entwürdigend, ein Kunstwerk zu schaffen? Ich dachte, in Amerika hält man so viel von Kreativität oder … wie nennen Sie es – Schaffenskraft. Ist es weniger kreativ, einen Film zu drehen, als Badewannen herzustellen? Gibt es eine edlere Aufgabe, als Millionen Menschen mit Hilfe schöner Bilder die Geschichte nahezubringen? … Ja! Ich sehe, dass Lita zuhört, und weiß, dass sie mir recht gibt … Lita! Was für eine Lucrezia für seinen Cesare! Aber warum so entrüstet, lieber Dexter? Sie wissen doch, dass Lucrezia Borgia rehabilitiert ist?[58] Auch das habe ich in der ‹Vogue› gelesen. Sie war eine absolut untadelige Frau – und ihr Haar hatte genau die gleiche Farbe wie das von Lita.»

Sie tranken im Salon gerade die letzten Schlucke Kaffee; die Türen zur großen Bibliothek, in der die Männer zu rauchen pflegten, standen offen – jener Bibliothek, die Pauline in ihrer (laut Stanley Heuston) grenzenlosen Ehrlichkeit tatsächlich mit Büchern vollgestellt hatte.

«Oh, was ist das denn? Doch nicht etwa ein Feuer? … Ein Kamin im Haus? … Aber es ist hier … doch kein …»

Aufgeschreckt vom plötzlichen Sirenengeheul, Hupen, Rennen und Rasseln in der Auffahrt, wogten die Frauen über das Parkett, strömten unter kleinen Schreckensschreien hinaus in die Halle und sahen, wie der unerschütterliche Powder zwei vollkommen gleich gekleidete Lakaien anwies, die Doppeltür aufzustoßen.

«Brennt es? Die Feuerspritze … die … ach, es ist eine Feuerwehrübung! … eine Vorführung! Wie realistisch! Wie reizend von Ihnen! Was für eine wunderschöne Feuerspritze!»

Pauline stand, die Uhr in der Hand, lächelnd da, als das Feuerwehrauto die Auffahrt hinauffrasselte und sich hinter der Spritze in Stellung brachte. Die große Laterne über der Haustür warf ihr Licht auf den frischen leuchtend roten Lack, das auf Hochglanz polierte Messing, die erregt wippenden Helme und schweißnassen Gesichter der Feuerwehrmänner und die blitzenden Scheinwerferblenden.

«Nur fünf Minuten, auf die Sekunde! Wunderbar!» Sie begrüßte der Reihe nach jedes Mitglied der Freiwilligen Feuerwehr mit Handschlag. «Ich kann Ihnen gar nicht genug gratulieren – jedem Einzelnen von Ihnen! Solch eine Leistung … Sie agieren wirklich wie eine Berufsfeuerwehr. Niemand würde glauben, dass dies ihr erster Einsatz war! Dexter, sagst du ihnen bitte, dass unten ein warmes Abendessen auf sie wartet!» Ihren Gästen erklärte sie mit einem triumphierenden Unterton: «Ich wollte ihnen die Gelegenheit bieten, ihr neues Spielzeug vorzuführen ... Ja, es ist wohl in der Tat die allermodernste Feuerspritze. Dexter und ich fanden es an der Zeit, das Dorf ordentlich auszurüsten. Es ist eigentlich mehr wegen der Bauern – ein Gefühl der Sicherheit für die Umgebung ... Oh, Mr Motts, Sie sind wirklich alle wunderbar. Mr Manford und meine Tochter zeigen Ihnen jetzt, wo es das Essen gibt ... Doch, doch, Sie müssen! Nur ein Sandwich und etwas Warmes.»

Sie überragte alle, würdevoll und funkelnd wie eine Göttin der Geschwindigkeit.

«Sie genießt es wie andere Frauen die Liebe», murmelte Manford bei sich.

25

Manford wusste nicht, was genau ihm plötzlich das Gefühl gab, Lita sei zwischen den scheidenden Gästen hinausgeschlüpft und nicht mehr zurückgekehrt. Kaum war ihm der Gedanke gekommen, nistete er sich schon in seinem Kopf ein, zäh und endgültig wie eine bewiesene Tatsache. Sie war hinausgeschlüpft und zwischen den anderen in der Dunkelheit verschwunden.

Aber erst vor einem Augenblick, noch war Zeit genug, zum Schuppen im Wirtschaftshof zu laufen, wo die Autos manchmal über Nacht standen und wo er vorher seinen Buick abgestellt hatte, um in letzter Minute ins Haus zu hasten und sich zum Dinner umzuziehen. Er würde sie problemlos einholen.

Der Buick war fort.

Ohne Hut und Mantel stürmte er in der warmen Nachtluft hinter ihm her, die Auffahrt hinunter. Kein Mond heute Abend, aber eine trügerische, samtene Milde, wie so manches Mal im Frühling, bevor der Wind sich dreht und wieder aus einer eisigen Richtung bläst. Er lief weiter, zum offenen Tor hinaus, die Straße

entlang aufs Dorf zu, und dort, an der Einmündung zur Schnell-
straße nach New York – er wusste, dass sie auf diese Straße wollte – stand sein Wagen, und eine Gestalt im Scheinwerferlicht
beugte sich darüber. Wilde, jähe Eifersucht durchfuhr ihn. «Da
ist ein Mann bei ihr, wer?» Aber der Mann war nur sein eigener
Mantel, den er auf dem Wagensitz hatte liegen lassen, als er zum
Dinner ins Haus gehastet war, und den sich Lita nun über die
Schultern geworfen hatte. Sie war es, die da in der Nacht stand,
über das rätselhafte Innenleben des Autos gebeugt.

Sie blickte auf und rief: «Oh, könnten Sie mal schauen, würden
Sie mir bitte helfen? Das Ding ist stehen geblieben.» Manford
trat ins Scheinwerferlicht; sie starrte ihn einen Augenblick lang
an – unheimlich, wie das kleine Gesicht ihn aus der Dunkelheit
ansprang. Dann brach sie in Lachen aus. «Du?»

«Wolltest du einen Wildfremden bitten, deinen Wagen zu
reparieren? Ziemlich riskant auf einer Landstraße mitten in der
Nacht.»

Sie zuckte die Achseln und lächelte. «Nicht so riskant, wie
wenn ich es selbst versuchen würde. Höchstwahrscheinlich versteht selbst ein Wildfremder mehr vom Innenleben dieses Autos
als ich.»

«Lita, du bist verrückt! Zum Henker mit dem Auto. Was
machst du überhaupt hier?»

Sie schwieg, eine Hand auf der Motorhaube, während sie sich
mit der anderen eine verrutschte Strähne aus der runden Stirn
schob. «Ich laufe weg», sagte sie schlicht.

Manford holte tief Atem. Das Wichtigste war jetzt, gelassen
zu reagieren, möglichst im selben Tonfall wie sie, insbesondere
Widerspruch und Geschrei zu vermeiden. Aber sein Herz klopfte
wie ein Aufwerfhammer[59]. Sie war verrückter, als er gedacht hatte.
«Weglaufen von diesem Dinner? Das kann ich dir nicht verübeln.
Aber jetzt ist es vorbei. Trotzdem, wenn du die Erinnerung aus-
löschen willst, steig ins Auto, und wir machen eine kleine Spritztour – so wie auf dem Rückweg von Greenwich.»

Ihre Lippen öffneten sich zu einem schwachen Lächeln. «Oh, aber die endete in Cedarledge.»

«Ja, und?»

«Nein, Verehrtester, ich gehe nicht zurück.»

«Und wohin gehst du dann?»

«Erst nach New York – danach weiß ich nicht ... Vielleicht zu meiner Tante ... Vielleicht nach Hollywood ...»

Ihn packte die Wut. «Vielleicht nach Dawnside, hm? Gib's doch zu!»

Sie lachte und zuckte wieder die Achseln. «Zugeben? Warum nicht? Überallhin, wo ich tanzen und lachen und ganz einfach nur leben und verantwortungslos sein kann.»

«Und wo du wieder dieses Lumpenpack um dich versammeln kannst, all diese ... Lita! Hör mir zu! Hör zu! Du musst!»

«Ich muss?» In jäh aufflackerndem Ärger drehte sie sich zu ihm um. «Was glaubst du, mit wem du redest? Ich bin nicht Gladys Toy.»

Dieser unerwartete Angriff machte ihn sprachlos. Denn es war ein Angriff, unmissverständlich. Ein Gefühl überkam ihn, eine Mischung aus Stärke und Angst – Angst vor dem Unvorsehbaren und Stärke, weil sie sich verraten hatte. Er erwiderte ebenso heftig: «Nein, das bist du nicht. Du bist völlig anders ...»

«Oh», unterbrach sie ihn, «sag nicht, ich sei zu heilig und solches Zeug. Von Heiligkeit hab ich die Nase voll – das ist mein Problem. Gib einfach zu, dass du es gern unnatürlich verfettet hast. Hör mal, diese Frau hat Fesseln von einem halben Meter Umfang. Siehst du das nicht? Oder gefällt dir das wirklich? Ich dachte, du willst mit mir zusammen sein ... Ich dachte, deswegen wärst du hier ... Glaubst du, ich wäre hier herausgekommen, nur um mir Predigten über die frische Luft und das Familienleben anzuhören? Diese Heuchelei ...!»

Ihr kleines Gesicht blitzte ihn wütend an, rote Lippen öffneten sich über blank schimmernden Zähnen. «Sie muss eine Wurstmaschine haben, um sich in diesen Schlauch zu pressen, den sie heute Abend anhatte. Ein normales Mädchen bringt so etwas gar nicht fertig ... ‹Völlig anders?› Das will ich hoffen! Ich möchte mal sehen, ob sie von Klawhammer eine Rolle angeboten bekäme. Vielleicht wenn er Barnums Leben[60] verfilmen will und eine Dicke Frau braucht ... Ich ...»

«Lita!»

«Du bist so dumm! ... Du bist der dümmste Kerl auf Gottes Erdboden!»

«Lita ...» Er legte seine Hände auf die ihren. Und wenn danach die ganze Welt zusammenbrach ...

Pauline saß im oberen Salon, erfüllt von jenem Gefühl der Ruhe, das aus erledigten Pflichten und verdienten Belohnungen erwächst. Wie sollte es auch anders sein, am Ende eines Tages, der so reich war an moralischer Befriedigung? Sie ließ ihn noch einmal an sich vorüberziehen, während sie um Mitternacht im schlafenden Haus wachte, und sah, dass alles gut war in der kleinen Welt, die sie geschaffen hatte.

Ja, alles war gut, von der Feuerwehrübung, die einem etwas schleppenden Dinner zum nötigen aufregenden Ende verholfen hatte, bis zu den Vorbereitungen für den Empfang des Kardinals, Amalasunthas geschickter Umschiffung des leidigen Themas Geburtenregelung und der Tatsache, dass Jim mit philosophischer Gelassenheit im Süden blieb, obwohl sein Vater unerwartet zurückgekehrt war. Der einzige Schatten am Horizont war Michelangelo – Dexter ärgerte sich bestimmt darüber. Doch sie würde sich von Michelangelo nicht die Ferien verdüstern lassen, wo alles andere in ihrem Leben so reibungslos und sonnig verlief.

Sie erinnerte sich an ihr Vorhaben, Jim zu schreiben, und griff lächelnd nach dem Füllfederhalter.

«Ich ahne, welch himmlisches Wetter bei Dir herrschen muss, wo wir schon hier einen so köstlichen Vorgeschmack auf den Frühling bekommen. Das Kind ist den ganzen Tag draußen in der Sonne; es hat fast ein Pfund zugenommen und ist beinahe so braun, als wäre Sommer. Lita sieht auch viel besser aus, obwohl sie mir nicht verziehen hat, dass ich meinte, auch sie habe hundert Gramm zugenommen. Aber das glaube ich nicht, denn sie und Nona und Dexter reiten, golfen oder kutschieren von morgens bis abends über Land wie eine Schar Kinder. Du kannst dir nicht vorstellen, wie vergnügt, hungrig und müde sie zum Tee heimkommen. Es war ein wunderbarer Einfall von Dexter, Lita und das Kind hierherzubringen, während Du Urlaub machst, und Du wirst mir beipflichten, dass es Wunder gewirkt hat, wenn Du sie wiedersiehst.

Amalasuntha hat mir erzählt, Dein Vater sei schon zurück. Ich habe damit gerechnet, dass er außerhalb seiner eigenen vier Wände unruhig wird, aber sie sagt, er sehe sehr gut aus. Nona fährt nächste Woche in die Stadt und besucht ihn, dann wird sie berichten. Vorläufig freue ich mich, dass Du noch bleibst und Deine Ferien ordentlich genießt. Gönne Dir möglichst viel Ruhe und Sonne und überlasse Deine Lieblinge noch ein wenig länger Deiner Dich liebenden alten

Mutter»

So, das würde ihn sicherlich beruhigen. Sie hatte es schon beruhigt, den Brief zu schreiben, es hatte ihr das Gefühl gegeben, zu dem sie insgeheim immer neigte, dass nämlich etwas zutraf, sobald man es aussprach, und erst recht, sobald man es niederschrieb.

Sie klebte den Brief zu, schob den Stuhl zurück und blickte auf die kleine Uhr auf ihrem Schreibtisch. Viertel vor zwei! Sie hatte ein Recht, müde zu sein und sogar ihre Entspannungsübungen abzukürzen. Die ländliche Ruhe war so tief und wohltuend, dass sie ihrer kaum bedurfte …

Sie öffnete das Fenster, stand da und trank die Stille in sich hinein. Die Frühlingsnacht war erfüllt von unterschwelligem Geraschel und Gemurmel, das einen Teil des Schweigens ausmachte.

Doch plötzlich drang ein lautes Geräusch an ihr Ohr – das Brummen eines Autos, das die Auffahrt heraufkam. In der Stille hörte sie es schon von Weitem, wahrscheinlich seit der Wagen ins Tor eingebogen war. Das Geräusch wirkte unnatürlich, unterbrach das tiefe nächtliche Stillschweigen der schemenhaften Bäume und des sternenübersäten Himmels, und sie fuhr erschrocken zurück. Sie war keine nervöse Frau; sie vermutete dahinter die Eskapade eines Dienstboten und war gereizt – sie würde morgen mit dem Chauffeur reden müssen. Trotzdem seltsam, denn der Wagen bog nicht zur Garage ab. Am Fenster stehend verfolgte sie, wie er näher kam, dann hörte sie ihn langsamer werden und stehen bleiben – irgendwo beim Wirtschaftshof, vermutete sie.

Hatten vielleicht Lita und Nona noch einen ihrer verrückten Ausflüge unternommen, nachdem die Gäste fort waren? Gegen solchen Leichtsinn musste sie wirklich protestieren ... Sie war verärgert, nervös, verunsichert. Sie fand es unheimlich, dass dieses unsichtbare Auto so nah ans Haus fuhr und dort stehen blieb ... Sie zögerte einen Augenblick, ging in ihr Schlafzimmer hinüber, öffnete die Tür zum kleinen Verbindungsraum dahinter und lauschte an der Schlafzimmertür ihres Mannes. Die Tür stand einen Spalt offen, drinnen war es ganz dunkel. Erst wollte sie nicht sprechen, weil sie fürchtete, ihn zu wecken, aber schließlich sagte sie doch leise: «Dexter ...?»

Keine Antwort. Sie sprach seinen Namen noch einmal aus, nun ein wenig lauter, trat dann vorsichtig über die Schwelle und schaltete das Licht an. Das Zimmer war leer, das Bett unberührt. Manford war augenscheinlich nicht in seinem Zimmer gewesen, seit die Gäste fort waren. Also war *er* mit dem Wagen zurückgekommen ... Sie machte das Licht aus und ging in ihr Schlafzimmer. Auf dem Frisiertisch stand das kleine Telefon, die Verbindung zum Personalflügel, zu Maisie Bruss' Büro und zu Nonas Zimmer. Zitternd blieb sie vor dem Apparat stehen. Sollte sie vielleicht Nona anrufen und fragen ...? Aber was überhaupt fragen? Wenn die Mädchen spaßeshalber noch weg gewesen waren, würden sie es ihr bestimmt morgen früh sagen. Und wenn es nur Dexter allein war, dann …

Sie wandte sich vom Telefon ab und begann sich langsam auszuziehen. Kurz darauf hörte sie Schritte in der Halle, danach im Vorzimmer. Dann ging ihr Mann leise in seinem Zimmer umher, und sie vernahm unverkennbar, wie auch er sich auszog … Sie holte tief Luft, als versuchte sie ihre Lungen von einem unbestimmten Druck zu befreien … Es war Dexter – nun gut, ja, nur Dexter … und er hatte keine Lust, den Wagen um diese Zeit in die Garage zu fahren … Ganz natürlich … Wie gut, dass sie Nona nicht angerufen hatte! Wenn sie nun damit Lita oder das Kind geweckt hätte …

Vielleicht sollte sie doch ihre Entspannungsübungen machen. Sie war plötzlich hellwach. Trotzdem war sie froh, dass sie Jim diesen beruhigenden Brief geschrieben hatte; sie war froh, weil alles stimmte …

26

Als Nona ihrer Mutter mitteilte, sie wolle am nächsten Tag in die Stadt fahren, um Mrs Bruss und Maisie zu besuchen, antwortete Mrs Manford: «Das habe ich mir schon gedacht, Liebling», und fügte nach einer kurzen Pause hinzu: «Meinst du, ich sollte auch …?»

«Nein, natürlich nicht. Das würde Maisie nur beunruhigen.» Nona wusste: Das war die Antwort, die ihre Mutter erwartete. Sie wusste, dass nichts ihre Mutter so sehr ängstigte und aus dem Gleichgewicht brachte wie der direkte Kontakt mit körperlichem oder seelischem Leid – vor allem mit körperlichem. Von einem bestimmten Blickwinkel aus betrachtet, war ihr ganzes Leben ein langer, pausenloser Kampf gegen das Vordringen des Leidens in jeglicher Form gewesen. In einem ersten Schritt ging es immer darum, es zu bannen, mit Geld in die Flucht zu schlagen, koste es, was es wolle, nur nicht das eigene Ich. Schecks, Ärzte, Krankenschwestern, Privatkrankenzimmer, Röntgen, Radium, immer das Teuerste und Neueste auf dem Gebiet der furchtbaren Heilkunst – das waren ihre ersten und stärksten Schutztruppen; auf sie folgten schwächere Schutzwälle wie Kuren, Luftveränderung, Ferien an der See, ein neues Gebiss, ein rosafarbener, seidener Bettüberwurf, Spitzenkissen, Stapel von Illustrierten, Treibhaustrauben und langstielige Rosen aus Cedarledge. Ihr letztes Aufgebot, nur noch Worte, bestand aus Sätzen wie: «Wenn ich es recht bedenke, kann ich eigentlich gar nichts ausrichten», oder: «Wenn ich nicht befürchten müsste, es würde sie aufregen», oder: «Manche Ärzte halten es ja für ansteckend», die zu dem unvermeidlichen Resümee führten: «Je weniger Besuch sie bekommt, desto besser …»

Nona wusste, dass es ihr nicht an physischer Beherztheit fehlte. Wäre Pauline die Frau eines Pioniers gewesen und ihre Familie wäre in der Wildnis krank geworden, sie hätte sie furchtlos gepflegt; aber sie hatte sich ihr Leben lang von Leid freigekauft oder seine Existenz geleugnet, und ihre seelischen Muskeln waren derart verkümmert, dass nur eine gewaltige Erschütterung ihnen zu alter Kraft verhelfen würde…

«Eine gewaltige Erschütterung! Doch Menschen wie Mutter erleben keine gewaltigen Erschütterungen», dachte Nona mit einem Blick auf das unerschrockene Profil und das flott gewellte Haar im Spiegel des Frisiertischs. «Es sei denn, ich sorge dafür …», fügte sie innerlich lächelnd hinzu.

Mrs Manford legte ihre Puderquaste zurück in die Kristalldose. «Weißt du was, mein Schatz, ich glaube, ich begleite dich morgen in die Stadt. Es war sehr tapfer von Maisie, dass sie sich neulich hierherbemüht hat, aber natürlich möchte ich sie in einer solchen Zeit (wann ist die Operation – morgen?) nicht mit allzu vielen Einzelheiten belasten, und es gibt Dinge, um die ich mich durchaus selbst kümmern kann, ohne sie damit zu behelligen; sie braucht es gar nicht zu wissen. Ja, ich fahre morgen früh mit dir.»

«Sie wird ihre Ängste immer an andere delegieren», dachte Nona nicht ohne Neid, während Cécile das paillettenbesetzte Kaminkleid über Mrs Manfords feste weiße Schultern gleiten ließ. Pauline schenkte ihrer Tochter ein zärtliches Lächeln. «Das ist typisch für dich, Nona, dass du während der Operation bei Maisie sein willst – ganz großartig, Liebes.» Stimme und Lächeln waren voll des Lobes, doch hinter dem Lob (auch das wusste Nona sehr wohl) lauerte die unausgesprochene Sorge: «Immer rennt sie hinter kranken und unglücklichen Menschen her – das wird sich doch nicht zu einem Beruf auswachsen?» Nichts hätte Mrs Manford abstoßender gefunden als den Gedanken, dass ihre einzige Tochter zwar gut, aber eben nichts anderes als gut war, etwa so wie die arme Aggie Heuston … Nona hörte ihre Mutter murmeln: «Ich begreife nicht, woher sie das hat», als wäre von einem körperlichen Gebrechen die Rede, unerklärlich bei dem Abkömmling zweier kerngesunder Elternteile.

Sie brachen frühzeitig auf, denn achtundvierzig Stunden Muße am Stück hatten Paulines angeborene Rührigkeit noch verstärkt. Amalasuntha war am Montag geheimnisvoll lächelnd und den Kopf schüttelnd über die nicht in Worte zu fassende Höhe von Klawhammers Angebot bereits früh in die Stadt zurückgehastet und hatte die Familie sich selbst überlassen – woraufhin es etwas eintönig wurde. Dexter wirkte rätselhaft gereizt, fand seine Frau, schien aber entschlossen, diese Gereiztheit vor ihr zu verbergen. Grund war zweifellos Michelangelo. Lita war schweigsam und schläfrig. Niemand schien etwas Besonderes vorzuhaben. Der Montag war selbst in der Stadt immer fade. Aber am Nachmittag kam Manford, um ihr Lita «abzunehmen», wie seine Frau es nannte, und mit ihr die mehrmals verschobene Spritztour im Buick zu machen, und Pauline versenkte sich in aller Ruhe in Gästelisten und andere häusliche Beschäftigungen. Es gab keinen Grund zur Beunruhigung und viel Grund zur Freude, dennoch fühlte sie sich schlapp und vage besorgt. Sie fragte sich allmählich, ob Alvah Lofts Behandlungserfolg überhaupt von Dauer war oder ob die Wirkung wie bei einem angebrochenen Medikament mit der Zeit nachließ. Vielleicht hatte der erwähnte Wissenschaftliche Spiritualist ein neues Wundermittel parat, das der Seele ebenso guttat wie der Haut. Sie würde ihn anrufen und einen Termin vereinbaren; es belebte sie immer, wenn sie sich auf einen neuen Therapeuten freuen konnte. Wie Mrs Swoffer sagte, sollte man sich keine Gelegenheit zu geistiger Kräftigung entgehen lassen, und man wusste nie, auf wen sich der Geist herabsenkte. Mrs Swoffers Äußerungen wirkten stets beruhigend und gleichzeitig erfrischend, und Pauline beschloss, auch sie zu besuchen. Und dann war da noch Arthur, der arme Punkt A! Jim zuliebe sollte sie eigentlich bei ihm vorbeischauen, wenn sich Zeit fand – es sei denn, Nona konnte das erledigen, in den Pausen, in denen sie Maisie nicht trösten musste. Es war so deprimierend und obendrein nutzlos, im Besucherzimmer eines Krankenhauses zu sitzen und alte Illustrierte durchzublättern, während im gefliesten, vernickelten Allerheiligsten diese schrecklichen Weißkittelrituale vollzogen wurden. Es würde Nona guttun, wenn sie eine Entschuldigung hatte, um sich davonzustehlen.

Paulines Besorgungsliste war wie eine Springflut angewachsen, nachdem sie sich entschlossen hatte, in die Stadt zu fahren. Ondulieren, Maniküren, Anprobe – das Kleid für den Empfang des Kardinals. Wie sollte es ihr jemals gelingen, auch nur die Hälfte dieser Liste abzuarbeiten? Und natürlich musste sie im Krankenhaus einen riesigen Korb Trauben und Blumen abgeben …

Auf der Treppe vor dem Krankenhaus hielt Nona inne und blickte sich um. Die Operation war vorüber – alles war «gut verlaufen», wie es bei solchen Anlässen immer hieß. Maisie war unermesslich dankbar gewesen, dass sie gekommen war, und so verblüfft, als wäre ein Engel aus dem siebten Himmel herabgestiegen, um ihr beizustehen. Die beiden jungen Frauen hatten beisammengesessen und angestrengt versucht, sich zu unterhalten, bis die

Schwester erschien und sagte: «Es ist alles in Ordnung, sie ist wieder in ihrem Bett.» Daraufhin war Maisie in befreiende Tränen ausgebrochen und auf Zehenspitzen weggeschlichen, um sich im abgedunkelten Zimmer ihrer Mutter in eine Ecke zu setzen und darauf zu warten, dass sie wieder zu Bewusstsein kam. Für Nona gab es nichts mehr zu tun, und sie trat mit jenem Gefühl der Erleichterung in die Aprilfrische hinaus, das die Gesunden empfinden, wenn sie nach einem Blick auf den Tod zurück ins Leben flüchten dürfen.

Auf der Krankenhaustreppe lief ihr Arthur Wyant über den Weg. «Punkt A, mein Lieber! Was machst du denn hier?»

«Ich will mich nach der armen Mrs Bruss erkundigen. Ich habe von Amalasuntha erfahren …»

«Das ist aber nett von dir. Maisie wird sich sehr freuen.» Sie berichtete, was der Arzt gesagt hatte, kümmerte sich darum, dass seine Karte in die richtigen Hände gelangte, und begleitete ihn wieder auf die Straße. Er sah besser aus als bei seiner Abreise in den Süden, sein Bein war nicht mehr so steif, und er führte seine große, sorgfältig gekleidete Gestalt mit einer strengen Munterkeit spazieren. Nur sein Gesicht schien schärfer gezeichnet und dunkler gerötet. «Fieber oder Cocktails?», fragte sie sich. Ein Glück, dass sie sich getroffen hatten, so musste sie nicht bis ans andere Ende der Stadt fahren, um ihn zu besuchen.

«Das sieht dir ähnlich, Punkt A, dass du an die arme Maisie denkst …»

Er hob spöttisch die Augenbrauen. «Ist das aus der Mode gekommen, dass man sich nach Kranken erkundigt? Du hältst diese Tradition doch auch aufrecht.»

«Ach, ich habe mit Maisie gewartet, bis die Operation vorbei war. Irgendwer muss es ja tun.»

«Genau. Und deine Mutter hat sich ferngehalten, aber die ganze Sache finanziert?»

«Großartig. So macht sie es immer.»

Er runzelte die Stirn, blieb unschlüssig stehen und tippte mit dem Stock seine lange Stiefelspitze an. «Ich möchte eigentlich gern mit deiner Mutter reden.»

«Mit Mutter?» Nona hätte beinahe geantwortet: «Sie ist heute in der Stadt», aber dann dachte sie an Paulines übervolle Liste und unterdrückte die Regung. «Kann ich sie nicht vertreten? Ich wollte gerade vorschlagen, dass du mich zum Lunch entführst.»

«Nein, Liebes, das geht nicht – du als Stellvertreterin. Aber zum Lunch entführe ich dich gern.»

Die Wahl des Restaurants hätte leicht anstrengend werden können – denn sobald Wyant das gewohnte Gleis verließ, wurde er zu einem einzigen Bündel aus Manien, Vorurteilen und Hemmungen –, aber Nona fiel zum Glück ein neuer Club für junge, unverheiratete Frauen ein («The Singleton»), bei dem sie vor Kurzem Mitglied geworden war, und so schob sie den immer noch protestierenden Arthur in ein Taxi.

Sie fanden eine ruhige Ecke in einem gemütlichen, wenig frequentierten Speisezimmer, und sie lehnte sich zurück, lauschte seinem sprunghaften Monolog und rauchte eine Zigarette nach der anderen, weil sie vor Nervosität nichts essen konnte.

Die zehn Tage auf der Insel? Oh, natürlich herrlich, warm und sonnig, da habe er seine alten Gelenke schön rösten können. Furchtbar nett von ihrem Vater, ihn einzuladen ... er wisse es unendlich zu schätzen ... werde sich demnächst mit ein paar Zeilen bedanken ... auch Jim sei dankbar, dass sein Vater in die Einladung einbezogen worden sei ... Nur, nein, wirklich, er habe nicht länger bleiben können, nicht unter diesen Umständen ...

«Welche Umstände, Punkt A? Weil du die Morgenzeitungen erst vierundzwanzig Stunden später bekommen hast?»

Wyant runzelte die Stirn, schaute sie scharf an und gab ein nervöses, zerknittertes Lachen von sich. «Unverschämter Fratz!»

«Jetzt sei doch ehrlich, du hast dich zu Tode gelangweilt. Der ‹Einklang mit der Natur› war zu viel für dich. Du hast es nicht ausgehalten. Das können nur wenige.»

«Nein, so untätig wie Jim kann ich wirklich nicht sein.»

«Jim gefällt es eben dort unten. Ich bin so froh, dass du ihn überredet hast zu bleiben.»

Wyant runzelte wieder die Stirn und schaute an ihr vorbei auf einen unsichtbaren Widersacher. «Das war so ziemlich das Einzige, wozu ich ihn überreden konnte.»

Nona hatte sich soeben eine Zigarette angezündet und ließ die Hand sinken. «Wozu wolltest du ihn denn noch überreden?»

«Wozu noch? Ja – dass er handelt, verdammt noch mal, dass er Stellung bezieht … den Dingen ins Auge blickt … die Suppe auslöffelt.» Er kam vor lauter Metaphern ins Stocken und tauchte seinen struppigen Schnurrbart in den Kaffee.

«Welchen Dingen?»

«Nun ja: Kann er seine Frau nun halten oder nicht?»

«Er sagt, das muss Lita entscheiden.»

«… Lita entscheiden! Das ist nur eine Ausrede für seine verdammte, gefühlsduselige Trägheit. Ein Mann – mein Sohn! Mein Gott, was ist nur mit den jungen Männern los? Sie sitzen untätig da und schauen nur zu …! Nona, könnte ich nicht ein Gespräch mit deiner Mutter vereinbaren?»

«Du führst gerade eins mit mir. Genügt das nicht fürs Erste?»

Er lachte wieder unbestimmt, sie streckte ihm ihre Zigarette hin und er entzündete die seine daran. Nona wusste, dass er die Besuche ihrer Mutter als Schikane empfand, über ihre Anzahl aber sorgfältig Buch führte und sich insgeheim ärgerte, wenn er von Paulines anderen Terminen «verdrängt» zu werden glaubte. «Sie kommt doch bestimmt manchmal in die Stadt, nicht wahr?»

«Manchmal – aber das ist dann eine einzige Hetzerei! Und wir fahren demnächst zurück. Sie muss alles fertig machen für den Empfang des Kardinals.»

«Ein großes Ereignis, ich hab's gehört. Amalasuntha hat gestern bei mir vorbeigeschaut. Sie sagt, Lita sei wieder ganz aus dem Häuschen, seit dieser miese Michelangelo einen Filmvertrag hat, und dein Vater sei fuchsteufelswild. Stimmt das?»

«Die Familie ist es noch nicht gewohnt, auf Plakatwänden zu erscheinen. Aber das ist nur eine Frage der Zeit.»

«Ich meinte fuchsteufelswild nicht wegen Michelangelo, sondern wegen Lita.»

«Vater erweist sich bei Lita als prima Kerl.»

«Aha. Soso. Sehr großherzig. Danke, nein, keine Zigarre … Wenn Lita einen prima Kerl braucht, dann begreife ich nicht, warum diese Aufgabe nicht ihr Ehemann übernimmt. Aber du wirst mich sicher darüber aufklären …»

«Ja, das werde ich. Bitte betrachte dich als bereits aufgeklärt, denn ich muss jetzt wieder ins Krankenhaus.»

«Die Aufgabe des modernen Ehemanns ist rein passiv, nicht wahr? Siehst du das auch so? Wenn du zu ihm gehst und sagst: ‹Was ist mit diesem verdammten Schurken und deiner Frau› …»

«Welchem verdammten Schurken?»

«Oh, ich meine niemanden … niemand Konkreten … und er antwortet dir: ‹Ja, aber was soll ich da machen?› Und du sagst: ‹Und deine Ehre, Mann, was ist mit deiner Ehre?› Und er sagt: ‹Was hat das mit meiner Ehre zu tun, wenn meine Frau mich satthat?› Und du sagst: ‹Mein Gott! Aber der andere … willst du dem nicht die Knochen brechen?› Und er sitzt da und schaut dich nur an und sagt: ‹Für sie in den Ring steigen?› … Mein Gott! Ich geb es auf. Mein eigener Sohn! Wir sprechen einfach nicht dieselbe Sprache.» Er lehnte sich zurück, die langen Beine unter den Tisch gestreckt, den großen, ungelenken Körper verrenkt vor Anstrengung, sich militärisch stramm zu halten, als wollte er mit seinen Muskeln vorführen, wie die moralische Haltung seines Sohnes auszusehen hätte. «Verdammt noch mal, es sprach einiges für ein Duell.»

«Und wem sollte Jim seine Sekundanten schicken? Michelangelo oder Klawhammer?»

Er starrte sie an und lachte. «Haha! Das ist gut. Klawhammer! Dieser dreckige Jude[61] … solchen wie dem haben wir früher eins mit der Pferdepeitsche übergezogen … Nein, ich verstehe die neuen Regeln nicht.»

«Warum auch, Punkt A? Komm. Du hast doch mich, ich kümmere mich inzwischen darum. Wenn du ein Kavalier sein willst, klemm mich unter den Arm und begleite mich ins Krankenhaus.»

«In den Ring ... für sie in den Ring steigen! Mein Gott – selbst das verstünde ich besser, als am Strand zu liegen, eine Pfeife zu rauchen und zu sagen: ‹Was will man da machen?› Machen!»

Handeln, handeln, handeln! Merkwürdig, wer am meisten vom Handeln sprach, tat selten mehr als reden, überlegte Nona, als sie wieder die Stufen zum Krankenhaus hochstieg. Ihr entschlossener, zielbewusster Vater zum Beispiel hielt nie Vorträge übers Handeln, sondern nahm stillschweigend in Angriff, was zu erledigen war. Wohingegen der arme, immer inkonsequente und unschlüssige Punkt A unermüdlich für andere die wildesten Schlachtpläne entwickelte. «Der arme Punkt A, ein unverbesserlicher Stümper!», dachte sie und verstand, dass dieser wortreiche Dilettantismus die junge, energische, eben erst den dröhnenden Automobilfabriken von Exploit entronnene Pauline verblüfft und gereizt haben musste.

Nona war plötzlich wütend auf Wyant, weil er versucht hatte, Jims Ferien mit absurden Andeutungen und albernen Prahlereien zu vergiften. Ein Glück, dass er sich gelangweilt hatte, heimgefahren war und den armen Jungen mit seiner Pfeife und seiner Philosophie am warmen Sandstrand zurückgelassen hatte. Schließlich war anzunehmen, dass Jim wusste, was er wollte und wie er jetzt, da er es hatte, darauf aufpassen musste.

«Auf jeden Fall», schloss Nona, «bin ich froh, dass er Mutter nicht zu fassen bekommen und sie mit seinem dummen Gerede beunruhigt hat.» Sie sauste im Lift nach oben in den weißen, karbolgeschwängerten Flur, wo sich mit einem Schwall von Äther Mrs Bruss' Tür öffnete, um sie einzulassen.

27

Deutlich war an Paulines Miene und Verhalten die belebende Wirkung eines Tages fernab vom Land zu erkennen, als sie anderntags wie die Morgenröte am Frühstückstisch erschien.

Schon der Ton, in dem sie murmelte: «Wie schön, wieder hier zu sein!», verriet, wie schön es gewesen war, weg zu sein, und sie ließ sich Zeit mit den frisch gelegten Eiern, der goldenen Sahne und all der ländlichen Frische und Saftigkeit, in dem Bewusstsein, sie mit einem langen Tag voll anstrengender, angenehmer Arbeit redlich verdient zu haben.

«Wenn man etwas Unangenehmes erledigen muss, erledigt man es am besten gleich», belehrte sie Nona quer über Vollkorntoast und Rührei hinweg. «Es war mir recht zuwider, all diese Schönheit gestern zu verlassen, aber umso mehr genieße ich sie heute!»

Ihr Tag in der Stadt war tatsächlich enorm befriedigend gewesen. Alles war gut gelaufen, von ihrem Treffen mit einem Sekretär des Kardinals bei Amalasuntha bis zu dem verspäteten flüchtigen Blick auf Maisie Bruss, die abgespannt, aber optimistisch auf den Stufen des Krankenhauses den Geschenkkorb mit Obst und Blumen entgegennahm, sich wortreich bedankte und versicherte, der Chirurg sei «hochzufrieden» und es gebe «keinen Grund, warum das grässliche Ding noch einmal auftreten» sollte. In einer Anwandlung von Mitgefühl hatte sich Pauline aus dem Autofenster gelehnt, Maisie geküsst und gesagt: «Ihre Mutter muss sich in Atlantic City erholen, sobald sie verlegt werden darf – ich werde das in die Wege leiten. Seeluft ist so belebend …», und Maisie hatte sich bedankt und wieder geweint. Wie erfreulich, dass man jemanden mit wenigen Worten so glücklich machen konnte …

Auch Mrs Swoffer hatte sie angetroffen: Sie war überirdisch gestimmt, blitzte sie durch beseelte Brillengläser an und verströmte wahre Sturzbäche neuer Anregungen.

Doch, Alvah Loft sei ein bedeutender Mann, sagte Mrs Swoffer. Sie für ihr Teil wolle das keinen Augenblick in Abrede stellen. Wie Pauline nur auf den Gedanken komme, sie habe den Glauben an Alvah Loft verloren? Nein – aber es gebe Phasen spiritueller Dürre, die auch die größten Geister überstehen müssten, und sie habe in letzter Zeit aus eigener wie auch aus Paulines Erfahrung Grund zu der Annahme, dass Alvah Loft vielleicht gerade in einer solchen Wüste festsitze. Hundert Dollar für eine Dreifachsitzung zu nehmen, die nur drei Minuten länger dauerte als die einfache, und dann keinen anhaltenden Erfolg zu erzielen – nun, Mrs Swoffer wolle ja nichts Böses sagen … Andererseits hege sie manchmal den Verdacht, dass Alvah Lofts Lehre vielleicht nur etwas für Anfänger sei. Sascha Gobine, der neue russische Spiritualist, habe ihr das deutlich zu verstehen gegeben. Natürlich existierten im geistigen Leben zahllose Abstufungen, und es mochte vorkommen, dass Alvah Lofts Patienten seinem Niveau entwuchsen, darüber hinauswuchsen, ohne dass er es merkte. Offen gestanden vermutete Gobine (laut Mrs Swoffer), dass im Fall von Pauline genau dies geschehen sei. «Ich glaube, Ihre Freundin hat eine höhere Ebene erreicht», so nannte es der Spiritualist. «Sie stand am Tor,» (er bezeichnete den Mahatma und Alvah Loft als «Torhüter») «und nun hat sich das Tor geöffnet, und sie ist eingetreten – eingetreten in …» Doch Mrs Swoffer sagte, sie wolle ihn lieber nicht zitieren, sie könne es nicht so schön ausdrücken wie er; Pauline müsse es in seiner eigenen geheimnisvollen Sprache hören. «Allein nur dazusitzen und ihm zu lauschen ist schon ein ewiger Jungbrunnen», hauchte sie und legte eine elektrisierende Hand auf die ihrer Besucherin.

Jungbrunnen! Schon das Wort spritzte kühle Gischt über Paulines strapazierte Nerven und ausgetrocknete Haut. Nie vernahm sie es ohne das sehnsüchtige Verlangen, tief in seine heilenden Wasser zu tauchen. Sie wollte unbedingt ein paar Sekunden für Gobine zwischen Maniküre und Friseur zwängen.

Und die Begegnung wurde geradezu zu «einer religiösen Erfahrung», wie sie Nona erzählte. Offenbar hatte sie vergessen, dass ihr bislang jede Begegnung mit einem neuen Propheten in solchem Licht erschienen war.

«Weißt du, Liebes, es ist etwas gänzlich Neues, etwas völlig anderes ... so emotional; ja, emotional ist das richtige Wort. Natürlich, die Russen sind emotional, das ist ihre besondere Stärke. Alvah Loft ... wohlgemerkt, ich will damit keineswegs andeuten, dass ich den Glauben an ihn verloren habe, aber Alvah Loft spricht mit dem Verstand zum Verstand, er wendet sich nicht an das Gefühl. In Gobines Lehre hingegen gibt es einen mystischen Ton, eine Art Unmittelbarkeit, wie Mrs Swoffer es nennt ... Unmittelbarkeit ...» Pauline ließ das Wort nachklingen. Es fesselte sie wie jedes Wort, das sie zum ersten Mal in einem neuen Zusammenhang hörte. «Ich wüsste nicht, wie man diese Empfindung besser bezeichnen könnte. ‹Seelenenthüllung› ist Gobines Ausdruck ... Aber er fordert Zeit, viel Zeit ... Er sagt, wir lassen unsere Seelen verdorren, wenn wir uns zu sehr eilen. Natürlich habe ich genau das bei Alvah Loft empfunden. Ich fühlte mich wie eine von diesen Gelddosen, die einem in den Kaufhäusern über den Kopf hinwegsausen.[62] Nummer eins, Nummer zwei, und so weiter, und immer ist einem die nächste schon auf den Fersen. Gobine hingegen weigert sich entschieden, sich antreiben zu lassen. Manchmal empfängt er nur einen Patienten pro Tag. Als ich ihn verließ, sagte er, er werde wohl bis morgen früh niemanden mehr behandeln. ‹Ich möchte Ihre Seele nicht mit einer anderen vermischen.› Ist das nicht schön? Und er schenkt einem ein wunderbares, träumerisches Gefühl der Ruhe ...» Sie schloss die Augen, lehnte sich zurück und beschwor des neuen Propheten hageres, bärtiges Gesicht mit den schweren Lidern und die feuchte, klebrige Handfläche herauf, die er ihr segnend auf die Stirn gelegt hatte. Welcher Unterschied zum dicklippigen, öligen Mahatma und dem dünnen, vertrockneten Alvah Loft, der mehr einem Laborgerät glich als einem menschlichen Wesen! «Vielleicht braucht man sie alle der Reihe nach», murmelte Pauline mit der Maßlosigkeit einer Frau, die nie ein altmodisches Kleidungsstück hatte umarbeiten lassen müssen.

«Man müsste die Therapeuten vom letzten Jahr an die armen Verwandten abtreten können, nicht wahr, Mutter?», spöttelte Nona leise, aber die Mutter entwaffnete sie mit einem Lächeln, das nichts übelnahm.

«Schatz! Ich weiß, du verstehst von diesen Dingen noch nichts – nur: Nimm dich ein wenig in Acht, Kind, dass du nicht verbittert wirst, ja? Schau – du hast doch nichts dagegen, wenn deine alte Mutter dich darauf hinweist?»

Manchmal machte Nona ihr wirklich Sorgen – oder würde ihr Sorgen machen, hätte Gobine nicht diesen duftenden Schleier des Friedens über sie geworfen. Ja, Frieden, das war es, was ihr immer gefehlt hatte. Die unbedingte Zuversicht, dass am Ende alles gut wurde. Natürlich hatten dies auch die anderen Heiler gelehrt; mancher würde sagen, Gobines Evangelium sei nichts anderes als des Mahatmas Lehre von der Höheren Harmonie. Aber wie sich der Wissenschaftliche Spiritualist zu erklären bemühte, sei die Ähnlichkeit nur oberflächlich. Ihre früheren Seelenführer seien keine eingeweihten Spiritualisten gewesen und hätten keine wissenschaftliche Ausbildung genossen; sie hätten nur ahnen können, wohingegen er wusste. Das eben bedeute Unmittelbarkeit: direkter Kontakt mit der Seele des Unsichtbaren. Wie deutlich und schön er alles schilderte! Wie all die kleinen Alltagsprobleme schrumpften und vor den durch diese Initiation reingewaschenen Augen gleich Rauchwölkchen verpufften. Und er hatte sofort erkannt, dass Pauline zu den wenigen zählte, die tatsächlich eingeweiht werden konnten, die es wert waren, der sinnlosen Hektik von heute entrissen und in die «Welt jenseits des Schleiers» geführt zu werden. Sie schloss wieder die Augen und sah sich bei ihm sitzen ... «Natürlich behandelt er nicht jeden», hatte Mrs Swoffer versichert, «nicht einmal einen von hundert. Er sagt, er wolle lieber verhungern, als seine Zeit auf einen unmystischen Menschen verschwenden. (Dass Sie mystisch sind, hat er sofort gemerkt.) Aber er braucht Zeit – er muss sie haben ... Tage, Wochen, wenn nötig. Unsere übervollen Terminkalender bedeuten ihm nichts. Er hat wahrscheinlich nicht einmal eine Uhr im Haus. Und es ist ihm gleichgültig, ob er bezahlt wird oder nicht; er sagt, sein Lohn sei das Aufblühen der Seele. Wunderbar, nicht wahr?»

In der Tat: wunderbar! Und welcher Unterschied zu Alvah Lofts Behandlungen nach den Prinzipien des Taylorismus, zu seinen rapid steigenden Gebühren und dem nicht abreißenden Strom von Patienten, die sich einer nach dem anderen seiner knochigen Hand anvertrauten! Und wie kehrte man von der Vereinigung mit dem Unsichtbaren zurück! Voll des Verlangens, anderen zu helfen und alle seine Lieben in die «Welt jenseits des Schleiers» mitzunehmen. Pauline war mit einer uneingestandenen Last auf der Seele in die Stadt gefahren. Jim, Lita, ihr Mann, diese tölpelhafte Amalasuntha, dann immer wieder dieser lästige Michelangelo, und auch Nona – Nona, die jeden Tag dünner und verhärmter aussah und deren Zunge immer spitzer und schärfer wurde, die sich mit kaum zwanzig von einem fröhlichen, spottlustigen Mädchen in eine verhärmte, mäkelige alte Jungfer zu verwandeln drohte ...

All diese Sorgen hatten Pauline mehr bedrückt, als sie sich eingestehen wollte; aber jetzt fühlte sie sich stark genug, sie zu stemmen, oder vielmehr: Sie waren federleicht geworden. «Wenn ihr Amerikaner nur einsehen würdet, wie völlig unwichtig Tatsachen sind und dass es überhaupt keine Wirklichkeit gibt.» Das hatte Gobine gesagt, und seine Worte hatten sie wie eine Offenbarung erschauern lassen.

Ihr Blick ruhte noch immer mit einem geistesabwesenden Lächeln auf dem ironisch dreinblickenden Gesicht ihrer Tochter, doch in Wahrheit dachte sie: «Wie in aller Welt bringe ich ihn nur dazu, dass er zum Empfang des Kardinals kommt?»

Das gehörte zu den Bedürfnissen, die Nona niemals verstehen würde. Sie traute ihrer Mutter den dümmlichen Ehrgeiz zu (als ob Pauline das nicht wüsste!), ihre versammelten Würdenträger als gesellschaftliche «Attraktion» zu nutzen, so wie ein eigensüchtiges Kind sein ganzes Spielzeug vor sich anhäuft; sie würde nie begreifen, wie wichtig es war, die Vertreter der sich befehdenden Glaubensrichtungen und die Überbringer der mannigfaltigen Botschaften zusammenzuführen in der Hoffnung, aus dieser Begegnung den Funken der Offenbarung zu schlagen, nach dem die ganze Schöpfung lechzte. «Wenn sich der Kardinal nur in Ruhe mit Gobine unterhalten könnte», dachte Pauline, und diese Möglichkeit umgehend in Szene setzend, sah sie sich schon, wie sie Seine Eminenz in den hintersten Winkel ihrer langen Salonflucht lotste, wo plötzlich zerzaust, aber erleuchtet der Wissenschaftliche Spiritualist vor dem Kirchenfürsten stünde, während sie die Schwelle gegen Eindringlinge verteidigte. Womöglich füllten sich die verknöcherten römischen Dogmen mit neuem Leben, wenn man dem Kardinal die schöne neue Lehre der Unmittelbarkeit begreiflich machen konnte! Aber wie sollte sie Gobine jemals dazu bringen, den Ring zu küssen?

«Und Mrs Bruss – gibt es etwas Neues? Ich hatte den Eindruck, Maisie wirkte recht zuversichtlich.»

«Ja, die Nacht war nicht schlecht. Die Ärzte sind der Meinung, sie wird es schaffen – vorläufig.»

Pauline runzelte die Stirn; abscheulich, wie sich dieser Hinweis auf Leiden und Verfall in ihre Glückseligkeit drängte. Sie lebte in einer Welt, in der es solche Dinge nicht gab, und es erschien ihr grausam – und unnötig –, anzudeuten, dass all das, was Mrs Bruss bereits erduldet hatte, sie womöglich nicht vor künftigem Elend zu bewahren vermochte. «Ich finde, wir sollten versuchen, nicht immer nach vorn zu schauen und uns irgendwelche Leiden auszumalen, weder für uns selbst noch für andere Menschen. Warum sagen die Ärzte ‹vorläufig›? Sie wissen doch gar nicht, ob die Krankheit noch einmal zurückkommt.»

«Nein, aber sie wissen, dass das der normale Verlauf ist.»

«Merkst du nicht, Nona, dass genau das die Leiden zurückkommen lässt? Bereit sein zum Leiden schafft Leiden. Und Leiden schaffen heißt Sünden schaffen, denn Sünde und Leid sind in

Wirklichkeit eins. Wir sollten uns dem Schmerz verweigern. Alle großen Heiler haben uns das gelehrt.»

Nona hob die Brauen, auf jene für sie typische, etwas irritierende Art. «Christus auch?»

Pauline fühlte, wie sie errötete. In letzter Zeit hatte sich Nona angewöhnt, unpassend und ziemlich frech zu antworten. Was für eine Idee, am Frühstückstisch in den verstörenden Geheimnissen der christlichen Lehre zu wühlen! Pauline hatte nicht die Absicht, eine Religion anzugreifen. Doch Nona war wirklich allmählich so quengelig wie ein zahnendes Kind. Und vielleicht war es genau das, was in ihrem Inneren ablief. Vielleicht bahnte sich eine neue Erfahrung ihren Weg durch das zarte Fleisch ihrer Seele. Diese Vorstellung brachte Paulines Theorien durcheinander, doch konfrontiert mit dem Gesicht und der Stimme ihrer Tochter, konnte sie nur zu dem Gedanken Zuflucht nehmen, dass Nona, unfähig, die Höhere Harmonie zu erlangen, in rätselhaftem Unglück gefangen war, aus dem sie sich nicht befreien lassen wollte.

«Wenn du nur mit mir zu Gobine kämst, Liebes, dann würden dich diese Probleme nicht mehr beunruhigen.»

«Sie beunruhigen mich auch jetzt nicht – keine Spur. Was mich beunruhigt, ist das schiere menschliche Chaos, das selbst dann noch herrscht, wenn wir unser Bestes getan haben, es zu entwirren. Sieh dir Mrs Bruss an!»

«Aber die Ärzte sagen, die Aussichten sind gut …»

«Hast du sie nach der ersten Krebsoperation jemals etwas anderes sagen hören?»

«Wenn du natürlich Sorge und Leid als Selbstverständlichkeiten nimmst, Nona …»

«Ich nicht, Mutter, aber jemand anders – nach ihrer Verbreitung und Hartnäckigkeit zu urteilen. So steht es jedenfalls in den Naturkundebüchern.»

Pauline spürte, wie sich ihre glatte Stirn zu unerwünschten Runzeln zusammenschob. Es war dem Kind gelungen, ihr das Frühstück zu verderben und das glückliche Gleichgewicht zu stören, in das sie ihre Welt gebracht hatte. Sie wusste nicht, was Nona umtrieb – außer vielleicht, dass sie sich über Stan Heustons unmögliches Verhalten ärgerte; aber dann war es besser, wenn sie rechtzeitig erkannte, was für ein Mensch er war, und sich dieser Enttäuschung stellte. Am Ende hätte sie sich noch in ihn verliebt, überlegte Pauline, und das wäre Aggies wegen sehr unangenehm gewesen. «Sie muss einfach heiraten», sagte sich Pauline, um heitere Gelassenheit bemüht.

Sie blickte auf die Uhr, rechnete nach, ob es sich noch lohnte, auf ihren Mann zu warten, und beschloss, Powder anzuweisen, er möge ihm das Frühstück warm halten und Kaffee und Reiswaffeln frisch zubereiten, wenn er klingelte.

Am Tag zuvor hatte Dexter Lita wieder auf einen langen Ausflug mitgenommen. Sie waren so spät zurückgekommen, dass das Essen ihretwegen verschoben werden musste, und verhielten sich den ganzen Abend so schweigsam und unnahbar, dass Pauline sich eine scherzhafte Bemerkung über die einschläfernde Wirkung der Landluft erlaubte und vorschlug, alle sollten früh zu Bett gehen. Heute waren sie noch nicht erschienen, obwohl es schon nach zehn war, und Nona sagte, sie habe keine Ahnung, was sie für diesen Tag planten.

«Es ist ein Segen, dass Lita hier so zufrieden ist», seufzte Pauline und schickte sich bei dem Gedanken an das Wunder, das Manford vollbrachte, in einen weiteren langweiligen Tag. Sie war ziemlich nervös geworden, als Amalasuntha mit ihren unglaublichen Filmgeschichten und Prahlereien über den unwiderstehlichen Michelangelo aufgetaucht war; aber Lita hatte sich davon anscheinend nicht aus der Ruhe bringen lassen.

«Jim wird uns für vieles dankbar sein müssen, wenn er heimkommt», sagte Pauline lächelnd zu ihrer Tochter. «Ich hoffe, er weiß zu würdigen, was dein Vater getan hat. Aber dass er auf der Insel geblieben ist, beweist es ja. Übrigens», fuhr sie mit einem weiteren Lächeln fort, «habe ich dir überhaupt schon erzählt, dass Arthur mir gestern über den Weg gelaufen ist?»

Nona zögerte kurz. «Mir auch.»

«Ach ja? Das hat er nicht erwähnt. Er sieht besser aus, findest du nicht? Aber er wirkte erregt und ruhelos – fast wie vor einem neuen Gichtanfall. Er war verärgert, weil ich nicht auf der Stelle mit ihm nach Hause gehen wollte, dabei war es schon nach sechs, und ich hätte dann in der Stadt essen müssen.»

«Das war vielleicht auch besser so, nach einem derart anstrengenden Tag.»

«Er war so stur – du weißt ja, wie er manchmal sein kann. Er bestand darauf, mit mir zu reden, wollte mir aber nicht verraten, worüber.»

«Das weiß er wohl selbst nicht. Wie du schon sagtest, er ist immer nervös, wenn ein Anfall droht.»

«Aber es schien ihn sehr zu kränken, dass ich mich weigerte. Ich sollte ihm versprechen, heute wiederzukommen. Und als ich erklärte, das könne ich nicht, antwortete er, dann käme er hierher.»

Nona zuckte ungeduldig die Achseln. «Das ist doch lächerlich! Natürlich kommt er nicht. Der arme alte Punkt A marschiert auf die Haustür von Cedarledge zu – das kann ich mir gar nicht vorstellen.»

Wieder errötete Pauline; auch sie hatte sich diese Möglichkeit nur ausgemalt, um sie anschließend von sich zu weisen. Wyant hatte sich immer geweigert, die Schwelle ihrer New Yorker Wohnung zu überschreiten, obwohl sie in einem Haus lebte, das sie erst nach ihrer zweiten Heirat gekauft hatte; bestimmt widerstrebte es ihm noch mehr, Cedarledge zu betreten, wo sie beide die ersten gemeinsamen Jahre verbracht hatten und ihr Sohn geboren war. Es gebe einfach gewisse Dinge, pflegte er zu sagen, die ein Mann nicht tat, basta.

Nona war immer noch in Gedanken versunken. «Ich würde nicht zu ihm in die Stadt fahren, Mutter; warum solltest du? Er war gestern erregt und ziemlich mürrisch, aber eigentlich hatte er nichts zu sagen. Er wollte sich nur selbst reden hören. Solange wir hier sind, wird er niemals kommen, und wenn sich diese Stimmung gelegt hat, wird er sich nicht einmal mehr erinnern, worum es ging. Wenn du willst, schreibe ich ihm, dass du ihn besuchst, sobald wir zurück sind.»

«Danke, Liebes, das wäre nett.»

Wie vernünftig das Kind sein konnte, wenn es wollte! Diese Antwort entsprach genau dem heimlichen Wunsch der Mutter, und so beschloss sie, als sie vom Frühstückstisch aufstand, sich fortzustehlen und abschließend die Kardinalsliste durchzugehen. Wie wohltuend, dieses eine Mal genug Zeit zu haben, um einem so wichtigen Anlass all die Aufmerksamkeit angedeihen zu lassen, die er verdiente.

28

Als Nona am nächsten Morgen herunterkam, regnete es – ein kalter, stürmischer Regen, der die Zweige peitschte und den bestürzten Frühling in seine geheimen Schlupfwinkel zurücktrieb.

Es war der erste Regen seit ihrer Ankunft in Cedarledge, und er schien auch sie zu verjagen – zurück in die winterliche Welt der Stadt, der tropfnassen Straßen, des frühen Lampenlichts und der überfüllten Vergnügungsstätten.

Mrs Manford hatte bereits gefrühstückt und das Esszimmer verlassen, doch der Teller ihres Mannes war noch unberührt. Er kam herein, als Nona gerade fertig wurde, und nach einem geistesabwesenden Nicken und Lächeln ließ er sich schweigend an seinem Platz nieder. Er saß gegenüber den riesigen, regengepeitschten Fenstern, und wie er so ins Grau hinausstarrte, schien es, als sei trotz des roten, funkensprühenden Feuers etwas von diesem Grau ins Zimmer gedrungen und hätte ihm Gesicht und Haar gebleicht.

In letzter Zeit war Nona seine frische Gesichtsfarbe aufgefallen, und wie kraftvoll sich die dunklen Locken an seinen hellbraunen

Schläfen ringelten; doch jetzt wirkte er blass und herbstlich. «Was man so ‹dem Alter entsprechend› nennt − als ob nicht jeder von uns ein Dutzend oder hundert verschiedene Alter hätte!» Ihr Vater starrte nun nicht mehr nach draußen, sondern in die Morgenzeitung auf dem Buchständer neben seinem Teller. Mit gesenkten Lidern und zusammengekniffenen Lippen sah er wieder merkwürdig anders aus − fast wie seine eigene Bronzebüste. Sie erschauerte ein wenig … «Vater! Dein Kaffee wird kalt.»

Er schob die Zeitung beiseite, nahm flüchtig den Briefstapel neben seinem Teller zur Kenntnis und richtete seinen Blick auf Nona. Das Augenzwinkern, das sie immer bei ihm auslöste, schien sich von weit her zu ihr durchzukämpfen.

«Ich wurde um meine Morgenwanderung gebracht, und jetzt habe ich keine große Lust aufs Frühstücken.»

«Es ist ja auch kein einladendes Wetter.»

«Nein.» Wieder wirkte er geistesabwesend. «Schade, wo uns nur noch so wenige Tage bleiben.»

«Es kann ja wieder aufklaren.»

Was für Unsinn sie daherredeten! Weder er noch sie scherten sich viel ums Wetter, wenn sie auf dem Land waren und Aussicht auf eine ordentliche Wanderung oder einen gemeinsamen raschen Galopp bestand. Zwar hatten sie Derartiges in letzter Zeit nicht gerade oft unternommen, aber schließlich war sie, um Maisie ein wenig zu ersetzen, ihrer Mutter zur Hand gegangen; außerdem hatte es dazwischen noch die Wochenendparty gegeben − und er half Lita bei Laune zu halten, offenbar mit Erfolg.

«Ja … ich würde mich nicht wundern, wenn es aufklart.» Stirnrunzelnd blickte er wieder hinaus in den Himmel. «So gegen Mittag.» Er schwieg ein Weilchen, dann fuhr er fort: «Ich habe überlegt, ob ich Lita nach Greystock hinüberfahren soll.»

Sie nickte. Bestimmt aßen sie dann dort auch zu Abend, und Lita kam zu ihrem Tanz. Wahrscheinlich hatte Mrs Manford nichts dagegen, obwohl es erste Anzeichen dafür gab, dass sie der Tête-à-Tête-Dinner mit ihrer Tochter überdrüssig wurde. Aber sie könnten die Empfangsliste noch einmal durchgehen, und Pauline könnte über ihren neuen Messias reden.

Nona warf einen Blick auf ihren eigenen Briefstapel. Jetzt, wo sie wusste, dass die von ihren Augen herbeigesehnte Handschrift auf keinem Umschlag zu finden sein würde, vergaß sie oft fast bis zum Abend, ihn durchzuschauen. Stanley Heuston hatte kein Lebenszeichen von sich gegeben, seit sie sich an jenem Abend vor dem Haus getrennt hatten…

Die Tür ging auf, und Lita kam herein. Zum ersten Mal seit ihrer Ankunft erschien sie zum Frühstück. Sie blickte Manford an, als sie eintrat, und Nona sah, wie sich der Gesichtsausdruck ihres Vaters veränderte. Es war wie bei den seltsamen alten Porträts in den Schaufenstern der Restauratoren, wenn auf der einen Hälfte die Schicht aus Alter und Staub schon entfernt worden war und die eigentliche Oberfläche sichtbar wurde. Litas Auftritt ließ ihn nicht jünger oder glücklicher wirken; er schob ihm nur die Tarnkappe von der Seele, die das Leben einem Mann im Alltag überstülpt. Er wirkte entblößt, ungeschützt – ungeschützt, das war's. Nona schaute zu Lita hinüber, nicht um sie zu ertappen, sondern um den Blick von ihrem Vater abzuwenden.

Litas Gesicht war wie immer vollkommen und ebenmäßig; unvorstellbar, dass innere Unruhe daran etwas ändern könnte. Es erinnerte an eine zarte Porzellanvase oder eine liebliche, schwül duftende Blume, die allenfalls ein wandernder Lichtstrahl treffen könnte, die sich jedoch niemals aus sich selbst heraus verändern würde. Sie lächelte mit großen Augen und leerem Blick, wie eine kleine Göttin aus Gold und Elfenbein auf ihre Anbeter hinablächelt, und sagte: «Ich bin früh aufgestanden, weil ich nicht aufstehen muss.»

Diese Begründung war für sie selbst absolut zufriedenstellend, die Wirkung auf ihre Zuhörer ließ jedoch zu wünschen übrig. Nona äußerte sich nicht dazu, und Manford lachte nur – ein hohles Lachen, das sichtlich nicht auf ihre Worte gemünzt war, die er offenbar gar nicht wahrgenommen hatte, sondern nur auf die lichtvolle Tatsache ihrer Anwesenheit; jene Art von Lachen, wie es der Anblick eines erstaunlichen Schleierfischs oder einer bewundernswürdigen Blume hervorruft.

«Ich glaube, es hört noch vor dem Lunch zu regnen auf», verkündete er unparteiisch dem ganzen Zimmer.

«Oh, wie schade – ich wollte meine Haare heute gründlich nass werden lassen. Meine Locken beginnen sich durch die lange Trockenheit schon auszuhängen», sagte Lita, während ihre Hand unschlüssig zwischen den Gerichten umherwanderte, die Powder ihr serviert hatte. «Grapefruit, glaube ich – obwohl es etwas furchtbar Kreuzfahrthaftes hat. Versprich es mir, Nona!» Sie wandte sich an ihre Schwägerin.

«Was soll ich versprechen?»

«Dass du mir keinen Korb mit Grapefruits schickst, wenn ich abreise.»

Manford blickte nach oben in ihr unergründliches Porzellangesicht. Sein Mund öffnete sich kurz, doch das Wort blieb unausgesprochen; er schob den Stuhl zurück und stand auf. «Ich bestelle den Wagen für elf Uhr», sagte er unnötig streng.

Lita schöpfte einen Löffel Saft aus der goldenen Grapefruitschale. Sie schien ihn weder zu beachten noch zu hören. Manford legte seine Serviette hin und ging aus dem Zimmer.

Lita warf den Kopf zurück und träufelte sich die Flüssigkeit langsam zwischen die Lippen. Ihre goldgesäumten Lider flatterten ein wenig, als wäre der Fruchtsaft ein Kuss.

«Wann reist du ab?», fragte Nona und griff nach dem Feuerzeug.

«Weiß nicht. Nächste Woche? Es würde mich nicht wundern.»

«Zu einem speziellen Teil des Erdballs?»

Litas Kopf sank wieder nach vorn, und ihre sanften, kastanienbraunen Augen richteten sich auf die Schwägerin. «Ja, aber ich weiß nicht mehr, wie er heißt.»

Nona blickte sie schweigend an. Sie war einfach schön. Wie eine Vase? Nein – jetzt eher wie eine Lampe, sie schien von innen zu leuchten. Als hätten sich ihre roten Blutkörperchen in Millionen Zauberlichter verwandelt …

Lita wich Nonas Blick aus und schaute wieder auf ihren Teller. «Briefe. Wie langweilig! Warum in aller Welt rufen die Leute nicht einfach an?»

Sie erhielt nicht oft Briefe; ihre angeborene Unfähigkeit, sie zu beantworten, hatte den Eifer ihrer Briefpartner allmählich erlahmen lassen – aller Briefpartner mit Ausnahme ihres Mannes. Fast täglich sah Nona einen von Jims graublauen Umschlägen auf dem Tisch in der Halle. Diese Farbe war für sie zum Symbol für langmütige Hoffnung geworden.

Lita blätterte in unpersönlich aussehenden Rechnungen und Reklamebriefen. Darunter tauchte der vertraute graublaue Umschlag auf. Nona dachte: «Wenn er nur nicht immer …», und ihre Augen wurden feucht.

Lita blickte nachdenklich auf die Briefmarke und legte den Umschlag ungeöffnet beiseite.

«Liest du den Brief nicht?»

Sie hob die Brauen. «Jims Brief? Ich habe ihn schon gelesen – gestern. Genau den gleichen.»

«Lita! Du bist … du bist richtig gemein!»

Litas gelangweilter Mund rundete sich zu einem Lächeln. «Nicht zu dir, Liebling. Möchtest du, dass ich ihn lese?» Sie schob einen lackierten Fingernagel unter die Kuvertlasche.

«O nein, nein! Nicht – nicht so!» Nona zuckte zusammen. «Ich wünschte, sie würde Jim hassen, würde ihn umbringen wollen! Alles besser als das», wütete es innerlich in dem Mädchen. Sie stand auf und ging zur Tür.

«Nona, warte! Was ist los? Möchtest du wirklich wissen, was er schreibt?» Auch Lita stand auf, die Augen noch immer auf den geöffneten Brief geheftet. «Er – oh …» Sie drehte ihrer Schwägerin ein Gesicht zu, aus dem das innere Glühen verschwunden war.

«Was ist? Ist er krank? Was ist los?»

«Er kommt heim. Er will, dass ich übermorgen zurückfahre.»

Mit starrem Blick stand sie vor ihr, die Augen auf etwas hinter Nona und für sie Unsichtbares gerichtet.

«Schreibt er, warum?»

«Er sagt nichts, nur das.»

«Wann hattest du ihn denn zurückerwartet?»

«Ich weiß nicht. Noch ewig nicht. Ich habe kein Gedächtnis für Daten. Aber ich dachte, es gefällt ihm dort unten. Und dein Vater hat gesagt, er hätte es geregelt …»

«Was geregelt?», unterbrach sie Nona.

Lita schien sich Nonas wieder bewusst zu werden und wandte ihr ein glattes, unnahbares Gesicht zu. «Ich weiß nicht. Das mit der Bank vermutlich.»

«Dass die ihn dort unten festhalten?»

«Dass er schön lang Urlaub machen kann. Ihr fandet doch, dass er es furchtbar nötig hat, nicht wahr?»

Nona stand regungslos da und starrte aus dem Fenster. Sie sah ihren Vater im Buick vorfahren. Der Regen hatte sich zu einem silbernen Nieseln abgeschwächt, durchsetzt von Abschnitten kurzen Sonnenscheins, und durchs offene Fenster hörte sie ihn rufen: «Es klart also doch auf. Am besten starten wir gleich.»

Summend ging Lita aus der Tür.

«Lita!», rief Nona, von dem plötzlichen Impuls getrieben, etwas – sie wusste nicht, was – zu verhindern, vor diesem Etwas zu warnen. Aber die Tür hatte sich schon geschlossen, und Lita war außer Hörweite.

Den ganzen Tag fielen immer wieder lästige Regenschauer. Lästig jedenfalls für Pauline und Nona. Immer wenn sie versuchten spazieren zu gehen, ergoss sich auf sie eine Sintflut, und kaum waren sie mit den tropfenden Hunden zum Haus zurückgeplatscht, rissen die Wolken auf und verspotteten sie mit strahlendem Sonnenschein. Doch da saßen sie schon wieder über ihrer Liste oder hatten sich in der Bibliothek zu einer Partie Mahjong[63] niedergelassen.

«Jetzt stehe ich aber nicht mehr auf und ziehe noch einmal meine Wanderschuhe an!», beschimpfte Pauline das Wetter, und ein paar Minuten später gaben ihr die regennassen Fensterscheiben recht.

«Aprilschauer», bemerkte sie mit einem etwas herben Lächeln. Tadelnd blickte sie auf ihre Tochter. «Es war selbstsüchtig von mir, dich hier festzuhalten, Liebes. Du hättest mit Lita und deinem Vater fahren sollen.»

«Aber es gab so viel Papierkram zu erledigen, Mutter. Und Greystock hängt mir wirklich ziemlich zum Hals heraus.»

Pauline brachte eine Neuauflage ihres Lächelns zustande. «Nun ja, zum Tee werden sie wohl zurück sein. Heute Nachmittag leider kein Golf», sagte sie und blickte mit heimlicher Genugtuung auf den immer heftiger werdenden Platzregen.

«Nein, aber Lita will vielleicht dort bleiben und tanzen.»

Pauline kommentierte dies nicht, sondern wandte ihre gesammelte Aufmerksamkeit wieder dem Spiel zu.

Das Holz im Kamin, rechtzeitig nachgelegt, knisterte und knackte vor sich hin. Die Wärme entlockte den Nelken und Rosenpelargonien ihren starken Duft, und im Zimmer war es schwül wie in einem sommerlichen Garten. Die Dämmerung sank aus den wolkenbeladenen Himmeln, und zu gegebener Zeit zog dieselbe Hand, die sich auch um das Feuer kümmerte, die Vorhänge an ihren Ringen geräuschlos zu und entzündete die Lampen. Endlich erschien Powder an der Spitze der Prozession mit dem Teetisch.

Pauline erhob sich von einer endlosen Partie Mahjong, um bei der folgenden Zeremonie die von ihr erwartete Rolle zu spielen. Sie setzte sich mit Nona vor den Kamin und hob mit kritischer Miene die Deckel von den kleinen Gerichten.

«Ich habe diese Muffins bestellt, die dein Vater so gern isst», sagte sie ungewohnt wehmütig. «Vielleicht sollten wir sie zurückschicken und warm stellen lassen.»

Auch Nona hielt das für besser; doch als sie die Hand auf die Klingel legte, ließ sie das Geräusch eines näher kommenden Autos stutzen. Die Hunde erwachten mit beglücktem Knurren und flitzten hinaus. «Da kommen sie ja doch noch», sagte Pauline.

Ein Weilchen herrschte Schweigen, das nicht von dem üblichen Willkommensgekläff untermalt wurde, dann hörte man ein Geräusch, als würden Mantel, Schal und Regenschirm abgelegt, und schließlich erschien Powder auf der Schwelle, diesmal peinlich berührt und verlegen.

«Mr Wyant, Madam.»

«Mr Wyant?»

«Mr Arthur Wyant. Er scheint der Meinung, Sie würden ihn erwarten», fuhr Powder fort, als wollte er die Mitteilung in die Länge ziehen, um seiner Herrin Zeit zu verschaffen.

Mrs Manford begriff, tat einen ihrer heroischen Flügelschläge und zeigte sich der Lage gewachsen. «Ja, ich habe ihn erwartet. Bitte führen Sie ihn herein», sagte sie, ohne einen Blick auf ihre Tochter zu wagen.

Arthur Wyant trat ein, groß und doch gebeugt in seinem abgewetzten, gut geschnittenen Anzug, eine nervöse Röte auf den Wangenknochen. Er schwieg und ließ einen leicht bestürzten Blick durchs Zimmer wandern, einen Blick, der verriet, dass er bei seinem Beschluss, Pauline aufzusuchen, nicht bedacht hatte, in welch vertrauter Umgebung er sie antreffen würde. «Du hast hier fast nichts verändert», sagte er unvermittelt und klang geistesabwesend wie ein Mann, der nur langsam das Bewusstsein wiedererlangt.

«Wie geht es dir, Arthur? Es tut mir leid, dass dein Ausflug auf einen so regnerischen Tag fällt», erwiderte Mrs Manford in zwanglosem Ton, der auf den sich zurückziehenden Powder zielte.

Ihr früherer Ehemann nahm keine Notiz davon. Sein Blick wanderte weiter durchs Zimmer, immer noch unsicher und suchend.

«Fast nichts», wiederholte er, als habe er bislang nicht bemerkt, dass sich außer ihm noch jemand im Zimmer befand. «Doch, dieser Raeburn[64] – ja. Der hing im Esszimmer, nicht wahr?» Er fuhr sich mit der Hand über die Stirn, wie um einen Nebel der Vergesslichkeit beiseitezuwischen, und ging auf das Bild zu.

«Warte. Der hängt genau da, wo früher das Sargent[65]-Bild von Jim als Junge hing, Jim auf seinem Pony. Genau über meinem Schreibtisch, sodass ich ihn immer sah, wenn ich aufblickte …» Er wandte sich an Pauline. «Hübsches Bild. Was hast du damit gemacht? Warum hast du es weggeräumt?»

Pauline errötete, aber über ihre Röte schob sich tapfer ein versöhnliches Lächeln. «Das war nicht ich. Das war … Dexter wollte es haben. Es ist in seinem Zimmer, seit Jahren.» Sie schwieg, dann fuhr sie fort: «Du weißt doch, wie sehr Dexter an Jim hängt.»

Wyant hatte seinen Blick jäh von dem Raeburn abgewandt. Die Röte von Paulines Wangen spiegelte sich schwach auf den seinen. «Dumm von mir … natürlich … Ich war eben ziemlich fassungslos, als ich hereinkam und merkte, das alles immer noch aussieht wie früher … Du musst entschuldigen, dass ich einfach so auftauche; ich muss dich in einer wichtigen Angelegenheit sprechen … Hallo, Nona …!»

«Natürlich entschuldige ich das, Arthur. Setz dich – hier an den Kamin. Dir ist bestimmt kalt nach deiner Fahrt durch den Regen … Wirklich ungewöhnlich für die Jahreszeit, nachdem wir schon so schönes Wetter gehabt haben. Nona wird nach frischem Tee klingeln», sagte Pauline in dem ihr eigenen Ton unerschütterlicher Gastfreundschaft.

29

Abends, an der Tür ihrer Mutter, zögerte Nona einen Augenblick, dann drehte sie sich noch einmal um. «Also … gute Nacht, Mutter.»

«Gute Nacht, Kind.»

Doch auch Mrs Manford schien zu zögern. In ihr üppiges dunkles Gewand gehüllt, stand sie da und hob geistesabwesend eine Hand, um erst den einen, dann den anderen langen Ohrring abzunehmen. Mrs Manford hatte es sich zur Regel gemacht, dass ihr Mädchen nie aufbleiben musste, um ihr beim Auskleiden zu helfen.

«Soll ich es dir aufknöpfen, Mutter?»

«Danke, Liebes, nein, aus diesem Kaminkleid kann ich leicht rausschlüpfen. Du bist bestimmt müde ...»

«Nein, ich bin nicht müde. Aber du ...»

«Ich auch nicht.» Sie standen unschlüssig auf der Schwelle des warmen, halbdunklen Zimmers, das nur von einem niedergebrannten Kaminfeuer erhellt wurde. Pauline schaltete das Licht an. «Dann komm herein, Liebes.» Ihr gezwungenes Lächeln entspannte sich, und sie legte ihrer Tochter eine Hand auf die Schulter. «So, es ist überstanden», sagte sie mit der müden und doch zufriedenen Stimme, mit der Nona sie manchmal den Grabgesang eines schwierigen, aber erfolgreichen Dinners hatte anstimmen hören.

Nona folgte ihr, und Pauline sank in einen Sessel am Kamin. Im gedämpften Lampenlicht – ihr Gesicht wurde vom Feuerschein umspielt, ihr kleiner Kopf saß aufrecht auf den noch immer hübschen Schultern – strahlte sie eine anmutige Würde aus, die ihre Tochter über die Maßen rührte.

«Ich bin so froh, dass du dir nie einen Bubikopf hast schneiden lassen, Mutter.»

Mrs Manford machte große Augen bei dieser unvermittelten Bemerkung; ihr starrer Blick schien zu sagen, dass sie sich mit den sprunghaften Äußerungen ihrer Tochter abgefunden, aber längst jeden Versuch aufgegeben hatte, damit gedanklich Schritt zu halten.

«Du bist hübsch, so wie du bist», fuhr Nona fort. «Ich kann verstehen, dass der liebe alte Punkt A die Fassung verlor, als er dich hier sah, in der gleichen Umgebung und im Grunde auch äußerlich so, wie du zu seiner Zeit ausgesehen haben musst ... Und er selbst hat sich so sehr verändert ...»

Pauline senkte den Blick über dieser Vorstellung. «Ja. Der arme Arthur!» Hatte sie in den letzten fünfzehn Jahren den Namen ihres früheren Ehemannes jemals ohne dieses abschätzige Beiwort ausgesprochen? Irgendwie rief er am Ende immer Mitleid hervor – ein nachsichtiges Mitleid. Sie lehnte sich in die Kissen zurück und fuhr fort: «Es war natürlich bedauerlich, dass er es sich in den Kopf gesetzt hatte, hier herauszufahren. Ich hätte nicht gedacht, dass er sich so genau daran erinnert, wie es hier aussah … Das Sargent-Bild von Jim auf dem Pony … Glaubst du, es hat ihn gestört?»

«Dass das Bild jetzt in Vaters Zimmer hängt? Ja, ich glaube schon.»

«Aber, Nona, er ist deinem Vater immer so dankbar für alles, was er für Jim und Lita getan hat. Er bewundert deinen Vater. Er hat es mir oft gesagt.»

«Ja.»

«Und da er schon einmal hier war, musste ich ihn wenigstens bitten, zum Essen dazubleiben.»

«Natürlich. Zumal ja erst nach dem Dinner wieder ein Zug in die Stadt fuhr.»

«Und im Grunde weiß ich bis jetzt nicht, weswegen er gekommen ist!»

Nona, die versunken das Feuer betrachtete, hob den Blick. «Nein?»

«Nun ja, natürlich so ungefähr, es ging um Jim und Lita. Die alte Leier, die wir schon so oft gehört haben. Aber ich konnte ihn rasch beruhigen. Ich berichtete ihm, dass Lita hier restlos glücklich und das Experiment ein voller Erfolg ist. Er schien sich zu wundern, dass sie all ihre Pläne mit Hollywood und Klawhammer aufgegeben hat … Offenbar hat Amalasuntha ihm eine Menge Unsinn erzählt … Aber als ich sagte, dass Lita kein einziges Mal von Hollywood gesprochen hat und übermorgen zu ihrem Mann nach Hause fährt, schien ihn das völlig zu beruhigen. Kam er dir nicht auch viel ruhiger vor, als er abfuhr?»

«Ja, er war auf jeden Fall ruhiger. Aber ich hatte den Eindruck, dass er vor allem Lita sehen wollte.»

Pauline holte tief Luft. «Ja. Alles in allem war ich froh, dass sie nicht da war. Lita hat es nie verstanden, mit Arthur umzugehen, und ihr Verhalten ist manchmal aufreizend. Womöglich hätte sie etwas gesagt, was ihn wieder aufgeregt hätte. Ich war wirklich erleichtert, als dein Vater anrief, sie hätten sich entschlossen, in Greystock zu essen – obwohl ich merkte, dass Arthur auch das merkwürdig fand. Seine Einstellung hat sich kein bisschen verändert, er ist noch immer so altmodisch wie seine Mutter.» Sie schwieg einen Augenblick, dann fuhr sie fort: «Du bist ein wenig erschrocken, als ich ihn fragte, ob er nicht über Nacht bleiben möchte. Aber ich wollte nicht ungastlich wirken.»

«Nein, nicht in diesem Haus», pflichtete ihr Nona mit einem raschen Lächeln bei. «Und man wusste ja, dass er nicht …»

Pauline seufzte. «Der arme Arthur! Er ist immer so übertrieben förmlich.»

«Es war nicht nur das. Er hat entsetzlich gelitten.»

«Wegen Lita? Das ist doch albern! Als ob er sie uns nicht anvertrauen könnte …»

«Nicht nur wegen Lita. Schon die Tatsache, dass er hier war, dass sein ganzes früheres Leben auf ihn einstürzte. Er wirkte völlig unvorbereitet – als sei es ihm tatsächlich gelungen, all die Jahre überhaupt nicht daran zu denken. Und plötzlich war es da, wie die Halluzination eines Ertrinkenden. Wie ein Ertrinkender – so sah er aus.»

Pauline richtete sich ein wenig auf, und Nona konnte beobachten, wie sich ihre Stirn zu leichten Runzeln zusammenschob. «Was du immer für schreckliche Gedanken hast! Ich fand, er hat nie besser ausgesehen, jedenfalls hat er sich beim Abendessen mit dem Wein zurückgehalten.»

«Ja, darauf hat er schon geachtet.»

«Und ich auch. Ich habe Powder einen Hinweis gegeben.» Ihre Stirn glättete sich, und mit einem Seufzer lehnte sie sich wieder zurück, diesmal war es ein Seufzer der Erleichterung. Von Nonas morbiden Vergleichen werde sie sich keinesfalls aus der Ruhe bringen lassen, schien ihr Blick zu sagen – jetzt, wo alles vorüber war und sie allen Grund hatte, sich zu ihrem Anteil am Erfolg zu beglückwünschen.

Nona (aber so war sie eben!) wirkte weniger überzeugt. Sie zögerte einen Augenblick, dann sagte sie: «Eines habe ich dir noch nicht erzählt. Auf dem Weg nach unten zum Dinner …»

«Was denn, Liebes?»

«Ich bin ihm auf dem oberen Treppenabsatz begegnet. Er wollte das Kind sehen … das war doch mehr als verständlich …»

Pauline zog nervös die Lippen ein. Sie hatte gedacht, sie hielte alle Fäden in der Hand, doch dieser eine … Zögerlich gab sie ihr recht: «Völlig verständlich.»

«Das Kind schlief und sah gesund und munter aus. Er stand lange vor dem Bettchen. Zum Glück war es nicht das alte Kinderzimmer.»

«Ich muss schon sagen, Nona! Er konnte doch nicht erwarten …»

«Nein, natürlich nicht. Als wir dann nach unten gingen, sagte er: ‹Komisch, wie sehr das Kind immer mehr Jim ähnelt. Erinnert mich an das alte Porträt.› Und er stieß hervor: ‹Könnte ich es sehen?›»

«Was – den Sargent?»

Nona nickte. «Hätte ich es ihm verweigern sollen?»

«Auch das war wohl mehr als verständlich.»

«Ich habe ihn in Vaters Arbeitszimmer geführt. Er schien sich an jeden Schritt des Weges zu erinnern. Er stand da und schaute immerzu das Bild an. Er sagte nichts … gab keine Antwort, wenn ich etwas sagte … Ich merkte, dass es ihm durch und durch ging.»

«Schau, Nona, was vergangen ist, ist vergangen. Manchmal laden sich die Menschen selbst Dinge auf …»

«Oh, ich weiß, Mutter.»

«Manch einer würde es vielleicht seltsam finden, dass er hier im Haus herumspaziert ist – und dass er überhaupt mit einem so heiklen Anliegen hier war! Aber ich mache ihm keine Vorwürfe, und ich möchte, dass auch du ihm keine machst», fuhr Pauline entschlossen fort. «Am Ende ist es ganz gut, dass er gekommen ist. Im ersten Augenblick war er vielleicht ein wenig aufgeregt, aber es ist mir gelungen, ihn zu beruhigen. Auf jeden Fall habe ich ihm bewiesen, dass alles in Ordnung ist und er sich auf Dexter und mich verlassen kann: Wir wissen, was für Lita am besten ist.» Sie schwieg kurz, dann fügte sie hinzu: «Schau, es wäre mir fast lieber, wenn wir deinem Vater nichts von seinem Besuch erzählten, und Lita auch nicht. Jetzt ist es vorbei, warum sollten wir sie damit behelligen?»

«Richtig, dazu gibt es keinen Grund.» Nona erhob sich vor dem Feuer aus der Hocke und reckte die Arme in die Höhe. «Ich kümmere mich darum, dass Powder nichts verrät. Im Übrigen würde er das ohnehin nicht tun. Er scheint immer zu wissen, was man erklären muss und was nicht. Man sollte ihn als Katastrophenhilfe einsetzen, so wie die Feuerlöscher in den Fluren … Gute Nacht, Mutter, ich werde allmählich müde.»

Ja, es war vorbei, Pauline wollte nichts mehr von der Sache wissen, und sie fand, sie durfte sich zu Recht beglückwünschen. Sie hatte Nona nicht erzählt, wie «problematisch» Wyant sich in den ersten Minuten verhalten hatte, als das Mädchen wegen des Tees aus der Bibliothek gehuscht war und sie allein gelassen hatte. Wozu dem allen noch nachgehen? Pauline war erst ein wenig nervös gewesen – sie sorgte sich zum Beispiel, was geschehen mochte, wenn Dexter und Lita hereinkamen, solange Arthur noch in diesem seltsam aufgeregten Zustand war, in der Bibliothek auf und ab stampfte und halb für sich, halb an sie gerichtet murmelte: «Verdammt, bin ich nun in meinem Haus oder in dem eines anderen Mannes? Kann mir das jemand sagen?»

Aber sie waren nicht hereingekommen, und die Phase der Gereiztheit ging rasch vorüber. Pauline hatte nur antworten müssen: «Das ist mein Haus, Arthur, in dem du als Jims Vater immer willkommen bist ...» Das hatte seinem irren Gerede ein Ende gemacht, ihn ein wenig beschämt und ihm wieder zu Bewusstsein gebracht, was er dem Anlass und seiner Würde schuldig war.

«Meine Liebe – du musst verzeihen. Ich bin hier nur ein Eindringling, ich weiß ...»

Und als sie ergänzte: «In meinem Haus niemals, Arthur. Setz dich, bitte, und erzähl mir, weswegen du mich besuchst ...», da verstummte alles Gezeter vor dieser ruhig und vernünftig vorgebrachten Frage, er setzte sich wie gebeten und begann mit völlig normaler Stimme die alte Leier von Jim und Lita, von Jims Tatenlosigkeit und Litas Schäkereien und wohin das führen solle; ob sie sich darüber im Klaren sei, dass dieses Weib ihren Sohn zum Gespött der Leute mache – ja, dass man in den Clubs schon darüber rede?

Von da an hatte sie keine Schwierigkeiten mehr gehabt. Es war leicht gewesen, seine Befürchtungen behutsam ein wenig ins Lächerliche zu ziehen und ihn durch den Bericht von ihrem Gespräch mit Lita (obwohl sie beim Gedanken an dessen Ausgang noch immer zusammenzuckte) und die Beteuerung, das Cedarledge-Experiment sei überaus erfolgreich verlaufen, noch einmal zu beruhigen. Gerade als seine Fragen wieder drängender wurden – als er auf einen bestimmten Mann anspielte, sie wusste nicht, auf wen –, war zum Glück Powder hereingekommen, um ihn in ein Gästezimmer zu führen, damit er sich zum Dinner umkleiden konnte; und kurz nach dem Essen stand das Auto vor der Tür, und Powder (wieder in der Rolle der Vorsehung) wagte vorzuschlagen, in Anbetracht der rutschigen Straßen wäre es wohl besser, Sir, so bald wie möglich aufzubrechen. Nona hatte es übernommen, ihn zur Tür zu begleiten, und Pauline war mit einem tiefen Seufzer der Erleichterung in die Bibliothek zurückgekehrt, wo Wyants leeres Whiskyglas und der Aschenbecher gespenstisch auf dem Tisch neben dem Sessel ihres Mannes standen. Ja, sie war froh gewesen, als es vorbei war ...

Und jetzt war sie froh, dass es stattgefunden hatte. Die Begegnung hatte ihr Vertrauen in die eigene Vorgehensweise bestärkt und ihr erneut bewiesen, dass sie die Kraft besaß, Hindernisse zu überwinden, indem sie sie fortlächelte. Sie hatte Arthur buchstäblich aus dem Haus gelächelt, wo andere Frauen in einer ähnlich kritischen Lage eine Szene gemacht oder befürchtet hätten, ihre Würde könne Schaden leiden. Ihre Würde! Die ihre bestand mehr denn je darin, von jedem das Beste anzunehmen, sich und anderen einzureden, dass man das Böse erst dadurch schuf, dass man es jemandem zuschrieb, und seine Entstehung dadurch verhinderte, dass man nicht daran glaubte. Der Wissenschaftliche Spiritualist drückte es mit diesen Worten aus: «Wir produzieren Sorgen genauso wie jedes andere Gift.» Wie dankbar war sie ihm für diesen Leitsatz! Und wie unbeschwert und glücklich machte sie das Wissen, dass sie ihn nicht vergessen und seine Wahrheit in einem so entscheidenden Augenblick bewiesen hatte! Voller Mitleid blickte sie auf ihr früheres Misstrauen zurück, auf erbärmliche Regungen wie Eifersucht und Argwohn, auf die Momente, in denen selbst ihre Angehörigen vor ihren krankhaften Befürchtungen nicht sicher gewesen waren …

Wie absurd und weit weg schien all das jetzt zu sein! Jim kam übermorgen zurück. Lita und das Kind fuhren zu ihm nach Hause. Am Tag danach würden sie alle in die Stadt zurückkehren, und das Zeremoniell für den Empfang des Kardinals erhielte den letzten Schliff. Oh, sie und Powder würden alle Hände voll zu tun haben! Das gesamte vergoldete Silbergeschirr musste aus dem Tresorraum geholt und poliert werden … Zum Glück klangen die jüngsten Berichte über Mrs Bruss' Zustand positiv, und bestimmt war Maisie bald wieder wie gewohnt zur Stelle … Ja, das Leben glitt tatsächlich in die gewohnten geschäftigen und erfreulichen Bahnen zurück. Die Ruhe auf dem Land war gut und schön, aber wenn man es mit der Ruhe übertrieb, wurde sie anstrengend …

Sie lag schon im Bett, das Licht war aus, und sanft senkte sich der Schlaf auf sie hernieder.

Bevor er sie umfing, hörte sie noch in nebelhafter Ferne die Schritte ihres Mannes, das Öffnen und Schließen seiner Tür und die gedämpften Geräusche des Entkleidens. Gut... er war also wieder da... und Lita... diese verrückte Lita... gar nichts passiert... schon gut, dass sie dem armen Arthur nicht begegnet waren... Alles in Ordnung... der Kardinal...

30

Plötzlich saß Pauline aufrecht im Bett. Es war, als hätte eine unsichtbare Hand eine Feder in ihrem Rückgrat berührt und sie in der Dunkelheit aufgerichtet, noch ehe sie sich eines Grundes bewusst wurde.

Zweifellos hatte sie im Schlaf etwas gehört, aber was? Sie horchte, ob sich das Geräusch wiederholte.

Alles war still. Sie streckte die Hand nach einem Onyxknopf auf dem Nachttisch aus, augenblicklich leuchtete das Zifferblatt einer winzigen Uhr auf, und es erklangen leise zwei Schläge, etwas später ein weiterer. Halb drei – die stillste Stunde der Nacht, und das in der Frühlingsruhe von Cedarledge! Trotzdem war da ein Geräusch gewesen – ein lauter Knall... Da, wieder! Ein Revolverschuss... irgendwo im Haus...

Einbrecher?

Schon steckten ihre Füße in den Pantoffeln, und ihre Hand lag auf dem Lichtschalter. Dabei lauschte sie weiterhin angespannt. Überall Totenstille...

Aber wie kamen Einbrecher ins Haus, ohne die Alarmanlage auszulösen? Ach, da fiel es ihr wieder ein! Powder hatte Anweisung, sie nicht einzuschalten, solange sich noch jemand außerhalb des Hauses befand; Dexter hätte dafür sorgen müssen, dass sie eingeschaltet wurde, als er mit Lita aus Greystock zurückkam. Und natürlich hatte er es vergessen.

Pauline war schon auf den Beinen, hatte das Haar unter dem

stirnbandähnlichen Häubchen aus silberner Spitze glattgestrichen und das «Ruhekleid» aus silbriger Seide über das Nachthemd gezogen. Dieses Notgewand lag immer neben ihrem Bett, falls es nachts einen Alarm gab; im Nu war sie gerüstet, hatte die Alarmanlage eingeschaltet und den Sammelruf für Powder und die Kammerdiener, Gärtner und Chauffeure ausgelöst. Ihre Hand glitt unschlüssig über die komplizierten Tasten des blitzenden Schaltbretts, das in die Vertäfelung ihres Ankleideraums eingelassen war, dann drückte sie den Knopf mit der Aufschrift «Feuerwache». Warum auch nicht? In letzter Zeit hatte es in den Vorstädten eine Reihe schlimmer Einbrüche gegeben, und man wusste nie … Besser, man weckte die Nachbarn … Dexter war so sorglos. Höchstwahrscheinlich hatte er die Haustür offen gelassen.

Immer noch Stille – tiefer denn je. Kein Ton seit jenem zweiten Schuss, wenn es denn ein Schuss gewesen war. Leise öffnete sie die Tür und blieb im Vorraum zwischen ihrem Zimmer und dem ihres Mannes stehen. «Dexter!», rief sie.

Keine Antwort, kein aufflammendes Licht als Reaktion. Männer schliefen immer so tief. Sie öffnete die Tür, schaltete das Licht an. «Dexter!»

Das Zimmer war leer, das Bett ihres Mannes unberührt. Aber was war das dann gewesen? Diese Geräusche bei seiner Rückkehr? Hatte sie nur geträumt? Oder hatte sie gehört, wie die Einbrecher sein Zimmer plünderten, ein paar Schritte von ihr entfernt? Trotz aller Beherztheit überlief sie ein Schauder…

Aber wenn Dexter und Lita noch nicht zurück waren, woher war dann der Schuss gekommen, und wer hatte ihn abgefeuert? Sie zitterte beim Gedanken an Nona – Nona und das Kind! Sie schliefen allein mit dem Kindermädchen in einem anderen Flügel des Hauses. Und plötzlich hallte das Haus, erschien ihr so riesig, so leer …

Im halbdunklen Flur vor ihrem Zimmer machte sie wieder einen Augenblick halt und wartete auf einen wegweisenden Laut, dann rannte sie los, drückte die Schwingtür auf, die den äußeren

Flügel von dem ihren trennte, und drehte unterm Laufen mit fliegender Hand die Lichter an … Auf den mit dicken Teppichen belegten Fluren erzeugten ihre Schritte kein Geräusch, und sie hatte das Gefühl, dass sie lautlos über den Boden glitt, wie etwas Geisterhaftes, Körperloses, das nicht die Kraft besaß, das Schweigen zu durchbrechen und sich bemerkbar zu machen …

In der Mitte des Flurs angelangt, sah sie erschrocken, dass Litas Schlafzimmertür einen Spalt offen stand. Endlich Geräusche – es drangen leise, wirre, verängstigte Geräusche aus dem Zimmer. Was für Geräusche? Pauline erkannte sie nicht, sie wirbelten ihr in rasendem Tempo durch den Kopf. Sie hörte sich selbst «Hilfe!» schreien, mit der erstickten Stimme eines vom Albtraum Gepeinigten, und bemerkte erleichtert eilige Schritte hinter ihrem Rücken: Powder, die Diener, die Mädchen. Gott sei Dank, die Anlage funktionierte! Was sie auch erwarten mochte, es war jemand da, der ihr beistand …

Sie erreichte die Tür, wollte sie aufdrücken – und stieß auf unerwarteten Widerstand. Irgendjemand stemmte sich von innen dagegen und kämpfte darum, dass sie nicht weiter geöffnet wurde, wollte verhindern, dass Pauline eintrat. Sie warf sich mit aller Kraft gegen die Tür und erkannte durch den Spalt den Arm und die Hand ihres Mannes. «Dexter!»

«O Gott.» Er wich zurück und die Tür mit ihm. Pauline ging hinein.

Alle Lichter brannten, es war blendend hell im Zimmer. In einer Ecke stand zitternd und stieren Blicks ein zweiter Mann, aber Pauline achtete nicht auf ihn, denn vor ihr auf dem Boden lag Litas langer Leib, in einem losen, paillettenbesetzten Kleid schluchzend hingestreckt über einem weiteren Körper.

«Nona … Nona!», schrie die Mutter und stürzte auf die beiden Mädchen zu.

Sie flog an ihrem Mann vorbei, riss Lita zurück, fiel auf die Knie, drückte ihr Kind an sich und presste Nonas hängenden Kopf gegen ihre Brust. Nonas Blut bespritzte das silberne Gefältel ihres

Ruhekleids und machte es als Symbol der Sicherheit und Gelassenheit für immer unbrauchbar.

«Nona ... Kind! Was ist passiert? Bist du verletzt? Dexter ... um Himmels willen! Nona, schau mich an! Ich bin's, Mutter, Liebling, Mutter ...»

Nonas Augen öffneten sich flatternd. Ihr Gesicht war aschfahl und ausdruckslos wie das eines Neugeborenen. Langsam erwiderte sie den gepeinigten Blick ihrer Mutter. «Alles in Ordnung ... nur am Arm getroffen.» Ihr Blick taumelte durch den verwüsteten Raum, hob und senkte sich wie ein Schmetterling in seinem wirren Flug. Lita lag in ihren Pailletten zusammengekauert auf dem Sofa, verdreht und leer wie ein Festgewand, das die Trägerin beiseitegeworfen hatte. Dazwischen stand Manford, den Weltuntergang im Gesicht. In der Ecke wartete noch immer der andere Mann, eingefallen, reglos. Paulines Blick folgte dem ihres Kindes und landete bei ihm.

«Arthur!», stieß sie keuchend hervor und fühlte Nonas schwachen Druck auf ihrem Arm.

«Nicht ... nicht ... Es war ein Unfall. Vater ... ein Unfall! Vater!»

Die Zimmertür war jetzt sperrangelweit geöffnet, und auf der Schwelle stand Powder, unnatürlich dünn und hager in seinem improvisierten, kragenlosen Gewand. Er dirigierte die gaffenden Kammerdiener, Gärtner, Chauffeure und Mädchen, die sich hinter ihm auf dem Flur drängten. Es war wirklich erstaunlich, wie gut Paulines Anlage funktioniert hatte.

Manford wandte sich Arthur Wyant zu, das versteinerte Gesicht weiß vor Rachsucht. Wyant stand noch immer regungslos und mit hängenden Armen da, alle Kraft war aus seinem Körper gewichen, und über seine feuchten Lippen stolperte ein gestammeltes Wort, das wie «Ehre» klang.

«Vater!» Auf Nonas schwachen Ruf hin fiel auch Manfords Arm herab, und er stand ebenso kraftlos und regungslos da wie der andere.

«Alles ein Unfall ...», hauchten die weißen Lippen vor Pauline.

Powder war nach vorn getreten. Im Stakkato befahl er über seine Schulter: «Ruft den Arzt an! Fahrt ein Auto vor! Durchsucht den Garten! Eine von den Frauen hierher! Das Mädchen von Madam!»

In diesem Augenblick riss sich Manford zusammen und ging mit benommenem Blick auf die wirre Gruppe an der Schwelle los. «Verdammt, was macht ihr hier alle miteinander? Hinaus – hinaus, alle! Hinaus, sage ich! Hört ihr nicht?»

Powder richtete einen respektvollen, aber Einhalt gebietenden Blick auf seinen Brotherrn. «Ja, Sir, natürlich, Sir. Ich möchte nur melden, dass man bereits entdeckt hat, wie der Einbrecher hereingekommen ist.» Manford reagierte mit blindem Starren, aber der Butler fuhr unbeirrt fort: «Dank des Regens, Sir. Er ist durch das Fenster des Anrichteraums gestiegen, der Riegel wurde aufgebrochen, und auf meinem Linoleum sind schlammige Fußspuren, Sir. Man hat heute Nachmittag einen herumlungernden Landstreicher bemerkt. Ich kann das bezeugen ...» Blitzschnell trat er zwischen die beiden Männer, bückte sich, hob etwas auf und ließ es rasch und verstohlen in die Tasche gleiten. Eine Sekunde später hatte er seine Untergebenen von der Schwelle gefegt, und die Tür hatte sich hinter ihnen geschlossen.

«Dexter», schluchzte Pauline, «hilf mir, sie aufs Bett zu heben.»

Draußen rasselte und brummte es durch die lauernde Stille der Nacht die Auffahrt herauf. Das Schweigen wich unnatürlichem Lärm, gewaltig, geheimnisvoll und drohend. Es war die Feuerwehr von Cedarledge, die auf den Hilferuf ihrer Wohltäterin hin mit doppelter Geschwindigkeit herbeigeeilt kam.

Als sich Pauline über das Gesicht ihrer Tochter beugte, glaubte sie ein schwaches Lächeln darauf zu erkennen ...

31

Nona Manfords Zimmer war erfüllt von Frühlingsblumen, eine Überschwemmung, gesandt von mitfühlenden Freunden, seit sie aus Cedarledge in die Stadt gebracht worden war.

Das war vor zwei Wochen gewesen. Jetzt war es wirklich Frühling, die Fenster standen weit offen, und die untergehende Maisonne fiel schräg ins Zimmer und gab den langen Pflaumen- und Kirschblütenzweigen etwas von ihrem ursprünglichen Duft und ihrer Frische zurück.

Früher einmal wären ihr die Blüten beim Gedanken an Cedarledge doppelt so schön vorgekommen; jetzt schloss Nona nur rasch die Augen, weil sie vor dem, was der Name mit sich brachte, innerlich zurückschreckte.

Sie war noch immer ans Zimmer gefesselt, denn die Kugel, die ihren Arm nahe der Schulter durchschlagen hatte, hatte auch ihre Lunge gestreift, und das Fieber hielt sich hartnäckig. Hauptsächlich der Schock, sagten die Ärzte ... der entsetzliche Anblick eines maskierten Einbrechers im Schlafzimmer ihrer Schwägerin, und weil zweimal auf sie geschossen wurde – zweimal!

Lita bekräftigte die Geschichte. Sie habe geschlafen, als die Tür leise aufgegangen sei; sie sei aufgefahren und habe einen Mann in einer Maske mit einer dunklen Laterne gesehen ... Ja, sie sei fast sicher, dass er eine Maske getragen habe; jedenfalls habe sie sein Gesicht nicht sehen können; die Polizei habe auf dem Linoleum des Anrichteraums und auf der Hintertreppe schlammige Fußspuren gefunden.

Lita hatte geschrien, und Nona war ihr zu Hilfe geeilt; ja, und auch Mr Manford – Lita glaubte, Mr Manford sei vielleicht schon vor Nona da gewesen. Aber ganz sicher war sie nicht ... Die Sache war die, dass die Erlebnisse dieser Nacht Lita zutiefst erschüttert hatten, und ihre Aussage war zwar nicht gerade widersprüchlich, aber doch etwas unzusammenhängend.

Die einzig wirklich verlässlichen Zeugen waren Powder, der

Butler, und Nona Manford selbst. Ihre Aussagen stimmten exakt überein oder fügten sich zumindest passgenau ineinander; die eine ergänzte die andere. Nona war als Erste am Tatort gewesen; sie hatte den Mann im Zimmer gesehen – auch sie meinte, dass er maskiert gewesen sei –, und er hatte sich ihr zugewandt und geschossen. Ihr Vater, der die Schüsse gehört hatte, eilte halb angezogen sofort herbei, und daraufhin floh der Einbrecher. Irgendjemand wollte gesehen haben, wie er durch den Regen und die Dunkelheit davonlief, aber niemand hatte sein Gesicht erkannt, und so war es unmöglich, seine Identität festzustellen. Der einzige greifbare Beweis für seine Anwesenheit waren – abgesehen von dem Schuss – die von Powder entdeckten und sorgfältig konservierten Fußabdrücke auf dem Boden des Anrichteraums, und natürlich war es möglich, dass mit deren Hilfe am Ende der Verbrecher aufgespürt wurde. Was den Revolver anbetraf, so war dieser ebenfalls verschwunden, und die Kugeln, von denen die eine in der Tür, die andere in der Täfelung gelandet war, hatten ein normales Militärkaliber und boten keinen Anhaltspunkt. Alles in allem ein interessanter Fall für die Polizei, von der es hieß, sie arbeite intensiv an der Klärung, wenn auch bisher ohne sichtbare Ergebnisse.

Nach drei Tagen greller Schlagzeilen und Mutmaßungen in der Presse verdrängte eine andere Sensation den Einbruch in Cedarledge. Die Zeitungsleser, enttäuscht von der Unfähigkeit der Polizei, ihre Wissbegier ständig aufs Neue anzuheizen, spekulierten nicht länger über diesen Fall, und das Interesse erlosch so rasch, wie es aufgeflammt war.

In den letzten Tagen war Nonas Fieber allmählich gesunken, und sie hatte Besuch empfangen dürfen; erst einmal pro Tag, dann zwei- oder drei-, schließlich vier- oder fünfmal – sodass ihr der Kiefer schon ein wenig wehtat vom ständigen Wiederholen ihrer Geschichte, die sie auf Bitten der Besucher mit einer gründlichen Darlegung ihrer eigenen Gefühle ausschmücken musste. Sie erzählte ihre Geschichte immer mit genau denselben Sätzen und schilderte die Vorfälle in genau derselben Reihenfolge; mittlerweile hatte sie sogar gelernt, an einer bestimmten Stelle inne-zuhalten, an der ihre mitleidigen Zuhörer stets zu sagen pflegten: «Aber, meine Liebe, das ist ja ganz entsetzlich – wie fühlte sich das denn an?»

«Wie ein Schuss in den Arm.»

«O Nona, du bist so zynisch! Aber vorher, als du den Mann gesehen hast, war dir da nicht schlecht vor Angst?»

«Dazu hat er mir keine Zeit gelassen; mir konnte nur noch schlecht werden vom Schmerz in meiner Schulter.»

«Man wird sie nie dazu bringen, zuzugeben, dass sie Angst hatte!»

Und so ging das Gespräch immer weiter. Fiel ihren Zuhörern auf, dass sie ihre Geschichte mit der gleichbleibenden Präzi-sion einer auswendig gelernten Lektion erzählte? Wahrscheinlich nicht, und wenn doch, ließen sie es sich nicht anmerken. Alle Zeitungen waren voll gewesen von dem Einbruch in Cedarledge: ein maskierter Einbrecher, ein Schuss auf Miss Manford und die Flucht des verhinderten Mörders. Die Schilderung, reißerisch und drastisch, hatte sich mit Hilfe mächtiger Schlagzeilen und stän-diger Wiederholung der öffentlichen Leichtgläubigkeit einge-brannt. Innerhalb von vierundzwanzig Stunden wusste jedermann von dem Einbruch in Cedarledge, die Millionäre in den Vorstäd-ten verdoppelten die Anzahl ihrer Nachtwächter und nahmen die neuesten Errungenschaften auf dem Gebiet der Alarmanlagen-technik in Augenschein. Nona lehnte sich müde auf ihrer Couch zurück und fragte sich, wann sie wohl endlich verreisen durfte, um all dem zu entkommen.

Die anderen gingen schon jetzt auf Reisen. Ihre Eltern fuhren noch heute Abend in die Rocky Mountains und nach Vancou-ver. Von dort ging es weiter nach Japan und im Frühherbst nach Ceylon und Indien. Pauline besaß bereits Empfehlungsschreiben an die vornehmsten Fürsten dieser Länder und bedauerte, dass während ihres Besuchs wahrscheinlich kein Durbar[66] stattfinden würde. Die Manfords rechneten nicht vor Januar oder Februar mit ihrer Rückkehr; die beruflichen Anstrengungen hatten Manford derart erschöpft, dass die Ärzte befürchteten, die angestaute Müdigkeit könne zu einem Nervenzusammenbruch führen, und sie hatten ihm Luftveränderung und eine anhaltende Arbeitspause verordnet. Pauline hoffte, dass Nona ihnen auf dem Heimweg bis Ägypten entgegenkäme. Ein gemeinsames sonniges Weihnachtsfest in Kairo wäre doch wunderschön …

Arthur Wyant war auch weggefahren – nach Kanada, hieß es, in Begleitung von Cousine Eleanor. Man munkelte, das Ziel seiner Reise sei eine private Entzugsklinik in Maine, aber so ganz genau wusste das niemand, und es kümmerte auch kaum jemanden. Als die ihm verbliebenen Kumpane hörten, er sei krank und gehe zwecks Luftveränderung auf Reisen, zuckten sie die Achseln oder lächelten und sagten: «Der arme alte Arthur – hat es wieder zu toll getrieben», und dann vergaßen sie ihn. Er hatte seinen Platz in der Welt schon lange verloren.

Sogar Lita und Jim Wyant waren verreist. Sie hatten sich vorige Woche nach Paris eingeschifft, wo sie gerade noch zum Ausklang der Frühlingssaison eintreffen würden und Lita den Grand Prix[67], die neue Mode und die neuen Theaterstücke würde sehen können. Jims Urlaub war bis Ende August verlängert worden; Manford, immer um seinen Stiefsohn besorgt, hatte das mit der Bank geregelt. Es war nur natürlich, fanden alle übereinstimmend, dass der gespenstische Vorfall in Cedarledge, dem seine Frau ebenso hätte zum Opfer fallen können wie Nona, für Jim eine furchtbare Aufregung bedeutet hatte, und seine engsten Freunde wussten, welche Sorgen ihm die zunehmende Trunksucht seines Vaters machte. Überhaupt hatten die beiden Wyants und die Manfords ungewöhnliche Strapazen durchlitten, und wenn die Nerven reicher Leute nicht mehr mitmachen, pflegt man ihnen als Erstes die wohlschmeckende Medizin «Reise» zu verschreiben.

Nona drehte den Kopf unruhig auf den Kissen hin und her. Sie war todmüde und unempfänglich für den strahlenden Frühling, der ihr Blut sonst immer in Wallung brachte. Ihre Unbeweglichkeit ging ihr allmählich auf die Nerven. Anfangs hatte es ihr gutgetan, nur ruhig dazuliegen, weit weg von allem zu sein, als leidendes Opfer und offizieller Beweis für den Einbruch in Cedarledge präsentiert zu werden. Aber nun widerte ihre Rolle sie an, und sie beneidete die anderen, die sich durch Flucht entziehen konnten, durch beständiges Ausweichen.

Nicht dass sie wirklich mit einem von ihnen hätte tauschen wollen; sie war nicht sicher, ob sie überhaupt fortwollte – körperlich. Sie sehnte sich nach geistiger Flucht, aber auf welche Weise und wohin? Vielleicht gelang ihr das am ehesten, wenn sie einfach blieb, wo sie war, wenn sie sich weiterhin an ihre paar Quadratmeter Verpflichtung und Verantwortung klammerte. Doch selbst dieser Gedanke reizte sie nicht besonders. Ihre Verpflichtung und Verantwortung – was war das schon? Bestenfalls das Neinsagen zu etwas anderem, wie alles in ihrem Leben. Sie hatte geglaubt, Verzicht bedeute Freiheit – bedeute zumindest Entrinnen. Aber jetzt schien es nur eine verschärfte Haft für sie selbst zu bedeuten. Sie war müde, kein Zweifel …

Es klopfte an der Tür, und ihre Mutter trat ein. Neugierig hob Nona den teilnahmslosen Blick. Mittlerweile betrachtete sie ihre Mutter immer mit Neugier, Neugier nicht so sehr darauf, was sich an ihr verändert haben mochte, als darauf, was unverändert war. Und es war merkwürdig, wie die eigentliche, die alte Pauline wieder zum Vorschein kam und die neue, die verstörte und verzweifelte Spukgestalt jener Mitternacht in Cedarledge, in den Hintergrund drängte …

«Mein verletzter Arm hat sie gerettet», dachte Nona und erinnerte sich spöttisch, doch nicht ohne eine gewisse Bewunderung, wie jenes aufgelöste Gespenst wieder zu Pauline Manford geworden war und das Kommando über sich und die Situation zurückgewonnen hatte, sobald sie das Problem von der unmittelbaren, praktischen Seite zu packen bekam, an den Griffen der Wirklichkeit, an die sie sich immer klammerte.

Nun war sogar diese strenge, disziplinierte Gestalt verschwunden; sie hatte, als die Tage vergingen und sich alles zunehmend beruhigte, der gewöhnlichen, alltäglichen Pauline Platz gemacht, die lächelnd auf sich selbst und die Sicherheit ihrer Umgebung vertraute. War die schreckliche Nacht in Cedarledge für sie jemals Wirklichkeit gewesen? Wenn ja, so glaubte Nona, war sie inzwischen ins Reich der Fabel entschwunden, denn die einzige sichtbare Folge war die Verletzung ihrer Tochter, und die verheilte bereits. Alles andere, was damit zusammenhing, befand sich außer Sichtweite und im Untergrund, und deshalb hatte es jetzt den Anschein, als habe es für Pauline, die unbeirrt und mehr denn je nur in zwei Dimensionen dachte, nie existiert.

Zumindest äußerlich erkannte Nona nur einen einzigen Unterschied: ein geschicktes Make-up, das die Falten verdeckte, die trotz aller Künste der Gesichtsrestauratoren unaufhaltsam ihr Netz um Mund und Augen ihrer Mutter woben. Mit dieser feinen Maske wirkte Paulines Gesicht jünger und frischer denn je und so glatt und leer, als sei sie soeben neu geboren worden – «und eigentlich ist es ja auch so», überlegte Nona.

Pauline setzte sich neben die Couch und legte zärtlich und leicht ihre Hand auf die ihrer Tochter. «Liebchen! Hast du schon Tee getrunken? Es geht dir wirklich besser, nicht wahr? Der Arzt sagt, morgen beginnen sie mit den Massagen. Übrigens ...» Sie warf eine Handvoll Zeitungsausschnitte auf die Decke. «Vielleicht hast du Lust, diese Artikel über den Empfang zu lesen. Maisie hat sie für dich aufgehoben. Natürlich sind die meisten fremdländischen Namen falsch geschrieben, aber die Beschreibung des Saals ist recht gelungen. Ich glaube, der Artikel für den ‹Looker-on› stammt von Tommy Ardwin. Amalasuntha meint, der Kardinal wird sich darüber freuen. Offenbar gefiel ihm die Idee mit den Blitzlichtfotografen. Er war insgesamt hocherfreut.»

«Dann solltest auch du dich freuen, Mutter.» Nona zwang ihre blassen Lippen zu einem Lächeln.

«Das tu ich ja, Liebes. Wenn ich etwas mache, will ich es

gut machen. Das war immer meine Devise: keine Kompromisse. Und ich glaube, es war ein Erfolg. Aber ich langweile dich womöglich …» Pauline erhob sich unschlüssig. Sie war nie gut am Krankenbett, wenn sie dort keine aktive, dirigierende Rolle spielen konnte. Nona wusste, dass es ihrer Mutter zunehmend schwerfiel, ein paar Minuten mit ihr allein zu verbringen, jetzt, da ihre Kraft nach und nach zurückkehrte und es nichts mehr für sie zu tun gab. Es war wohl besser, wenn die Manfords heute Abend zu ihrer Reise aufbrachen.

«Du musst nicht bleiben, Mutter, es geht mir wirklich gut. Ich werde nur noch ein bisschen schnell müde …»

Pauline zögerte und blickte mit einem besorgten Ausdruck, der sich durch die glatte Oberfläche ihrer Verjüngung hindurchkämpfte, auf das Mädchen hinunter. «Ich wollte, ich könnte dich mit einem besseren Gefühl zurücklassen, Liebes. Natürlich weiß ich, dass es dir gut geht, aber der Gedanke, dass du ganz allein in diesem Haus bleibst …»

«Es ist genau das, was ich will. Und wegen Vater solltet ihr abreisen.»

«Den Eindruck habe ich auch», stimmte Pauline zu, und ihre Miene hellte sich auf.

«Du bist sicher furchtbar beschäftigt mit all den Vorbereitungen. Es geht mir so gut wie irgend möglich, ich wollte, ihr wärt schon weg und hättet mich vergessen.»

«Ja, Maisie ruft tatsächlich nach mir», gab Pauline von der Schwelle her zu.

Die Tür fiel zu, und Nona schloss die Augen mit einem Seufzen. Morgen – morgen war sie allein! Und in einer Woche fuhr sie vielleicht zurück nach Cedarledge und würde dort auf der Terrasse liegen, die Hunde um sich geschart, und niemand würde Fragen stellen, Andeutungen machen, sie bemitleiden oder taktvoll und ausweichend agieren … ja, trotz allem erschien ihr der Gedanke, nach Cedarledge zurückzukehren, jetzt erträglicher als alles andere.

Als sie unruhig versuchte, sich bequemer zu betten, stieß sie mit der ausgestreckten Hand an den Packen Zeitungsausschnitte. Sie zuckte zurück, zog eine kleine Grimasse und lächelte dann. Nach der Nacht in Cedarledge hatten alle – sogar Maisie und Powder – angenommen, dass der Empfang für den Kardinal abgesagt würde, da er wegen der bevorstehenden Abreise Seiner Eminenz nicht verschoben werden konnte. Doch er fand am vorgesehenen Tag statt, am vierten nach dem Einbruch, und Pauline hatte ihn zu einem Erfolg gemacht. Nona bewunderte ihre Mutter aufrichtig. Irgendetwas in ihr war empfänglich für die Energie, mit der die ältere Frau eine Notlage meisterte, wenn sie sie schon nicht abwenden konnte. Das Fest war nicht nur glanzvoll gewesen, sondern auch unterhaltsam. Alles, was Rang und Namen hatte, war gekommen, alle weltlichen und kirchlichen Würdenträger, auch der Bischof von New York und der Oberrabbiner – ja sogar der Wissenschaftliche Spiritualist, hünenhaft und sibirisch in einer quasi priesterlichen Robe, was der insgesamt schon malerischen Stimmung noch einen besonderen Akzent verlieh. Und dennoch hatte es kein Gedränge gegeben, kein Durcheinander, nichts, was der Würde und dem Reiz des Abends Abbruch getan hätte. Nona hegte den Verdacht, dass ihre Mutter auch den Mahatma gern eingeladen hätte, dessen orientalisches Gewand tiefen Eindruck hinterlassen und der sich sehr geschmeichelt gefühlt hätte, der arme Mann! Aber sie hatte es nicht gewagt, und als Hauptattraktion nach den bedeutenden Kirchenmännern hatte sich Michelangelo entpuppt, der Neuankömmling, dessen edle römische Schönheit vom filmischen Glamour noch unterstrichen wurde, und mit ihm seine Mutter, die ihn erläuterte und vorführte.

«Wie schade, dass der liebe Jim und Lita schon abgereist sind», erklärte die Marchesa allen, die ihr Gehör schenkten. «Das ist wirklich äußerst bedauerlich. Ich hatte so gehofft, Lita würde heute Abend hier sein. Sie und mein Michelangelo hätten ein herrliches Paar abgegeben: die Alte und die Neue Welt. Oder Antonius und Kleopatra – man stelle sich vor! Mein Junge sagt,

Klawhammer suche nach einer Kleopatra. Aber die liebe Lita kommt ja bald zurück ...» Und ihre Hoffnungen und Klagen vermischten sich mit denen von Mrs Percy Landish.

32

Nona schloss wieder die Augen. Seit jener unerträglichen Nacht litt sie unter ständiger Müdigkeit, weil sie nicht schlafen konnte, und versuchte, vor den Menschen in ihrer Umgebung zu verheimlichen, wie kurz ihre Momente des Vergessens waren. Nachts in der Finsternis war ihr, als schleppte sie sich durch Straßenschluchten voller Lärm und gleißendem Licht, wie ein Wanderer im Labyrinth einer unbekannten Stadt. Selbst die kurzen Phasen des Schlafs waren erfüllt von Licht und Lärm und dem irritierenden Gefühl, preisgegeben zu sein, sodass sie sich der Ruhepause immer erst im Nachhinein bewusst wurde. Nur tagsüber, wenn sie allein im Zimmer war, vermochten ihre Lider sich schließend die Außenwelt manchmal auszusperren ...

Solch eine Atempause kam jetzt über sie, und als sie aus dem Nichts aufschreckte, sah sie ihren Vater neben sich sitzen. Sie hatte nicht damit gerechnet, ihn vor dem Abschied noch einmal unter vier Augen zu sprechen. Sie hatte angenommen, dass die Eltern den gemeinsamen Abschied geschickt bis nach dem Dinner hinauszögern würden und unmittelbar danach zum Bahnhof fuhren. Einen Augenblick lang lag sie da und schaute zu Manford hoch, ohne wirklich zu begreifen, dass er da war, und ohne zu wissen, was sie sagen sollte, falls er tatsächlich da war.

Es stellte sich heraus, dass auch er es nicht wusste. Vielleicht hatte ihn – fast widerstrebend – das unbestimmte Verlangen an ihr Bett geführt, noch einmal mit ihr allein zu sein, bevor sie schieden; vielleicht war er auch gekommen, weil er den Verdacht hegte, sie könne glauben, er fürchte sich davor. Wortlos setzte er sich in den Sessel, den Pauline soeben verlassen hatte.

Es dämmerte schon, und Nona nahm die Gestalt neben ihrem Bett nur als massigen Schatten wahr. Nach einer Weile streckte ihr Vater die Hand aus und legte sie auf die ihre.

«Es ist schon fast dunkel», sagte sie. «In etwa einer Stunde seid ihr weg.»

«Ja. Mutter und ich essen früher.»

Sie schob ihre Finger zwischen die seinen, und wieder saßen sie schweigend da. Sie hatte ihn gern neben sich, aber sie war froh, um seinet- und ihretwillen, dass sein Gesicht im Dämmerlicht undeutlich blieb. Sie hoffte, das Schweigen zwischen ihnen würde nicht gebrochen. Solange sie ihn weder sah noch hörte, empfand sie seine Nähe als merkwürdig tröstend – als ob die lebendige Wärme, die er ausstrahlte, sie untrennbar miteinander verband.

«In ein paar Stunden …», begann er bemüht munter. Sie schwieg, und er fuhr fort: «Ich wollte noch einmal eine Minute mit dir allein sein. Ich wollte dir sagen …»

«Vater…»

Er drehte sich plötzlich auf seinem Sessel um, beugte sich über sie und drückte die Stirn auf die Bettdecke. Sie entzog ihm ihre Hand und fuhr damit durch das dünne Haar an seinen Schläfen. «Sag nichts. Es gibt nichts zu sagen.»

Sie spürte, wie seine Schultern bebten, als sie sich gegen sie pressten, das Beben durchlief auch ihren Körper, und ihr war, als löste sich ihr Herz auf.

«Alter Papa.»

«Nona.»

Danach schwiegen beide wieder, bis irgendwo im Dunkel eine Uhr schlug. Manford stand auf. Er straffte ungeduldig die Schultern, eine für ihn typische Bewegung, und bückte sich, um seine Tochter auf die Stirn zu küssen. «Ich glaube nicht, dass ich noch einmal nach oben komme, bevor wir fahren.»

«Nein.»

«Es hat keinen Sinn …»

«Nein.»

«Ich kümmere mich um deine Mutter – tu, was ich kann …
Auf Wiedersehen, Liebchen.»

«Auf Wiedersehen, Vater.»

Er suchte noch einmal tastend nach ihrer Stirn und ging dann
hinaus. Sie schloss die Augen und lag im Dunkeln, und ihr Herz
legte sich bergend wie zwei Hände um den Gedanken an ihn.

«Nona, Liebling!»

Nun musste sie noch den Abschied von ihrer Mutter durch-
stehen. Nun ja, das war vergleichsweise leicht und fand außerdem
im hell erleuchteten Zimmer statt; Pauline stand auf der Schwelle,
schlank, aufrecht und mit Bedacht für die Reise gekleidet – vollkommen und wunderbar! Ja, das war geradezu leicht.

«Kind, es ist Zeit, wir fahren in ein paar Minuten. Aber ich
glaube, ich habe alles wohlgeordnet hinterlassen. Maisie ist unten.
Sie kennt all meine Anweisungen und hat die Liste der Bahnhöfe,
an die sie telegrafieren soll, wie es dir geht, während wir den Kon-
tinent durchqueren.»

«Aber Mutter, es geht mir gut; es ist überhaupt nicht nötig …»

«Liebes! Du wirst nicht verhindern können, dass ich mich regelmäßig nach dir erkundige.»

«Nein, ich weiß. Ich meinte nur, du brauchst dich nicht zu
sorgen.»

«Natürlich sorge ich mich nicht, das lasse ich gar nicht zu. Du
weißt, wie ich darüber denke. Und außerdem», fügte Mrs Manford sieghaft hinzu, «was gibt es schon auf Erden, worüber wir uns
Sorgen machen müssten?»

«Nichts», pflichtete Nona ihr lächelnd bei.

Pauline bückte sich und drückte ihrer Tochter einen innigen
Kuss auf die Stirn, genau an die Stelle, die eben schon Manfords
Lippen gestreift hatten. Pauline spielte ihre Rolle besser – und
machte es folglich ihren Mitspielern leichter, die ihre zu spielen.

«Auf Wiedersehen, liebe Mutter. Lasst es euch so gut gehen
wie irgend möglich, ja?»

«Es wird eine hochinteressante Reise – mit einem so klugen und gebildeten Mann wie deinem Vater … Wenn du nur mitkommen könntest! Aber du versprichst, in Ägypten zu uns zu stoßen?»

«Nimm mir jetzt kein Versprechen ab, Mutter.»

Pauline erhob sich zu ihrer vollen Größe und blickte aufmerksam auf ihre Tochter hinunter. Unter ihrem glatten neuen Gesicht glaubte Nona mal hier, mal da erneut das Flackern der Angst zu erkennen, wie ein Licht, das in einem lange unbewohnten Haus von Fenster zu Fenster wandert. Dieses kurze Aufleuchten erschreckte das Mädchen und griff ihr ans Herz. Plötzlich brach etwas in ihr auf. Ihre Lippen verzogen sich wie die eines Kindes, und sie spürte Tränen über ihre Wangen laufen.

«Nona! Du wirst doch nicht weinen?» Pauline kniete sich neben sie.

«Es ist nichts, Mutter – nichts. Geh! Bitte, geh!»

«Liebling – wenn du nur eines Tages glücklich wirst!»

«Glücklich?»

«Ja, ich meine, wie andere Menschen. Verheiratet …», wagte sie hinzuzufügen.

Nona hatte ihre Tränen abgewischt. Sie hob den Kopf und blickte Pauline offen ins Gesicht.

«Verheiratet? Glaubst du, verheiratet zu sein würde mich glücklich machen? Wie kommst du nur darauf! Ich will nicht heiraten – es gibt niemanden auf Erden, den ich heiraten würde.» Sie starrte ihrer Mutter mit glasharten, unbewegten Augen ins Gesicht. «Heiraten! Hundertmal eher ginge ich für immer ins Kloster!», rief sie.

«Ins Kloster – Nona! Doch nicht in ein Kloster?»

Pauline hatte sich wieder erhoben, stand vor ihrer Tochter, und Schmerz und Verwunderung brachen durch die feinen Risse ihres Make-ups. «Noch nie habe ich etwas derart Entsetzliches gehört», sagte sie.

Tiefer als all ihre eklektische Religiosität, tiefer als ihr Stolz auf den Empfang des Kardinals, tiefer als die vielen vordergründigen

Widersprüche und Verrenkungen eines schon ganz ausgeleierten Gewissens, saß die nackte, altbekannte puritanische Angst vor dahingleitenden Priestern und Weihrauch und Götzendienerei, und Nona sah mit leisem Lächeln, wie sie sich an die Oberfläche des Gesichts ihrer Mutter stahl. Vielleicht war diese nackte Angst der einzige ursprüngliche Charakterzug, der ihr noch geblieben war.

«Manchmal denke ich, du willst mir das Herz brechen, Nona. Mir jetzt so etwas zu sagen! … Ins Kloster gehen …», stöhnte die Mutter.

Das Mädchen ließ den Kopf wieder zwischen die Kissen sinken. «Ach, ich meine ja ein Kloster, in dem niemand an etwas glaubt», sagte sie.

ANMERKUNGEN

1 Eurythmie (von griech. *eu*, «gut», «richtig», und *rhythmos*, «Rythmus», also etwa «Gleich- und Ebenmaß in der Bewegung» oder «schöne Bewegung») ist eine Bewegungskunst, die zu Beginn des 20. Jh. durch den esoterischen Geisteswissenschaftler und Künstler Rudolf Steiner (1861–1925) entwickelt wurde. Als Wegbereiterinnen in den USA gelten Loïe Fuller (1862–1928), Ruth St. Denis (1879–1968) und vor allem Isadora Duncan (1877–1927), die jedoch primär nach neuen Inhalten und Ausdrucksformen für das Tanztheater suchten.

2 Frz. Kneifer, Zwicker.

3 Fränk. Herrschergeschlecht. Als Stammvater gilt Hugo Capet (940/941–996), der 987 auf den westfränk. Königsthron gewählt wurde und von dem sämtliche späteren frz. Könige in direkter männlicher Linie abstammen.

4 Anspielung auf Detroit, Zentrum der amerik. Automobilindustrie.

5 Thomas Gainsborough (1727–1788), bedeutender engl. Porträtist und Landschaftsmaler.

6 Silber aus der Zeit der drei engl. Könige Georg I. (1660–1727), Georg II. (1683–1760) und Georg III. (1738–1820).

7 Bei der Dämmerschlafnarkose wird durch Injektion schmerzstillender und beruhigender Substanzen eine Schmerzausschaltung und schläfrige Entspannung erreicht; der Patient bleibt jedoch ansprechbar und atmet selbstständig. Die Dämmerschlafmethode wurde Anfang des 20. Jh. in Deutschland entwickelt und als Anbruch eines neuen Zeitalters gefeiert, das den Frauen die Schmerzen bei der Geburt erspart. Vgl. auch das Nachwort zu diesem Band.

8 Ital. «Liebste».

9 Insbesondere der geschäftstüchtige amerik. Schausteller und Zirkusunternehmer P. T. Barnum (1810–1891) stellte in seinem «American Museum» solche «Happy Families» aus. In einem Käfig lebten Tiere mit ihren natürlichen Fressfeinden in friedlicher Eintracht

zusammen, so beispielsweise Vögel und Katzen, Raubtiere und Lämmer. Vgl. auch Anm. 60.

10 Gabe der Prophetie.

11 Um 1800 von B. G. Carcel (1780–1812) entwickelte Öllampen mit einem Pumpmechanismus auf Uhrwerkbasis. Sie waren kostspielig und störanfällig und wurden später durch die Petroleumlampen ersetzt.

12 Von dem amerik. Neurologen S. W. Mitchell Ende des 19. Jh. eingeführte, ursprünglich sehr rigorose Behandlungsmethode (u. a. Redeverbot und Zwangsernährung) bei Hysterie, Neurasthenie und anderen nervösen Erkrankungen.

13 Japan. Rollbild.

14 Die berühmte Keramik der chines. Song-Dynastie (960–1279) zeichnete sich durch schlichte Formen und monochrome Glasuren aus und kam somit der Ästhetik der Zwanzigerjahre entgegen.

15 Brewster & Co., amerik. Karosserieunternehmen, das ab 1915 Luxusautomobile baute und 1925 von Rolls-Royce aufgekauft wurde.

16 Dogcart: leichter, zweirädriger Einspänner; Victoria: Kutschentyp mit abnehmbarem Kutschbock.

17 Hier und im Folgenden wird damit der in der Originalfassung verwendete Begriff *nigger* bzw. *nigger chap* wiedergegeben.

18 In der griech. Mythologie Tochter von Agamemnon und Klytaimnestra sowie Schwester von Orestes, Elektra und Chrysothemis. Artemis bestrafte Agamemnon, weil er einen Hirsch in ihrem heiligen Hain getötet und sich gerühmt hatte, er sei – verglichen mit der Göttin – der bessere Jäger: Sie verhinderte zu Beginn des Trojanischen Krieges die Weiterfahrt der Griechenflotte unter Agamemnons Kommando, indem sie eine Windstille bewirkte. Als Sühne fordert die Göttin, dass Agamemnon ihr Iphigenie opfern müsse, um seine Fahrt fortsetzen zu können. Einer Version dieser Geschichte folgend tat Agamemnon, wie ihm geheißen wurde. Nach einer anderen wurde stattdessen eine Hirschkuh geopfert und Iphigenie von Artemis in das Land der Taurer entrückt, um ihr dort als Priesterin im Artemistempel zu dienen.

19 Hier ist weniger die Jazzmusik gemeint, die, ausgehend von den Südstaaten zu Beginn des 20. Jh. ihren Siegeszug durch die USA und Europa antrat. Jazz steht hier vielmehr für das «*Jazz Age*», die Zeit zwischen dem Ersten Weltkrieg und dem Ende der 20er-Jahre,

auch «*Golden twenties*» genannt. Sie brachten einen enormen Wirtschaftsaufschwung (v. a. in der Bau- und Automobilindustrie), gesteigerten Massenkonsum, neue Kunst- und Kulturformen, neue Formen der Massenkommunikation wie Film, Schallplatte und Rundfunk, aber auch verstärkte Diskriminierung religiöser und rassischer Minderheiten.

20 Robert G. Ingersoll (1833–1899), amerik. Vortragsredner und Freidenker; Frank W. Gunsaulus (1856–1921), vielseitig engagierter Geistlicher, berühmt für seine flammenden Predigten; John Borroughs (1837–1921), amerik. Naturforscher und Schriftsteller; Jared Sparks (1789–1866), Historiker und Herausgeber der Werke von George Washington und Benjamin Franklin; George Bancroft (1800–1891), amerik. Historiker und Politiker. Sein zehnbändiges Werk über die Entstehung und Entwicklung der USA brachte ihm die Bezeichnung «Vater der amerikanischen Geschichte» ein.

21 Evelyn Beatrice Hall (1868–nach 1939), engl. Schriftstellerin, schieb unter dem Pseudonym S. G. Tallentyre; wurde vor allem durch ihre Biografie *The Friends of Voltaire* (1906) bekannt.

22 Thomas B. Macaulay (1800–1859), brit. Historiker, dessen fünfbändige Geschichte Englands (*History of England from the Accession of James II.*, 1848–1861) zum Klassiker wurde.

23 Seit den 1870er-Jahren war eine große Anzahl vor allem russ. und dt. Juden nach Amerika eingewandert. Die weiße protestantische Oberschicht begann um die «Reinheit ihrer Rasse und Kultur» zu fürchten, und auch Edith Wharton war (wie Henry James oder Scott F. Fitzgerald) keineswegs frei von derartigen antisemitischen Vorurteilen.

24 Theosophie (von griech. *theos* «Gott» und *sophia* «Weisheit», also «Göttliche Weisheit») bezeichnet religiöse Bestrebungen, Erkenntnisse über Gott, Götter oder das Göttliche auf einem Weg intuitiver Schauung zu suchen. Vorbild sind mystische Lehren von beispielsweise Jakob Böhme (1575–1624), die jüdische Kabbala, Teile des islamischen Sufismus und die antike Gnosis.

25 Kurz für *Groupe des Six*, einen Zusammenschluss von sechs frz. Komponisten (fünf Männer, eine Frau), darunter Darius Milhaud (1892–1974) und Francis Poulenc (1899–1963). Musikalischer Mentor der 1918 um den Schriftsteller Jean Cocteau (1889–1963) entstandenen Gruppe war Erik Satie (1866–1925). Die Gruppe ver-

band die Ablehnung der romantischen (wagnerianischen) Musik und des musikalischen Impressionismus sowie die Hinwendung zu zeitgenössischen Formen der Unterhaltungsmusik (Jazz, Varieté-, Zirkus- und Dance-Hall-Musik). Die Gruppe hatte nur bis Anfang der 1920er-Jahre Bestand.

26 21 Spr 31,28–31.

27 Bathseba ist der Inbegriff der verlockenden weiblichen Schönheit. König David erblickte sie beim Baden, ließ sie zu sich kommen und sorgte dafür, dass ihr Mann im Krieg fiel. Bathseba wurde die Mutter Salomons (2 Sam 11).

28 Tarpune *(«Silver Kings»)* leben in warmen Ozeanen, werden bis zu 2,5 m lang und sind ein besonders begehrtes Objekt der Salzwasser-Fliegenfischer.

29 Schmuckspange aus Metall, die nach dem Prinzip einer Sicherheitsnadel verschiedene Kleidungsstücke oder -teile zusammenhält.

30 Mediatisierung: Herabstufung reichsunmittelbarer Stände (z.B. der Reichsstädte oder Reichsritter) in die Abhängigkeit des jeweiligen Landesherrn.

31 Frz. «eine strahlende Schönheit».

32 Frz. sinngemäß: «Was für ein Bild von einem Paar!», «Was für ein Anblick!»

33 Herodias, Schwägerin und Geliebte des Herodes, stiftete ihre Tochter Salome an, als Belohnung für einen Tanz vor dem König das Haupt Johannes des Täufers auf einer Schüssel zu erbitten (Mk 6,17–25).

34 Odaliske: europ. oder kaukas. Sklavin in einem türk. Harem, beliebtes Sujet in der Malerei des 19. Jh.

35 James M. Whistler (1834–1903), amerik. Maler. Seine nahezu monochromen *«Nocturnes»* zeigen nächtliche Motive, häufig Blicke auf Flusslandschaften.

36 Baumnymphe in der griech. Mythologie.

37 Von engl. *prattle:* «Geschwätz».

38 Als Taylorismus bezeichnet man das von dem Amerikaner Frederick W. Taylor (1856–1915) begründete Prinzip einer auf Studien gestützten Steuerung von Arbeitsabläufen, die von einem vorbereitenden Management detailliert vorgeschrieben werden.

39 Ella Wheeler Wilcox (1850–1919), amerik. Dichterin mit Hang zur Theosophie und zum Spiritualismus.

40 Namens- und Adressenverzeichnis einflussreicher amerik. Familien. Das erste *Social Register* für New York erschien 1886.

41 Gewendelte, vorn offene Halsreifen der Kelten.

42 Die verlassene Felsenstadt Petra (heute Jordanien) mit ihren aus dem Fels gemeißelten Grabtempeln war in der Antike die Hauptstadt des Reiches der Nabatäer.

43 Die Kopten, in der Mehrzahl orthodoxe Christen, leben im Niltal sowie in Kairo und Alexandria. Sie verstehen sich als christliche Nachkommen der alten Ägypter.

44 Ehemaliger Name der norweg. Hauptstadt Oslo.

45 Der gebürtige Italiener Rudolph Valentino (1895–1926) übersiedelte 1913 in die USA, wo er ab 1914 Filme zu drehen begann und bald zu einem der beliebtesten Schauspieler der Stummfilmzeit wurde. 1921 erlangte er mit dem Film *Der Scheich* Weltruhm. Sein früher Tod löste in den USA unter seinen zahlreichen weiblichen Fans eine regelrechte Massenhysterie aus.

46 Gemeint ist vermutlich der ind. Naturforscher Jagadish Chandra Bose (1858–1937). Er beschäftigte sich u. a. mit der Physiologie der Pflanzen und untersuchte die Einwirkung elektromagnetischer Strahlen und anderer äußerer Einflüsse auf deren Wachstum. Bose vertrat die Auffassung, dass Pflanzen Schmerz empfinden könnten.

47 Zentifolien: von lat. *centifolius*, «hundertblättrig»; Gruppe von Rosensorten. – Die Tapisserien aus den Manufakturen der frz. Stadt Aubusson zeichneten sich durch ihre dezenten Pastelltöne und ruhigen Muster aus.

48 Carlo Dolci (1616–1686), ital. Maler. Die in vielen Reproduktionen verbreitete «Maria Magdalena» zählt zu seinen berühmtesten Andachtsbildern.

49 Ursprünglich in Schottland in Heimarbeit gefertigtes, grobes, genopptes Wollgewebe für sportliche Kleidung (von engl. «zu Hause gesponnen»).

50 Carlo Crivelli (zwischen 1430 und 1435 – um 1500), ital. Maler von Andachtsbildern und Altarwerken; archaisierender Stil zwischen Gotik und Renaissance.

51 Alte Milchviehrasse, die auf der Kanalinsel Alderney gezüchtet wurde.

52 Im Ersten Weltkrieg fielen in Flandern bei drei großen Schlachten Hunderttausende von Soldaten. Vor allem von der dritten Flan-

dernschlacht (auch Dritte Ypernschlacht, 31. Juli 1917 bis 6. November 1917), die mit der Eroberung des Dorfes Passchendaele endete, heißt es, sie sei buchstäblich im Schlamm erstickt.

53 Ein Pfeilgift, das die südamerik. Indianer im Amazonasbecken aus Rinden und Blättern verschiedener Lianenarten gewinnen. Curare wirkt, wenn es in die Blutbahn gelangt, unmittelbar lähmend auf die Muskulatur.

54 Cesare Borgia (1475/1476–1507), ital. Renaissancefürst, Kirchenmann und Feldherr, Inbegriff des Machtwillens und der Skrupellosigkeit. Er diente Niccolò Machiavelli (1469–1527) als Vorbild für sein Buch *Il Principe* (1531; *Der Fürst*).

55 Frz: «schlank», «hoch aufgeschossen».

56 Das berühmte «Porträt eines Mannes», angeblich Cesare Borgias, stammt von Altobello Meloni (1490/1491–1543) und hängt in der Accademia Carrara in Bergamo. Es handelt sich allerdings um ein Porträt im Halbprofil.

57 Erstmals 1892 in New York erschienenes Modemagazin mit heute weltweit 21 Redaktionen.

58 Lucrezia Borgia (1480–1519), ital.-span. Renaissancefürstin und außereheliche Tochter Papst Alexanders VI. (1431–1503). Dieser verheiratete sie dreimal, um die Macht der Borgia zu festigen. Sie behielt über Jahrhunderte hinweg den Ruf einer verruchten Giftmischerin, Ehebrecherin und Blutschänderin mit ihrem Vater und Bruder Cesare. Erst die moderne Geschichtsforschung betrachtet Lucrezia Borgia in einem anderen Licht.

59 Aufwerfhämmer sind mechanische, durch Wasserkraft betriebene Hämmer, die durch ihr Fallgewicht wirken.

60 Im «American Museum» des P. T. Barnum (vgl. Anm. 9) gab es eine Freak-und-Monster-Show, in der auch eine «Dicke Frau» zu bestaunen war.

61 Vgl. Anm. 23.

62 In amerik. Kaufhäusern gab es seit den 1880er-Jahren ein kompliziertes, in gut 2 m Höhe verlaufendes Kabelsystem (Vorläufer der Rohrpost), über das die Verkäufer das Geld des Kunden in kleinen Holzdosen zur Kasse schickten; Wechselgeld und Quittung gelangten auf demselben Weg zurück.

63 Altes chines. Brettspiel, bei dem Spielsteine paarweise abgebaut werden müssen.

64 Henry Raeburn (1756–1823), schott. Porträtmaler der Romantik.

65 John S. Sargent (1856–1925), amerik. Maler; galt als der bedeutends-
    te Porträtist seiner Zeit.

66 Offizieller Empfang bei ind. Fürsten.

67 Vermutlich der Grand Prix de Paris, ein seit 1863 regelmäßig im
    Stadtteil Longchamp stattfindendes Pferderennen.

NACHWORT

Dämmerschlaf (Twilight Sleep) ist eine Satire auf die besseren Kreise New Yorks. Schmerzfrei durchs Leben zu kommen, dabei stetig nach vorn zu schauen und an der Optimierung der eigenen Person, vor allem des eigenen Körpers zu arbeiten, damit weder große Gefühle noch Krankheit und Tod einem die Laune verderben – das sind die Themen dieses Romans. Nehmen wir die anderen Topoi hinzu – Drogen, Okkultismus, New Age, Psychogebrabbel, Schönheitschirurgie, Partygetöse, Moden fürs innere und äußere Leben, Selbstbetrug und ein überwältigendes Gefühl von Leere, das mit dem Engagement für eine bessere Welt, wie die Bewohner der Park Avenue sie sich vorstellen, abgewehrt wird –, dann schauen wir auf eine Gesellschaft, die uns bekannt vorkommt. Nicht als historische, längst vergangene, sondern als die, in der wir leben.

Dieses Lebensgefühl, das uns heute so vertraut ist, kam erstmals in den Jahren nach dem Ersten Weltkrieg und vor dem großen Börsencrash auf. *Der große Gatsby* von F. Scott Fitzgerald, viele seiner Kurzgeschichten und auch die Romane von Thomas Wolfe atmen diese Stimmung und lassen eine Verzweiflung ahnen, die unbedingt betäubt werden muss. Drei Romane über diese «Jazz Age» genannte Zeit hat Edith Wharton geschrieben – die anderen sind *Glimpses of the Moon* (1922; dt. *Der flüchtige Schimmer des Mondes/Traumtänzer*) und *The Children* (1928) –, und *Twilight Sleep* ist der böseste von ihnen, der böseste möglicherweise überhaupt, den sie je zu Papier gebracht hat. Er ist bis heute so gut wie unbekannt, was damit zu tun haben mag, dass das Buch viele Jahrzehnte lang vergriffen war und in Amerika erst 1996 neu aufgelegt wurde.

Unter jenen, die *Dämmerschlaf* kennen, gilt dieser Roman nicht als Edith Whartons stärkster. Aber was heißt das schon, angesichts von Meisterwerken wie *The House of Mirth* (1905; dt. *Das Haus der Freude*), *Ethan Frome* (1911; dt. *Winter*) oder *The Age of Innocence* (1920; dt. *Zeit der Unschuld*), dem Buch, das mehr als siebzig Jahre später von Martin Scorsese in atemraubendem Dekor und Kostüm verfilmt wurde, was jener Zeit des «Gilded Age», in dem es angesiedelt ist, in der öffentlichen Aufmerksamkeit ein zweites Leben bescherte? Etwas weniger als ein Meisterwerk ist immer noch ein herausragendes Buch. Und die Zwanzigerjahre, in denen *Dämmerschlaf* spielt, eine Zeit also, die nicht wissen will, wie es im Inneren um sie steht, ist uns heute oftmals näher als jene kurz nach der Wende zum 20. Jahrhundert in Edith Whartons berühmteren Büchern.

Twilight Sleep kam im Mai 1927 im Verlag D. Appleton and Company in London und zeitgleich bei Grosset and Dunlap in New York heraus. Edith Wharton war damals bereits fünfundsechzig und lebte seit Langem in Frankreich. Seit 1913 hatte sie nicht mehr als elf Tage in ihrem Heimatland verbracht – alle elf im Jahr 1923, als die Yale University sie als erste Frau mit der Ehrendoktorwürde auszeichnete. Dies war Edith Whartons letzter Aufenthalt in Amerika.

Die Reaktionen beim Erscheinen des Romans waren gemischt. Englische Kritiker lobten, etwa in der *London Literary Times*, die satirische Schärfe des Buchs und stellten fest, die Welt voller Lebenslügen, die sie brillant und mit zorniger Leidenschaft beschreibe, berge für Edith Wharton einen solchen Schrecken, dass sie manchmal nicht einmal mehr darüber lachen könne. In der *New York Times* war zu lesen, sie habe in voller Absicht eine «stahlgraue Geschichte» verfasst, was als Lob gemeint war, wie auch die Kritik von Edmund Wilson in der Zeitschrift *The New Republic*: Edith Wharton habe keinen blassen Abklatsch ihrer früheren Figuren geschaffen (was er bei einer Autorin ihres Alters offenbar befürchtet hatte), sondern etwas ganz anderes gewagt, und es sei ihr in erstaunlichem Ausmaß gelungen, sich noch einmal neu zu erfinden.

Doch es gab, vor allem in Amerika, auch andere Stimmen. Mit dem Hinweis, sie lebe ja schon längst nicht mehr in den USA, schrieb etwa die Kritikerin Dorothy Gilman, Edith Wharton habe völlig den Kontakt zu ihrer Klasse wie zu ihrem Geburtsland verloren, ebenso wie ihren früheren «charmanten Stil, ihren Witz und ihr Talent für genaue Charakterzeichnung». Ihr Roman *Twilight Sleep* sei nicht mehr als eine Allerweltsklamotte, die den Lesern von Fortsetzungsgeschichten vielleicht Spaß mache, literarisch aber sei sie uninspiriert – und Edith Wharton eine Schriftstellerin mehr, die für die ungebildeten Zeitschriftenleser schreibe. Der Vorwurf lautete also, sie habe die Literatur fürs Populäre drangegeben.

Der abschätzige Hinweis auf «Geschichten in Serie» bezog sich auf die übliche Praxis, Romane zunächst als Fortsetzungen in Magazinen zu veröffentlichen. Dies war eine wichtige Einnahmequelle für Autoren seit dem Aufkommen literarischer Magazine im 19. Jahrhundert. Charles Dickens war einer der ersten, die auf diese Weise ein großes Publikum fanden, und mehr oder weniger die gesamte englische Literatur des viktorianischen Zeitalters erschien in dieser Form. In Amerika brachte Harriet Beecher Stowe 1851 *Onkel Toms Hütte* in Serie unter die Leute, und mit vielen anderen folgten ihr so bedeutende Schriftsteller wie Henry James. Auch in Europa war die Serialisierung durchaus üblich, angefangen mit Gustave Flauberts *Madame Bovary* über Leo Tolstois *Anna Karenina* bis hin zu Fjodor Dostojewskijs *Die Brüder Karamasow*. Es gibt keinen Grund, und das wussten die Kritiker Edith Whartons vermutlich genau, von dieser Praxis auf den geringen literarischen Wert eines Buchs zu schließen. Richtig allerdings ist – Edith Wharton hat sich in Briefen oft darüber beklagt –, dass die Veröffentlichung von Fortsetzungen die Autoren unter immensen Zeitdruck setzte. Hatte die Serie einmal begonnen, musste im Abstand weniger Wochen, je nach Erscheinungsweise des Magazins, der nächste Teil fertig sein.

Edith Wharton war 1927 längst eine berühmte Frau. Viele ihrer Bücher, darunter *Ethan Frome* und *The Age of Innocence*, waren Bestseller gewesen. Beworben als «der neue Roman von Edith Wharton», verkaufte sich auch *Dämmerschlaf* erst einmal gut und stand einige Wochen auf der Bestsellerliste. Möglicherweise hatten die Leser ein Buch wie die früheren Edith-Wharton-Romane erwartet: scharfzüngig wohl, aber kritisch auf vergangene Verhältnisse zielend. Verhältnisse, die Edith Wharton gut kannte, denn sie kam selbst aus der Welt der arrangierten Ehen zwischen Angehörigen der wohlhabenden New Yorker Elite. Dass sie diesmal die Gesellschaft der Gegenwart im Blick hatte und sie zum Gegenstand einer bebenden Satire machte, damit hatten ihre treuen Leser vermutlich nicht gerechnet. *Dämmerschlaf* wurde zwar einige Male nachgedruckt, doch die Verkäufe sanken nach wenigen Monaten.

Finanziell war das für Edith Wharton keine Katastrophe. Sie konnte von den Einnahmen ihrer Bücher prächtig leben. Wie heute, so war das auch damals keine Selbstverständlichkeit. Als belletristische Autorin trat Edith Wharton erst relativ spät auf den Plan, und zwar im Alter von achtunddreißig Jahren mit der Novelle *The Touchstone* (1900; dt. *Der Prüfstein*). Ihr Romandebüt folgte zwei Jahre darauf mit *The Valley of Decision* – eine historische Liebesgeschichte in Italien, die sich an Stendhals *Kartause von Parma* anlehnte –, und schon da hatte sie sich vorgenommen, in ihrem literarischen Anspruch kompromisslos zu sein. Gleichzeitig achtete sie stets auf die Verkäuflichkeit ihrer Werke. Von nun an blieb sie eine immens produktive Autorin. Siebenundvierzig Bücher hat sie hinterlassen, in vielen verschiedenen Genres. Sie schrieb literaturkritische Essays, von denen die wichtigsten in dem Bändchen *The Writing of Fiction* versammelt sind, sie schrieb Reiseberichte, Romane, Kurzgeschichten, Gedichte, und sie war eine unermüdliche Tagebuch- und Briefautorin – viertausend ihrer Briefe sind erhalten, viele hundert veröffentlicht, darunter ihr Briefwechsel mit Henry James aus den Jahren 1900 bis 1915. Immer wieder hat sie sich außerdem mit der Einrichtung von Häusern und dem Anlegen von Gärten befasst, und *A Backward Glance* ist ein wunderbarer Memoirenband.

Sie war später stolz darauf, sich ihren Reichtum selbst erschrieben zu haben, und die serielle Vorabpublikation ihrer Bücher, vor allem im *Pictorial Review* und im *Delineator*, manchmal auch im *Lady's Home Journal*, hatten keinen geringen Anteil daran. *Dämmerschlaf* erschien zwischen Februar und Mai 1927 als Fortsetzungsroman im Monatsmagazin *Pictorial Review*. Edith Wharton brachte seit ihrem ersten Buch, *The Decoration of Houses*, das sie gemeinsam mit dem Architekten Ogden Codman 1897 veröffentlicht hatte und das ungemein erfolgreich war, bis zu ihrem Tod im Jahr 1937 fast jährlich mindestens einen, oft zwei Titel heraus, und auf diese Weise kamen erstaunliche Summen zusammen: in den Jahren der Entstehung und Publikation von *Dämmerschlaf* 1926/1927 alles in allem nach heutigem Kurs und nach der Rechnung von Edith Whartons Biografin Shari Benstock etwa zwei Millionen Dollar.

Edith Wharton, geboren als Edith Newbold Jones am 24. Januar 1862, wuchs in einer alteingesessenen New Yorker Familie auf. Der Stammbaum ihrer Eltern, George Frederic und Lucretia Jones, reichte zu den ersten englischen und holländischen Kolonialfamilien zurück, die im See- und Immobilienhandel und im Bankgeschäft ihre Vermögen gemacht hatten. Die Tochter kam spät, sie hatte zwei ältere Brüder, mit denen sie sich nicht verstand, und eine Mutter, auf die das ebenfalls zutraf. Es gibt im Amerikanischen den Ausdruck «*keeping up with the Joneses*», was so viel heißt wie «mit den Nachbarn mithalten» – ein Ausdruck, der durch den gleichnamigen Comicstrip im *New York Globe* populär wurde. Obwohl Edith Whartons Familie in dem Cartoon, der 1913 zum ersten Mal erschien, nicht vorkommt, und der Name Jones so verbreitet ist, dass er als Gattungsbezeichnung durchgehen kann, findet sich in Texten über Edith Wharton immer wieder die Vermutung, Vorbild für die Joneses, den Cartoon wie die Redensart, sei ihre Familie gewesen – als diejenige, die soziale Standards setzte, an denen sich alle anderen messen mussten.

Edith jedenfalls entwickelte früh schon ein Gefühl für die Scheinheiligkeiten ihrer Umgebung – sie las, was ihr in die Finger kam, und schrieb als Kind Geschichten und später Gedichte, von denen einige unter dem Titel *Verses* 1878 in einem privat gedruckten Bändchen, im Selbstverlag sozusagen, herauskamen. Da war sie sechzehn und bereits weit gereist, denn ihre Familie hatte während ihrer Kindheit sechs Jahre in Europa verbracht. Edith sprach fließend Französisch, und auch ihr Deutsch war passabel. Bei aller geistigen Unabhängigkeit hatte sie sich den gesellschaftlichen Zwängen der Zeit und der oberen Schichten zu beugen. Sie ging in keine Schule, sondern wurde von einer Gouvernante unterrichtet und benutzte die Bibliothek ihres Vaters zum Selbststudium. 1879 wurde sie als Debütantin auf einem Ball in die New Yorker Gesellschaft eingeführt, wie sich das gehörte, schüchtern und im Bewusstsein, dass andere Frauen schöner seien als sie. Und sie heiratete, wenn auch nach damaligem Verständnis spät, mit dreiundzwanzig Jahren, einen zwölf Jahre älteren Mann, den Bostoner Bankier Edward («Teddy») Robbins Wharton. Er konnte bequem von ererbtem Geld leben, und er teilte keine der intellektuellen Leidenschaften seiner Frau. Es war eine arrangierte, für Edith unglückliche Ehe, die Teddy immer wieder brach. Außerdem war er klinisch depressiv, und 1913, nach achtundzwanzig Jahren, wurde die Ehe geschieden.

Seit 1907 lebte Edith Wharton mehr oder weniger in Paris und Umgebung, und im Jahr ihrer Scheidung machte sie Frankreich endgültig zu ihrem Zuhause. Auch sie war keine treue Ehefrau; sie hatte seit 1907 eine geheim gehaltene, offenbar sehr leidenschaftliche Affäre mit Morton Fullerton, einem Journalisten der *London Times,* den sie durch ihren Freund Henry James kennengelernt hatte. Ihre Wohnung in Paris und ihr Haus nördlich der Stadt sowie später ihre Residenz Château Sainte-Claire in dem

Örtchen Hyères in der Provence waren Treffpunkte für ihre intellektuellen Freunde und Bekannten, zu denen neben Henry James auch André Gide und Jean Cocteau zählten. Als der Erste Weltkrieg ausbrach, gehörte Edith Wharton zu denen, die sich sofort um die Flüchtlinge aus dem Nordosten Frankreichs und aus Belgien kümmerten. Sie reiste an die Front, schrieb Kriegsberichte nach Hause und forderte die Vereinigten Staaten auf, aufseiten der Alliierten dem Krieg beizutreten.

Ihre Verachtung für die Kreise, die sie in *Dämmerschlaf* beschreibt, muss man vor dem Hintergrund dieser Kriegserfahrung und ihres – nach dem Krieg fortgesetzten – Engagements für Flüchtlinge, Vertriebene und vor allem die Frauen unter ihnen lesen. In ihren Romanen *Ethan Frome*, *The House of Mirth* und *The Age of Innocence* hatte sie eine Gesellschaft beschrieben, in der Frauen nur die Wahl hatten, in eine standesgemäße Ehe verheiratet oder gesellschaftlich verstoßen zu werden. Die Sympathien der Autorin galten ihren Heldinnen, die in der Falle saßen. Auch Edith Wharton selbst fühlte sich eine Weile lang zerrissen zwischen den gesellschaftlichen Erwartungen an sie als Gastgeberin und Society-Lady und ihrem Wunsch, Schriftstellerin zu sein. In den Neunzigerjahren des 19. Jahrhunderts, bevor sie ihre wichtigsten Bücher schrieb, fiel sie über diese unvereinbaren Lebensprinzipien zeitweise in tiefe Depressionen. Für den Weg, den sie schließlich wählte, gab es keine Vorbilder.

Die Frauen in *Dämmerschlaf* trifft die volle Verachtung der Autorin. Nicht dass sie für die Männer größere Zuneigung verströmte, doch es sind die Frauen, mit Ausnahme von Nona, die sie mit besonderer Schärfe zeichnet. Eine Scheidung, die in *The Age of Innocence* einer großen Liebe den Weg hätte bereiten können, wäre sie gesellschaftlich nicht eine solche Katastrophe gewesen, ist nun fast an der Tagesordnung. Die zentrale Figur, Pauline, hat sich ihres ersten Ehemanns entledigt, als klar wurde, dass er hinter ihrem gesellschaftlichen Ehrgeiz zurückblieb. Und dass sie alles dafür tut, die Ehe zwischen ihrem Sohn Jim und seiner Frau Lita zu retten, hat weniger mit ihrem Engagement für die Institution der Ehe zu tun als mit ihrer Furcht, Lita könne in Hollywood eine Filmkarriere in Angriff nehmen und also in Kreise abrutschen, die den New Yorkern zutiefst suspekt waren. Litas Bild auf Plakaten an Häuserwänden! Tiefer könnte in Paulines Augen kein Familienmitglied sinken.

Mit Ausnahme von Nona – die in einer Art Kassandra-Rolle die Schachzüge der verschiedenen Figuren durchschaut und die ihre Liebe zu ihrem Cousin drangeben muss, weil sie sich, während dessen Frau die Scheidung verweigert, einem Dasein als Mätresse widersetzt – sind die Frauen in *Dämmerschlaf* zwar frei, verglichen mit denen in Edith Whartons früheren Romanen, aber sie wissen nichts mit ihrer Freiheit anzufangen. Sie langweilen sich. Sie schauen nicht in die Welt. Sie haben den Krieg vergessen. Sie kennen kein Elend. Sie engagieren sich gleichermaßen für die uneingeschränkte Mutterschaft wie für die Geburtenkontrolle, möglicherweise sogar mit denselben Argumenten – wie Pauline, als sie ihre Rede, die sie vor den Vertreterinnen der uneingeschränkten Mutterschaft halten sollte, mit jener verwechselt, die an das Komitee zur Geburtenkontrolle gerichtet war. Pauline füllt die Leere in ihrem Leben mit einem gnadenlosen Stundenplan, der sie von eurythmischen Übungen zur Gesichtsmassage zu Wunderheilern, Komiteesitzungen und Partyplanungen hetzt. Sie verlangt sich, so lächerlich ihre Tätigkeiten im Einzelnen auch sein mögen, immerhin noch etwas ab. Die nächste Generation aber ist völlig verloren. Lita füllt die Leere in sich nur noch mit einem Gähnen.

Wunderheiler übrigens spielten so wie heute auch damals in New York tatsächlich eine herausragende Rolle. Ihre Popularität unterlag schnell wechselnden Moden. Sicher bekannt war Edith Wharton einer der Großen jener Zunft, Émile Coué. Sein Buch *Self Mastery Through Conscious Autosuggestion* kam 1922 heraus und war ein durchschlagender Erfolg. Émile Coué war ein französischer Apotheker und Psychologe, der als Entdecker des Placeboeffekts gelten kann und die Segnungen der Selbsthypnose für ein schmerzfreies Leben erforschte, wofür ihm nicht nur die New Yorker begeistert Gefolgschaft leisteten. Die verschiedenen Heiler in *Dämmerschlaf* könnten seine Schüler sein.

In *Dämmerschlaf* passiert eine Menge. Diverse Familienangelegenheiten müssen geklärt oder unter den Teppich gekehrt werden; vor allem das drohende Zerwürfnis zwischen Lita und Jim gilt es zu verhindern, aber auch Arthur, der erste Ehemann Paulines, verlangt nach ihrer Aufmerksamkeit. Obwohl Pauline ihm alle paar Wochen einen kurzen Zeitraum in ihrem nahtlos gefüllten Terminkalender einräumt, ist er immer gefährdet, sich in Depressionen fallen zu lassen, und dass er mehr trinkt, als in Paulines Kreisen als schicklich gilt, macht die Sache nicht besser. Außerdem ist da noch Dexter, Paulines zweiter Ehemann. Ihm hängen die Partys und Empfänge, die seine Frau organisiert, zum Hals heraus, sie selbst wahrscheinlich auch, und so gibt er sich beschäftigt. Was genau er tut – er ist Anwalt –, das erfahren wir nicht im Detail, denn im Wortsinn gearbeitet wird eigentlich nicht in diesem Buch. Ebenso wenig erschließt sich uns, womit sich Jim, dem Dexter eine Stellung verschafft hat, so sehr heruntergewirtschaftet hat, dass er unbedingt einen ausgedehnten Urlaub braucht. Sind es einzig die Ansprüche seiner Frau, die er nie befriedigen kann? Ahnt er, dass er sein Leben mit der Entscheidung für diese Frau schon an die Wand gefahren hat? Möglicherweise ist es einfach sehr anstrengend, ununterbrochen die Augen zusammenzukneifen und die Ohren zu verschließen, damit keine Ahnung eines Gerüchts oder gar der offensichtliche Beweis für Litas Untreue in sein Bewusstsein gelangen. Möglicherweise sind alle immer so erschöpft, weil ihre Aufmerksamkeitsspanne so klein ist. «… eine Stunde [ist] zu lang zum Meditieren», sagt Pauline einmal, «eine Stunde ist für alles zu lang.»

Diese vielen Plots und Unterplots sind nur lose miteinander verwoben. Doch es wäre naiv anzunehmen, dies sei Edith

Wharton gleichsam unterlaufen, als eine Folge ihres vielen und schnellen Schreibens. Vielmehr spiegelt sich hier die Ruhelosigkeit, von der die Handlung des Romans durchzogen ist. Es ist die Ruhelosigkeit, aus der jene Methode Rettung verspricht, die dem Roman seinen Titel gibt.

Dämmerschlaf ist der halbbewusste Zustand, der durch eine Mischung aus Morphium und Scopolamin herbeigeführt wird. Mit dieser Form der Betäubung, die Anfang des 20. Jahrhunderts in Deutschland erfunden wurde und bald auch in den Vereinigten Staaten Anwendung fand, wurden noch bis in die Siebzigerjahre hinein Frauen vermeintlich vor Geburtsschmerzen bewahrt – so wie Lita, der Pauline zur Geburt ein Zimmer in einer entsprechenden «Dämmerschlaf-Klinik» verschafft. Allerdings hatte das Drogengemisch starke Nebenwirkungen, nämlich erschreckende halluzinogene Effekte, welche die Methode früh schon ins Gerede brachten. In Edith Whartons Roman spielen sie keine Rolle. Bei ihr ist der auf Wunsch erzeugte Dämmerschlaf ein Symptom der Zeit – ein Versuch, jedweden Schmerz aus dem Leben zu verbannen, und das zu jedem Preis: Eine der Nebenwirkungen der Droge ist der Verlust der Erinnerung. Ohne Erinnerung aber, ohne historisches Bewusstsein, ist verantwortliches Handeln nicht möglich.

Edith Wharton, diese scharfzüngige Chronistin des sozialen Lebens ihrer Zeit, verlangte von der Literatur, sich den bürgerlichen Schreckensthemen zu stellen. Das waren zunächst einmal die Tabuthemen der besseren Gesellschaft, die Sexualität von Frauen, der Ehebruch und die Scheidung. In *Dämmerschlaf* erledigt sie diese Topoi gleichsam nebenbei, ohne ihnen ihre Ernsthaftigkeit zu nehmen. Ihr Zorn richtet sich nicht mehr gegen die Unterdrückung von Glücksmöglichkeiten, nicht mehr gegen repressive Verhältnisse, in denen vor allem die Frauen gefangen sind. Ihr Zorn richtet sich gegen eine Gesellschaft, in der die sofortige Befriedigung jedweden Bedürfnisses oberstes Ziel ist, eine Gesellschaft, die keine Empathie kennt, weil sie das Leiden verleugnet, eine Gesellschaft ohne Gedächtnis, aber mit jeder Menge hygienischer Armaturen.

Zu den Bewunderern von *Dämmerschlaf* zählte übrigens auch Aldous Huxley. Er war mehr als dreißig Jahre jünger als Edith Wharton und wurde ein später Freund. Er war der festen Überzeugung, schon in *Dämmerschlaf* sei die Welt erkennbar, die er in seinem Roman *Schöne neue Welt* acht Jahre später beschreiben sollte.

Verena Lueken

EDITORISCHE NOTIZ

Edith Whartons Roman aus dem Jahr 1927 trägt im Original den Titel *Twilight Sleep,* ursprünglich eine Lehnübersetzung des deutschen Fachbegriffs «Dämmerschlaf». Dieser bezeichnet eine Anfang des 20. Jahrhunderts in Freiburg im Breisgau entwickelte medizinische Methode zur Unterdrückung von Geburtsschmerzen (vgl. Anm. 7). Allerdings wurde auch das Erinnerungsvermögen an die Geburt hierbei unterdrückt: Die Mütter wachten auf und fanden ihr Kind in seinem Bettchen vor.

Erstmals auf Deutsch erschien der Roman *Twilight Sleep* in der Übersetzung von Marie Franzos 1931 bei Paul Zsolnay. Der Verlag entschied sich damals für den Titel «Die oberen Zehntausend» (nicht zu verwechseln mit dem gleichnamigen amerikanischen Filmmusical von 1956, das auf einem Bühnenstück von Philip Barry basierte).

Bei der vorliegenden Neuübersetzung war es Verlag und Übersetzerin wichtig, die Entscheidung der Autorin für diesen eigenwilligen Titel zu respektieren und ihn daher schlicht rückzuübersetzen. Bezieht er sich doch nicht nur auf die konkrete Dämmerschlaf-Methode, sondern – wie im Nachwort ausgeführt – ganz allgemein auf den halbbewussten Zustand, in dem die Damen der oberen Zehntausend in Edith Whartons Roman ihr Leben verbringen.

INHALT

Edith Wharton

Traumtänzer
Roman

432 Seiten, btb 74465

Eine Villa am Comer See, ein Palazzo in Venedig, die
exklusiven Salons in London und Paris – hier gibt sich
die High Society der goldenen 20er Jahren des letzten
Jahrhunderts ein Stelldichein. Mittendrin das frisch
verheiratete, aber mittellose Paar Susy und Nick Lansing,
die sich fröhlich von einer Sommerfrische zur nächsten
schmarotzen und mit Esprit ihre Gönner unterhalten. Doch
für ihr Luxusleben zahlen sie einen hohen Preis, denn die
Abhängigkeit von ihren reichen Freunden hat ungeahnte
Folgen für das junge Paar.

Ein altes Haus am Hudson River
Roman

624 Seiten, btb 74606

Für Vance Weston, Sohn eines Immobilienspekulanten, hält
die Zukunft ein komfortables Leben in der amerikanischen
Provinz bereit. Doch der 19-Jährige hat eigene Pläne: Vance
will nach New York und dort Schriftsteller werden. Tatsächlich
gelingt ihm in der pulsierenden Metropole der kometenhafte
Aufstieg zum Liebling der Society. Doch allzu rasch folgt
die große Ernüchterung, und Vance muss sich zwischen
kommerziellem Erfolg und seinen literarischen Grundsätzen
entscheiden. Der einzige Mensch, der ihm Orientierung bietet,
ist Héloïse, die kluge und schöne Frau seines Verlegers.

btb

Thomas Wolfe

Die Party bei den Jacks

Roman

352 Seiten, btb 74511
Aus dem Amerikanischen von Susanne Höbel

Alles, was Rang und Namen hat, findet sich im Art déco-
Ambiente von Esther und Frederick Jack ein: sie eine gefeierte
Broadway-Künstlerin, er ein aus Koblenz stammender Jude
und Selfmade-Millionär. Die Roaring Twenties sind auf ihrem
Höhepunkt angelangt, schon wirft die Große Depression ihre
Schatten voraus. Doch vom drohenden Ende der Sause will
man bei den Jacks noch lange nichts wissen …

Schau heimwärts, Engel

Roman

784 Seiten, btb 74255
Aus dem Amerikanischen von Irma Wehrli

»Home, sweet home« – wie nah ist die Familie Gant zuweilen
ihrem Glück! Wenn sich die Kinderschar vollzählig an
derüppig gedeckten Tafel einfindet, könnte das häusliche
Leben kaum inniger sein. Doch der Schein trügt. Hinter
den Ritualen der Zusammengehörigkeit lauern Missgunst,
Überdruss, tiefe Entzweiung. In diese Verhältnisse wird
Eugene Gant hineingeboren und muss sich damit abfinden,
unter seinesgleichen ein Fremdling zu sein …

btb